8. 5. 5.)

본명은 박경리. 1926년 경상남도 통영에서 태어났다. 1955년 김동리의 추천을 받아 단편 「계산」으로 등단, 이후 『표류도』(1959), 『김약국의 딸들』(1962), 『시장과 전장』(1964), 『파시』(1964~1965) 등 사회와 현실을 꿰뚫어 보는 비판적 시각이 강한 문제작을 잇달아 발표하면서 문단의 주목을 받았다.

1969년 9월부터 대하소설 『토지』의 집필을 시작했으며 26년 만인 1994년 8월 15일에 완성했다. 『토지』는 한말로부터 식민지 시대를 꿰뚫으며 민족사의 변전을 그리는 한국 문학의 걸작으로, 이 소설을 통해 한국 문학사에 뚜렷한 족적을 남긴 거장으로 우뚝 섰다. 2003년 장편소설 『나비야 청산가자』를 《현대문학》에 연재했으나 건강상의 이유로 중단되며 미완으로 남았다.

그 밖에 산문집 『Q씨에게』 『원주통신』 『만리장성의 나라』 『꿈꾸는 자가 창조한다』 『생명의 아픔』 『일본산고』 등과 시집 『못 떠나는 배』 『도시의 고양이들』 『우리들의 시간』 『버리고 갈 것만 남아서 참 홀가분하다』 등이 있다.

1996년 토지문화재단을 설립해 작가들을 위한 창작실을 운영하며 문학과 예술의 발전을 위해 힘썼다. 현대문학신인상, 한국여류문학상, 월탄문학상, 인촌상, 호암예술상 등을 수상했고 칠레 정부로부터 가브리엘라 미스트랄 문학 기념 메달을 받았다.

2008년 5월 5일 타계했다. 대한민국 정부는 한국 문학에 기여한 공로를 기려 금관문화훈장을 추서했다.

토지

박경리 대하소설

토지

3부 1권

9

다산책방

차례

만세(萬歲) 이후

1장 끈 떨어진 연

종로 거리를 허둥지둥 걷고 있던 억쇠는 점포마다 문이 닫혀 있는 것을 새삼스럽게 깨닫는다.

"참말로 가게 문을 다 닫았구마."

어젯밤 여관에서 들은 얘기가 생각났다. 1,030호, 서울의 1,030호 상점이 일제히 문을 닫는다는 얘기였다. 갑자기 맥이 쑥 빠진다. 억쇠는 어디를 향해 자신이 가고 있는지, 가야만 하는지 알 수 없다는 것도 새삼스럽게 깨달아진다.

조그만 괴나리봇짐을 엉덩이에 붙이듯 한 손에 들고 우두커니 길 건너편을 바라본다. 건너편 길을 상현이 걷고 있기라도 한 것처럼. 반백이 된 맨상투에 집 나온 지 오래여서 무명 바지저고리엔 땟국이 흐르고 울상이 된 얼굴도 걸레같이 지저분하다. 전차가 땡땡 종을 울리며 지나간다. 지난 삼월에는 경전(京電) 종업원이 파업을 하여 전차는 운행이 중지되었고, 그 무렵 서울의 상가는 한 달 넘게 동맹철시(同盟撤市)를 했었다. 지금은 시월이다. 또다시 서울의 상가는 동맹철시를 한 것이다.

'맘들을 합친께 돈에 무섭은 장사꾼도 돈 마다하고 장시를 안 하는데……. 돈보다도 나라가 있어야겄다 그거겄는데, 그렇지마는 저런다고 독립이 될까 몰라? 그렇그럼 생목심이 날라가고 조선 천지가 들고일어났어도 왜놈우 새끼들 어디 끄떡이나 해야 말이제?'

억쇠는 휘적휘적 걷기 시작한다. 아직 날씨는 쌀쌀하다 할 수 없으나 억쇠는 왠지 한기가 든다. 배도 고팠다. 국밥 한 그릇 사 먹을 만한 곳이 눈에 띄지 않았고 먹고 싶은 생각도 별로 없다.

'믿을 수가 없다. 이자는 누가 머라 캐도 믿을 수 없단 말이다. 첨에사 만세만 부르믄 독립이 될 줄 알았제. 그렇그럼 말들 하니께. 흥! 떡 줄 사람은 꿈도 안 꾸는데 김칫국부터 마신 격이라. 되는 기이 머가 있노. 하낫도 되는 기이 없단 말이다. 우리 댁 나으리만 해도 안 그렇건데? 이십 년을 넘기 기다리도 아무 소영이 없었인께. 군사를 이끌고 쳐들어오기는커녕 사람 얼굴조차 가물치 콧구멍 아이가. 함흥차사라 함흥차사. 되지도 않을 일이라믄 진작 말 일이제. 식솔들만 생고생을 시키고. 좌우당간에 충신이 되든 역적이 되든 군사를 몰고 와서 쌈을 해야 무신 결판이 나지. 만판 만세 불러봐야 소앵이 있나. 목만 터지제. 목만 터지건데? 모가지는 날라 안 가고? 그거를 두고 개죽음이라 하는 기라. 나겉이 무식한 놈이사 군대쟁이 영문 모리고 나섰지마는.'

울컥울컥 치미는 것을 억쇠는 참는다. 되리라던 독립이 안 되는 것보다 당장 시급한 것은 상현을 찾아야 하고, 찾는다는 일이 막연하고, 닷새 동안 서울 장안을 헤매었지만 아직도 빈 거리를 목표 없이 걷고 있다는 일이 울적했던 것이다. 마음과 몸이 같이 지칠 대로 지쳐서 길바닥에 드러눕고 싶은 심정, 그러나 걷기는 걸어야 한다. 이제는 상현의 생사를 근심하기보다 상현에 대한 증오와 분노만 치민다.

'가문에 없는 인사가 어디서 하나 생기가지고 망나니는 접방(곁방) 나앉으라 칸다. 이름이 좋아 불로초다. 빛 좋은 개살구다. 나랏일을 하기는 무신 놈의 나랏일을 해. 주색잡기도 나랏일이란 말가. 대대로 청백리로서 평판이 난 가문에 어물전 망신은 꼴뚜기가 시킨다 카더마는 이부사댁도 이자는 콩가리 집안이라. 그놈의 신식 공분가 먼가 그기이 사람 망쳤제. 아주 못쓰게 망쳐났다 카이. 좌우당간에 어디 가서 사람을 찾노. 세상없이도 찾아보고 가얄 긴데, 그냥 내리가 보제? 초상날 기다, 초상날 기라 카이.'

속으로 중얼거리며 걷는데,

"여보시오, 늙은이."

"야? 나 말입니까."

억쇠의 눈이 휘둥그레진다. 금테 안경을 쓰고 콧수염에 양복을 잘 차려입은 신사다. 나이는 삼십 안팎인 듯, 안경 속의 눈매가 갸름하다.

"당신 상전 찾아다니시오?"

"예. 저어,"

"나 이상현의 친구요. 언젠가 상현이 하숙에서 만나지 않았소?"

"맞십니다! 작년 가슬에, 안경은 생각이 나는데, 코, 콧시염, 예 저어,"

사내는 껄껄껄 웃는다.

"예, 맞십니다. 그, 그런데 우리 댁 서방님은 지금 어디 기십니까?"

주린 개가 고기에 덤벼들듯 억쇠는 시끈덕거린다.

"동대문 밖에 가면은 쌍과부주점이 있소. 그곳에 가보시오. 그러면 상현의 거처를 알으켜줄 게요."

"예, 예. 이거 참, 알겄십니다."

연신 굽실거린다.

"웬만하면 함께 집으로 내려가도록 하시오."

"그, 그거사 가신다고만 하시믄,"

"신문사도 그만두고,"

"그, 그랬다 하더마요."

"피신인지 뭔지 원, 하여간에 날이면 날마다 술타령이니, 그러다가 몸 버릴까 걱정이구먼."

거만스런 모습과는 달리 퍽으나 싹싹하다. 억쇠는 상현의 거처를 알려주어 고맙기도 했으나 공대말 때문에 황송해한다.

"그럼 가보시오."

"이, 이, 참 고맙아서, 고맙십니다 나으리."

싹싹할 때와는 달리 사내는 인사 같은 것은 받지 않고 횡하니 가버린다. 억쇠는 전차가 지나가면서 울리는 종소리에 쫓기듯 허둥지둥 걷는다.

동대문 밖에는 과연 쌍과부주점이라는 게 있었다. 그곳 주모가 일러준 대로 주점에서 과히 멀잖은 골목을 들어선 억쇠는 주먹으로 코끝을 한 번 문지르고 그 주먹으로 세 번째 집 대문을 쾅쾅 친다. 상현의 거처를 알아내어 반갑기도 하고 반갑다 보니 괘씸한 마음도 없지 않아 대문에다 오기를 부리는 것이다. 아낙이 놀라서 쫓아 나온다. 억쇠의 행색을 훑어본 아낙은 얼굴을 일그러뜨린다.

"뉘를 찾소!"

"여기 하동 손님 기시지요?"

아낙은 억쇠에겐 대꾸를 않고,

"아랫방 손님, 누가 찾아왔어요."

하고는 들어가버린다. 뜰 아랫방에서 상현이 내다본다. 창백하게 여윈 얼굴에 눈동자도 흐릿하다.

"서방님!"

"음, 올라오지."

하고는 장독대 쪽을 힐끗 쳐다본다.

"해도 너무합니다! 이기이 무신 짓입니까!"

방 안에 들어서자마자 억쇠는 울부짖듯 악을 쓴다.

"빚 받으러 왔느냐? 소란을 떨게."

쓸쓰레 웃는다.

"온 장안을 얼매나 싸돌아다녔는지 아시고나 하는 말씀입니까? 미친놈맨치로, 참말로 못할 일입니다."

"못 할 일 안 하면 되는 거지. 여기는 어떻게 알고 찾아왔느냐."

"찾아오믄 안 될 곳입니까?"

잡아 비틀듯 말하며 억쇠는 상현을 똑바로 쳐다본다.

"흐흐흣…… 내가 무슨 독립지사라고…… 아니면 계집 데리구서 살림 차렸다더냐? 하하핫핫……."

"예. 안 그러시다믄 와 일자 소식이 없었십니까?"

"세월 좋다, 세월이 좋긴 좋군. 하기는 상놈들이 만세는 더 잘 부르고 다니더라만."

자조의 웃음이 지나가는가 싶더니 눈빛이 험악해진다.

그 말대꾸까지 했다가는 고함이 터지거나 훌쩍 일어나서 모자 들고 나가기 십상일 것인즉 억쇠는 억지로 참는다. 어

세를 누그러뜨리고,

"황부자댁 서방님만 기싰더라도 그 고생은 안 했일 긴데 피양[平壤] 가시고 안 기시서."

말머리를 돌린다.

"신문사도 여러 분 찾아갔십니다마는 모두 다 서방님 기신 곳은 모린다 카고, 사램이 환장하겠더마요. 그래서 황부자댁 서방님 돌아오실 때까지 며칠 몇 날이고 간에 기두릴라 안 캤십니까. 노자가 떨어지믄은 다리 밑에 꺼적을 깔고 자더라 캐도, 그냥 우죽우죽 내리가 보이소. 생죽임이 날 긴데, 세상에 그런 환장할 일이 어딨겠십니까."

상현의 성질을 잘 아는 억쇠는 할 수 없이 호소 조로 나온다.

상현은 성질이 격한 데다 다소 편협했었다. 그러나 상전과 하인의 관계를 떠나 상현을 사랑했던 억쇠였으므로 상현 역시 그에게는 정다웠다. 한데 이 몇 해 동안 사람이 변한 것이다. 남의 말을 들을 나이도 아니었지만, 기실 자기 자신의 약점 때문에 상현은 더욱더 남의 말을 들으려 하지 않는 것 같았다.

"그런 판국에 그 양반을 만났이니."

"그 양반이라니?"

"작년 가슬에, 그러니께 서방님하고 함께 기시던, 왜 그 금테 안경 쓰시고,"

"아아."

"그 양반 눈쌀미가 예사 아니더마요. 지는 코 밑에 시염이 있어서 몰랐는데 그 양반이 먼지 알아보시고서, 당신 상전 찾아다녀요? 하지를 않겠십니까? 꼬박꼬박 공대를 하는 바람에 어찌나 황송하고,"

"황송해할 것 없다. 그자는 상놈 출신이고 이른바 평등사상, 박애주의니까."

"예? 바, 박애가 멉니까?"

"넌 알 것 없다."

무안을 준다.

'제에기, 알 것 없으믄 와 말을 끄냈는고?'

꿀컥 침을 삼키고,

"황송하기도 했지마는 고맙아서, 마치 저승서 할아부지 만낸 것맨치로 반갑고, 그 양반 안 만냈이믄,"

"이번에는 무슨 일로 왔지?"

"언제는 소인이 무신 일이 있이야만 서울 왔십니까?"

소인이라는 말에 힘을 주며 상현을 노려본다.

"빤히 아는 일을 가지고 그러시는 거 아닙니다. 역부러 그러시는지는 모르지마는 조금은 남우 사정도 생각해주시야지요. 아무리 나랏일로 바쁘시기로 그래도 뿌리 없는 나무가 어디 있이며, 열매 안 달린 나무가 어디 있이며,"

"내가 나랏일 하느냐?"

아까처럼 씁쓰레 웃는다.

"그거사 머, 칼 들고 싸우는 것만 나랏일입니까. 옛적에도 임금님한테 상소를 올리가지고 목이 달아나는 일이 있었다 안 캅니까. 그렇다믄 목심 거는 일이사 다 마찬가지 아니겠십니까. 아씨께서 서방님은 글을 써가지고 싸운다 캅디다."

들은 풍월로 얼렁뚱땅 넘긴다. 망나니, 이름이 좋아 불로 초니, 빛 좋은 개살구니 하고 아까는 혼자서 욕을 했지만. 사실 억쇠는 이제 상현을 신뢰하고 있지 않았다. 나랏일 하느라 동분서주하고 있다는 생각도 아니했다. 상현과 억쇠의 눈이 마주친다. 억쇠는 당황하고 상현은 비웃는다. 늙은 게 입에 발린 소리도 제법 하는군. 비웃음은 소리가 되어 끼룩끼룩 새나온다. 억쇠의 얼굴이 벌게진다.

'잘못은 그쪽에 있임서 와 나만 몰아세우노.'

"나 잠깐 다녀올 테니 억쇠는 여기 있어."

뭐라 말할 새도 없이 상현은 훌쩍나간다. 대문을 나서는 순간 심한 갈증을 느낀다. 갈증이 나나 마나 이미 그는 주점에 가기 위해 나온 것이다. 모든 인연이 지겹고 귀찮다. 연일 죽어라고 마신 술에 내장이 녹아 문드러진 것만 같은데 항상 갈증이다.

쌍과부주점 술판 앞에 돌부처처럼 앉아서 상현은 골똘히 술을 마신다. 술 마시는 이외에 아무것도 생각하고 싶지 않은 것이다. 더더구나 하동의 집 생각은. 일제히 철시를 했기 때문인지 주점은 한산하다. 지난 삼월 연달아 일어났던 만세 시위, 그 군중행렬이 상현의 눈앞을 지나간다. 그동안 까맣게 잊어버리고 있었던 일이다.

"이 자식 상현아!"

시위군중 속에서 서의돈이 상현의 옆구리를 주먹으로 내질렀다.

"네! 형님!"

흐르는 눈물을 주먹으로 닦아내며 상현이 소리 질렀다.

"이제 술 고만 처먹는 거다!"

"네! 형님!"

"우리 조선놈들 제법이다."

"그럼요, 형님!"

그때의 만세행렬이 눈앞을 지나간다.

"이 자식아! 그만 울어라!"

"오늘만요!"

상현은 소년같이 울었다.

"상현아!"

"으흐흐흐……."

"이 많은 사람들 속을 뒹굴고 싶구나! 밟혀 죽어도 한이 없을 것 같다!"

"우리 독립되는 날에 밟혀 죽읍시다!"

이판서댁 사랑방이 눈앞을 지나간다. 털어버리려 하는데 자꾸 지나간다. 불에 구운 것처럼 홍당무가 된 얼굴을 흔들어대며 홍종이 방문을 열고 들어섰다.

"불이 붙었다! 신나게 불이 붙었어! 사방팔방 상하구별 없이 다 나섰다! 경찰서 면사무소가 시위군중에게 마구 밟히고 곳곳에서 습격이야! 그리고 오늘은 경전이 파업에 들어갔다. 용산 인쇄소! 철도국! 연초회사! 모조리 파업이야! 상현아!"

"응."

"오늘은 왜 맥이 없어! 좀 떠들어!"

"어쩐지 뜨뜻미지근한 것 같아서 말이야."

"뭐가!"

"해외반응 말이야."

"아직 일러! 좀 두고 봐야지. 그보다 국내에서 운동이 장기화되고 확대되는 것이 중요해. 해외반응이야 운동이 지속되고 확대되는 데 따라서 나타나는 거 아니야?"

"나는 그렇게 생각 안 해."

"그렇게 생각 안 하다니?"

"월슨의 민족자결선언을 일률적으로 받아들이는 것이 과연 옳은가."

"신문기자의 생각과 내 생각엔 상당한 차이가 있는 것 같군."

그 말은 들은 척 만 척,

"지역과 상황에 따라서…… 월슨이 재강(再降)한 구세주는 아니거든. 그도 정치가야. 또 사실 이번 전쟁에 미국이 주역도 아니거든."

"그러니 어떻단 말이야? 의존해서 독립을 얻을 수 있을 것 같애? 얼마든지 선례가 있지 않느냐 말이다. 우리 힘으로 하는 거야. 우리가 힘으로 삼천리 방방곡곡에 불이 붙어 타오르면 되는 거야. 민족자결주의고 개나발이고 떡 조각 나누어 주듯 할 상싶은가? 나는 숱하게 나오는 그놈의 선언문이라는 것도 마음에 들지 않아. 아니꼽단 말이야. 평화적으로, 평화는 무슨 놈의 평화야. 왜놈이 조선을 들어먹을 때 평화적으로, 제에기, 도적놈이 평화적으로 남의 물건 빼앗았다는 말은 듣도 보도 못했다. 내 물건 내가 찾으려는데, 신사적으로 내놓으시오, 내 물건 간수할 능력이 있으니까 제발 내주시오, 이건 사뭇 애원조거든."

"그럼 왕왕 소리 지른다고 힘센 도적놈이 빼앗은 것 내주나?"

"이거 왜 이래? 다 된 밥에 코 빠뜨리는 소리 작작 하라구."

홍종은 화를 냈다.

"내 얘긴, 그러니까 그놈보다 더 힘센 놈의 옆에 서서 중재를 들든 견제를 하든, 그렇지 않는 한 불가능이야."

"원 사람이, 백팔십도로 돌았군. 울고불고 지랄발광하던 게 누구야."

"너무 달콤한 생각을 했던 것 같애. 미국의 대통령 윌슨만큼이나."

결국 홍종과 상현은 싸우고 말았다. 그 홍종과 밟혀 죽어도 좋겠다던 서의돈도 지금 상해(上海)로 가버리고 없다. 국내에서의 독립운동은 잦아드는 불씨처럼 되어가고 대신 해외로 번져서 한때 저조했던 항일투쟁에 기름을 부었다는 자위도 있었으나 상현은 해외에서 움직이는 뭇 단체나, 기라성같이 많은 독립투사에게 기대를 걸지 않았고 믿지도 않았다. 그렇다 해서 상현이 실의의 깊은 수렁에 빠진 것은 3·1운동이 성과 없이 끝난 데서 비롯된 것은 아니다. 다소 심리적인 영향이야 끼쳤을 테지만 상현은 자기 자신, 이상현이란 한 인간에 절망했다는 것이 옳을 성싶다.

소주 반 되를 사 들고 하숙방에 돌아갔을 때 억쇠는 몹시 풀이 죽어서 앉아 있었다.

"박서방."

술 취한 음성은 부드러웠다. 억쇠라 않고 박서방이었다.

"약주 하시고,"

억쇠는 어이없는 듯 상현을 쳐다본다.

"약주 했지. 했다 뿐인가? 박서방하고 함께 마시려고 소주를 사왔네."

"……."

"그렇게 원망스레 날 쳐다보지 말게. 나도 양심은 바늘귀 떨어진 것만큼 있네. 처가 덕으로 일본까지 유학하고 온 놈이 처자식 다 버리고 팔난봉이 됐으니 말이야."

"잘 아시누마요."

툭바리 깨지는 소리다.

"알지, 알고말구."

아낙이 술상을 보아온다.

"술 따라. 박서방 잔에도 붓고."

하여 늙은 하인과 젊은 상전은 술을 마시기 시작한다. 두서너 잔을 마신 뒤 억쇠는 손바닥으로 수염을 닦는다.

"좌우당간 서방님께서는 집안 소식을 묻지 않으시니께 소인이 말씸디리겠소. 마님께서는 서울사람들 다 죽었다 카는데, 하시믄서 속을 하도 끓이신께 밤마다 가심앓이 때문에 욕을 보십니다. 저분 때는 돌아가시는 줄 알고 집안이 벌컥 뒤집혔지 않았겠십니까? 마님께서는 본시부텀 대범한 어른이신데 웨낙이 진 세월이라…… 북쪽에 기시는 나으리마님 말씸은 입 밖에 내시지도 않십니다마는, 대신 서방님 말씸은 날이 믄 날마다 염불 외시듯이, 우떤 때는 정신도 확실찮으신지 우시고 막 원망을 하시고, 그러시믄 젤 괴롭아하시는 분은 아씨지요. 큰 도련님은 또 어떠시고요? 할머님 어머님한테는 입 꼭 다물고 기심서 소인보고는 할아범, 서울 가서 아버님 모시오라 하고 졸라대지 멉니까?"

"박서방."

"예."

"나이하고 군소린 늘게 마련인가 부지?"

"그거사 머."

"박서방도 늙었어."

"지만 늙었십니까? 감나무를 오르내리믄서 장난이 심하던 도련님도 내일모레 삼십입니다."

"삼십 고개, 하하핫…… 넘어가기도 어렵군. 자, 자, 술이나 마시자. 죽은 사람도 많고, 감옥에 갇힌 사람도 많고, 한데 못난 아들, 못난 남편, 덕분에 이리 피둥피둥하니 좀 좋으냐?"

"하기사 죽은 정승이 산 개돼지보다 못하답니다."

술잔을 기울이며 상현에게 곁눈질을 한다.

"개돼지가 되어도 오래오래 살아달라. 아암, 오래 살아야지. 지금 이 나라엔 애국 애족심이 팽배하여 바야흐로 씨가 마를 지경인데 나 같은 놈도 있어야 씨종자…… 음."

듬뿍 취해서 돌아와 다시 술, 혀 꼬부라진 소리가 중도에서 끊긴다. 술을 마시기 위해서.

"무신 말씸을 그렇그럼 하시오. 마치 서방님이 친일이나 한 것 겉소."

술이 들어가니 억쇠의 배짱도 두둑해진다. 물론 늙은이라는 특권의식도 있었지만.

"걱정 마라! 나는 아무 짓도 아니했느니라!"

"하지만 하동땅 소문으로는 이부사댁 서방님은 서울 만세 소동에서 웃대가리 노릇을 했느니, 잽히갔느니, 총을 맞아 죽었느니 별의별 말이,"

"으흐흣흣…… 하하핫…… 어이구 재미있다. 그래 부전자전이라 했겠구나."

상현은 수전증에 걸려 떨리는 손으로 궐련을 붙여 문다. 순간 억쇠 얼굴에 연민의 빛이 지나간다. 시운을 잘못 만나, 한탄같이 마음속으로 뇐다.

"그런 말을 들을 때마다 억장이 무너지고, 그도 그럴 것이, 무작한 왜놈들이 무신 짓이든 못하겠십니까. 생사람을 집 속에 가두어놓고 불을 질러서 태와 직이는, 만세 부르는 기이 멋이 그리 죄가 된다고 천하에 무도한 놈들, 천벌을 안 받을 성싶습니까. 남쪽에서도 사람 많이 상했지요. 만세소동이사 안 난 곳이 없었인께요. 처음 나기로는 함안인데 젤 심하게 여러 차례 소동이 벌어진 것은 합천 그쪽이었지요. 곳곳에서 주재소 면소를 때리 부시고 붙들리간 사람들 뺏을라고 밀리가고, 지 생각으로는 마 동학군만 한 군대가 있어도 뒤엎지 않았나 싶었십니다. 그만큼 구석구석까지 만세를 불렀는데 빈주먹이니께."

억쇠는 제 나름대로 비분강개, 한바탕 늘어놓을 작정이다. 상현이 무사한 것을 보았겠다, 위급한 불은 껐다는 일종의 안도감도 있었다. 그러나 빈속에 독한 소주가 들어갔기 때문인지 취기는 급히 왔고 비상 먹은 파리처럼 맥을 출 수가 없다. 어지럼증과 대결하듯 억쇠는 차츰 될 소리 안 될 소리를 마구 지껄였고 왕왕 소리를 질렀으나 그것은 가위 눌린 헛소리처럼 뚜렷하지 않았고 차츰 잦아들었다.

억쇠가 눈을 떴을 때 맨 먼저 상현의 얼굴이 있었다.

"우찌 된 일입니까?"

억쇠는 벌떡 일어나 앉는다. 새우 눈은 더욱 작아 보이고 이마와 턱은 더 한층 앞으로 나온 듯, 그리고 양 볼은 형편없이 꺼져 들어갔다.

"날이 새었네."

"……? 지가 그라믄."

"……."

"이거 참, 그나저나 내리갈랍니다. 하동서는 하루가 열흘 맞잽일 긴데 그새 무신 일이라도 있었이믄."

상현의 얼굴에 가벼운 경련이 지나간다.

"서방님도 그만 지하고 함께 내리가싰으믄 좋겠는데요."

"아니야."

튕기듯 어세가 강하다.

"마님께서는, 또 아씨도 그렇지마는……."

"어허어, 안 죽고 살아 있는 소식 전하면 어머님 가슴앓이도 나으실 게야."

일단 말이 떨어진 이상 다시 말한다는 것은 헛수고다. 억쇠는 입을 봉한 채 우두커니 앉아 있는 것이다.

"해장이나 하러 갈까?"

상현이 양복 윗도리를 걸쳐 입는다.

"예. 지는 그길로 내리가겠십니다."

쌍과부주점에서 뜨거운 해장국을 마시다가,

"아뿔싸!"

상현이 힐끗 쳐다본다.

"큰일 날 뻔했십니다. 전할 기이 있었는데 까매기겉이 잊어 부리고,"

상현은 무심상하게 술을 마신다.

"올라올 직에 진주를 들렀더마는 최참판댁 마님께서,"

한참을 부스럭거리더니 두툼한 봉투 하나를 꺼내어 상현 앞으로 밀어놓는다.

"서방님을 드리믄 전해주실 거라 말씀하시더마요."

"알았다."

호주머니 속에 꾸겨 넣는다. 아무 변화도 찾아볼 수 없는 담담한 표정이다.

억쇠를 보내놓고 하숙으로 돌아온 상현은 봉투를 찢는다. 백 원짜리 지폐가 몇 장 무릎 위에 떨어진다. 편지의 내용은 간단하다. 짤막한 인사말과 동봉한 오백 원을 임역관댁에 전해주었으면 좋겠다는 것이다. 편지는 꾸겨서 방구석에 던지고 돈만 봉투에 다시 넣어 호주머니 속에 간수한다.

'가야지.'

서희의 부탁이 아니었어도 임역관댁에 갔어야 했다. 진작부터 갔어야 했던 것이다. 효자동에 있는 전직 역관 임덕구의 집엔 여자들만 남아 있다. 명빈의 어머니 유씨(俞氏)와 만삭이 됐을 명빈의 아내, 그리고 임역관이 몹시 사랑했던 명희가 어린 조카 둘을 거두고 있는 것이다. 여자들만 남은 집안, 진작부터 갔어야 했던 집이다. 그러나 상현은 조반을 먹고 한나절이 지났는데 벽을 향해 앉아 있는 채다. 마치 저 벽을 뚫어야지, 뚫어야지 하는 것처럼 벽만 쳐다보고 있다. 상현의 의식 속에는 가야지, 가야지 하면서도 임역관댁의 그 침체된 분위기와 자기 자신과의 함수관계에 대하여 공포를 느끼기 시작한다. 반드시 가야 할 집이지만 안 갈 수만 있다면 안 갔음 좋겠다. 억쇠가 서희의 편지만 가지고 오지 않았더라도 임역관댁에 가는 것이 코앞의 문제는 아니었을 것이다. 방문을 지연시킬 수 있고 아예 외면을 해버릴 수도 있는 일이다. 지난 여름 더위가 한창이던 날 상현은 그 집에 갔었다. 구금되었던 명희가 풀려난 지 십여 일쯤 된다는 말을 했다. 여자들만 남은 집안, 반은 깨어 있고 반은 잠이 든 그런 상태로 숨을 쉬고 있는 그 집에 상현은 가야 한다.

'빌어먹을, 뭣하러 올라와서.'

궐련 하나를 뽑아 붙여 물며 상현은 중얼거린다. 방 안 공기가 설렁하다. 이대로의 상태에서 시간이 급류처럼 흘러가버렸음 좋겠다는 생각을 한다.

"빌어먹을, 뭣하러 올라와가지곤."

억쇠에 대하여 화가 난 것은 아니다. 쉬고 싶은 것이다. 아니 죽고 싶은 것이었는지 모른다. 상현은 쉬는 것과 죽는 것을 혼동하고 있다. 차이를 느끼지 않는 것이다. 도피에의 강렬한 욕구 때문이다. 주변 사람들 거의 모두가 감옥 아니면 해외로 나갔고, 그 공과는 여하튼 삼월에 터진 운동을 둘러싼 결과이며 움직임이다. 왜 상현은 서의돈과 함께 상해로 가지 않았는가. 실상 감옥이나 해외엔 가지 않았지만 상현이 자신도 명색으론 피신을 하고 있는 셈이다. 그러나 문제는 관헌의 손길을 피해 숨어 있다기보다, 일어났고 일어나고 있는 사태에서 몸을 피하고 있다는 자의식이다.

끈질기게 그리고 감당하기 어려운 이 나라의 백성이라는 것, 청백리 이부사댁의 후예요 지조 높은 독립투사 이동진의 아들이라는 것, 간도 연해주를 방황한 뒤 일본으로 건너가 새로운 문물에 접했으며 세계의 흐름을 숨 쉬고 온 지식분자라는 것, 또 상현은 어디서 숨을 쉬었는가. 그것이 비록 탁상공론일지라도 독립, 독립, 독립을 외치는 젊은 열기 속에서 숨을 쉬었다. 그 비중은 자신의 열정보다 항상 무겁고 크다. 의문이나 냉정이나 비판이 허용될 수 없는 절대적 명제인 것이다. 곳곳 장터에서 만세를 부른 장꾼의 의문이나 냉정, 비판보다 죄가 무거운 것이 지식분자다. 상현은 자신의 인간됨이 선이 가는 것을 안다. 동시에 맹목적 무조건일 수 없는 자신을 어쩔 수 없는 것이다. 꽃같이 떨어져라! 꽃같이 떨어질 충격이 있어야 한다. 서의돈과 함께 군중 속에서 울었다. 밟혀 죽어도 여한이 없겠노라 했다. 그러나 지금은 시체처럼 열정은 싸늘하게 식어가고 있다. 조선도 고아임을 확인할밖에 없고 상현은 자신도 끈 떨어진 연일 수밖에 없는 것을 느낀다. 그런데 그 비애가 단순할 수 없는 것이다. 비겁한 놈! 유약한 놈! 비애는 다시 멍이 든다.

해 질 무렵이 다 되어서 상현은 하숙을 나섰고 임역관댁을 향해 걷는다. 단벌신사라 하기에도 민망스러운 낡고 꾸겨진 양복에 헐거운 구두가 털버덕털버덕 소리를 낸다. 연해주(沿海州) 연추에서 서희와 길상의 혼인문제로 의견이 충돌했을 때 마지막으로 아버지 이동진을 원수같이 쳐다보던 눈, 증오와 비애, 아픔이 불붙던 신선한 젊은 날의 눈빛은 사라지고 무기력한 냉소를 띠며 상현은 걷는다. 그로부터 팔구 년의 세월이 흘렀는가. 한 가닥의 희망. 이미 날아가버린 파랑새였을 테지만 상현은 임역관댁 여자들이 아직 그 한 가닥 희망에 매달려 있을 것을 생각한다. 3월 2일 대구서 벌어졌던 대시위에 임역관이 합류하게 된 것은 하인을 데리고 대구에 볼일을 보러 내려갔기 때문인데, 사상자 이백 명이 넘는 대시위에서 불행하게 임역관 두 주종(主從)이 사살되었던 것이다. 그리고 임명빈은 소위 독립운동 주모자의 한 사람이라 하여 지금까지 서대문형무소에 수감된 채였으며 최서희가 돈 오백 원을 억쇠 편에 보낸 것도 임역관댁이 결딴이 났기 때문이다. 임역관댁 여자들이 한 가닥 희망에 매달려 있을 것은 틀림없는 일일 것이다. 운명이라 해도 좋고 역사라 해도 좋고, 그 역사가 혹은 운명이 언제, 아니 가까운 시일 내에 광명을 안겨줄지 모른다는 희망, 하기야 자비롭고 정의를 구현하려는 이상, 그것이 속 다르고 겉 다르다 하더라도 하여간 세계대전의 전승국 지도 자들이 헤프게 뿌려놓은 복음, 피압박민을 향한 민족자결이 라는 황홀한 선언은 전폭적인 희망과 기대가 아니었던가. 지금 황홀한 무지개는 사라져가고 그들 각자의 이권이 냉혹한 모습으로 국제 무대에 도사리고 있다손 치더라도 눈물 마른 자리에서 나약한 여자들이 한 가닥 희망마저 버린다는 것은 차마 못할 짓이 아니겠는가. 아들 때문에 유식해진 어머니, 남편 때문에 세상 돌아가는 것을 알게 된 아내, 세상 떠난 사람은 그렇다 치고, 명희가 듣고 오는 국외사정에 일희일비하고 어디 어느 곳의 무슨 선교사가 일본에 항의를 했다 하면은 당장 독립이 되어 아들이, 남편이 풀려나올 것처럼 기뻐하고.

상현의 걸음이 무디어진다. 갑자기 역겹고 짜증이 치민다. 그들 얼굴을 보는 일이 싫어진다. 거리를 지나가는 뭇 조선인 들의 얼굴이 보기가 싫다. 그것은 또한 자기 자신의 얼굴인 것 이다. 항일투사든 변절자든 관망자든 남녀노소, 신분의 상하 를 막론하고 망국의 쇠사슬은 누구에게나 걸려 있는 것이다.

'제발, 제발 맙소사!'

임역관댁 대문이 보인다.

'뭐야? 애기를 낳았구먼.'

대문에 삼줄이 걸려 있다. 빨간 고추와 숯이 매달려 있다.

'야단났다. 아들 낳은 것은 고마운데 그냥 돌아갈 순 없고 어떡헌다지?'

상현은 담배를 꺼내어 붙여 물고 삼줄을 바라본다.

'아들이다……'

문득 용정촌의 송장환 얼굴이 생각난다. 오랫동안 까맣게 잊은 사람이다. 서희의 편지를 받았기 때문에 생각이 났는지 모른다. 아니, 상현은 임명빈과 송장환을 혼동한 것이다.

"이선생님 아니세요."

돌아보지 않아도 명희였다. 상현은 쉽게 돌아보아지지 않는다.

"이선생님."

"아, 네."

"언니가 애기를 낳았어요."

명희는 약간 미소를 머금는다.

"아들이군요. 축하합니다."

검정 치마저고리를 입은 명희는 생각보다는 어둡지가 않다. 여위었으나 푸르게 보일 만큼 살빛은 훨씬 희어지고.

"어디 갔다 오는 길입니까."

"학교에 잠시 다녀오는 길이에요. 사표를 냈는데 학교선 휴직으로 그냥 내버려둔 모양이에요."

"어차피 나가시기는 하셔야지요."

"글쎄요……"

아랫입술을 물면서 신발 끝을 내려다본다. 동경 가서 전문 학교를 마친 뒤 명희는 모교에서 가사과를 맡고 있었던 것이다. 구구한 얘기가 있긴 하나 현재까지 그는 독신주의자였다.

"어려운 걸음인데 이래서 어떡허지요?"

"어머님께 인사나 드릴까 싶었습니다만 다음 또 오겠습니다. 그럼,"

상현은 호주머니 속에서 봉투를 꺼내어 명희에게 준다.

"……?"

"진주 최서희 씨가 인편에 보냈더군요. 생활에 보태 쓰시라는 뜻인 듯싶습니다. 아버님과의 인연을 생각해서 그러나 봅니다."

"그분이…… 장례 때도 적잖은 부의금을 보내주셨는데."

좀 당혹해한다.

"명희 씨가 미안해할 건 없습니다. 그쪽에선 그럴 만한 의무가 있으니까요."

명희는 상현의 눈을 잠시 바라보다가,

"그럼 미안해 안 하겠어요. 그보다 이선생님은 괜찮으세요?"

"괜찮으나 마나 내가 뭐 한 일 있습니까? 일개 룸펜인데,"

"어젯밤 서참봉댁을 형사들이 습격했어요."

상현이 서의돈의 집 지붕 쪽을 힐끔 쳐다본다.

"서선생님이 상해서 잠입해 왔다는 정보를 받고 왔다나요?

온 집을 뒤졌어요."

상현은 아무 말도 하지 않는다. 한참 후,

"그럼 후일 또 오죠. 안녕히 계십시오."

"네, 안녕히 가세요."

상현은 굳은 자세로 멀어져가고, 명희는 상현의 뒷모습을
보는 것도 아니요 그냥 우두커니 서 있다. 무슨 까닭이었는지
상현이나 명희는 다 같이 감옥에 있는 명빈의 얘기는 입 밖에
내지 않고서 헤어진 것이다.

2장 전주행(全州行)

상현은 전윤경(全潤慶)을 따라 전주에 내려왔다. 바람도 쐴
겸 함께 가자고 권하기도 했었지만 더 이상 서울서 견딜 수
없었던 상현은 하동이나 진주에는 가기가 싫었다. 한편 전주
에 봉순이 있다는 소문을 들은 일이 있어 혹 만나게 될지 모
른다는 막연한 기대도 있어 전윤경과 동행을 한 것이다. 전주
는 첫길이 아니었으나 생소하기론 처음 왔을 때와 다를 것이
없었다. 평지에 가지런한 기와집들은 깔끔한 느낌이며 왠지
모르게 나그네를, 자신을 거부하고 있는 것만 같다.

"상현이."

"음."

"어때, 기분전환이 되나?"

전윤경은 금테 안경 속의 갸름한 눈에 얕잡는 것 같은 미소를 띤다.

"사치스런 소리 하지 말어."

"음, 그런 소리 할 줄 알았지."

"알면서 왜 물었누."

"그게 내 취미거든."

갈색과 흰색이 엇섞인 홈스펀 코트의 깃을 세우며 윤경은 오래간만에 찾아오는 고향을 아무런 감회 없이 바라본다.

"열등감이 빚은 취미지."

상현이 씹어뱉듯 말했다.

"그건, 이상현 특유의 오해야."

"말재간을 농하는 것도 전윤경의 취미 중 하나라."

두 사람은 천천히 걷기 시작한다.

"매도 자꾸 맞아버릇하면 덜 아프고 실연도 여러 번 하면 덜 괴롭고 좋은 일도 마찬가지지. 재미가 덜하는 법이야. 자네 그 사치스럽다는 자의식이라는 것도 여러 번 조롱을 당하면은, 그러니까 자네가 말하는 내 취미는 열등감에서 빚어진 게 아니라 박애주의에서 비롯된 거다 그 얘기야."

"동문서답 같은 내용이군."

시시한 소리 별로 듣고 싶지 않다는 듯 상현은 걸으면서 시선을 멀리 던진다. 전윤경도 상현의 시선 쪽을 바라보며,

"해가 지는군."

"……."

"일찍 들어가도 멋쩍고, 어때? 술 하러 가겠나?"

"그거 좋지."

상현의 음성에 생기가 솟는다.

"흥, 술이 아니라 바로 생명수구먼. 술 좀 안 먹이려고 끌고 왔더니 우거지상을 차마 볼 수가 있어야지."

윤경은 자신이 제안해놓고, 화가 난 듯 혀를 찬다.

전라도의 갑부 아들 전윤경은 상현이 일본 유학 당시 사귄 친구다. 상현보다 두 살 위니까 서른하나, 진작부터 동경으로 건너가서 별로 신통치 못한 전문학교를 전전하다가 마지막 중퇴하기론 일본대학이다. 문학에 대한 조예가 깊었고 특히 영국의 오스카 와일드에게 경도된 때도 있었으나 그 자신 글을 쓰려 하지는 않았으며 상현에겐 문학을 해보라고 자주 권유를 했었다. 서울서 임명빈과 상현이 동인지(同人誌) 비슷한 얄팍한 잡지를 서너 호 냈을 적에 물심양면 도와준 사람은 전윤경이었다. 그는 다분히 자유분방하였고 소위 댄디스트라 할 수 있는 인물이다. 여자도 많이 사귀는 편이지만 무절제하진 않았으며 향리에 있는 가족에겐 관례대로의 아들, 남편, 아버지의 의무를 저버리는 일이 없었다. 이번 3·1운동 때도 참가는 했으되 다른 또래처럼 열광적이진 않았고, 또 그는 책상을 치며 일본제국주의를 규탄하고 독립을 쟁취해야 한다는 토론이 벌어질 때 침묵을 지켰다. 그러나 아무도 그를 친일파라 지목하지는 않았다.

두 사람은 으슥한 골목에 들어섰다. 박모(薄暮)의 어스름이 아직 감도는데 기생집 처마 밑에는 전등이 켜져 있었다.

"아이구매! 나으리, 워쩐 일이시오? 자아, 싸게 오르시시오."

버선발로 뛰어내리며 중년 기생이 호들갑을 떤다. 전윤경은 마루로 올라서며,

"그간 잘 있었나, 초월이?"

"그럭저럭, 안 죽었인께 나으리를 다시 보는디 참말로 반갑구만이라우. 애들아, 뭣들 하는 거여! 싸게 나으리 뫼시란께."

젊은 기생이 몇 조르르 달려나와 가는 허리를 흔들어대며 인사를 한다. 안방으로 들어가 자리에 앉는다. 초월이 새삼스럽게 머리를 매만지며 들어온다.

"가뭄에 단비 만난 것 같지 않은가?"

"예?"

"그간 장사 안 됐을 텐데?"

"말씸 마시시오. 손님도 적었지만 우리도 장사 안 했인께로. 온 나라가 야단인디 기생만 먹고살겠다고 장사할 것이오?"

"하기야 기생들도 만세를 많이 불렀지."

"이 나라 백성인께."

"참, 인사하게나. 장차 이 모씨보다 유명한 소설을 쓸 사람이야. 게다가 미남이고."

"이 모씨가 누구다요?"

"무식하군. 시골 기생은 할 수 없어."

"들은 풍월이 없인께로, 손님, 초월이라 하는디 앞으로 곱게 보아주시쇼."

젊은 기생 둘이 차례로,

"죽희(竹姬)라 하옵니다."

"매원(梅苑)입니다."

"인사가 끝났으면 술부터 가져오게. 나는 술 마시러 왔지 기생 얼굴 보러 온 게 아니야."

따분하게 앉아 있던 상현이 뇌까린다.

"오매, 섭섭혀서 이를 워쩔 거나?"

초월이 상현을 쳐다본다. 목소리는 소야(粗野]했으나 무르익은 자태, 오뚝한 코와 풍정 있는 입모습, 아름다운 얼굴이다.

"하라는 대로 하는 게야. 나같이 정이 뚝뚝 떨어지는 사내로 알았다간 큰코다쳐. 넘어져서 뒤통수 깬다니까."

"예, 예, 알아 뫼셨어라. 호호호……."

초월이는 나가고 술상은 이내 들어왔다. 몇 순배 술이 돌았다. 짜증스럽고 성깔이 날 듯 위태해 보이던 상현의 눈빛이 가라앉는다.

"술을 제한할려면은 방법이 하나 있지. 여자를 좋아하는 거다. 상대가 누구든 연애가 되면 좋지. 그냥 외입질은 안 돼. 절주보다 폭음하기 십상이지."

"술? 술보다 여자가 덜 독하다 그 말이야?"

"덜 독한 여잘 택하면은, 허허헛……."

"나도 그러길 바래. 허허헛……."

맥빠진 웃음소리를 낸다.

"어때? 초월이 괜찮은 여자야."

"다 늙어빠진걸."

"늙기는요."

매원이 뾰르퉁해서 입을 내민다.

"나일 말할 것 같으면 자네보담이야 두서넛 월 거야. 그러니까 누님같이 포근할 거다. 그거 괜찮은 거라구."

"자네 퇴물을 왜 내가 하누."

"결벽한 이상현, 기생과는 연애 안 된단 얘긴데 그러면 안성맞춤이 있긴 있지. 명희아가씬?"

"취중에도 할 얘기가 따로 있지."

"이거 거룩하게 나오는데? 아무래도 술이 아직 모자라는 모양이야. 어, 그는 그렇고 야, 너희들 좀 나가다오. 눈치도 없이 왜 그 모양이야. 너희들은 나가서 책방 도련님이나 울궈먹구 초월이 들여보내."

"어마나, 저희들은 기생 축에 들지도 않나 부지요. 이 애 죽희야, 나가자꾸나."

"응."

그들이 나가자 이내 초월이 들어왔다.

"나으리, 워째 우리 애들을 그리 울린다요? 박정헌 양반이
아니신디."

하며 웃는다.

"이 친구 비위 맞추노라 그랬네. 이래저래 나야 마음씨 고
운 사내 아니냐?"

초월이 깔깔 웃는다.

"웃지만 말구 술 한 잔 붓게."

상현이 술잔을 내민다.

"예."

뽀얀 두 손으로 술을 붓는다.

"아까 하다 만 얘긴데, 취중에도 할 얘기가 따로 있다, 그게
무슨 뜻이야?"

"책방 도련님같이 왜 이리 보채지?"

"그거 좋은 거야. 책방 도련님 심정이 되어보는 것 말이야.
명빈형이 들으면 날 타살할려 덤빌 테지만 임명희하고 연애해
라."

"하하하핫…… 이건 또 전윤경 특유의 오해시군. 자아, 술
부어. 고개는 왜 갸웃갸웃이야?"

초월에게 술잔을 내민다.

"워째 이약을 들은께로 지는 물 위의 기름 겉이 되야뿌렀나
비여."

술을 따르며 슬쩍 상현을 쳐다본다.

"허어 저것 보게? 마음이 급하기로, 옛정이 있는데 그렇게 염치가 없어 쓰겠나?"

"말씀 마시시오. 전주 안의 기생치고 전참봉댁 나아리 소실 될 아이는 없을 것이오."

"그건 또 왜?"

상현이 묻는다.

"그건 전참봉댁 나으리께 물어보시시오."

"허허어. 전참봉은 무슨 놈의 전참봉이야? 이 친구 앞에서 사람 기죽이지 말라구. 돈냥 주고 벼슬 하나 샀기로 나하곤 관계없어."

두 사람은 거나하게 술이 취했는데 윤경은 또 명희 얘기를 꺼내어 물고 늘어진다.

"아아니, 윤경이 자네, 생각이 달라 이러는 거 아니야? 공연한 생각 말어. 그 여자는 독신주의자야. 지금 나이 몇인지 아나? 스물다섯, 공연히 불난 집에 부채질하는 그따위 말은 그만두는 게 좋지."

"매한가지지. 오십보백보, 임역관이 돌아가셔서 좀 안됐네만 명빈형이야 항일투사의 띠 하나 두르고 나올 건데 뭐. 그게, 돈냥 주고 산 참봉 벼슬보담은 좋은 거라구. 하하핫…… 그나저나 한심스럽게 됐다. 시국을 방관하는 공론자(空論者)로 이미 지탄을 받은 바이지만 이번 일의 의의(意義), 그렇지. 솔직히 말해서 아무런 성과는 없었고 다만 의의가 있었을 뿐,

안 그런가 상현이."

"그런 말은 왜 꺼내는 게야. 술맛 떨어지게."

상현은 눈살을 찌푸린다.

"자네 마음속에는 시국을 방관하는 공론자에 대한 경고, 그 것에 대한 공포에 가득 차 있으니까, 안 그런가?"

"듣기 싫어!"

"듣기 싫게 안 되어야만 자네 주량도 줄 것일세."

"흠, 그럼 나도 애국자에 속하는군."

"각별한 애국자론 볼 수 없지. 어쩌면 만세를 목이 터져라 불러댄 장날의 장꾼보다 순수하진 못할 게야. 나 역시 그렇지 만, 자네하고 나하고 다른 점이라면 자네의 그 공포심은 선비 의식에서 왔다, 흔히들 문사(文士)와 선비를 혼동들 하고 있는 데, 아주 이질이라 할 순 없으나 같다고도 할 수 없는 건데, 자넨 그 선비의식에서 탈피 해야 해. 독립투사가 되든 서 푼 짜리 문사가 되든 말이야. 나 자네한테 설교하는 거 아니야. 설교할 자격이 있어야 말이지. 또 선비의식 자체가 나쁘다는 것도 아니고 다만 자네에게 있어 선비의식이란 체면이다 그거 야. 세상이 불편하지. 어느 것을 하든 체면의 노예가 되면 불 편한 거야. 자칫 잘못하면 어릿광대 혹은 속물이 되는 게야. 자네 약점을 찔러 미안하이. 자네 같은 성품에는 반갑잖은 유 산이야. 또 열등감에서 빚은 얘기라 하겠나?"

"……."

"명빈형을 생각할 것도 없고 그놈의 돈키호테 같은 서의돈, 그 위인 생각할 것도 없네. 나하고 서의돈 그 위인과는 앙숙이다마는 하여간 그 사람들 우둔한 대로 혹은 소야한 대로 자기 자신에 대해 크게 의심 않고서 행동하는 것은 부러워. 감옥에 갇히든 상해로 뛰든 말이야."

"무슨 이야그가, 참말이제 지헌티는 어렵네요잉. 바로 가나 모로 가나 독립이나 되았이면 쓰겄는디 이래서야 다 틀린 것 아니겠으라우?"

초월이 시무룩해서 말했다.

"아득하지."

"왜놈 군대만 자꾸 온다는디 조선사람 다 잡아 죽이려는 거 아니란가?"

"죽기 싫거든 친일해."

"친일을 워떻그럼 한다요? 진주 논개는 못 될지라도…… 사람들이 숱해 죽었는디. 이분에도 동학당이 주동이 됐다던디,"

"너도 동학이냐?"

"아니여라우. 허지만 우리 엄니헌티 이약은 많이 들었지라우."

"무슨 얘기."

"우리 엄니도 요상한 사람이요잉. 금매 엄니 소싯적에 전주 감영에서 효수된 동학당 장수헌티 반혔인께 요상타 말시."

"그 장수가 누군데?"

"김개주여라."

"호오?"

"사내 중의 사내, 그런 사내 씨 하나 받았으면 여한이 없겠
노라, 우리 엄니 인물 좋았지라."

"짝사랑이었구먼."

"죽고 난 뒤 이야그, 그런께로 감영에서 효수당헌 것을 보
았는개 비여."

"그렇담, 어째 으시시한 얘기로군."

밤늦게까지 술을 마시다가 상현이,

"초월이."

하며 새삼스럽게 부른다.

"예, 말씀하시시오."

"김개주의 아들을 내가 아는데 어미가 못 푼 소원 초월이가
풀라느냐?"

"예? 오매! 그거 무슨 말씀이라요?"

"김개주의 아들!"

"오오매— 김개주의 아들이 있었어라?"

"그럼."

"워찌 아신다요."

"그건 물을 것 없고, 대신 내 청 하나 들어주겠나?"

"말씀하시시오."

"기화라는 기생이 전주에 와 있지?"

"기화, 예, 알지라우."

의아의 빛이 돈다.

"어디 있는지 아나?"

"금매, 우리 집 애들 중에 아는 애가 있을 것이오. 헌디 워떤 사이란가요?"

"어떤 사이? 남남이지, 신세 좀 질까 싶어 찾는 게야."

"거 여기선 명창이라 허는디, 그리고 본께로 나으리 눈이 높소잉."

"생활이 엉망 아닌가?"

"글씨 그건⋯⋯. 지금은 혼잣몸일 것이오."

"혼잣몸 아니라도 별수 없지만 혼자라니 더욱 좋고, 그럼 기화 있는 곳을 아는 애를 불러주어."

"산호주야!"

방문을 열고 내다보며 부르다가 대답이 없자 밖으로 나간다.

"기화가 누군가?"

"기생이지 누구긴."

"기생이란 것은 이미 아는 일이고."

"좁쌀 양식 싸다니나? 왜 그리 잘아? 얘길 하자면 기니까 관두는 게 좋을 것 같다."

산호주(珊瑚舟). 이름과는 딴판의 얼굴이 나타났다. 안색이 검고 깡마르고 성깔깨나 있어 뵌다는 것 이외 별다른 데가 없는 스물서넛 쯤의 기생이다.

"산호주라 합니다."

태도도 고분고분하지는 않다.

"음, 네가 기화 있는 곳을 아느냐?"

"예. 기화언닐 무슨 일로 만나시렵니까?"

"네가 알 일은 아니야. 그러면,"

상현은 일어선다.

"아니, 어딜 가는 게야?"

"자넨 놀다 가게."

"가게?"

"응, 나는 기화 집에 가면 재워줄 거다."

"이 미친 사람 보게나?"

"미치나 걸치나 내겐 그곳이 편할 것 같다. 자아, 산호주? 거 이름 한번 좋군. 가자."

산호주의 손목을 잡는다.

"지금 당장에 말씀입니까?"

"그럼."

"야! 상현이, 자네 날 무시하기야!"

전윤경이 좀체 내는 일이 없는 화를 낸다.

"기화는 다르다구. 애인도 정인도 아니지만 말이야. 기화를 말할 것 같으면 자네하고의 인연 같은 것 아무것도 아니야."

비틀거리며, 그러나 산호주의 손목을 강인하게 끌며 나가 버린다.

골목을 빠져나오자, 산호주는,

"나으리, 이 손 놓으셔요."

"응."

하며 손목을 놔준다. 그러나 이리 비틀 저리 비틀 하는 바람에 이번엔 산호주 쪽에서 팔을 잡아준다. 밤바람은 차다. 초겨울이건만 폐부를 찌르듯 차갑다. 조각달이 멋쩍게 하늘 한가운데 걸려 있다. 바람 소리 또 바람 소리, 실제보다 상현은 그 바람 소리를 크게 듣는다.

"최서희! 이 계집! 네가 잘났음 얼마나 잘났기, 으음……."

"나으리, 최서희가 누구셔요?"

"뭐? 최서희? 네가 어찌 아느냐? 봉순이가 그러더냐?"

"봉순인 또 누구셔요?"

"으음, 아무것도 아냐! 아무것도, 어서 가자!"

"나으리, 기화언닐 좋아하셔요?"

"아암, 좋아하구말구."

"그런데 어째,"

"딴 사내하고 살았느냐 그 말이렷다."

"예."

"우린 친구야. 어, 한데 어디까지 가는 게야?"

"다 와 가요."

"산호주야."

"예."

"너도 만세 불렀느냐?"

"부르고말굽쇼. 기화언니랑 울면서 따라다녔어요. 집에 와서도 언닌 많이 울었지요."

"어째서? 독립이 될 거라구 울었나?"

"저희들이야 뭐 아나요? 언니가 하도 섧게 울어서,"

"수원서는 향화(香花)라는 기생이 잽혀가서 곤욕을 겪은 모양인데 여기선 잽혀간 기생은 없었느냐?"

"여기선 세 차례나 시위가 있었지만 모두 학생들이 주동이 돼서 한 일이니까요. 여학생들이 많이 잽혀가서 단식을 하곤 했지요."

상현은 싹싹하고 착한 듯 선생님처럼 얘기를 하다가 노래를 흥얼거린다.

"아아, 오래간만에 기분 좋다!"

"다 왔습니다. 나으리."

"다 온 건 좋은데 그 나으리라는 말 그만둘 수 없겠나?"

"그럼 뭐라 하지요?"

"손님, 손님이라 하면 되겠군."

손님, 손님 하고 입 속으로 뇌어보다가,

"어멈! 어멈!"

"예―. 나간단게."

아낙이 대문을 열어준다. 아주 작은 기와집이다.

"언니 계시지요?"

"기신다요. 손님이란가?"

미처 뭐라기도 전에,

"기화! 나야!"

하며 밤중 이웃 생각도 않고 상현은 소리를 지른다. 그리고
여자들을 좌우로 젖히며 대문을 들어선다.

"봉순이,"

이번에는 나직한 음성으로 아주 정답게 부른다. 봉순이 방
문을 열고 마루 끝까지 걸어나온다.

"산호주야, 고마워. 넌 어서 가아."

하며 손짓을 하고 나서 상현을 바라본다. 생소한 표정이다.

"나라니까, 봉순이, 아니 기화."

"알아요, 이부사댁 서방님, 오르셔요."

흐미하게 웃는다. 상현은 기화의 표정 따위는 살피려 하지
않고 마치 바다에서 뭍으로 기어오르는 사람처럼 허둥지둥
방 안으로 들어간다. 자리에 들었던가 방에는 이부자리가 펴
져 있었다. 상현은 이부자리 속에 발을 디밀고 앉는다.

"아아 좋구나. 살 것 같다."

"서방님."

"응."

"애기씨 생각이 나서 오셨수?"

"뭐이라구?"

"서희아씨 말입니다."

"미친 소리, 나 기화한테 신세 좀 지려고 왔다."

기화는 마주 보고 앉는다.

"형사한테 쫓겨 오셨나요?"

"야, 그 위대한 소리 말어. 이상현이 뭐 그리 큰 고기라고 형사 나리께서 쫓아오겠냐. 직장도 잃고 밥 먹을 곳이 없어 왔으니까 한 달만 먹여주어."

"참 서방님도, 한 달 계시는 건 상관없지만 신상에 해로우면 어떡허지요?"

"나이 삼십이 다 돼가는데, 네가 내 생활을 몰라 그러는구나. 둘째가라면 서러운 주정뱅이가 신상을 생각하게 생겼냐?"

"참말 아닌 게 아니라 변하셨수. 그럼 술상 차려 올릴까요?"

"아니다. 실컷 마시고 왔어. 오늘 밤은 너하고 밤이 새도록 얘기하구 싶어."

"그렇게 하세요."

"전주까지 내려올 때는 막연했는데 언제 내가 여길 왔지? 참 이상하지 않느냐?"

"서울서 여까지 오신 게 뭐가 그리 이상하지요? 연해주에서도 오셨는데."

"하긴 어디서 어딘가를 떠나왔을 적엔 언제든지 그렇더군. 올 때 바람 소리가 몹시 심하더구나."

"별로 그렇지도 않았는데요? 맘 탓이 아닐까요?"

"그럴까……."

"저는 가끔 파란 보리밭에 앉은 까마귀들 생각이 나군 한답니다. 열여덟 땐지…… 처음 하동읍의 소리꾼 집을 찾아갔을 때예요. 그때 평사리서 걸어 읍내로 가는데 파란 보리밭에 까마귀들이 무리 지어서 앉아 있었어요. 평소엔 무심히 보았었는데……. 서방님의 바람 소리도 연해주 바람 소릴 거예요."

상현은 기화를 우두커니 쳐다본다. 살빛이 곱던 얼굴에 기미가 조금씩 돋아나 있다.

"왜 우리들이 이런 생각을 해서 안 되는지 모르겠다."

"네?"

"밤낮 독립, 항일, 남아의 갈 길, 결사대……."

상현은 혼잣말처럼 중얼거린다. 한동안 침묵이 흐른다. 자연스럽게 두 사람은 침묵을 지킨다.

"기화."

"네."

"의돈형님 상해로 갔다."

"그랬어요?"

기화의 음성은 무심상하다. 서의돈에 대해선 늘 수동적이던 기화였으나 단념은 서의돈 쪽에서 먼저 했다. 깨끗하게, 그렇게 말짱할 수가 없이. 헤어진 뒤 기화는 비로소 서의돈을 무서운 사내로 알았고 사내의 이기심을 절감했던 것이다. 역시 서의돈도 관례대로 기생사회에서의 외도를 했을 뿐이었다.

"독립운동하러 가셨군요."

"아아 내가, 그만두자, 그런 얘기는. 그보다 내 얘기 들어주는 거다. 누가 날더러 연애를 해야 절주할 거란 말을 하더군. 그런데 나는 연애 말고 소설을 써볼까 싶어. 기화는 소설이 뭔지 아나?"

"날마다 신문에 나오는 얘기 말이지요?"

"응, 그래."

"연추에 계시는 나으리께서 꾸중하실 텐데요."

"허허어, 너도 내게 냉수를 끼얹는군. 글쓰는 걸 잡기(雜技) 같이 생각는데, 그게 그렇지 않아. 해볼 만한 일이야, 하하핫…… 실은 나, 아니 그 얘기도 관두자. 역시 술이구나."

기화는 밖에 나가 아낙에게 술상을 차리라 이르는 모양이다. 그러고는 마루 끝에 한참을 서 있다가 방으로 돌아왔다. 상현은 이불에 기대어 비스듬히 누워 있었다. 내리깐 눈 아래 그늘은 이 세상 끝에 홀로 선 한 사나이의 짙은 외로움 같다. 시선을 느낀 상현이 얼굴을 든다. 역시나 외로운 여자가 외롭지 않은 얼굴을 하고 서 있다. 다시 눈을 내리깐 상현은,

"기화는 생활이 되나?"

"네, 그럭저럭 돼요."

"서울 갈 생각은 없고?"

"아무 생각도 안 해봤어요."

두 사람은 새벽녘까지 술을 함께 마시었다. 그리고 상현은 기화 집에 눌러앉았는데 전윤경은 정말 화가 났는지 찾아오

지 않았다. 찾아오지 않아 다행이라고 상현은 생각했다.

세상일을 듣지도 보지도 않고 상현은 열흘을 보냈다. 술도 반주 정도, 대신 그는 기화가 술자리에 불려나가 없을 땐 원고지를 말아대는 게 일과였다. 열흘이 지난 밤에 상현은 안방에서 새 나온 신음 소리를 들었다. 아니, 소리를 죽이며 우는 소리였다. 가만히 귀를 기울이며 상현은 울게 내버려둘 작정이었다. 그런데 별안간 상현은 흥분을 느낀다. 울음소리, 여자의 울음소리, 봉순이도 기화도 아닌 그냥 한 여자의 울음소리가 오관의 피를 급하게 회전시킨다. 상현은 어금니를 깨문다. 그간 여자관계도 절제 있는 것은 아니었다. 그러나 근래에 와서 과음한 탓인지 잠자고 있었던 욕구, 욕구가 별안간 아우성치듯 전신에 몰려든다.

상현은 기척을 죽이며 일어섰다. 방문을 열고 나간다. 울음소리가 뚝 끊어진다. 마루 복판에서 상현은 그 뚝 끊어지는 울음소리와 함께 성욕이 멎는 것을 느낀다. 입에서 한숨이 새나온다.

"기화."

"예."

코 먹은 소리다.

"왜 그래?"

"그럴 일이 좀 있었어요."

"무슨 일인데."

"가다가 그런 일이 더러 있어요."

상현은 방문을 열고 들어간다. 기화는 엎드린 채다. 옥색 저고리에 자줏빛 감댕기가 눈에 아픈 것 같다. 부드러운 어깨, 가녀린 허리, 저고리 도련이 올라가서 하얀 치마허리가 보인다.

"욕을 들었구나."

"욕만이면요, 뺨을 맞았어요. 취하지도 않고서,"

엎드린 채 대답한다. 상현은 기화를 안아 일으킨다.

"기생 처지 그러려니 생각할 것을, 오늘 밤은 유난히 서럽네요."

서럽네요, 그 말에서 멎었던 울음이 다시 이어진다. 서럽게 흐느낀다. 따스한 몸의 흔들림이 상현에게 전해온다. 울음소리, 봉순이도 기화도 아닌 그냥 한 여자의 울음소리, 상현의 몸속에선 다시 피가 급하게 회전하기 시작한다.

"왜 우는 거야! 밤중의 계집 울음은 재수가 없어!"

상현은 버럭 소리를 지른다. 그 말에 기화는 더 운다.

"기화!"

상현은 기화를 쓰러뜨리고 전등을 끈다. 전등 꺼지는 소리에 기화는 벌떡 일어나 앉는다.

"바보같이, 바보같이, 이 바보야!"

상현은 기화의 가슴을 짓누른다. 여태껏 어느 여자에게서도 체험한 일이 없는 환희에 상현은 전신을 떤다.

"바보같이. 바보,"

헛소리를 지르듯ㅡ.

3장 겨울 혼사(婚事)

"두만아배!"

강에서 불어오는 바람을 느끼면서 두만네는 앞서가는 남편을 부른다. 두만아비가 돌아서며 마누라 오기를 기다린다. 다듬잇살이 잘 오른 옥양목 치마저고리를 입고 명주 수건을 쓰고 고동색 비단으로 겉을 싼 털토시에 두 손을 낀 두만네가 어기적어기적 걸어간다. 몸이 비대하고 모처럼의 나들이 차림이어서 그런 모양이다. 털토시 말고는 여전히 농가 늙은네 차림이나 어딘지 모르게 부골스런 태가 난다. 두만아비는 젊은 시절과 마찬가지로 마른 몸집인데 얼마 안 있어 환갑이긴 하지만 폭삭 늙어 가랑잎 같다. 그도 무명 두루마기에 갓을 쓰고 있다.

"동짓달이믄 춥기야 하지마는 유난스리 더 칩운 것 안 겉소?"

"여기 뚝길은 언제나 칩었인께. 여름에는 덥고,"

두만아비는 활개를 휘휘 젓고 걷는다. 저도 모르게 다시 걸음이 빨라진다.

"그거사 말짱 빈말입네다. 땀이 흐르다가도 이 뚝길에 오믄

다 식어부리는데 그러요?"

"그러씨, 무겁은 짐을 지고 댕긴께 그랬는가?"

"두만아배."

"와."

"이자부터는 짐 지지 마소. 채소는 밭에서만 내믄 될 거 아
니오."

"멋 땜에?"

"머리털이 허어여가지고 자식들 오양 깎이겄소."

"내 곰뱅이 성할 때 꼼작이는데 누가 머라 캐?"

"가만히 앉아서도 묵고살 긴데 우리가 살믄 얼매나 더 살겄
소."

"씨끄럽다. 일에 이골이 난 사람이 일 안 해도 병나는 법이라."

"이녁 고집도, 아 그래 이날까지 고생했는데 좀 편하믄 벌
받을 깁니까."

"임자나 편하라모, 내 걱정 말고."

"이녁이 편해야 내가 편하지."

늙은 내외는 서로가 서로를 아낀 나머지 입씨름이다.

"그나저나 보소."

"또 와."

"혼삿날 칩우믄 시집오는 처니 맴이 독하다 하는데, 시아배
시어매 그 용한 사람들 며느리를 잘 봐야 긴데,"

"아따 벨 사스런 소리를 다 하네. 동짓달치고 안 칩운 날이

어디 있어서."

"그러씨, 그런께 좀 일찍 안 서둘고 그랬다 그 말 아입니까."

"일찍 하고 접어도 그럴 사정이 아닌께 늦잡아진 기지. 신랑 될 사램이 잽히갔는데 신랑 없이 초례를 하게 생깄던가?"

"이녘도 나이 든께 옛적 친구들 섬길 맴이 되는개 비요."

"나이 들어서라기보다…… 나는 빚진 사람 아니가."

그 말에는 두만네도 입을 다물어버린다. 십삼 년 전의 일을 두고 하는 말인 것을 두만네는 알기 때문이다. 곰보 목수 윤보가 주동이 되어 최참판댁 조준구를 치려고 습격해 갔었던 그 날 밤의 일을 이 내외는 가끔 생각하곤 한다. 약은 꾀를 써서 그 일에 말려들지 않았던 그때 일은 이 내외에게 결코 좋은 기억일 수는 없는 것이다. 더욱이 최참판댁 최서희는 진주로 돌아왔고 용이와 영팔이도 돌아와 가끔 얼굴을 맞대는 일이 있고부터 그 기억은 쓰거운 것일 수밖에 없다. 지금 이들은 영팔의 둘째 아들 제술의 혼인 잔치에 가려고 나선 길이다. 둑길을 지나고 장터에서도 빠져나온 내외는 말없이 걷는다. 걷다가,

"아아들 집에 가보고 안 갈랍니까."

"들이다보고 가까?"

"그렇게 합시다."

쪼깐이, 비빔밥으로 소문난 쪼깐이집에 못 미쳐서 술통과 술병을 가득 쌓아놓은 점방 앞에서 걸음을 멈춘 내외는 유리문을 열고 들어간다. 화로를 가운데 두고 마주 앉아 손을 쬐고

있던 두만이와 그의 작은마누라 쪼깐이가 놀라며 일어선다.

"아이구, 아버님 어머님, 어서 오세요. 날씨가 추운데."

설설 기는 시늉이다. 그러나 늙은 내외는 냉담하다.

"너는 여기 있으믄 가게는 누가 보노?"

두만네가 힐책하듯 말한다.

"아침나절에는 손님이 뜸해서 잠시 나왔습니다. 어머님, 여기 앉으십시오."

핏기 없는 노르께한 얼굴에는 그저 고분고분한 표정이 있을 뿐 언짢아하는 기색이 없다. 오히려 두만이 불쾌해한다.

"앉을 것도 없다. 곧 가야 하니께."

"그럼 지는 가보겠습니다."

인사를 하고 나가는데 늙은 내외는 덤덤히 서 있다. 가녀린 몸이 다람쥐처럼 문밖으로 사라지자,

"오매도 참, 그새 가게 비웠다고 큰 손해라도 납니까?"

"잔소리 마라. 며느리 벌어주는 돈 내사 안 반갑다. 사람이 그러믄 못쓴다. 주야장천 붙어 있임서 그새를 못 참아 여기 와 있나? 내사 눈에 불이 난다. 본계집은 설 명절에나 가장얼굴 한 분 볼까 말까, 그 죄를 우짤 긴고. 고생이같이 어머님 아버님 해쌓아도 내사 큰며느리 땜에 가심이 아프다."

"아, 오매도 좀 생각해보소! 그기이 누구 믿고 이곳까지 왔소? 밤낮없이 벌어도 지 주머니에 돈 한 푼 넣는 줄 압니까. 모두 그리 믿어라 해쌓으니 지가 안 생기믄(섬기면) 누가 생길

기요!"

두만이 역정을 낸다. 사실 쪼깐이는 헌신적이다. 남편에게 시부모에게, 그리고 큰마누라가 낳은 자식에게, 심지어 시동생 내외까지 죽으라면 죽는 시늉이라도 낼 그런 여자다. 다만 한 가지 남편을 본댁에 보내지 않는 것. 두만네는 작은며느리가 잘하면 잘할수록,

"여시 같은 년, 어디 세상에 서울네 그년 같을라구. 소나아 독차지할라고 수단 쓰는 것 아니가."

하며 미워했다.

"만판 그래 봐야 소용없다. 자식 낳고 멧상 들 큰며누리가 젤이제."

"쳇."

"에미 말에 쳇이 멋고? 말말이 그 제집 때문에 술가게도 차렸다 하지마는 이런 가게 안 해도 굶지는 않는다. 우리가 가만히 앉아서 자석 버는 것 얻어묵고 앉아 있는 것도 아니겄고 농사지어서 내감시로 사는데 와 서울네한테 지어서 살아야 하노 말이다. 애비 에미 계집자석 있는 놈이 그래 천 리 밖에 있어서 집에 못 오나? 니 얼굴 볼라 카믄 우리가 여기 와야만 하나? 그래 부모는 니를 보러 온다고 치자. 니 가숙은 무신 죄를 져서 오지도 못하고 손이 뭉개지도록 일만 해야 한다 말고."

두만네는 목이 메어 말을 끊고 소매 속에서 손수건을 꺼내어 눈물을 닦는다.

"내사 마 애연하고 불쌍해서…… 너거들 붙어앉아 있는 꼴을 본께 눈에 불이 난다. 사나아가 잘나믄 열 기집도 거나린다 카는데 그 아아는 젊으나 젊은것이, 찾아갈 친정이 있단 말가."

흐느껴 운다. 두만이도 조금은 안된 생각이 들었던지 어세를 누그러뜨리며,

"누가 놀믄서 안 갑니까. 가게를 비울 수가 있어야지요. 내가 하로 나가믄 장사가 엉망인데."

빈말은 아니다. 술 도매상인데 심부름꾼이 둘 있었으나 그들은 온종일 술을 날라야 했고, 외상 거래가 많았으므로 장부 정리가 상당히 복잡했다. 수지상(收支上)의 금액도 컸으며 남에게 맡길 수 없는 것도 사실이다. 두만아비는 모자간의 다툼에 끼어들지 않고 종시 침묵만 지키고 서 있다.

"그만둡시다. 피차간에 다 살아볼라꼬 하는 짓 아닙니까. 그런데 오늘은 어디 가나라고 옷 차리입고 나왔소?"

"머, 제술이 장개날이 내일이라 부지(부조) 갖고 간다."

처음으로 두만아비가 입을 뗀다.

"영팔이아재 둘째 말입니까?"

"음."

두만이 눈살을 찌푸린다. 아주 마땅찮아 하는 표정이다.

"아부지도 머 그리 챙기쌓을 것 있십니까. 서로 살기 바쁜 세상에, 부짓돈이 아깝아서 하는 말은 앙입니다. 다 지목들을

받고 있는 사람들인데 귀찮은 일이라도 생기믄 우짤랍니까. 들자니까 그 집 아들 둘이 잽혀갔다가 나왔다믄서요?"

"그래서?"

"내 사업에 지장이 있이믄 해서 하는 말 아닙니까. 술 도매란 아무나 하는 거 아닌 줄 뻔히 알면서 그러네요. 그 사람들 눈 밖에 났다가는 허가 취소하믄 그만인 기라요."

"니가 누 덕분에 이리된 건지 알기는 아나?"

이번에는 부자간의 시비다.

"죽은 윤보 생각 안 나! 니를 서울까지 데리가서 목수 일 손잡아준 기이 누고!"

"아부지도, 아 지금 와서 그런 말 하믄 머합니까. 다 필요 없는 일이라요."

"하기사 애비가 사람 노릇을 못했인께 자식 놈 나무랄 자객도 없다마는,"

"아아니, 잔칫집에 가는 기이 머가 우때서 그라노."

두만네가 말리듯 들어선다.

"관의 사람들 눈 밖에 나도 안 되겠지마는 실상은 옛날하고 우린 다르단 말입니다. 그 사람들하고 상종하는 거는 아무래도 맘에 꺼림칙하니께요. 최참판댁인가 먼가 하필이믄 이곳에 와서 자리잡을 건 머 있어서,"

"니 그 말 무신 뜻고?"

두만네가 아들 앞에 다가선다.

"몰라서 그러요?"

"모르니께 문제."

"내 입으로 말해야겠소?"

"해라."

"우리 밑천이 다 드러날 긴께 하는 말 아니오. 이래 봬도 이 자는 진주 바닥에서 남한테 인사 받음서 사는 사람이오."

"머가 부끄럽노?"

"자식들이 커도 그렇지요. 혼삿길 맥힙니다."

"그라믄 니는 니 아들딸 시집 장가 보낼 때 사돈은 판서 대 감으로 할라 캤더나. 상놈이믄 상놈의 자식하고 짝지어주믄 될 거 아니가."

"그냥 상놈이믄 말 안 하겠소. 최참판댁,"

"그래, 최참판댁 종에서 면천(免賤)을 했다. 했으니 우떻단 말고. 조상이 샐인 죄인가?"

"어이구 참, 기가 차서."

"니가 그렇기 나오믄은 애비 에미도 꺼리야겠구나."

두만네 얼굴이 벌겋다. 두만아비는 우두커니 창밖을 보고 서 있다. 거리엔 소달구지가 지나간다. 나뭇짐이 지나간다. 자전거가 지나간다.

"보소, 가입시다."

두만아비는 잠자코 마누라를 따라나선다.

"그만 바로 갈 거로. 공연히 와가지고 심장만 상했소."

손수건을 꺼내어 콧물을 닦는다.

"그놈이 애비를 닮아 그런갑다."

"그래도 이녁이사 난 평생 사람 괄시는 안 했소."

늙은 내외는 휘적휘적 걷는다. 값비싼 털토시가 몸에 맞지 않듯이 이들 내외는 도방의 큰길이 어설프기만 하다. 추위가 오기 전까지만 해도 채소 지게를 지고 장에 팔러 왔었던 두만아비 역시 갓 쓰고 걷는 거리가 그저 낯설기만 하다. 사람들은 이들을 졸부라 한다. 근검절약의 생활, 별을 밟고 돌아오는 노동의 하루하루, 그새 땅도 많이 장만하였다. 뿐인가. 작은며느리 서울네가 벌어들이는 돈은 얼마이며 아들의 술 도매도 사업이라 일컬을 만치 규모가 큰 것이다. 그러나 두만아비는 여전한 농부요 두만어미는 그 농부의 아낙인 것이다. 재작년엔,

"한집에서 동서랑 시동생 잘 지내는 꼴을 보니 우리 기호네 맴이 얼마나 상하겠노. 모두 화목해서 한집에 살았이믄 싶기도 하다마는,"

해서 둘째 영만이를 이웃에 살림을 내어주었고 형보다 우직한 영만이는 독골에서 나오지 않고 농사만 짓고 있다.

봉곡 영팔이 집에 내외가 당도했을 때 잔칫집답게 집 안이 벅적지근했다.

"아이고 이펭이성님, 어서 오소."

얼굴이 불그리하게 상기된 영팔이 새 무명 바지저고리에 수박색 비단 조끼를 입고 반갑게 맞이한다.

"아지마씨도, 보래! 판술아! 독골아지마씨 오싰다!"

판술네가 부엌에서 쫓아 나온다.

"아이구 성님요, 이 칩운데 어서 방에 들어가입시다. 아재도 오싰십니까."

"야. 차비는 다 됐십니까?"

"이럭저럭 마아."

판술네는 행주치마를 걷어 콧물을 닦는다.

"어서 올라오소."

용이 내다본다. 얼굴이 병색이다.

"음."

두만아비는 작은방으로 들어가고 두만네는 안방으로 들어가고 젊은 축들은 까대기 옆에 있는 아랫방에 모여들 있는 눈치다. 안방에는 네댓 명의 아낙들이 앉아서 국수랑 떡을 먹고 있었다. 석이네도 거기 앉아 있다.

"성님, 이리 앉으이소."

"운냐. 그래 석이는 우찌 됐노."

자리에 비집고 들어앉으며 두만네가 묻는다.

"그냥 갇히 안 있십니까."

"큰일이다. 인자 걱정 없이 사는가 싶었더마는."

"나오기사 나오겄지마는 고상 좀 할 것 겉소."

"판술이, 제술이는 나왔는데 우찌 함께 안 나오고."

"우리 석이는 주모자라 캄시로, 최참판댁 마님이 백방으로 손을 썼지마는,"

"좀 시일이 걸리 그렇지, 애기씨, 아니 마님이 심써주신다 믄 잘될 기다. 걱정 마라."

하는데 판술이댁네가 국수, 떡을 가지고 들어온다.

"독골어무이 오싰십니까."

"운냐, 시동생 장개보내노라 욕본다."

"지사 머, 어무이가 다 하시는데요. 국물 식기 전에 어서 드시이소."

"묵는 거사 머 천천히 묵지. 니 씨어무니나 좀 들어오라 캐라. 얼굴 한분 보게."

"예."

얼마 안 있어 판술네가 들어온다.

"석아, 많이 묵었나?"

석이네보고 말을 건다.

"많이 묵었십니다."

판술네는 두만네 옆에 앉으며,

"성님, 참 오래간만이오."

"그러게 말이다. 일에 파묻히서, 가깝기나 있다믄 모리까."

"받아놓은 날이라 혼사를 하기는 하는데 석이네 생각을 하믄, 그 무상한 놈들이 그만 함께 안 내주고,"

"식자가 들었다고 그러나 부제. 그 아아가 시은학교 선생질을 했이니."

"와 아니라요. 식자 든 사람한테는 추달을 더 한답니다."

두만네는 다시 석이네한테,

"아들을 잘 두어서 그러려니 생각해라."

"시국이 그런 거를 우짭니까. 이자는 나도 마 단련이 돼서…… 날씨가 다락겉이 춥어지니께 밤에 잠이 안 옵니다."

"와 안 그렇겄노."

"괜찮소. 나쁜 짓 하다 들어간 것도 아니고 나랏일 하다 들어갔는데 젊으니께 견딜 만할 기요."

음식을 다 먹고 상머리에서 물러나 앉으며 곱슬머리의 아낙이 말했다.

"하모, 나랏일 보다가 들어갔는데 머. 내가 들은께로 서양 사람들이 말들 많이 하기 때문에 전겉이 마구잡이로 사람을 직이고 하지는 않는다 카더마."

다른 아낙이 땀을 닦으며 말했다. 않는다 하기는 했으나 직인다는 말이 섬뜩해서 석이네 낯빛이 달라지고 두만네, 판술네도 눈살을 찌푸린다.

"그나저나 아까 들어옴시로 봤는데 이서방 어디 아픈가 부제."

두만네가 말머리를 돌린다.

"늘 그리 골골하데요."

"허위대 좋은 사람이 우찌 그리 폭삭 늙었는고."

"안 늙은 사람이 어디 있십니까. 모두 다 우떻기 살았는가 싶소."

"홍이 끈이나 맺어주고,"

끈 맺어준다는 것은 혼인을 시킨다는 얘기다.

"머 십기 이서방이 죽기야 하겠십니까. 월선이가 죽고부터
는 넋 나간 사람맨치로, 참말이제 보기가 딱하요."

"임이네는 안 왔나?"

"오기는요. 판술아배하고 앙숙인데 오겠십니까."

"나이 들었이믄 좀 달라지얄 긴데,"

"달라지기는요, 날이 갈수록 더하는데. 에미가 그 꼴이니
홍이가 자꾸 비뚤어지지 않소. 그 좋은 머시마가……."

하며 말끝이 흐려진다. 두만네는 한숨을 쉬며,

"부모나 자식이나 다 인력대로는 안 되네."

안방에서 아낙들은 소근소근 얘기를 하는데 작은방의 남정
네, 남정네라기보다 늙은네들이지만 이들의 음성들은 좀 컸
다. 그중에서도 하동서 일부러 온 봉기가 한참 열을 올리고
있었다. 주로 평사리의 사정을 보고하는 셈이다. 살기가 어려
운지 노비(路費) 쓰고 부조는 조금밖에 못 가져왔다며 들어올
때는 몹시 풀이 죽어 있었다.

"최참판댁 애기씨, 아니 마님이 돌아오신 후 꼽추 그 사람
이 행방을 감춘 것은 자네들도 아는 일이지만 저분 때 야무네
가 그러던데, 머 야무네도 뉘한테 들었다던가, 아무튼 그 꼽
추 양반이 유리걸식을 하더라는 얘기구만."

"하 참, 애비 에미 잘못 만난 죄로, 거 심성은 고왔지. 병신 마음 고른 데 없다고들 하지마는,"

"어질었지. 이 몇몇 해를 얼굴 한 분 못 들고 살았일 기구마."

"그라믄 댁네랑 아이들만 살겠네?"

"살다니 죽지 못해 사는 거지."

"조준구 그놈이 아직은 먹고 입고 잘산다믄서."

"아무리 거들이 나도 만석 살림 뒤끝인데,"

"그런데도 도통 며느리 손자들을 돌보지 않는다 그 말이지?"

"돌보기는커냥,"

봉기는 침을 굴각 삼킨다.

"돌보기는커냥 천하에 그런 무도한 놈은 둘도 없일 기라. 아 그러씨 고슴도치도 지 새끼 귀한 줄은 안다는데, 이 사람들아, 생각을 해봐라. 나도 욕심쟁이, 심술쟁이, 순 도척이, 하고 욕도 많이 먹었다마는 그거 다 자식새끼들 배 안 곯릴라고 한 짓 아니가."

봉기는 조준구 말에 곁들여 자기 변명하는 것도 잊지 않는다. 실상 그는 옛 친구에 대한 정의도 정의지만 서희에게 줄을 놔서 달리 살 궁리를 해보자는 저의가 없는 것도 아니었다.

"한데 그 천하무도한 놈이 염치도 좋지. 평사리 그 집을 팔아묵을라 했던 기라. 저분 때 그래서 내리왔제. 올챙이처럼 배애지가 똥똥해가지고 처음에사 거드름을 피워쌓더마는 그 기이 다 허세라. 누구 하나 거들떠보는 사람이 있이야제. 아아 그러씨 악양 넓은 들판이 모두 최참판댁 것인데 누가 그를 알은체할 기든고? 나중에 소문을 들으니께 읍내 높은 사람들을 찾아갔다 하더마. 친일파 행셀 함시로, 읍내 높은 사람은 머 눈뜬장님이던가? 최참판댁 사연이야 모릴 사람이 있나? 해서 사람 취급도 못 받고,"

영팔이 벌룸벌룸 입을 헤벌리며 연신 웃는다. 조준구의 처량해진 얘기를 듣는 것이 통쾌하지 않을 수 없다. 게다가 잡혀갔던 아들 둘이 풀려나와 내일이면 제술이를 데리고 신부 집에 가서 상객 노릇을 할 터인즉 어찌 기분이 안 좋을 수 있겠는가. 콧물도 얼어붙는 만주 벌판에서 청인 땅을 소작하던 서러운 그날을 생각한다면 영팔은 지금이야말로 자기 인생에서 황금기 같은 거라 생각한다. 만세소동이 있을 때는 남 먼저 흥분하고 날뛰었지만 주변이 가라앉고 보니 그도 또한 가라앉았고 생활의 안착을 고맙게 생각하는 것이다. 그는 입버릇처럼 모래땅에 혀를 박고 죽었음 죽었지 이제는 고향을 안 떠난다는 것이다. 진주가 고향은 아니지만 조선땅이요, 부모의 산소도 가려면 언제든지 가볼 수 있는 곳에 있었으니 말이다. 지난 팔월에는 막내 또술이만 데리고 평사리 산소에 벌초하러 갔었지만, 산소에 갈 적마다 그는 퉁포슬[銅佛寺]의 황량한 벌판에서 울었던 생각을 한다.

"집을 팔아묵을라꼬 내리왔다 카지마는, 그 거궁한 집을 누가 살꼬? 살 사람은 아무도 없을 기다."

용이 무관심히 말했다.

"거궁한 것보다 집이 사람 살게 돼 있이야 말이제. 귀신 살기 꼭 알맞는 기라. 어느 눈먼 놈이 있으믄 몰라도 집 고치는 돈 가지고 집 한 채 살 긴데 눈이 삐어 그 집을 사까?"

"그 근동에서는 주름을 잡던 그 집이 우리처럼 늙고, 우리가 저승 가게 되는 날엔 그 집도 무너질 거라."

역시 무관심한 어투로 용이 말했다.

"그래도 재목이 좋은께 우리보다야 더 살 기구마. 우리보다 백 년은 넘기 먼저 지었인께."

두만아비가 객쩍은 말을 한다.

"한데, 천상 그 집은 최씨네 집터라."

봉기는 또 침을 꼴깍 삼킨다. 그의 표정은 비장한 술병을 들고 병마개를 따는 것을 늦추는 것같이 보인다.

"그건 또 무신 소린고?"

영팔이 묻는다.

"하하아, 내가 그럴 줄 알았지, 등잔 밑이 어둡더라고 예사 그런 법이라."

"아따 옛날이나 지금이나 자네 버릇은 그대로구나."

두만아비가 핀잔이다.

"대단치도 않는 얘기를 무슨 보물단지맨치로 우다아(싸고돌아)도 쌓는다."

영팔의 핀잔이다.

"대단치 않는 얘긴지 아닌지 듣고 나믄 알 것이고, 하야간에 그 집은 최씨네 집터로 본시부터 점지된 곳이니, 내 얘기는 뭐고 하니, 이건 중간에 선 사람의 얘기니께 틀림이 없다 이 말인데, 뭐고 하니."

"성급한 사람 뒤통수에 뿔 나겠네."

그 말은 들은 척 만 척,

"조준구가 서울서 역부러 내리온 것은 집 사겠다는 사람이 있었기 때문이라."

"그, 그러면 최참판댁 마님이."

"가만히 있어. 얘기란 차근차근 들어야 전후 사정을 알제. 해서 조준구가 내리왔는데 며눌아기가 매달린 거지. 집도 절도 없이 어린것 데리고 어디를 가느냐고. 헌데 조준구 놈 거동 보소, 뭐래는 줄 아나? 지체 낮은 집에서 지체 높은 집에 시집왔으니 이제 나도 사돈댁 것 좀 얻어먹자, 그랬다는 거지."

"천벌 맞일 놈!"

영팔이 건성으로 욕을 한다.

"그래 옥신각신했는데 집 파는 것은 난간일몽[南柯一夢]이 되고 말았다 그 얘기구마."

"체, 나는 무슨 대단한 사연이라도 있는가 싶었지."

수박색 조끼 주머니 속에 손을 넣었다 뺐다 하며 영팔이는 역시 웃는 낯이다.

"사연이 있지. 집을 못 판 그 사연이 기막히게 재미있는 거

라. 왠고 하니 최참판댁 마님이 사람을 넣어서 집을 사겠다 하신 기라."

"역시,"

"조준구 놈 모리고 얼씨구나 하고 내리왔지. 그 염치 좋은 놈이 최참판댁 마님이 집을 사겠다 한다고 해서 안 팔 놈인가? 손이 작아 돈을 못 받을까? 한데 그 사고파는 일이, 하하하…… 최참판댁 마님이,"

"뭐라 하셨기?"

"집을 사기는 사되 팔 사람과 직접 만내서 흥정하겠노라,"

"머?"

모두 눈이 휘둥그레졌다. 그러더니 방 안에서 웃음이 터져 나간다.

"어이구, 속 씨원해라. 삼 년 묵은 체증이 내리가누나."

영팔이 가슴을 쓸어내리고 기운 없이 앉아 있던 용이 빙그레 웃는다. 두만아비도 실소하듯 웃는다. 장지문에서 초겨울의 엷은 햇빛이 스며든다. 아침에 얼었던 마당은 햇볕에 녹아 질적질적했고 행주치마를 두른 판술이댁네는 바쁘게 부엌을 들락거린다.

"말이 여인네지, 남자 열 모아도 못 당할 기구마, 허 참."

"그는 그렇고 또 한 가지 소식은 혜관스님,"

"음, 혜관스님이 우찌 됐기?"

영팔이 다급히 묻는데 두만아비가,

"혜관스님이라니, 누구 말고?"

하며 묻는다.

"허 참 정신도, 와 그 우관스님 바로 제자 말이다. 머리 골이 울퉁불퉁한 중 안 있나."

"잘 생각이 안 나누만."

"허허어, 이 사람 보게? 하여간에 생각이 안 나거든 집에 가서 잘 생각해보고. 참 그런께 길상이를 기른 중이라 카더마."

"길상이, 길상이 하지 마소. 최참판댁 당주인 셈인데 그리 함부로 불러대믄 되는가?"

영팔이 나무란다.

"하 참, 그렇던가? 하도 변하는 일들이 많은께 껌적껌적 놀라겠다니까. 그런데 그 혜관스님이 구천이, 구천이를 알지?"

모두 얼굴이 무거워진다.

"구천이하고 혜관스님이 그러씨 영산댁 주막에서 술을 마시고 있더라니까?"

"구천이가 그러믄 평사리에 나타난다 그 말인가?"

용이 묻는다.

"얘기 들은께 구천이가 실상은 김개주 장수의 외아들이라 누마."

"뭐라꼬?"

"소문이 짜해."

"그럴 리가!"

"혜관스님하고 댕기는 걸 보니께 그기이 사실인 것 같단 말이다. 혜관이 우관스님의 젤가는 제자라 할 것 겉으믄 김개주 장수가 우관스님의 동생이요, 그 아들을 거두는 건 있을 수 있는 일, 그런데 내가 좀 거북하게 됐다."

"와?"

"아 몇 해 전 평사리에 구천이 나타난 걸 보고,"

봉기는 난처한 듯 웃는다.

"동네 사람들 모아가지고 몽둥이뜸질을 한 일이 있었제. 허허헛…… 그때 영산댁이 안 말렸이믄 맞아 죽었일 기라."

"그런 일이라믄 늘 앞장서는 게 네놈 천성 앙이가."

두만아비가 내뱉듯 말했다. 가만히 기운 없이 앉아 있던 용이,

"어지럽어라. 내가 와 이런고?"

하며 픽 쓰러진다.

"용아!"

영팔이 소리친다.

4장 상해에서 온 사람

'근태네 집은 대문을 열지 않아도 된다.'

집으로 가야 하는데 가기가 싫다. 항상 그랬었지만. 홍이는

집에 가지 않을 작정이다. 지긋지긋하다. 지긋지긋해서 견딜수 없다. 지그시 깨물어보는 어금니가 톱날 같다는 생각을 한다. 무엇이든 닥치는 대로 쏠아버리고 물어뜯어버리고 싶게 지긋지긋하다. 작은방에선 귀신불 같은 푸른 불빛이 가만히 타고 있을 것이다. 큰방에선 시뻘건 불이 훨훨 타고 있을 것이다. 숨소리, 몸놀림, 그것은 모두 벌건 불꽃이다. 윤기 흐르는 중년 여자의 얼굴, 돈을 헤며 웃고 있을 여자의 얼굴도 불꽃처럼 타고 있을 것이다.

'아부지, 아부지이! 아부지…….'

밤길을 가면서 홍이는 고개를 흔들어댄다. 어느새 한길을 지나왔고 좁다란 골목을 걷고 있다.

'근태네 집은 대문을 열지 않아도 된다.'

대문을 열지 않아도 된다는 것이 뭐 대단히 중요한 일은 아니다. 출입하기에 약간 편리하다는 것뿐이다. 지금 같은 한밤중에는ㅡ.

오른편 대숲에서 으시시한 바람 소리가 지나가고 길 왼편, 게딱지만 한 초가들이 웅크리고 있다. 지붕 위에 달이 지나간다. 방금 거쳐온 한길가 색주가에서는 매혹적인 계집들의 웃음소리, 노랫가락이 시끄러웠는데 야릇한 지분(脂粉) 내음새가 코끝에 풍겨오는 것만 같은데 대숲을 끼고 드는 골목은 쥐 죽은 듯 조용하다. 야트막한 울타리 너머 언듯언듯 지나가는 초가의 장지문이 달빛에 함빡 젖어 있다. 장독대 질그릇엔 달빛이 눈물처럼 흐르고 있다. 매혹적인 여자들의 웃음소리, 야릇한 지분 냄새—.

술집 계집들에게 끌리는 마음과 야학(夜學)을 끝내고 집으로 돌아갈 장이(嬙伊)를 기다리는 마음은 무엇이냐. 홍이는 허공만 같은 대숲, 사각거리는 댓잎에 주먹질을 한다.

"근태 놈, 자빠져 자는지 몰라."

멋쩍어서 뇌어본 말이다. 왠지 쑥스럽다. 자존심이 상하기도 한다. 우두커니 길목을 지키고 서 있었던 일, 장이를 만나지 못했던 일이 비위에 거슬린다. 책보를 끼고 머리 꼬리를 흔들며 지나가는 계집아이들 속에 장이는 없었다. 교회당에선 저녁기도의 종소리만 울리고 있었다. 홍이는 그 길로 줄곧 밤길을 헤매 다녔다.

"망할 놈의 가시나."

만날 약속이 돼 있는 것도 아니요, 실은 서로가 말을 건네본 일조차 없다. 물을 길러 가는 장이를 길에서 만나면, 그럴 때면 장이는 얼굴을 붉히곤 했었다. 그것뿐인데 자존심이 상하는 것이다.

열아홉, 늠름하게 잘생긴 홍이는 거리에 나갈 때마다 처녀들, 아낙들의 시선을 끌었다. 그러나 누구든지 팔을 뻗치기만 하면 따라올 것같이 생각하는 홍이는 바람둥이 중년 사내처럼 여자를 우습게 알았고 봄풀 같은 그리움이 없었다. 노리갯감을 보듯 그만큼 대담했고 술집 여자들에게 끌려들어 몇 번인가 성의 경험도 있었다. 장이를 본 것은 지난여름이다. 개천가로 이사한 후의 일이다. 처음 길에서 장이와 마주쳤을 때 홍이는 충격을 받았다.

'옴마같이 생겼다!'

죽은 월선이를 연상했던 것이다. 그러나 최초의 일별뿐이었다. 장이의 윤곽은 월선이보다 훨씬 뚜렷했으며 눈은 총명해 보였다. 하얀 피부빛에 머리칼이 다소 노르스름하다는 것, 그것 때문에 월선이를 연상했는지 모른다.

근태네 집 앞에 와서 홍이는 걸음을 멈춘다. 키 높이만 한 사립문, 머슴 식구들이 사는 오막살이 담벽에 잇달린 사립문은 닫혀져 있었다. 엉성한 틈새를 비집고 손을 넣어 문고리만 빼면 들어갈 수 있다.

불빛이 새나온다. 달빛 때문에 흐미하게 빛이 새나오는 근태의 거처방을 우두커니 서서 바라보다가 사립문을 민다. 여남 평의 기다란 마당은 머슴 집 흙벽담에 가려 있고 흙벽담 맞은켠에 마루가 붙은 방, 신돌 위를 살핀다. 신발은 한 켤레뿐이다.

'혼자서 와 여태 안 자는고?'

열 때마다 소리가 요란한 대문은 근태가 거처하는 바깥사랑 왼편에, 제법 웅장하게 보인다. 대문을 열고 들어가야 하는 안사랑은 대문 왼편이다. 뭐 바깥사랑, 안사랑 하니까 대단한 집 규모 같지만 기와집은 아니다. 초가지만 덩실하게 높고 아래윗채 두 동과 고방, 근태가 거처하는 소위 바깥사랑이란 본시는 머슴방이던 것을 머슴 식구가 불어나면서 오막살이로 나가고 근태 공부방이 된 것이다. 근태의 부친 허상안(許相安)은 낫 놓고 기역 자도 모르는 자수성가의 부농(富農)이다.

"근태야."

"누고?"

장지문에 그림자가 어른거린다.

"나다."

"홍이가? 들어온나."

홍이 방 안으로 들어간다.

"나는 또오,"

목이 길고 얼굴이 길고 눈은 왕방울처럼 커서 쑥 불거져 나왔는데 얇은 입술에 입매가 느슨해 보이는 근태, 그는 조끼 주머니 속에 손을 찔렀다 뺐다 하며 홍이를 쳐다본다.

"누가 오기로 돼 있었나?"

"응, 삼석이하고 남수하고 올 기구마."

"무슨 자작을 또 꾸밌는가 배."

"두고 보라모. 한판 자알 벌어질 긴께."

"알 만하다. 내가 묵을 복은 있는갑다."

낄낄낄 웃으며 근태는,

"그 자석들 대구 한 손 돔바(훔쳐)올라 캤는데, 하마 올 기구마는,"

"밤새 물 마시러 댕기노라 잠도 못 잘 거 아니가."

"허허헛…… 그런 일이 한분 있기는 있었제. 그때는 통대구 가지온다는 기이 그놈 아아 엉겁결에 약대구를 걷어와서, 허 허헛……."

웃으면서 근태는 침을 꿀칵 삼킨다. 통대구란 내장을 빼고 그냥 말리는 것이며, 약대구란 어란을 둔 채 소금을 많이 뿌려서 여름 술안주를 위해 말리는 것이다.

"까마구할매 내일 아침 또 길길이 뛰겄고나."

"뛰겄지. 뛰거나 말거나 담 넘어올 직에 들키지나 말았이믄 좋겄다. 답댑이, 아아가 덜렁덜렁한께."

"담배 있이믄 한 개 주라."

조끼 주머니 속에서 값싼 궐련 하나를 꺼내어 건네준다. 담배를 붙여 물고 연기를 뿜어내며 홍이는 천장을 올려다본다.

"이자는 그런 짓 길게 못할 기구마. 삼석이 놈도,"

"철들었고나."

"나는 옛날 옛적이고 삼석이 말이제."

"넘찐(건방진) 소리 해봐도 별수 있나. 대가리 쇠똥을 벗긴 다음에 할 소리제."

근태는 곁눈질하며 웃는다. 쇠똥 벗긴다는 얘기는 장가든 다는 뜻이다.

"흥!"

코웃음치며 홍이는 시선을 등잔불로 옮긴다. 자기 또래는 모조리 장가갔다는 사실이 새삼스레 깨달아진다. 삼석(三石)이는 지난봄에 생남까지 했다.

"미친놈들, 장개만 가믄 대수가. 그따우 호박꽃 같은 것들, 갈라고만 했이믄 열 번은 더 갔겠다."

"하기사 낮짝 보고 목매는 가시나야 많겠지마는,"

하다 말고 근태는 꿈쩍한다.

그러는 근태를 홍이 쳐다본다.

"그다음 말은 머꼬."

"그, 그러기."

"많겠지마는? 다음 말 해보아. 겁묵지 말고."

"너거 어무니가 별난께."

"딸 줄 사람 없일 기다 그 말가?"

"⋯⋯."

"내 생각도 니 생각하고 같다. 하하핫⋯⋯."

홍이는 신나게 웃어젖힌다.

"미쳤나? 머가 그리 우습노."

힐끗힐끗 쳐다보며 근태는 낭패한 표정을 짓는다.

"씨어미 될 사람만 별난 줄 아나? 서방 될 놈은 안 그렇고? 내 피의 반은 그 지독하고 몸써리쳐지는⋯⋯. 하하핫핫⋯⋯ 나는 말이다, 근태야! 돈 대신 세상에 있는 여자란 여잔 다 잡아묵고 싶어."

"미친 지랄 겉은 소리 하네."

"곰곰이 생각한께 나도 그렇고 그런 놈 아닌가 싶단 말이다. 울 아버지 같은 사람 되기는 썩 글렀거든. 그렇기 살 바에야 당장 이 자리서 콱 죽어버리는 기다."

"너거 아부지가 우떤 사람인지는 잘 모르겠다마는 니도 변하기는 많이 변했다. 처음 왔을 때만 해도 독립군이 우떻고 만주 벌판에 가서 돈을 버느니 해쌓더마는 와 그리됐노."

"음. 지금 생각 같애서는 만주보다 일본으로 갈까 싶은데."

"일본으로?"

"와, 못 갈 상싶나?"

"가서 머를 할 것고."

"가봐야 알제."

"신소리 말아. 조선사람 일본 가봐야 곡갱이질밖엔 할 기이 없다 카더라. 니 어무니가 돈 내서 공부시켜준다믄 몰라도."

"이놈아아야, 간 떨어질라. 니가 그런 소리 한께 최부자댁에 태어난 것 같은 기분이 드는구나."

"참말이제 니 달라지는 거는 감당을 못하겠다. 술잔이나 믹인 우리 죈지 모르겠다마는 질정 없는 소리 자꾸 하믄은 정선생 대하기 면목이 없어진단 말이다."

"그 물지게꾼 말가."

홍이는 씩 웃는다.

"얼래? 우리도 덮어두는 일을 니가 까뒤집어? 이 빌어묵을 놈아."

"물지게꾼 했이믄 한 거지 머."

"한데 이눔우 자석들이 와 이리 더딘고 모르겠네?"

"담벼락에서 발목을 잡힌 기지."

"그랬다믄 야단인데?"

"네이 이노옴! 이 대적 놈아! 내 집구석 망해묵을 놈아! 빌어묵어도 타곳에 가서 빌어묵으라 캤다! 와 집안 것을 들어내노오!"

홍이 까마구할매 흉내를 내자 근태는 킥킥대며 웃더니 덩달아서,

"내 원수야! 전생에 무슨 척이 져서 날 잡아묵을라 카노? 네 이노옴!"

하다가 제풀에 놀란다. 근태는 안채 쪽 기척에 귀를 기울인다. 사방이 괴괴한 것을 확인하고 혀를 날람 내민다. 흉내를 낸 까마구할매란 삼석의 모친이다. 육십이 다 되었는데 머리칼이 까마귀처럼 새까맣다 하여 별명이 까마구할매다.

"헤헤헷…… 땀 뺏거마는. 아 그러세, 담을 막 넘을라 카는데 그만 들키부리지 않았것나? 장대로 가지고 궁둥이를 쑤시대는 바람에 차마 아야 소리는 못하고 헤헤헷…… 대롱대롱 담벽에 매달린 채, 죽을힘을 다해서 한 발을 들고 장대를 걷어찼지 머. 꿍! 하고 소리가 나데. 노친네 궁둥방아를 찧은 모양이라. 그 틈에 오금아 날 살리라 도망쳐왔지."

곧잘 삼석이 하는 말이었다. 객줏집에서 여관으로 탈바꿈

한 삼석이네 뒤뜰에는 해마다 겨울철이 오면 백여 마리씩 대구를 들여다 따서 말린다. 다 말라서 헛방에다 대구를 쌓아 놓을 때까지 까마구할매는 아침이면 뒤뜰에 나와 하나 둘 하며 세어보는 것이 일과였다. 조기나 갈치 따위와는 달라서 대구 한 마리면 값이 수월찮았고 드나드는 사람이 많은 데다 아들의 버릇을 알기 때문에 까마구할매로서도 챙기지 않을 수 없었을 것이다. 그런 고로 삼석이 담을 넘을 때 들키지 않았다손 치더라도 이튿날 아침이면 발각이 되게 마련이다. 삼석이는 일을 저지른 뒤 며칠간은 잠자리를 밖에서 하고 어미 몰래 집 안 출입을 하며 세끼 밥만 치르는데, 운수 나쁘게 들키는 날이면 그때부터 집 주변에서 술래잡기가 시작되는 것이다. 막대기를 들고 쫓는 까마구할매는 남자처럼 장대하고 힘이 세었고 삼석이는 잽싸고 몸이 가벼웠다. 그 광경은 이웃간에서도 볼 만한 구경거리였다.

"요새 삼석이 자전거 배운다면서?"

홍이는 묻는다.

"열났제."

"자전거는 어디서?"

"와? 니도 배울래?"

"자전거만 있다면야."

근태는 왕방울같이 굵고 불거진 눈을 한 번 내리깔았다가 다시 치뜨며,

"삼석이 집에서 한참 나오믄 행길가에 왜놈 잡화상이 안 있더나?"

"미야기[宮城]라 카는 놈?"

"응 그래. 삼석이 그놈도 꾼이다, 꾼. 배달하는 머심애 새끼 범준이를 살살 꼬아갖고 자전거를 심심찮이 빌리 타더마는 그놈의 집 딸인가 뭔가 왜년 가시나하고 수사앙한 모앵이라."

"백여시같이 생긴 그것 말가?"

"그렇지이, 백여시같이 생긴 왜년 말이다. 고눔우 자석도 상판은 매꼬름한께 일이 된 눈치더구마."

"하필이면 왜년이고."

"왜년들이사 시집가기 전엔 별지랄 다 해도 상관없다 칸께 뒤탈 없이 장난하기는 좋거든."

"야 인마,"

"와."

"담배 하나 내놔."

"속이 타는 모앵이구마. 멋하믄 삼석한테 부탁해보라모. 니한테 돌리돌라꼬."

"왜년은 싫다!"

"아따야! 독립투사 꿈 안 버렸구나."

"담배나 내놔. 제에기, 방바닥에 좀 놔놓고 피워라. 누가 허노랭이 아들 아니랄까 봐서?"

근태는 담배를 꺼내 놓는다.

"들킬까 봐서, 조끼 주머니에 넣는 기이 버릇인 기라. 니도 담배 좀 갖고 댕기라모."

"돈이 없다."

홍이는 담배를 붙여 물고 한 팔을 팔베개하며 방바닥에 드러눕는다.

"너거 어무이 돈 많다고 소문났는데 잡비 좀 얻어쓰지."

"문둥이 콧구멍에서 마늘을 빼묵지."

피어오르는 담배 연기를 쳐다본다.

"없다는 것보다 돈이 많다 카이 듣기는 좋다마는 그까짓 코 묻은 돈 몇 푼, 가소롭다 가소로워. 설사 요강덩이만 한 금덩이가 있더라 캐도 어림없다. 모자간이 아니라 원수지간인데,"

"너거 아부지는 요새 좀 우떻노?"

홍이는 순간 눈을 꼭 감아버린다.

"누운뱅이가 됐지 머. 아무 희망도 없다."

음성은 나직했다. 젖은 듯 부드러웠다. 그러나 감았던 눈을 떴을 때 불꽃이 튀는 듯 무서운 눈빛이 된다.

"누운뱅이가 멋고. 버르장머리가, 글줄이라도 배운 놈이."

"흥! 니도 철들었구나. 못 일어나믄 누운뱅이지."

"큰일이구마."

"기둥뿌리를 도끼로 패 넘기든지 지붕에다 불을 확 싸질러 버리든지 그랬이믄 오죽이나 좋으까. 미칠 것 같다."

"……."

"아부지는 산송장이고 나는…… 내 몸에도 못된 버러지가 엉겨붙어서 몸이 막 썩어버리는 것 같고 교회당 종소리를 들을 때마다 내가 마귀 같다는 생각이 들고,"

얼굴을 일그러뜨린다. 어린애처럼 입을 비죽거리더니 갑자기 거만한 표정으로 바뀐다.

'이눔 아아가…… 집안 꼴이 말이 아닌께 심장이 상하긴 할 기다마는,'

깊이 이해하지는 못하나 근태는 홍이가 날로 거칠어지고 갈팡질팡, 바람 부는 날의 돛 부러진 배처럼 되어가는 것을 친구로서 근심은 한다. 만주서 돌아온 홍이가 중등학교 과정인 협성학교에 처음 나타났을 때, 그때 일을 근태는 생각한다. 근태나 삼석이, 남수 그리고 엇비슷한 또래의 소년들은 경이에 찬 눈으로 그를 바라보았던 것이다. 만주서 왔다는 것만으로도 신기한데 늘씬하게 잘생긴 인물에 땟물이 쑥 빠진 듯 깨끗한 인상은 여드름에 두루뭉실한 핫바지 소년들 속에서 단연 군계일학이었다. 게다가 행동거지는 분명한 것 같았고 외지에서 견문을 넓혀온 만큼 유식하고 총명해 보였다. 매사에 사려가 깊은 것 같았고, 더구나 월선의 죽음으로 깊이 상처받은 홍이 얼굴에는 다감한 소년들 마음을 사로잡을 만한 우수가 있었다. 소년들은 그 앞에서 촌닭처럼 풀이 죽었다. 선망과 존경, 서로 경쟁하다시피 그와 친해지려 했던 것이다. 그러한 홍이가 그 자신도 말했지만 못된 벌레가 엉겨붙어 몸이 썩어버리는 것 같다는 말을 했지만 쉽게, 아주 쉽게 그 자신은 와해되어갔던 것이다. 그의 언동은 균형을 잃어갔다. 또박또박 정확하고 깨끗한 느낌을 주던 말씨는 어느덧 야비하고 촌스러운 투로 변했으며, 일찍 장가를 들어 술 담배를 배운 친구들의 책임이 없는 것은 아니나 지금은 그들보다 더 술 담배에 탐닉하여 불량기를 필요 이상 남발하곤 하는 것이다. 그렇다고 해서 각별하게 친한 친구가 있는 것도 아니었다. 천재라고들 하던 강두매와 명석한 두뇌, 행동거지가 남의 모범이던 박정호와 깊이 사귀어온 홍이에게는 그들 새로운 무리의 소년들이 셈에 차지 않았는지 모른다. 용정촌에서의 추억이 홍이의 현재를 비참하게 만들었고 또 오만스럽게 했는지, 하여간 홍이는 친구들에게 냉담했으며 진실된 제 목소리로 얘기하는 일은 없었다.

"이거 와 안 오지? 아무래도 무신 일이 벌어진 모앵이다."

"뻔하지. 까마구할매한테 붙들린 거라. 그거 기다리며 날 샐 수는 없고 나는 자야겠다!"

방 안에는 납작해진 요 하나 이불 한 자락이 있었으나 방바닥이 따스하여 이불 없이도 잘 만했다. 홍이는 근태에게 등을 보이며 돌아눕는다.

"붙잡혔다 캐도 담 밖에 있는 남수는 돌아와야 할 거 아니가."

"붙잡혀봐야 제집인데 그런 걱정할 것 없다. 잠이나 자아."

마침 그때 밖에서 인기척이 났고 허둥대는 발소리에 이어 남수와 삼석이 방문을 열고 들어선다.

　"아무래도 생대구를 사다가 말리가지고 오니라고 이리 늦었는갑다. 사람 눈 빠지겠고나."

　비양 치는 근태 말에 깎은 밤처럼 야무지고 동굴동굴하게 생긴 삼석이,

　"팔자 늘어진 소리 하네."

　화가 난 듯 내뱉는다. 두 팔이 푼수 없이 긴 남수 얼굴은 새파랗게 질려 있었다. 추위 때문은 아닌 것 같다. 삼석의 얼굴은 벌겋게 상기되어 있었으니까. 그들의 얼굴을 보고 심상찮게 여긴 근태, 저도 모르게 일어서며,

　"무신 일이 있었나?"

　"무신 일이 있었나? 그게 근태 네놈 입버릇인데, 무신 일이 있었제."

　홍이는 잠든 척 일어나지 않는다.

　"무신 일?"

　"또 그놈의 무신 일, 말 마라. 십 년은 감수했다. 까딱 잘못했으믄 유치장에서 밤샐 뻔 안 했나."

　남수는 술병과 종이에 싼 것을 한구석에 밀어놓고 슬그머니 쭈그리고 앉는다.

　"하하앙, 그러니께 담을 넘을라 카다가 그만 순찰 도는 순사한테 들킸다 그 얘기고나."

"그랬다믄 태평가나 불렀제. 제에기랄, 재수 옴 붙었다 카이."

방바닥에 엉덩방아를 찧듯 앉은 삼석이,

"홧김에 옴시로 술 사왔다. 술집 여핀네, 가게 덧문을 쾅쾅 쳤더니 밤늦게 무신 짓이냐믄서 막 생지랄을 하는 거를 욱대기감서 사온 술이구마. 대구고 소구고 그건 다 파장이다."

"하 참, 대가리도 꽁지도 없이 무신 말 하노. 혼자 잣아대도 (지껄대도) 내사 하낫도 못 알아듣것다."

"숨차다, 숨차. 하여간에 팔자에 없는 애국자 될 뻔했는데 술 마시믄서, 그는 그렇고 저기 눕어 있는 거는 누고."

"홍이다."

"홍이? 아이구, 등골 써늘해진다. 만일에 저 자석하고 함께 걸맀더라믄 용락없었일 기다."

"머?"

궁금해 견딜 수 없는 근태는 내버려두고 삼석은,

"야, 남수야."

"머할라꼬 부르노."

시무룩해서 힐끗 쳐다본다.

"얼이 빠졌일 기다, 간이 콩만 한 자식이,"

"얼씨구, 누구 말 하는지 모르겠다. 사시나무 떨듯이 덜덜 떠는 놈이 누구더라?"

"언제!"

"방금."

"아무리 내가 그랬을까. 니놈 말 믿을 시레비자석도 없일 기고,"

무슨 일인지 떨기는 떨었던 모양이다. 뒤의 말투가 시원치 않다.

"흥, 이불 밑에 활갯짓이제. 죄 없는 술집에 가서 자는 사람 뚜딜기 깨워서 분탕질이나 하고, 경찰서에서나 한분 그래 보지. 체!"

"와 니는 못 그랬노!"

"내사 니 말마따나 간이 콩알만 하니께."

"그 얘긴 두었다 하고 술이나 마시자."

남수는 김치 보시기 술잔을 종이 속에서 꺼내며,

"죄 없는 주모가 혼 빠졌다. 하도 지랄을 한께 김치 술잔까지 내주더마."

"돈 주었는데 무신 잔소리고. 한밤중에 와봐야 부석에는 못 들어갈 기고 그라믄 손바닥에 부어 마실 것가. 망할 놈의 새끼, 술만 처묵었다 봐라."

술을 마시며 삼석이 하는 얘기는 우스우면서도 좀 아슬아슬하기는 했다.

"우리 집 뒷담 그곳은 늘 후미진 곳 아닌가. 달이 밝았인께, 막 남수 어깨를 딛고 담을 붙잡을라 카는데 발소리가 나는 기라. 아무리 우리 집이지마는 하여간 일단 내렸지. 한데 두 사람이, 처음에사 얼굴을 볼 수 없었고 엉거주춤 서 있는데 우리 옆을 바람같이 휙 지나간다 말이다. 마침 달빛이 그쪽을 향해서 비치고 있었기 때문에 설핏 보이더마. 누군 줄 아나? 백정네 그, 와 쌈 잘하고 노름 잘하는 관수,"

"그 사람은 백정 앙이다. 백정이 사위제."

"아무튼 그 얼굴을 나는 보았다. 다른 한 사람은 모르겠고. 한데 그 사람들이 지나가고 얼매나 됐까? 호각 소리가 사방에서 안 나겄나? 가심이 덜컥하더마. 그렇지만 처음에사 지나간 사람들이 노름하다가 뛴 줄 알았제. 그라고 나서 구둣발소리가 요란하게 들리고 미처 생각도 못하고 있는데 이 빌어묵을 남수 놈이 후다닥 뛴단 말이다. 덩달아 나도 모르게 막 뛰는데 앞에서 뒤에서 순사들이 확 몰려나오더란 말이다. 속절없이 잡힐밖에. 그러고는 다짜고짜 경찰서로 끌려갔지. 한데 말이다. 추달하는 기이 도모지 구신한테 홀린 것맨치로 모르겠더란 말이다. 옷을 모조리 벗기고 신발까지 벗기믄서 수색을 하고, 그런 난리벼락이 어딨겄노. 허 참, 기도 안 차데. 상해에서 밀파된 놈 우쩌고 독립자금이 우쩌고 그런 말만 아슴푸레 들리기는 하더라만 정신을 차릴 수가 있어야제."

"그, 그러니까 니들을 독립운동하는 사람으로 취급했다 그 말가."

"그렇지. 어이가 없어서, 그래 호랑이한테 물려가도 정신은 똑바로 차리라, 곰곰이 생각해본께 그 백정네 사위,"

"그, 그래서,"

"순사들이 잡을라 한 사람들이 바로 그 사람들이라는 생각이 들데."

"그, 그래서 대주고 나왔나."

"이눔 아아야! 니 무신 소리 하노! 아 그래 이 삼석이, 배삼석이가 그런 인간인 줄 알았더나! 노름꾼을 잡을라 캤다믄 혹 모르지. 내가 이래 뵈도,"

"하하핫…… 크게 나오는데?"

"남수 놈이 보았다믄 저눔 간이 콩만 한께 나불거렸일지도 모르지."

"아따! 세상에 지 혼자 똑똑고나. 이 새끼야, 나도 봤다! 니만큼은 나도 생각할 줄 아는 기라!"

남수가 악을 쓴다.

"이 병신 같은 놈 보게? 소리는 와 지르노?"

"소리야 니가 먼저 질렀제."

"그래그래, 네놈도 조선놈이께. 한데 말이다, 관수 그 사람 그리 볼 사람이 아닌갑더라. 경찰서 앞뒤가 들끓는 거를 본께 제법 거물인 모양이라. 평소에도 배짱 좋고 입심 세고, 그 와 똥장군을 걷어찬 순사한테 똥 묻은 손바닥으로 뺨을 후리친 얘기는 유명 안 하나. 진주 바닥에서 그 얘기 모리는 사람은 없인께."

"인제 남우 얘기는 고만하고 우찌 풀리나왔노."

"생각을 좀 해보라모. 상해서 밀파된 공작원이니 어느 부잣집에 가서 독립자금 내놓으라고 협박을 했느니, 그러나 꼬라지를 보믄 모리겠나?"

술을 꼴각꼴각 마시고 나서,

"새파란 것을, 두 놈 앉혀놓고 이모저모 뜯어보아야, 다 알조지. 한참을 봉이나 물고 온 듯이 와왁거리쌓더마는 우리 사정이야 뻔한 거 아니가. 우리 집 노친네가 불리오고, 남수아부지가 불리오고, 우리도 우리지마는 그 늙은네들 얼굴이 흙빛이더마. 하하, 이자는 저 늙은네들 등쌀에 못살겠구나 하는 여유가 생기니께 차츰 배짱도 생기고, 설마 제집 것 훔칠라꼬 담정 넘었기로 징역살이 시키겄나. 하하핫…… 우리 노친네 그 일은 상상에 맡긴다고, 하하핫……."

"네이 이노옴! 이 조선 망해묵고 대국 망해묵을 놈아! 함시로 경찰서 앞에서 몇 바퀴 뛰었지."

남수가 덧붙여준다.

"그래, 끝내 그 백정네 사위 얘기는 안 했다 그 말가."

"멋 땜에 하노. 안 했지."

"말이 났이니께 그런데 요새 와 그 임시정부가 섰다는 얘긴 아는 일이고 상해에서 사람들을 많이 들이보낸다 카더마. 군자금 매련하니라고, 그러니 왜놈들 곤두설밖에. 3·1운동 같은 것이 또 언제 터질지도 모르고."

근태가 제법 신중한 투로 말하자 삼석이는 또,

"군자금 매련하는 거는 아무것도 아닌 기라. 그보다 작년에

총독을 죽일라고 폭탄을 던진 일이 안 있었나. 총독은 운이
좋아서 면했지마는 그때 고관들이 많이 상했거든. 그러니까
그런 암살사건이 젤 큰일이다 그거지. 한 번으로 끄치겠느냐
는 생각을 와 안 하겠노. 앞으로 그런 일은 자꾸자꾸 생길 기
거든. 또 우리가 모리고 있는 일도 많을 기라.”

“그거는 그럴 기다마는 만세운동이 있고부터 해외로 나가
는 군자금이 막대하다 카더마. 자진해서 내는 사람도 많지마
는 친일파 놈들한테는 육혈포를 들이대고 돈을 뺏아가는데
보복이 무서워서 끽소리 못하는 놈도 많을 기라는 얘기지.”

“그러니 사기 치는 놈들도 생기는 기라.”

“나도 그런 얘기 들었다.”

듣고만 있던 남수가 입을 내민다.

“굉장히 돈 많은 과부 집에 독립군이라 함서 야밤중에 칼
을 들고 들어왔더란다. 그런데 그 과부가 영악하기로 소문난
여잔데 불이 꺼진 캄캄한 방에서 얼굴을 볼 수 없고 아무래도
목소리가 듣던 목소리 같더라나? 그래 과부는 돈을 끄내가지
고 하는 말이, 아무리 내 돈이 소중하다 카지마는 독립을 위
해 쓰는데 무신 딴말을 하겠는가, 그러나 돈이란 세어서 주고
받는 것이니께 내가 얼매를 주었다는 것은 알아야 안 하겠는
가, 옳은 말이니께 그러라, 한데 과부는 손가락을 깨물어서
돈을 셌다는 기라. 다음 날 과부는 경찰서에 신고를 했는데
피 묻은 돈을 찾아서 종가(추적해)본께 독립군은 무슨 놈의 독

립군, 바로 과부 집의 일꾼이었다 그 얘기라."

"만일에 독립군이었다믄?"

근태 말에 삼석이,

"독립군이었다믄 그 과부는 역적이제."

"그렇지마는 독립군이 그런 식으로 군자금 뜯어내는 거는,"

"안 좋지. 그러나 친일파 놈들이사 돈도 돈이지마는 겁주는 거 그것 괜찮은 거라구."

"에이, 시끄럽어서 잠 못 자겄다."

홍이 꾸물꾸물 일어나 앉는다.

"멋이 어쨌다고 야단이가."

"다 듣고서 맥지(공연히) 그러네."

홍이는 하품을 늘어지게 한다.

"나도 술 좀 마시자."

"청승이다. 자아, 술잔도 하나 돌리감서 마신께."

홍이 술잔을 받아 마신다. 술잔을 놓고,

"머 백정네가 우쨌다고?"

"어멍잠* 잤구나."

하면서 삼석이 신기하다는 듯 홍이를 쳐다본다.

"왜 그래. 내 얼굴에 머 묻었나?"

"보믄 볼수록 관옥 같구나. 우리 집 노친네 문자다마는."

"지랄하는군."

순간 수줍음 같은 묘한 표정이 스쳐간다. 어린 나이, 열아홉 살, 어른스러우려고 발돋움하는 아픔과 치졸함이 얽섞인 모습이다. 하얀 무명 동정이 에워싸고 있는 목둘레와 조금은 엉성한 듯한 두 어깨의 선이 청결하고 창백한 것만 같은데,

"와 치다보노. 꼭 화냥기 많은 가시나 같다."

홍이는 삼석이 얼굴에 침이라도 뱉듯이 뇌까린다. 갑자기 뭣에 그리 화가 났는지, 말보다 분위기에서 심한 모멸을 느낀 삼석이, 얼굴빛이 달라진다.

"야, 니 잘난 체 마! 도도하게 굴 것 하낫도 없다!"

두 소매를 걷어 올린다.

"꼭 돼지들 같다. 더러운 돼지들!"

이번에는 근태 남수도 함께 발끈한다.

"그래 맞다, 이놈 새끼야! 우린 촌구석의 더럽은 돼지들이다! 니는 멋고?"

삼석이 홍이 곁에 바싹 다가앉는다. 홍이 눈이 번쩍번쩍 빛난다. 입에 잔인한 웃음을 띠며 다음 말을 기다리는 자세다. 그러나 주먹질을 할 듯이 다가앉았던 삼석이 물러나 앉으며,

"흥, 누가 네놈 근본을 모릴 기라고, 아무리 세상이 넓어도 근본은 못 속이는 법이라, 흥."

"머 망설일 것 없다. 다음 말 해보아."

눈의 빛이 무너져갔으나 입가에는 여전히 잔인한 웃음이 머물고 있다.

"말해보라니까."

증오의 눈길을 보낼 뿐 삼석이 입을 다물고 나머지 두 사람도 침묵을 지킨다.

"대신 말해주까? 살인 죄인의 여핀네고, 또 하하핫핫……핫핫핫…… 너거들 입에서 그 말 나올 줄 알았다. 못난 놈들! 울 아버지 마누라, 울 아버지 아들의 어매, 그렇고 그런 여자 아니가. 하하핫…… 하핫핫……."

"빌어묵을, 술맛 떨어진다. 떨어지나 마나 술도 다 됐고 잠이나 자자. 불 끄고 잠이나 자자."

근태가 집주인답게 얼렁뚱땅 수습을 하려 든다.

시비도 화해도 못한 채 어정쩡한 상태로 불이 꺼진 방에 네 사람이 드러누운 것은 거의 새벽이 가까워서다.

5장 별빛이 쏟아지는데

"홍아."

약을 짜다 말고 돌아본다. 눈이 조그맣고 까무잡잡한 얼굴의 관수가 들어온다.

"니 어매는 어디 가고 니가 약을 짜노."

"돈 받으러 갔을 기요."

"흥, 살기 좋구나. 그래 아부지는?"

"그만 그렇지요."

"이거 니 아부지 벵에 좋다 캐서 가지왔는데 오골계라고,
닭이다. 미리 잡아왔인께 지어온 약재하고 함께 넣어서 고아
봐라."

"고맙심다."

홍이 약사발을 들고 관수를 따라 작은방으로 들어간다. 제
술이 혼사 때문에 영팔이 집에 갔다가 쓰러진 용이 반신불수
가 되어 누워 있었다.

"아재."

"머할라꼬 또 왔노."

발치에 앉는 관수를 보며 용이 웃는다.

"지나는 길에 왔십니더."

"바쁠 긴데……."

하다가 머리맡에 약사발을 들고 있는 홍이를 올려다본다.

"어디 안 나가고 집에 있었더나."

"야."

홍이 약사발을 놓고 용이를 안아 일으킨다. 그리고 약사발
을 입에 갖다 댄다. 약을 마시고 벽에 기대어 앉은 채,

"약 묵는다고 나을 병가. 안 죽은께 심심해서 마시보는 기
지."

관수를 보고 하는 말이다.

"그런 말을 와 합니까. 약이 닿으믄 병이란 낫는 깁니다."

"그러세……."

용이를 볼 때마다 관수는 십여 년 전 평사리 마을에서의 모습을 떠올리곤 한다. 사십을 넘긴 그때의 용이와 쉰 고개 중턱에 들어선 오늘의 용이, 길상과 한 또래였던 관수는 그때가 이십 대였고 지금은 나이 서른다섯이다. 최참판댁을 습격하고 산으로 함께 들어갔을 때만 해도 용이는 허우대 좋고 인물 좋고 힘 좋은 사내였다. 십 년이면 강산이 변한다 했으되 십 년 넘긴 세월에 사람 몰골이 이렇게 변할 줄이야. 햇빛을 못 보아 창백한 얼굴을 쳐다보다가 관수는 외면을 한다. 독하고 다부지고 입정 사납고 저돌적인 관수, 한데 그는 용이를 볼 때마다 눈시울이 뜨거워지는 것을 느낀다. 이른바 옛동지인 것이다. 용이의 불운이 시국 탓이기보다 그 자신의 운명, 그 자신의 가치관, 그 자신의 성질에서 비롯되었다 하더라도 관수는 용이 모습에서 핍박받는 제 조상을 보는 것이고 훗날의 자신을 보는 것이다.

"아재만 보믄 윤보아재 생각이 납니다."

"나도 이리 누워 있인께 별별 일이 다 생각이 난다."

용이 힘없이 웃는다. 모든 것을 체념해버린 건조하고 쓸쓸한 웃음이다.

"그는 그렇고 요새는 세상이 좀 잠잠하나?"

"잠잠하고 안 하고가 있겠소. 처음부터 빈주먹 쥐고 될 일이 아니었지요. 생각해보믄 십여 년 전 우리가 산으로 들어갔일 때, 그때 사람들이 오늘걷이 깨어 있었음…… 머가 돼도 됐일 긴데, 그때는 고립무원이 아니었소?"

"그래. 우떻게 해야 좋을지 몰랐던 시절인께."

"십여 년 동안 왜놈들은 틀을 꽉 잡은 기라요. 좀체 어럽울 기구마요."

"그런데 니한테는 별일 없겄나?"

"무신 일이 있겄십니까."

순간 홍이와 관수의 눈이 마주친다.

"석이가 나왔다 카이 다행이다."

"나오기는 나왔는데……."

"무신 일이 또 있나?"

"자꾸 불리댕기는 모양이라요."

"멋 땜에?"

"그러씨…… 그 새끼들 머가 터짔다 카믄 한 분 점찍은 사람 불러서 닦달이니께, 석이야 머 선생질이나 한 죄밖에 더 있겄소."

관수는 홍의 눈빛을 다시 살핀다. 육감이라는 것이 있어서다. 최근 상해에서 밀파된 공작원이 있다는 정보에 따라 경찰은 총동원되어 법석을 떨었으나 정작 사람은 오리무중 속으로 들어가버렸고 초조해진 경찰은 식자층의 사람들, 3·1사건에 관련이 되었던 청년들을 불러들여 심문을 하고 있는 형편이다. 석이는 3·1만세사건에 연루되어 오랫동안 구금되기는 했으나 시위에 참가한 일 이외 선동이나 폭동에 관계한 혐

의는 찾을 수 없어 오래 고생은 했으나 검찰에 송청되지 않고 풀려나오긴 했었다. 홍이가 일어서려 하자,

"홍아."

관수가 불렀다. 눈동자를 똑바로 쳐다본다. 관수는 뭔가 짚이는 것이 있다.

"그 가지온 것 말이다."

"야."

"닭부터 먼지 안치라. 푹 고아서 닭은 건지내고 국물에다 약재를 넣어 다시 달이는 기다. 알았나?"

"야."

"머를 가지고 왔노. 씰데없는 짓 안 하믄 좋겠다."

용이 눈살을 찌푸린다.

"아재는 그런 걱정 마소. 나아서 일어날 생각이나 하믄 좋겠거마는,"

"이 사람아, 나을 벵이 따로 있지. 벵났다고 머 내가 낙심을 하는 것도 아니고 거짓말로 들을지는 모르지마는 이런 대로 괜찮다. 앞뒷일 생각 안 한께 젤 편하구마."

관수는 그 말이 이해될 듯했다. 육신은 병들었으나 마음은 쉬고 있는지 모른다는 생각에서. 산다는 것에 대한 그 목마름, 늘 목에서 단내가 났을 용이. 그렇다, 용이는 만사에서 물러서서 구경을 하는 심정인 것이다. 몸서리치게 추하던 임이네도 돌부처가 거기 있는 듯 분노하지 않았고 미워하지 않았고 물

론 사랑하지도 않았다. 처음 간도에서 돌아왔을 때 영팔이는 봉곡으로 나가 농사를 짓게 되었고, 용이는 최참판네 마름 비슷한 직분을 갖고 작년까지 일을 보아온 터인데 지금은 그 일을 다른 사람이 맡아 하고 있다. 그러나 이럭저럭 생활이 어렵지는 않았다. 임이네로 말미암아 최서희에 대하여 느꼈왔던 복잡하고 미묘한 심적 갈등, 그 주술 같은 것에서 풀려나기는 월선이 죽은 후부터였지만 용이는 임이네에 대한 애증(愛憎)을 이제 모두 넘어서버린 것이다. 영원히 화해할 수 없는 대상에서 그 미움마저 거두어버린 것이다. 그것은 용이의 삶, 삶의 종말, 생명의 불씨가 꺼져버렸다는 것을 의미하는 것인지 모른다.

홍이는 부엌에서 어줍은 손놀림으로 오지솥*에 오골계라는 좀 괴상하게 생긴 닭을 넣고 물을 붓는다. 화덕에 숯을 몇 덩이 더 놓고 오지솥을 올린다. 우두커니 부엌에 서 있는데 목이 잘린 닭이 눈앞에 자꾸 떠오른다. 웅크린 다리 두 개도 떠오른다.

'관수형님이 상해임시정부하고 무신 관계가 있이꼬? 상해임시정부……. 두매형은 벌써 군관학교를 졸업했일 기고, 길상이아재는……. 모리겠다! 내 겉은 놈이야 이리저리 사는 기다! 이리저리…… 이리저리…….'

홍이는 뒤껼으로 뛰어간다. 뒷간에서 소피를 보고 난 뒤 판자 울타리, 괭이가 빠진 구멍으로 눈을 가져간다. 울타리 뒤는 개천이다. 개천 건너 좁다란 길이 있다. 좁다란 길켠에 그

저 고만고만한 초가집들이 있고, 판자 울타리가 초가 아랫부분을 가리고 있는 것이다. 그중에서 낡은 판자 울타리가 장이 집이다. 장이의 늙은 아비는 구들 잘 놓는다고 소문이 난 염서방, 그리고 오라비가 둘 있다. 하나는 교회당의 일을 보아주고, 작은 오라비는 두만네 술 도매상에서 술 배달하는 일꾼이다. 그래서 살기는 괜찮은 편이었다. 재작년에 어미가 죽은 뒤 오라비가 모두 미장가여서 장이가 살림을 맡아 하고 밤에는 교회서 경영하는 야학에 나간다.

'나온다!'

판자 문을 밀고 장이 물동이를 들고 나온다. 이맘때쯤이면 그는 항상 물을 길러 나오는 것이다. 부리나케 홍이는 집을 나선다. 우물은 다리를 건너 이켠에 있었으니까 빨리 가서 다릿목에 서 있으면 장이를 만날 수 있다. 홍이는 요즘 몇 번인가 다릿목에 가서 장이를 기다리며 서 있곤 했었다. 우연인 것처럼. 말은 걸어보지 않았고, 빤히 쳐다보면 장이는 홍당무가 되어 달아나는 것이었다.

장이가 급히 걸어온다. 한 손엔 물동이를 들고 한 손엔 똬리를 들고서 급히 걸어오다가 홍이를 보자 주춤한다. 마음을 고쳐먹었는지 다시 걷는다. 역시 얼굴은 홍당무다. 홍이 옆을 스쳐 달아나려 한다.

"이보래."

멈춰 선 장이 검정 저고리 앞섶이 올라갔다 내려갔다 한다.

"니 오늘 야학 끝나거든 맨 나중에 나오니라. 알았나?"

아무 말 없이 계집아이는 달아난다.

"니가 안 그라고 배기는가 어디 두고 보자."

바짓말에 손을 찌르고 한 다리를 들어 빙그르르 돌면서 홍이는 웃고 그리고 달아나는 장이 뒷모습을 바라본다. 짧은 치마 하얀 버선목 사이로 종아리가 보일 듯 말 듯.

홍이 집 앞에까지 왔을 때 나오는 관수와 마주친다.

"어디 갔더노."

"야, 저기 좀,"

"홍아."

"야?"

"니 나하고 얘기 좀 할라나?"

"그럭허소."

그날 밤 삼석이를 만난 일 때문에 그런다고 홍이는 생각한다.

"걸음서 얘기하자."

"야."

"일전에 석이를 만났는데 걱정을 하더라."

"와요."

음성이 튄다.

"그 정도 얘기하믄 니도 알 만할 긴데 그러나."

"모리겠소."

반항적이다.

"니가 와 그리 돼가는지 모르겠다 하더마."

"지가 우떻기 됐기 그러요."

"술 마시고 담배 피고 못된 놈들캉 어울려 댕기믄서, 그래 쓰겄나? 니 아부지 생각을 좀 해얄 기다."

"아부지는 아부지고 나는 나요. 지 된 대로 살아야제요."

관수는 걷다 말고 홍이를 쳐다본다.

"마 내 생각에는 니 아부지가 니를 여기 데리고 온 것부터 잘못인 것 같다. 거기 놔두고 오는 긴데……."

"거기 가고 접은 생각은 없소. 거기 나는 안 갈 기요!"

"와."

"안 가고 접은데 무신 까닭이 있어야 합니까?"

"내 생각으론 니가 갔으믄 좋겄다. 거기 가믄 월선아지매, 작은아부지도 기시고."

"옴마, 옴마 얘기는 와 하요! 내 앞서 옴마 얘긴……."

갑자기 목이 메는 듯 울음이 터질 듯하다가 이내 반항적 자세로 돌아간다.

"내 걱정은 말고요, 관수형님 거기 걱정이나 하는 기이 좋을 깁니다."

"……."

"삼석이 그 자석이 보았다믄서요?"

"멀 보아."

관수는 태연하게 되묻는다.

"상해임시정부서,"

"그거이 무슨 소린고?"

"삼석이네 집 뒷담에서 지나가는 거를 보고…… 경찰이 막 몰리오는 바람에, 그놈 아아들이 붙들리갔는데,"

"나 그 집 뒤를 지나간 일이 없는데? 그 아이들이 헛것을 보았는가 보제."

"못된 놈들이라 카지마는 삼석이나 남수 놈이 형님 이름은 입 밖에 내지도 않았답니다."

"입 밖에 내나 마나 밤에 그 집 뒤를 간 일이 있어야제."

단호하게 잡아뗀다. 잡아뗀다기보다 강하게 그렇지 않다는 인식을 심는 것 같다. 또 홍이는 무슨 술수에 걸린 것처럼 관수의 말이 참말인 듯싶기도 하고 혼란이 인다.

"그럼 나는 또 갈 데가 있인께. 너도 정신 좀 차려라! 내 맘 같아서는 주먹방망이를 안겨주고 싶다만, 질기 그라믄 재미 없일 기다."

엄한 눈으로 노려보더니 가버린다.

"제에기럴! 지가 먼데?"

했으나 어쩐지 홍이는 마음이 따갑다.

해나절이 지나서 임이네가 돌아왔다. 그새 살이 너무 쪄서 목이 파묻힌 것 같고 허리통이 어지간히 굵어졌다. 그도 늙기는 늙었으나 건강하고 얼굴에 윤이 흐르는 것은 옛날과 조금도 다를 것이 없다. 홍이 힐끗 쳐다본다. 임이네도 아들을 힐끗 쳐다본다. 눈과 눈이 원수처럼 부딪쳤다간 갈라진다. 옷을 갈아입고 부엌으로 들어간 임이네,

"솥에 이기이 멋고!"

큰 소리로 묻는다. 방바닥에 깔아놓은 이불 속에 두 다리를 디민 채 홍이는 대답을 안 한다.

"솥에 이기이 멋고!"

"……."

"빌어묵을 놈, 에미 말이라 카믄 소태 묵은 강아지 상판, 이 놈아! 귓구멍에다 소캐(솜)를 틀어막았나!"

쿵쿵 발소리를 내며 되돌아온 임이네,

"어이서 닭이 났노?"

타협하듯 언성을 낮추며 다시 묻는다.

"관수형이 가지왔십니다!"

"흥, 그래? 주니 잘 묵겄다."

"누가 어매 묵으라 캅디까?"

"누가 묵어도 묵기는 묵겄제."

노려보다가 홍이는 할 수 없이,

"오골계라고 약이라요. 고아서 닭은 건지내고 그 물에다 약 재 넣어 달이라 하더마요."

"오골계? 그 귀한 기이 어이서 났는고? 재주도 좋다, 백정 놈이."

빈정거린다. 홍이는 이불을 쓰고 자빠지듯 눕는다.

"이놈아! 밤에는 잠 안 자고 머했더노. 사대육신 멀쩡한 놈이, 세끼 밥만 축내고 니가 무신 장자(長者) 새끼라고 밤낮없이 처자빠져 있노, 일어나라!"

발로 걷어찬다. 그러나 홍이는 이불 속으로 더 깊이 들어간다.

"세상에 이년겉이 기박한 팔자가 또 어디에 있겠노. 옛말에 서방 덕 없는 년은 자식 덕도 못 본다 카더마는 옛말치고 그른 말이 어디 있어서. 나는 살아보겠다고 동 가자 서 가자 줄지갈지 하는데 송장 겉은 소나아는 죽을 묵으니 아나, 밥을 묵으니 아나. 참말이제 약탕기만 보믄 주먹 겉은 것이 치민다. 내가 무신 할 짓고! 젊은 날부텀 이날 이적지 이가 놈 집 구석하고 전생에 무신 원수가 져서, 참말이지 울라 카믄 며칠 몇 날을 울어도 씨원찮겠다. 자식새끼 하나 있는 것도 에미를 발싸개만큼도 안 여기는데 내가 머 한다고 그 모진 세상을 살았는지 모르겠다. 남들은 자식한테 아무 공 안 딜이도, 절로 나서 절로 크도 돈을 벌어 어미 손에 쥐여준다 카더마는, 아이구 무서리야! 참말이제 살고 접은 생각은 손톱만큼도 없다! 어느 구신이 그만 날 잡아갔이믄 좋겠는데 그놈의 구신들이 눈이 멀었는가."

한없는 넋두리를 하면서 바가지 속에 담긴 볶은 콩을 오도독오도독 씹어먹는다.

"하나라고 오냐오냐 길렀더니 하나 자석 소자 없다, 그 말이 맞는 기라. 옆집 죽장수 할매는 무신 대복을 타고났는고. 어저께도 아들이 새경을 받아서 어매한테 갖다주고, 내사 참말이제 부럽더라. 이놈아! 듣나 안 듣나? 그 머심애 나이 몇인지 알기나 아나? 열여섯 살이다, 열여섯! 일본사람 오복점에 심부름함시로 거 일본사람 보선도 가지오고, 니 나이 몇고? 열아홉이다, 열아홉이라! 그 좋은 일자리 누구나가 구하나? 나가믄은 월급이 이십 원인데 와 안 갈라 카노! 안 갈라믄 내 일부텀은 밥을 묵지 말든지, 무신 염체로 아가리에 밥 처넣을 기고!"

나가라는 일자리는 요릿집에서 회계 보는 곳이었다.

"세끼 밥 묵으면 어매 번 것 가지고 묵나?"

이불 속에서 대꾸한다.

"그라믄 누 번 것 가지고 묵노!"

"송장이라 캐쌓아도 내사 아부지 번 것 묵거마는,"

"얼씨구, 그럴 기다. 그 알량한 돈 최부잔가 거기서 나오는 돈, 약값도 안 된다! 약값도 안 된다! 이러니 밑 빠진 독에 물 붓기 아니가. 그 간도서 올 직에 알거지가 아니고 머던고? 몇몇 해를 내가 종질해서 당연히 받아내야 할 그년의 돈도 어느 개뺵따구한테 시줄,"

이불을 걷고 벌떡 일어나 앉는 홍이,

"시끄럽소! 더 말하면 지붕땅 몰량이*다가 불을 질러버릴 긴께."

"그년 말만 하믄 미치는고나."

"미치는 꼴 보겠소?"

"운냐! 볼란다!"

꼬리를 감고 달아나면서 짖는 개처럼 악을 쓰고 임이네는 방을 나간다. 홍이는 무거운 잠 속으로 빠져들어갔다. 그는 꿈속에서 장이를 만났다. 끝없는 수수밭이었다. 만주 벌판의 끝없는 수수밭이었다. 홍이는 수수밭에서 장이를 능욕한다. 지평선에 해가 지고 있었다. 울고 몸부림치는 장이를 잔인하게 능욕했다. 눈을 떴을 때 장지문에 비치던 햇빛은 없고 개천 저쪽에서 암탉 우는 소리가 들려왔다. 홍이는 기지개를 켜면서 꿈속의 잔인한 그 쾌감을 완미하는 것이다.

'목이 마르다.'

방에서 나간다. 물을 먹으려고 부엌으로 들어섰을 때 임이네가 당황하여 홍이를 쳐다본다. 손에 물바가지를 들고 있다. 홍이는 순간 선반 위에 놓인 사발을 들어본다. 기름기 도는 국물이 사발 바닥에 남아 있다. 손바닥에 닿은 사발은 따뜻했다. 홍이는 사발을 놓고 오지솥의 뚜껑을 열어본다. 방금 부었는가 미지근한 맹물이, 그 맹물 속에 불어터진 닭, 모가지를 잘리고 두 다리를 옹그린 닭이 있다.

홍이는 화덕을 번쩍 들어 임이네를 향해 냅다 던진다.

"어이구!"

오지솥의 물과 닭이 부엌 바닥에 쏟아지고 오지항아리는 산산조각, 숯불 꺼지는 소리, 숯에서 김이 오른다. 뿌연 김이 오른다.

"이놈이 사람 잡네."

임이네는 손등을 감싸며 쉰 목소리로, 그러나 나직이 울부짖는다. 벌건 숯덩이 하나가 손등에 떨어져서 손을 덴 모양이다.

"이놈아!"

임이네는 홍이에게 돌진해온다.

"이 원수 놈아!"

손등을 물어뜯는다. 홍이는 입을 다문 채 확 떠민다. 임이네는 궁둥방아를 찧으며 부엌 바닥에 뒹군다. 그러나 다시 일어나 홍이를 거머잡았다. 난투극이 벌어진다. 피차 말없이 응, 응 하는 소리, 투닥거리는 소리.

얼마 후 홍이는 거리를 걷고 있었다. 땅거미가 지는데 홍이는 눈물을 흘리며 걷고 있었다. 내일 아침이면 천하에 몹쓸 놈이 되어 있을 것이다. 불효막심한 놈이 되어 있을 것이다. 덴 손등을 이웃 사람들에게 보이며 말할 것이다. 자식밖에 모르는 나에게 술값 안 준다고 행패 부렸노라. 남편에게 줄 오골계 진국은 마셔버리고 객물을 부은 자신의 행위를 은폐하기 위해서도. 이웃 간에선 임이네도 인심을 얻으려 노력한다. 실속 없는 말로써. 하기는 이사 온 지 얼마 안 되는 이웃 간에선 여자가 부지런하고 맵짜고 야물다는 평판이 나 있긴 했다.

병든 남편 시중드느라 욕본다고들 칭송하기도 했다. 천하에 몹쓸 놈 불효막심한 놈, 오냐 천하에 몹쓸 놈이 되어주지! 되어주면 될 거 아닌가.

'머가 될꼬? 백정이 되까? 남사당이 되까?'

홍이는 밤늦게까지 거리를 헤맨다. 술집을 볼 때마다 차고 들어가서 동이째 술을 마시고 싶은 충동을 느낀다.

'머가 될꼬? 도적놈이 되까? 샐인을 하까? 도적질을 해서 금덩이를 안기주까? 그라믄 우떤 얼굴을 할꼬?'

홍이는 밤이 아주 저물었을 때 소주 한 병을 샀다.

'오늘 밤 가시나 하나 신세 조진다! 하나님 아버지시요 불쌍히 여기소서!'

강둑에 앉아 매운 바람을 마시며 홍이는 소주병을 비웠다.

'세상이 돈짝만 하다! 독립투사고 개나발이고 없다! 없어! 독립이 되믄 머하노! 악마로 태어났이믄 악마로 사는 기라. 독립된다고 천사가 될 기가? 아부지는 산송장이고 그, 그, 어미, 그 야차 겉은, 아아, 밤마다 돈을 세겠지. 다를 기이 없다 그 말이지! 아무것도 달라지는 것은 없을 기라 그 말이지! 벌써 나믄서부터 정해진 기라! 얌전하게? 품행은 방정하게? 밖에서는 그러고 집에 오믄 아까 겉은 난투가 벌어지고, 하하핫 핫…… 천하고 더럽고 천하고 더럽고, 그 구더기 속에서 품행은 방정하게, 애국애족하고, 에에라, 그런 거사 박정호나 하는 기다! 그런 거사 강두매 그런 천재가 하는 기다! 나겉이 별수 없는 기이 할 짓은 아니다아— 내일이믄 또 공밥 타령이 나올 기고 돈 벌어오라 할 기고 아부지는 세상 끝난 사람, 옆에서 음…… 아이구 어지럽어라. 아부지, 아부지! 불쌍한 사람…… 아아니, 머가 불쌍하노! 아부지는 날 안 사랑했다! 왜냐! 임이네 피가 반은 섞여 있었기 때문이다! 놓고 접어서 놓은 자식도 아니었다! 그렇지, 바로 그 임이네 피가 반 섞여 있었다는 게 문제, 아이구, 어지럽어라.'

그러나 홍이는 빈 소주병을 강물에 던져버리고 쏜살같이 둑에서 뛰어내린다. 바람은 살갗에 맵고 심장은 불이 붙는 듯 뜨겁다.

"넓고 넓은 바닷가에—."

홍이 교회당 근처, 야학에서 돌아가는 길목까지 왔을 때 이미 야학은 파한 모양이었다.

"제에기—랄!"

땅바닥에 침을 뱉고 바짓말에 손을 찌르며 몸을 흔드는데 괴괴하니 인적기 없는 골목, 골목 아래컨에서 발소리가 난다. 겁에 잔뜩 질린 몸짓의 장이다. 홍이는 바짓말에 손을 찌른 채 다가오는 모습을 노려본다.

사실은 야학이 끝나자 장이는 맨 먼저 교실에서 나왔던 것이다. 홍이를 만나지 않으려는 굳은 결심을 하고서. 그러나 골목 안엔 아무도 없었다. 뒤따라나오는 야학의 생도들 이외는. 차라리 잘됐다는 생각은 했으나 어쩐지 서운했던 것이다. 홍이를 피하려 하는 것은 밤중에 남자를 만나는 짓이 처녀로서 치명적인 상처가 된다는 것 때문이지만 불량기가 있는 총각이 라는 말도 들었기 때문이다. 그럼에도 마음이 늘 쏠려갔던 것을 장이 자신 어쩔 수가 없었다. 낮에 다릿목에서의 일은 장이 마음을 뛰놀게 했는데 무서웠기 때문만은 아니다. 뭐라 설명을 할 수 없는 것이 마음속에서 자꾸만 출렁거렸다. 그네를 탄 것처럼 발이 땅에 닿지 않는 것 같기도 했다. 그러나 도망을 가버리려고 생각했는데 정작 홍이 모습을 볼 수 없었을 때의 실망, 장이는 집으로 발길을 돌리면서 마음속으로 싸웠다.

'잘됐지 머. 그 불량꾼이 떡 버티고 서 있었음 어쩔 뻔했노.'

'아니다. 정말 안 왔이까? 온다 캐놓고 와 안 왔이꼬? 그기이 아니다. 온다고는 안 했다. 날보고 맨 나중에 나오라 카던데…… 그기이 음…… 그기이 만내자는 얘기 아니가. 우짜꼬? 한분 다시 가보까?'

마음속으로 망설이면서 발길은 어느새 야학 쪽으로 돌려지고 있었다.

"와 도로 왔노."

홍이 얼굴을 숙인 장이를 내려다보며 묻는다.

"마 괜찮다. 날 만날라꼬 왔일 긴데 물으보나 마나지 머."

장이 콧가에 술 냄새가 풍겨온다.

'지금이라도 도망을 치까?'

홍이 손목을 덥석 잡는다.

"이거 놓으소!"

"놓아? 못 놓겄다."

"우짤라꼬."

"잡아묵을까 봐서? 떨기는 와 그리 떠노."

"할 말 있이믄 어서 하소."

"할 말보다, 날 따라와."

"싫소! 할 말 있이믄,"

"할 말이 뭐 있일 기고. 만나고 싶어서 그렇지. 요즘 세상에
는…… 자아 가자."

몸을 흔들어대는 장이를 끌고 홍이 간다. 손바닥 속에 장이
작은 손은 따뜻하고 그리고 떨고 있다.

'나는 이 가시나한테 장가를 들라 카나? 손이 작다.'

술이 깨는 것 같다.

"나를 어디로 데리고,"

"아무 말 하지 마라. 하믄은 울음이 터진다. 항상 나는 네가
보고 싶었다. 보고 싶었어. 보고 싶어…….'

장이 손에서 긴장이 풀어지는 것 같다.

"이 세상에 나는 아무도 없다! 외톨백이다. 살고 싶지가 않
아, 살고 싶지가 않다."

"그래도 늦게 가믄은 아부지가,"

"니가 가믄 나는 죽어버린다."

하다가 홍이는 장이가 달아나기라도 할 것 같은 생각이 들었

던지 뛰기 시작한다. 장이 뭐라건 들은 척 않고 으슥한 풀밭에까지 온 홍이는 계집애를 물건 던지듯이 냅다 던지고 그 옆에 앉으며 숨이 차서 시근덕거린다.

"니 이름이 뭐꼬? 장이라 했지?"

"……."

"니 아부지는 염서방이고."

"……."

"춥나?"

장이 고개를 흔든다.

"보내주이소."

"이젠 별수 없제."

"제발."

"겁이 나나?"

"……."

"겁날 짓을 와 했노?"

거칠어지는 어투에 장이는 다시 긴장을 한다. 이제 별수가 없다. 인가는 멀고, 먼 곳에서 개 짖는 소리가 들려온다. 홍이 눈앞에 임이네 얼굴이 지나간다. 이놈아! 하며 돌진해오는 그때의 얼굴이다. 목이 파묻힐 만큼 살이 찐 얼굴이다. 난투극을 벌였을 때 그 두껍고 넓은 어깨의 동물적 감촉이 되살아난다. 이 원수 놈! 이 원수 놈! 쉰 듯 나직했던 음성이 울려온다.

비호처럼 일어선다. 홍이는 다짜고짜로 장이를 끌어안는

다. 찢어지는 듯한 비명, 손으로 입술을 틀어막는다.

"사, 살리주,"

마치 산적처럼, 피바다를 누비고 온 오랑캐의 병사처럼, 늙고 교활한 늑대처럼, 그렇게 장이는 유린당했다.

"니 오래비한테 가서 말해라."

"도둑놈!"

"나한테 시집올라 카믄 오고."

"죽어버리지 시집은 와!"

하다가 장이는 목을 놓고 운다.

"나도 미치겠으니까…… 우리 어디로 멀리 쥐도 새도 모르게 달아나부리까?"

"몰라! 몰라! 으흐흐흣."

마른 풀 위에 이마를 방아 찧어가며 장이는 운다.

"니가 나를 생각해주믄, 나도 사람이 될지 모르겠다. 여기서는 안 된다. 여기서는 못 산다아!"

조용하다. 사방은 너무 조용하다.

"나 무엇이든 할 수 있다. 여기만 아니믄…… 무엇이든지 할 수 있지. 미안하다. 무엇이든 할 수 있다. 천지가 넓은데 우리 둘이 가서 살 곳 없을까 봐? 만주로 가든지 일본으로 가든지,"

아무 소리도 귀에 들어오지 않는가, 장이는 여전히 이마방아를 찧고 주먹으로 풀밭을 치면서 흐느껴 운다.

"너하고 나하고 이곳에 살믄은 찢어 묵을라 칼 기다. 잡아묵을라 칼 기다. 가자. 가믄은 길상이아재도 있고 선생님도 친구도…… 그라고 또 또 주갑이아재도 있지. 그래 맞다! 주갑이아재도 있다!"

갑자기 홍이는 외치듯 그리고 장이를 안아 일으킨다.

"내가 잘못했다. 이자는 이자는, 다시 안 그러께."

껴안는다. 머리를 부벼대며,

"안 그러께. 우리는 죽어도 함께 죽자. 니도 내가 좋은께 따라온 거 아니가. 자 이자는 고만 울고,"

하다가 홍이는 장이를 일으켜 세운다.

"여기서 이러구 있음 니 정말로 니 아부지한테 야단맞일 기다. 니가 보고 싶어도 내 꾹 참고…… 두고두고 의논하자."

장이는 아버지한테 야단맞는다는 말에 정신이 든 모양이다. 울음을 그치고, 그리고 홍이 손을 뿌리치며 달아난다.

별빛이 쏟아지는데, 총총한 별빛 때문에 사방은 희미한데 홍이는 숨을 크게 들이마신다.

6장 출옥

사대육신은 멀쩡한데 사람이 좀 모자란다는 말을 듣는 짝쇠는 사대육신이 멀쩡한 정도가 아니었다. 짜임새 있는 골격은 정한하고 훌륭했다. 키는 중키였지만 이목구비가 뚜렷했고 눈망울이 굵었다. 다만 누리팅팅한 살빛, 특히 얼굴이 누리팅팅했는데 여덟 달 동안 징역살이를 해서 그렇다 할지 모르나 실상 누리팅팅한 피부, 허여스름한 입술은 생래(生來)의 것이다. 누구나 그를 처음 대하면은 횟배 앓는 사람이군, 하고들 생각한다. 조선사람치고 배 속에 회 없는 사람은 드물겠는데 뭐 각별히 짝쇠가 횟배를 앓는 일은 없었으니. 그는 늘 선량한 웃음을 입가에 띠고 있었다. 누리팅팅한 안색과 허여스름한 입술 빛깔과 선량하지만 헤퍼 보이는 웃음, 그런 흐미하기 짝이 없는 첫인상 때문에 모자라는 사람으로 치부하는 것 같다. 하기는 말씨가 다소 시원찮기는 했다. 강쇠의 표현을 빌리자면 씨가 안 먹는 말이라는 것이다. 가령 너 지금 어디 갔다 오느냐고 물으려 치면,

　"그놈의 버르지를 씹었더마는,"

하는 식의 대답인데 배밭에 가서 배 한 개를 얻어먹었는데 배 벌레 씹은 것이 기억에서 젤 뚜렷했기 때문이다. 그러나 물어본 사람 편에서 보면 동문서답인 것이다. 그런가 하면 꼭 말을 해야 할 경우 묵묵부답 상대방을 짜증나게 하곤 했다. 그럴 때 사람들은 병신의 통고집이란 욕을 했다. 사실 그것은 모두 짝쇠의 본의가 아니다. 서둘다 보면 말의 순서를 찾지 못하고서 냉큼 한마디, 자기 혼자 이해하는 동문에 서답을 내던지고선 그것이 정녕 서답인 것을 깨달았을 때는 입이 붙어버리는 것이다. 자기 자신을 설명해야 할 경우 억울할 때도 입이 붙어버리

는데, 억울해서 견딜 수 없고, 꼭히 자신의 처지를 설명해야만 할 때 그는 입술을 실룩거리거나 제 가슴을 주먹으로 치곤 했다. 아마도 그런 버릇은 어릴 적에 양반 댁 드난꾼으로 산 짝쇠의 홀어미가 그를 데리고 다닌 데서 비롯된 것이 아닌가 싶다. 성미가 급했던 그 양반 댁 도령이 자기 변명이나 억울한 호소 따위를 허용치 않았으며 무슨 대답이든 빠르게 간단하게 할 것을 갑쳐댔기 때문에 생긴 버릇이나 아니었는지. 열아홉 되던 해 홀어미와 사별한 짝쇠는 이종사촌뻘 되는 강쇠를 찾아와서 그때부터 함께 살았는데 그것도 사오 년이 된다.

진주에서 여덟 달 동안 징역살이를 하고, 마중 나와준 강쇠를 따라 짝쇠는 지금 평사리를 향해 걷고 있다. 해동(解冬)하여 강물은 풀렸으나 논바닥에는 아직 살얼음이 남아 있었다. 짝쇠는 사흘 전까지만 해도 감옥에 있었는데 지금 활갯짓을 하며 걷고 있는 자기 자신이 믿기지 않아 부지런히 사방을 살핀다. 농촌의 풍경은 변함이 없다. 한결같은 겨울 풍경이다.

"그때 산돼지한테 떠받히서,"

짝쇠가 중얼거렸다.

"무신 소리를 하노. 언제 일인데."

"그러시…… 용시를 쓴께 세상이 노오랗더마는,"

강쇠는 짝쇠의 말뜻을 안다. 죄수가 쓰는 용수를 썼을 때 눈앞이 캄캄해지고 세상이 노오랗게 보였을 것이다. 산돼지에게 떠받혀 무서웠던 어린 시절처럼. 아주 어렸을 적에 짝쇠는 보릿짚 속에서 잠이 들어버린 일이 있었다. 어미는 밤중까지 돌아오지 않는 아이를 찾아 마을을 헤매었다.

"어이구, 우리 짝쇠야. 아무래도 호랭이가 물어갔는갑다. 아이구 이 일을 우짤꼬, 짝쇠야! 짝쇠야!"

어렴풋이 들려온 어미 목소리에 잠이 깬 짝쇠가 보릿짚을 헤치고 엉금엉금 기어나오는데 땅에 묻은 씨고구마를 노리고 마을까지 내려왔던 산돼지가 기어나오는 아이를 떠받은 것이다. 지금도 짝쇠 등에는 그때 흠집이 남아 있다. 당시 강쇠는 이모, 그러니까 짝쇠 어미에게서 그 얘기를 들었다.

"그렇기 무섭은 용시를 머할라꼬 썼노."

"그거를 내가,"

"니 주둥이 때문 아니가. 니를 보고 말하느니 길가 벅수를 보고 말하는 기이 나을 기다. 내사 마 아무리 생각해도 이모가 아아는 안 놓고 안티만 낳지 않았는가 싶다."

짝쇠는 픽 웃는다. 웃는 얼굴을 강쇠가 노려본다. 사팔뜨기 눈동자는 그러나 강물 쪽에 가 있었다.

"웃음이 나오니 장하다, 장해! 이 자석아, 사람이 모자라도 푼수 있이 모자라야 뱅신 소리도 듣는 기라. 이건 중도 속도 아니라 카이."

"어미가 나 죽으면 중이나 되라 캄시로,"

"그 빌어먹을 씨도 안 묵은 말 또 하네. 이녁이 죽으면 바가지 들까 싶어서, 오죽하믄 그런 말을 했겠나."

"못 배우서, 말 못하는 거를 그라믄 우짤 깁니까."

"벵신 육갑하네. 누구는 공자 맹자 배우서 할 말 하고 산다 카더나!"

"참 내,"

"이분에는 세상없이도 음, 째보든지 곰보든지 가시나 하나 처앵기가지고 딴살림을 시키든지 해야지. 니놈의 꼴을 볼라 카믄 속에서 천불이 난다."

"……."

"그동안 맘 쪼인 거를 생각하믄, 진주꺼지 니놈 데리러 가지도 안 할라 캤다마는 어매가 하도 야단을 해쌓아서, 생각하믄 그냥, 그냥,"

"우짜겄십니까."

"우짜기는 머를 우째!"

소리가 쩡 울린다. 그 소리에 놀랐는지 까치 두 마리가 후르륵 날아오른다.

"주막에 가서 점심 요기나 하고 볼 일이제."

"배사 아즉 안 고픈데,"

"까막소 콩밥을 묵더마는 니도 창시가 줄었는갑다."

걸음을 빨리한다.

"아침에 밥 두 그릇 안 묵었십니까."

"장골이 밥 두 그릇 가지고 되나."

부드러워진 음성이다. 실상 강쇠가 짝쇠를 들들 볶는 것 같았지만 그것은 애정의 표시 같은 것이다.

"주린 창시에 한꺼분이 많이 묵으믄 배탈난다고 성이 그래 놓고서,"

낄낄 웃는다. 짝쇠 역시 강쇠 앞에서 웃는 것은 어리광 같은 것이긴 했다.

"신관 편하고나. 웃어? 또 웃어?"

"웃는 거사, 웃는 얼굴에 침 못 뱉는다는 말이 있인께,"

"니 까막소 갔다 오더마는 언변 늘었고나 응, 허허헛 으하 하핫……."

강쇠도 건장한 몸을 흔들며 소리 내어 웃는다. 화를 내고 윽박지르고 했으나 사실은 우스운 게 본심이다. 생각해보면 우스운 일이 한두 가지가 아닌 것이다.

"그렇기 까막소 까막소 하지 마소. 누가 가고 접어서 갔건데?"

"야아, 만셀 불렀심다, 지가 만셀 불렀심다, 불렀다 칸께요. 야? 주재소 말입니까? 야아, 지가 때리 뿌사았심다!"

쉰 듯한 짝쇠 음성을 흉내 내며 강쇠는 웃음을 참는다.

"짝쇠야, 그것도 언변은 언변이다. 그제?"

"누, 누가 그런 말을 합디까?"

"붙들리갔다가 풀리나온 똑똑한 놈들 말이다 와. 남들은, 구겡만 했심다, 무신 영문인지 모르고 장에 나갔다가 사람들한테 떠밀리 댕깄심다, 그렇기 해서 매만 맞고 나왔는데, 멋이 우째? 까막소 좁아 못 들어가까 봐서 그랬나."

"지나간 일 가지고,"

"지나간 일이라고? 이자는 호적에 씨뻘건 줄이 그어져서 용나시*도 못할 기구마. 일만 터져보제! 가만있어도 잡아들일 긴데,"

"차, 참말입니까."

눈이 커진다. 겁이 잔뜩 실린 눈이다. 강쇠는 입맛을 다신다.

지난해 삼월, 서울부터 시작해서 몇 달을 두고 연달아 일어난 3·1만세운동은 도시에서 산간벽촌에 이르기까지, 지역뿐만 아니라 거족적인 양상을 띤 광범위하고 끈덕진 것으로 전개되었는데 경상남도에서는 합천(陝川) 방면이 가장 치열했던 곳이었다. 거창(居昌), 함양(咸陽), 산청(山淸), 진주(晉州)로 해서 하동, 도는 다르지만 전라도 쪽에서 남원(南原), 임실(任實) 등 대체로 지리산이 중심 된 주변 소읍 등지에서 만세운동이 활발했는데, 한두 차례의 시위로 그치지 않고 수차례의 그것도 거의가 폭동화되어 면소, 주재소, 우편소 등을 습격하는 상황으로 변했던 것이다. 그중에서도 합천 방면에서는 무려 여섯 차례나 시위가 있었다. 마지막의 해인사(海印寺) 학교의 생도들과 승려의 시위를 빼놓고 다섯 차례의 시위에선 폭동으로 화하여 사상자도 적지 않게 내었다. 그러니까 3월 23일 합천군 삼가읍(三嘉邑)에서 체포된 주모자를 탈취하기 위해 만 명이 넘는 군중이 시위에 돌입하고 면소에는 방화(放火), 주재소

우편소를 때려 부쉈는데 바로 이 시위 때문에 짝쇠가 붙잡혀 간 것이다.

강쇠는 그때의 짝쇠의 기괴한 꼴을 떠올린다. 힘은 세지만, 남들이 생각하는 만큼 바보로 여기지는 않았으나 조금은 모자란다고 생각해왔던 짝쇠가, 항상 남의 뒷전에서 흐미한 존재로, 의사표시도 될 수 없는 헤프기 짝이 없는 웃음을 띠고 있던 짝쇠가 군중들 선두에 서서 목에 핏대를 세우고 외쳐댔다면 저놈 어디서 저런 용기가 났는고 하며 기특해했을 테지만,

"아이구 좋아라! 얼씨구 좋다! 좋다! 저기 왜눔우 새끼 물러 간다! 나막신 벗고 달아난다!"

덩실덩실 춤을 추고 상상도 할 수 없게 호방한 웃음을 웃어젖히는 데는 강쇠도 어안이 벙벙할 수밖에 없었다. 정녕 그 꼴은 미친 사람으로밖에 볼 수 없는데 그러나 군중들은 박수를 치고 성원을 보내고, 물밀듯 밀려가는 극도로 흥분된 군중들에게 어떤 여유를 주는 결과가 된 것이다. 말하자면 왜인들 흉내를 내고 물구나무서듯 뒹굴고 솟구쳐오르고 하는 짝쇠의 지랄은 훌륭한 응원인 셈이었다.

"저눔이 간이 디비졌나?"

뒤늦게 깨달은 강쇠는, 그러나 군중에게 밀려 짝쇠에게 접근할 수 없었다.

"저, 저, 미친놈 보래? 저눔이 누구 잡아묵을라고 저러노?"

전반적으로 그러했으나 특히 산간벽촌 작은 고을에선 사전

에 면밀한 계획에 따라 조직적으로 만세시위가 벌어지는 경우보다 사람이 모이는, 가령 장날의 장터 같은 데서 선도자(先導者) 없이 터지는 경우가 많았고, 그런 경우일수록 조금만 불을 지르면 폭력으로 번지는 율이 높았다. 아무튼 어떤 경우이건 지리산을 중심하여 은거하고 있는 동학의 잔당, 그러니까 운봉 양재곤 노인은 세상을 떴고 윤도집과 김환이 영도하는 동학 골수파들은 왕시 의병의 그늘 밑에서 활약하던 그 방법을 그대로 답습하여 표면에는 나타나질 않고 말하자면 열이 오를 데까지 올라갈 때 그 군중심리를 교묘히 조종하여 폭동으로 이끌어갔던 것이다. 그러니까 계기만 만들어주고는 슬쩍 뒷전에 물러서버리는, 그것은 세력의 확장을 꾀하는 그들로서는 어쩔 수 없는 고육책인데 그런 만큼 자기네 사람들은 단 한 사람도 희생시킬 수 없다는 것이 철칙이었다. 사실 불 지르는 사람은 한 곳에 한 사람이면 족했고 선두에 서서 핏대 세우는 위험만 저지르지 않는다면 한 사람의 희생도 내지 않을 수 있는 일이었다. 한데 짝쇠가 걸려들었던 것이며 만일 경찰서에서 우둔한 짝쇠가 어떤 단서라도 주게 되면은, 짝쇠 처지로선 아는 범위가 아주 좁고 그것도 명확하게 아는 것은 아니라 하더라도 간악한 왜경에게 어떻게 포촉이 될지 불안과 위협을 느끼는 것은 당연한 일이었다.

"아이구 좋아라, 얼씨구 좋다! 왜눔우 새끼 물러간다아! 이 자석아, 한 분 더 그래 보제? 춤을 벌름벌름 춤시로. 그라믄 이분에는 까막소보다 더 좋은 델 갈 긴께."

강쇠는 말하다가 길섶에 코를 푼다.

"그거사 머,"

"그거사 머? 하던 지랄도 멍석 깔아놓으믄 안 한다 카더마는 이 길에는 개미 새끼 한 마리 없인께."

"그거사 머, 그거사, 한 사람쯤은 들어가야 안 하겠십니까."

"와, 멋 땜에?"

"……."

"멋 땜에 그렇노."

짝쇠 입이 붙어버린다. 자신의 심정을 말로는 도저히 설명할 수 없는 것이다. 면소를 불지르고 주재소를 때려 부수고 할 적에 뱃속 깊은 곳에서 치밀어오른 통쾌하고 슬프고 하던 기분 때문에 춤을 추고 미친 것처럼 웃고 하던 그 심정을 설명할 수 없을뿐더러 붙들려간 후의 상황도 설명이 되지 않는 것이다. 한 사람쯤은 들어가야 안 하겠느냐는 말은 사실 아무런 의미가 없다.

"니깟 놈우 야로 모가지로 댄간댄간 자루라 해도, 고래도 말우 안 하겠소까!"

칼을 휘두르며 미쳐 날뛰는 왜순사 앞에서,

"마, 만세를 부, 불렀심다. 내, 내가 불렀심다."

메줏덩이같이 생긴 조선인 순사 앞에서도,

"내가 만세를 불렀심다."

"이놈아! 네가 만세를 부른 것은 안다! 누가 만셀 부르자 했나, 그걸 묻지 않아!"

"……."

"주재소는 누가 때리 부시자 했나!"

"……."

"면사무소 불 지른 놈은!"

"만, 만셀 불렀심다."

"네놈 일당이 있다는 얘길 듣고 묻는데 잡아떼기야!"

"……."

"젊은 놈이 벌써 죽어서는 안 되지. 안 그래? 그새 몇 놈이 죽어나갔는지 아나? 공연히 한 일도 없이 억울하게 죽겠느냐 말이다."

"……."

"팔은 안으로 굽더라고 나도 너와 같은 조선사람이야. 네 사정 봐주고 싶다. 심성이 괜찮은 놈 같아서 말이야. 하지만 봐줄래도 뭔가 몇 마디쯤 말이 있어야, 안 그래? 사실 산구석에서 숯이나 구워 먹고사는 무지렝이가 자청해서 앞장섰을 리가 없지. 누군가 충동질한 것만은 뻔해. 그게 누구야. 한 사람만이라도 좋아. 이름을 대."

"나는 만세를 불렀심다."

메줏덩이같이 생긴 조선인 순사의 눈썹이 꿈틀거렸다.

"이놈의 새끼!"

구둣발이 가슴팍을 내질렀다.

"아이구, 만, 만셀 불렀심다! 주재소도 부, 부시고,"

"알고 보니 이 새끼 병신 흉낼 내는군. 이 새끼야, 너는 죽었다!"

얼마나 매를 맞았는지 정신이 가물가물해졌으나 짝쇠는 계속해서 헛소리처럼 만셀 불렀다는 말만 되풀이했다. 총대로 맞고 목검(木劍)으로 맞고, 그러나 짝쇠는 그 흔히들 하는, 아이구 어무니! 하고 울부짖지 않았다. 정신 없이 누군가의 이름이 입에서 절로 나올 것 같아서 무서웠던 것이다. 그러니까 그로서는 만세를 불렀다는 말이 마지막 방패였던 셈이다.

한나절이 조금 지나서 영산댁 주막에 이르렀다. 주막은 귀신치고도 늙은 귀신같이 을씨년스럽고, 낡아 있었다.

"할매요."

대답이 없고 주막 안에는 사람도 없었다. 술판 앞에 퍼질러 앉은 강쇠가,

"어디 갔나?"

손님들이 술을 마시고 간 흔적은 있다. 탁배기 찌꺼기가 고인 술잔이며, 국솥에선 김이 오르고 있다.

"갈 길이 바쁜 것도 아니고,"

다리를 쭉 뻗는다.

"성."

"와."

"이모랑 형수 아이들은 잘 있십니까."

"자다가 봉창 뚜디린다. 이제사 그 말을 하나."

"못 배우서 안 그렇소."

"못 배웠이니께 너거 부모 기일도 잊어부렀겄네. 그라믄 이제부터 내가 걸음마부텀 가리키주까?"

그 말 대꾸는 않고,

"성, 이 주막에 전에도 와서 시락국에 밥 말아묵고 간 일이 있소."

"맞다. 딸 있이믄 사위 삼을라 캤지."

"그런 말 언제 했십니까."

"귀가 쫑끗하는고나."

"중이사 안 되더라 캐도 장개가고 접은 맴이사 별로 없거마는,"

"이놈의 할망구 장시 안 할라 카나? 이곳 인심이 옛날에는 좋았다 카더라마는 다 들고 가도 모리겄구나."

"술은 천천히 묵고,"

영산댁이 쫓아 들어오며 숨찬 소리를 지른다.

"술은 천천히, 손님들 싸게 나오더라고."

풀어진 얹은머리를 걷어 올리는 영산댁 주름진 얼굴이 잔뜩 긴장돼 있다.

"나가기는 어디로 나간다 말이오."

"사람이 죽게 되얐는디 어서 나오더라고."

발을 동동 구른다.

"멋들 허는 거여! 싸게 나오란께."

"사람이 우찌됐다고 저러노. 짝쇠야, 그라믄 나가보자."

강쇠가 벗어놓은 짚세기에 발을 끼고 내려서자 영산댁은 바람같이 달려간다.

"할망구 걸음이 멋이 저리 빠르노."

두 사내는 어정어정 따라간다. 영산댁이 걸음을 멈추며 기다린다.

"아 금매, 묻어놓은 무 하나 뽑을라고 나갔는디, 아 금매 까마귀가 지랄발광을 하지 않더라고? 혀서 가보았는디 세상에,"

"송장이던가요."

방금 사람이 죽게 되았는디 하던 말을 들었는데 짝쇠는 딴전이다.

"송장이 다 되어가는 사람이여라."

"누군데요."

"누군지 우찌 알 것고! 길 가다 넘어진 사람을!"

강쇠는 화를 낸다.

"그러니 모자란다는 말을 듣제."

"싸게 가더라고, 목심이 오락가락하는디, 어이구, 불쌍혀서 어쩔까나."

아닌 게 아니라 까마귀가 지랄발광들 하고 있었다.

"어이구, 저기이 멋고!"

강쇠는 비실거린다. 그것은 정녕 괴물이었다. 바위 곁에 웅크리고서 눈을 둥그렇게 뜨고 있는 것, 분명 사람의 얼굴이긴 했으나.

"멋들 허는 기여. 싸게 업더라고. 이 동리 최참판댁에 사는 사람인디,"

강쇠는 비로소 상대가 누군가를 깨닫는다.

"이기이 어디 사램이오?"

짝쇠는 어이없다는 듯 영산댁과 강쇠를 번갈아 본다.

"잔소리 마라!"

강쇠는 괴물을 냉큼 들쳐업는다.

"곱새도 보통 곱새가 아니거마는. 벵신이라꼬 누가 내버린 거 아니오?"

"주둥이 닥치라!"

괴물은 조준구의 아들 병수였다. 수염은 기를 대로 내버려 두었든지 둥그렇게 뜬 눈만 사람임을 나타낼 뿐 흡사 들짐승 같았다.

"천벌을 받아도 안 될 것이요잉. 워찌 이 불쌍한 양반이 대신 받는다 말시?"

영산댁은 앞서가면서 콧물을 닦는다. 주막 안방에 병수를 내려놓고 강쇠는 넋이 빠진 듯 병수를 내려다본다. 그의 뇌리 속에는 환의 얼굴이 지나가고 있었다.

"거 벅수겉이 서 있덜 말고 뜨신 국물이나 좀 떠다 주시오."

"야."

짝쇠가 국솥으로 달려가서 국 한 그릇을 떠가지고 서툰 몸짓을 하며 들고 온다. 병수는 물에 빠졌다가 기어 올라왔을까, 한켠은 젖고 한켠은 얼기도 한 옷을 강쇠가 벗긴다.

"무신 헌 옷 같은 거 없소?"

"혼자 사는디 남자 옷이 있을랍디여? 우선 이불에 둘둘 말아서 아랫묵 뜨뜻한 곳에 아니, 아니여라우, 보시오 젊은이, 기별을 하는 편이, 저 그, 동네를 쭉 들어가면 고래 등 겉은 기와집이 있는디,"

웅크리고 있던 병수가 별안간 괴상한 소리를 지르며 사시나무 떨듯 몸을 떤다.

"아아, 알았구만이라우. 알리지 말라는 이야긴 모양인디,"

영산댁 얼굴에 연민의 빛이 지나간다. 베개를 꺼내어 머리에 받치려 한다.

"그 할 기이 아니라, 더운 국물부텀 떠 먹이소."

강쇠는 이불자락으로 몸을 감아주고 이불깃을 여며주며,

"아 참 그려. 그래야겠구먼. 어마도지혀서 정신이 없단께로."

강쇠가 등을 받쳐주고 영산댁이 국물을 떠 먹인다.

"이 양반아, 뭣 땀시로 집을 나가기는 나간다요? 목심이라는 것은 관대로 그렇기는 못 끊는 법인디,"

국물을 받아먹는 병수 눈에서 눈물이 뚝뚝 떨어진다.

"죄는 죄진 사람이 받는 법이여. 뭣 땀시로 이 고생을 사서 한단가?”

　존댓말이 되었다가 하대 말도 되고, 옛날 같으면 어림도 없는 일이지만. 그러나 영산댁이 병수를 업수이여겨 그런 것은 절대로 아니다. 오히려 측은하고 불쌍해서 거두어주고 싶은 심정에서 친밀감을 나타냈을 뿐이다.

　“그런께로 어디 벵나서 이 지경 된 기이 아니고 굶었거마는. 굶은 데다가 칩어서 쓰러진 모앵이구마. 조금만 더 오믄 인가가 있는데,”

　짝쇠는 꼽추인 병수의 몰골이 신기해서 보고 또 보며 말했다. 강쇠는 입을 꾹 다물고 있었다.

　“여, 영산댁,”

　병수 입에서 가늘고 힘에 부친 듯한 말이 나왔다.

　“그, 그라믄, 그런께로 서로 아는 사이구마는. 누굽니까. 친척 되는 사람인가 배요?”

　짝쇠는 태평스럽게 궁금증을 나타낸다.

　“이 국물이나 더 마시고 말씸하시오. 뜨뜻한 것이 들어가면 속도 풀리고 정신이 들 것인께로. 그라고 한잠 푹 주무시시오.”

　“영산댁.”

　“예, 위째 그러시오? 말씸해보더라고.”

　“내, 내가 못난 놈이오!”

　“어쩔 수 없제요. 잘났어도 별수 없을 것이오. 몸이 성하다면 모리까 뭣을 워찌 할 것이오? 아무도 이 동네에선 서방님 나가라 헐 사람은 없일 거고 서방님 나쁘다고 욕하는 사람도 없단께로. 부모 잘못 만난 죄밖에 더 있어라?"

흐느껴 운다. 병수는 어린것처럼 흐느껴 운다.

"무서워서 죽을 수 없었소. 백 번 천 번 죽으려 했었지만 그래도 죽어지질 않더군요."

짝쇠가 강쇠의 옆구리를 쿡쿡 찌른다.

"성님, 양반인가 배요. 무신 곡절이 단단히 있는갑소."

여전히 강쇠는 침묵을 지킨다. 병수의 우는 모습을 가만히 지켜볼 뿐이다. 눈동자는 엉뚱한 곳에 가 있었지만.

"그런 말씸일랑 안 하는 것이여. 못 다 살고 가면 차생에서 또 고생할 것인께로 살아보는 데꺼지 살아보고서,"

"주, 죽을 수가 없어서……. 여까지 왜 왔는지 모르겠어! 와서 생각하니……. 강물에 빠졌는데 이 못난 놈이 기어나오질 않았겠소? 으흐흣……."

흐느껴 울더니 종내는 통곡이다. 여느 사람의 반밖에 안 되는 몸뚱이, 그나마 가죽과 뼈만 붙은 듯 여윈 몸뚱이는 멍들고 껍데기가 벗겨지고, 죽으려고 얼마나 처절하게 싸웠을까. 명이란 질기고도 긴 것. 영산댁은 행주치마를 걷어 콧물을 닦는다.

"조준구 그 사람이 서방님 반 몫이만 어질어도 이 지경은 안 됐을 것인디, 사람 하나 나쁜 탓으로 만 사람이 고생 아니겠소? 죽는 것도 독하고 모질어야, 서방님 겉이 유순하면 죽는 것도 관대로는 안 되는 것이오. 암말 마시시오. 푹 한잠 자고 난 뒤, 방은 따습은께."

국그릇을 치우고 어린애 달래듯, 병수를 자리에 눕힌 뒤 이불을 따뚝거려주고,

"이거 미안혀서 워쩐디야? 사람이 살면 백 년 천 년 살 것이여? 나 공술 낼 것인께로 양껏 마시시오."

두 사내를 떠밀듯 하며 영산댁은 술청으로 나온다.

해가 깜박 넘어간 후 갈가마귀들이 시끄럽게 날아가고 목동들이 소를 몰고 집으로 돌아가는 그쯤, 짝쇠를 데리고 강쇠는 구례 윤도집댁에 당도했다.

"어이구 짝쇠야, 그간 고생이 많았겠구나."

윤도집이 반색을 하며 맞이하였다. 그의 옆에 앉아 있던 임실의 지삼만이도,

"허 이자가 바로 까막소에서 나온 그자란 말시? 하하핫……"

노리끼하고 성근 수염을 흔들며 웃는다. 웃음소리가 너무 컸다. 짝쇠는 겁먹은 듯 비실거리며,

"성,"

"이 자석아."

강쇠는 기분이 좋잖은 것 같다. 기대어오는 짝쇠를 거칠게 떠밀어낸다.

"도집 어른, 그간 별고 없었십니까."

깍듯하게 인사하고 다음,

"지서방도 별고 없소?"

삐뚜름하게 말한다. 강쇠의 코언저리서는 냉기가 감도는 것만 같았다.

"허허. 별고야 있다면은 있는 것이고 없다면은 없는 것일 거여. 사람 사는 것이란 노상 그런 거 아닌가?"

땅땅하게 바라진 어깨를 뒤로 젖히며 하는 지삼만의 대답이다.

"그는 그렇겠소. 있고도 없는 것 없고도 있는 것, 한데 진주서는 지서방 일을 썩 잘했더마요."

"그건 또 어디 맥을 짚어야 헐지 모릴 말인디, 워쨌거나 잘했다니 싫잖은 일이여."

"실이 열 꾸리라도 비단이 돼야제요."

"비단이 안 되면 실로 쓰고, 어렵잖여."

"하기는 이가 없으면 잇몸이 이 노릇 한다 캅디다만,"

"아아니, 이 사람들이 수수께끼 놀음인가? 왜들 이러나."

윤도집이 이들의 사이가 별로 좋지 않은 것을 알고 있지만 오가는 말에는 뼈 이상의 무엇이 있는 듯하여 눈살을 찌푸리며 말한다.

"수수께끼 놀음이야 어제오늘의 일은 아닐 것이며 앞으로도 우리네사 수수께끼 놀음으로 살아갈 놈 아니여라우? 하하핫 하핫……."

"아무튼 진주서는 수고가 막대했소."

싸늘하게 내뱉고 강쇠는 소매를 걷으며 이라도 기어다니는지 끔적끔적 긁는다.

"진주, 진주라. 아암 수고야 했제. 합천 거창만은 못 혀도, 유식헌 놈 많은 도방이 우리네헌텐 고질이지만,"

강쇠는 더 이상 응수하지 않고 입맛을 다신다.

"그는 그렇고 김장수의 자제께선 안녕들 한가 모르겠네."

환이를 두고 김장수의 자제라 비꼰 것이다.

"별일이야 있겠소? 지장수가 멀쩡한데. 하기는 나도 잘은 모르겠소만,"

지장수라 높이면서 비꼰다. 짝쇠는 도무지 무슨 영문인지를 몰라 꿇어앉은 무릎에 두 손을 얹고, 이 사람 얼굴 보고 저 사람 얼굴 보고 하는데 때론 꾸벅 졸곤 한다.

"이러지들 말고 우리 저녁이나 먹지. 스님 오시는 것 기다릴 것 없이,"

윤도집은 사람을 불러 빨리 저녁상을 들여오라 이른다.

"혜관스님이 오시기로 돼 있습니까?"

강쇠가 묻는다.

"오신다는 기별이 왔네."

"그렇다면 지가 여기 오지 않아도 좋았을걸……."

강쇠의 얼굴은 점점 더 우울해진다. 이따금 지삼만을 가만히 노려보기도 하고.

7장 밀령(密令)

울타리가 없기로는 이십여 년 전과 마찬가지였다. 그때와 다른 것이 있다면 거름더미 옆에 한 그루 있던 살구나무가 없어진 것. 찌그러져가는 오막살이는 그러나 해마다 지붕의 이엉은 갈았을 테고 더러는 썩은 기둥도 갈아 끼웠을 거고, 그새 사람이 살았으니 망정이지 외딴곳에 하나 있던 윤보 목수의 오두막처럼 흔적도 없어졌을 것을. 살인 죄인의 아낙 함안댁이 살구나무에 목을 매 죽은 바로 그 장소인 것이다. 왕시 마을 사람들은 건성으로나마 김의관댁이라 부르기도 했었던 이 집엔 아직도 지난 사건들이 그 잔해를 거두지 않고 있는 것인가. 넉넉한 구석이라곤 없어 뵈는 빈 마당에 칡넝쿨로 엮은 어리 하나가 엎어져 있고 어리 속에서 삐약거리는 병아리 이외 인적기가 없다. 해는 기우는데 행로(行路)에 익숙한 몸짓의 사내가 울타리 없는 마당을 성큼 들어선다.

"아무도 없나?"

목청을 높여 말한다.

"누구요?"

헛간 쪽에서 들려오는 사내 목소리다.

"나다."

"야?"

한복이 목을 내민다.

"아이구, 관수형님입니까!"

반가워하며 쫓아 나온다.

"형님!"

"그새 별일 없었겠제?"

"별일 없십니다."

새끼를 꼬고 있었던지 옷에 묻은 지푸라기를 털어낸다. 척박한 땅에서 타듯이 자라난 풀처럼 모질고 메마르고 작은 모습은 어릴 때와 꼭 같다.

"참말 형님, 어려운 걸음 했구마요."

"그냥 지나갈 수가 있이야제. 하룻밤 너거 집에서 쉬어 갈란다."

관수는 마루에 털썩 주저앉는다.

"그래야지요. 늘 선걸음에 그냥 가시고 해서 얼매나 섭섭했다고요."

그래 어디 가는 길이냐고 물으려다 말고 한복이는 잠시 동안 침묵을 지킨다. 그러고 나서 무엇인가 잃어버린 사람같이 우두커니 먼 산을 바라본다. 몇 해 전에 처음 관수가 찾아왔을 때 어디 가는 길이냐고 물은 일이 있었다.

"불쌍한 우리 어매 찾아다니제. 할 일 없이 댕기겠나."

들었을 순간에는 묵은 상처를 지져대는 것만 같았다. 그러나 한복이는 이내 냉정해졌고, 그 말은 빈말이 아닐지 모르나 반드시 그러리라 할 수도 없다는 생각이 들었던 것이다. 그가 산으로 들어간 뒤 왜헌병과 조준구 등쌀에 견디어낼 수 없었던 것도 사실이지만 아들을 찾겠다고 거의 발광하다시피 마을을 나가고는 종적이 없는 그의 노모가 살아 있으리라 믿는 것은 전혀 어리석은 일이었기 때문이다. 그리고 불쌍한 어매 찾아가는 길이라는 말을 했을 때 한복은 일그러진 관수 얼굴에서 생소하고 거리를 두는 표정을 보았다. 그 후 한복이는 관수가 찾아와도 어디 가는 길이냐고 묻지 않았다. 어미에 대한 공통된 아픔을 되새기고 싶지 않다는 의식적 생각이었으나 정확히는 변명이었다. 이유는 딴 곳에 있었는지 모른다. 관수가 어디로, 무엇을 하러 다니는지 자신은 관심할 필요가 없다는 결단에는 겸양과 아울러 자신을 보호하려는 본능이 감추어져 있는 것이다. 세상일에는 눈감고 살자, 눈을 꼭 감고 살자, 나는 어느 측에도 끼어들 수 없는 인간인께— 칠흑 같은 그날 밤 마을 장정들이 횃불을 들고 연장을 들고 최참판댁을 습격하던 대열에 한복이는 참가하지 않았다. 그때 나이 열일곱, 어리긴 했으나 설령 장년이었다 하더라도 어떤 경우 어떤 사정에서도 한복이는 최참판댁 문턱을 넘어설 수는 없는 것이다. 차가운 담벽에 붙어서서 횃불이 난무하는 최참판댁을 멀리 보는 한복은 추위와 흥분에서 떨었다. 그 집에는 최참판네 핏줄 아닌 조씨네가, 그 친일파가 도사리고 있다손 치더라도 한복이는 결코 그 높은 대문의 문턱을 넘어설 수는 없는 것이다. 함성을 지르며 장정들이 마을을 떠날 때도 한복이는 그들 무리에 휩쓸려 떠날 수 없었다. 그들은 백로요, 자신은 까마귀, 백로 속에 검은 까마귀 한 마리는 섞일 수 없는 것이다. 멀어져가는 함성을 담벼에 기대어 서서 한복이는 들었고 멀어져가는 횃불을 바라보았다. 눈감고 흙 속에 묻히는 날까지 결코 가실 수 없는 시퍼런 멍. 고약처럼 끈적끈적 붙어다니는 죄인의 자식. 이 밤에 벌어진 사건은, 이 밤 많은 장정들이 살던 마을, 살던 집, 가족을 버리고 떠나야 하는 요인이 된 최치수의 죽음은 누구 때문이던가. 착한 사람들, 충성스런 사람들, 그리고 씩씩한 사내들이 가고 함성도 횃불도 없어진 칠흑 같은 어둠 속에서 한복이는 소리 없이 울었다.

관수가 어디로 가건 무엇을 하건 알 바 아니다. 더더구나 지금은 처자식이 있는 몸, 서글픔도 아픔도 참을 만하지 않은가. 아니, 차라리 다행이다. 관수 행적을 모르고 있는 것이 속 편한 일이다.

"올라가입시다."

"그러지."

관수는 검정 고무신을 벗어 흙을 털고 누리끼한 목양말을 신은 발바닥을 손으로 슬슬 쓸어낸 뒤 마루에 오른다. 그러나 양말 바닥은 시뻘건 황토에 찌들어 있었다.

"지금이 어느 철인데 한가하게 새끼를 꼬고 있었나."

방문을 열며 관수가 말한다.

"나무 몇 짐 해다 놓고 본께 새끼가 만만찮아서 한두어 발

꽈보았소. 형님 만낸 지가 아마 일 년은 넘는 것 겉소."

뒤따르며 한복이 말했다.

"그렇기 됐을 성싶다. 식구들은 아무도 없나?"

"아아들은 저거 누부 나물 캐는 데 따라갔고 아아 에미는 보리밭 매러 갔십니다. 점심은 우쨌십니까."

"이 사람아, 해가 몇 뺌이나 남았다고 점심 말을 하노. 영산댁 주막에서 벌써 묵었다. 그놈의 할망구 대기 늙었더마. 아니, 이거는 또 아아 아니가."

어두컴컴한 방에 젖먹이가 잠들어 있었다.

"없는 살림에 아아새끼만 맨들어제끼믄 우짤 기고?"

벽에 기대어 앉으며 관수는 시큰둥하게 내뱉는다.

"인력으로 되는 일이라야제요."

어색하게 웃다가 한복이는 한숨을 내쉰다.

"작년 가슬에 큰놈을 잃었인께 는 것도 아니구마는,"

"잃어? 우짜다가?"

"강에서 멱감다가,"

"몇 살이더노?"

"죽은 자식 고추 만진다 카더마는, 나이를 말하믄 머하겠소."

"엿일곱 됐을 거로?"

"살았이믄 아홉이지요."

"마 괜찮다. 죽은 놈이 다시 태이났다 생각하믄 안 되나."

"죽기 전에 들어선 건데도 말입니까?"

얼굴이 일그러진다.

"답답이, 니는 자식 욕심 많은 기이 탈이다. 가난뱅이치고 낳은 자식 다 키우는 사람이 있더나? 서너 멩씩 갖다 버리기 일쑤지."

관수의 어조는 냉정하다. 그리고 덧붙이기를,

"사내자식이 너무 처자식에 애착을 가지도, 그래도 안 되거마는,"

"……."

"그는 그렇고오…… 영산댁한테 들은 얘긴데 곱새 녀석은 그렇다 치더라도 조준구가 내리와 있다며?"

"그런갑십디다."

"그거 재미있다. 이분에는 낯짝 구겡 좀 해야겠고나."

껄껄대며 웃는다.

"진주서는 모두 별일,"

"별일이 좀 있기는 있지."

"홍이아부지는 좀 우떤지 모르겄소."

"그 집 일이 낭패라. 게우 쩌붙들고 통시(뒷간) 출입은 한다 카더라마는 계집 덕 없는 것도 못할 노릇이더마. 평생 골병이라. 그 아재도 액운이 많은 사람이다."

"심덕이 그만한데 우찌 그렇겄소."

"그놈의 심덕 때문에 그렇지 머. 나 같음 옛날 옛적에 발길로 차 던지부릿일 기다. 그까짓 것 조강지처도 아닌 것을,"

"홍이 때문에 그런 기지요."

"차라리 없는 편이 낫지. 아들 신세까지 조질 거로?"

"덕수할아부지가 진주 갔다 옴시로 용이아재가 넘어졌다는 얘기를 합디다마는,"

"혼사에 와가지고, 나도 그날 아랫방에서 판술이랑 함께 술을 마시고 있었지. 처음에는 아주 세상 뜬 줄 알았다."

"지는 부조 한 푼도 못하고 가보지도 못하고, 사는 기이 뭣인지…… 얼굴에 소 우(牛) 자 붙이고 삽니다."

"어렵은 살림에 오가는 기이 그리 쉽나. 그런 걱정은 말아라. 그럭저럭 자네보담은 낫기 사니께,"

"아재씨들이 못살아서가 아니라…… 옛날에 울 어무니를 묻어주신, 그 일을 지가 잊으믄 사람이 아니지요. 하늘에 땅에 맹서를 해놓고서, 그분들 은공을 안 잊겠다고, 지금도 눈앞에 선합니다. 윤보아재, 용이아재, 한조아재 모두, ……영팔이아재 그리고 운봉할배……. 칩운 날이었지요. 운봉할배는 지팽이를 짚고 따라오시고, 여, 영팔이아재는 우, 울 어무니 관을 지게에 지고……. 오늘이 며칠인지 아나? 열이레다. 너거 어무니 돌아간 날이 그러니께 이월 열엿새란 말이다. 여기가 너 어무니 산소고, 잘 명념해두어라, 알겠나? 윤보아재가 하던 말이 귀에 쟁쟁합니다."

메마른 얼굴에 별안간 안개가 서린 듯 모질디모져 뵈던 살갗이 늘어난 듯 굵은 눈물이 굴러떨어진다.

"아따야, 니 나이 몇 살고?"

"형님, 으흐흐…… 내가 우찌 그 일을 잊겄십니까."

"사람마다 한 가지 설움이야 다 있는 기고, 내 앞에서는 그러지 마라. 피장파장 아니가. 부모들 일은 잊을 만한 나이도 됐고, 니 성이 나하고는 동갑쯤 됐을 기니 니 나이도 아마 서른은 넘었을 거로?"

팔매질하듯 별안간 내던지는 말이다. 한복의 낯빛이 변한다. 변해가는 그 얼굴을 관수는 마치 먹이를 노리는 매 같은 눈을 하고서 냉혹하게 쳐다본다.

"불각처(별안간), 혀, 형 말이 와 나옵니까?"

"어디 살았이까?"

"살았이믄 머하겄소."

변한 채 굳어지면서 얼굴을 떨어뜨린다.

"하기야 살아 있는 기이 죽은 것보다 못할 경우도 있긴 있제."

한복이 얼굴을 번쩍 치켜든다. 눈과 눈이 강하게 부딪는다.

"그, 그라믄 어디 살아 있일 기다 그 말입니까?"

"……."

"몹쓸 짓을 하, 하믄서 살아 있구마요."

불에 덴 것 같은 아이 우는 소리에 관수 얼굴은 무심상한 상태로 돌아갔고 한복이는 구원이라도 청하듯 아이를 얼른 안아 올린다. 오륙 개월쯤 된 것 같은데 아이는 울음을 그쳤다가 낯선 관수를 보자 다시 입을 크게 벌리고 아비의 귀를 꼭 잡으며 있는 대로 소리를 질러댄다.

"응, 응, 아, 알았다. 배가 고프다 그 말이제? 어매가 곧 올 거다. 니 젖 주러 올 기라 카이."

울쿡울쿡 치미는 감정을 누르며 달래는데, 아이를 잃었다 했을 때도 무심상했고 조금 전까지만 해도 냉혹했던 관수 얼굴에 처음으로 연민의 빛이 서린다. 우는 아이를 어르는 아비의 모습, 그 풍경은 왠지 그에게 마지막 삶의 보루같이만 느껴지는 것이었다. 달구지를 타고 오던 소년이었다. 노숙길에서 풀모기에 쏘여 얼굴이 딸바가지가 되었던 소년이었다. 각박한 인심과 천대 속에서 억새풀같이 자랐던 소년, 사람마다 한 가지 설움은 다 있다 하지만, 또 누가 누가 서럽네 한들 마을에서 한복이처럼 기막힌 소년기를 보낸 사람은 없을 것이다.

"허허어, 좀 참으라 캐도 이러네? 배고픈 거사 좀 참으믄 된다. 로로롤롤…… 아쿠!"

관수는 입맛을 다시며 외면을 한다. 이때 울타리 없는 마당에 들어선 아낙이 아이 우는 소리를 듣고 손에 든 호미를 던진다. 그리고 바쁘게 젖을 문지르며,

"울 애기야아, 배고프제? 내가 왔다. 에미가 왔다."

허둥지둥 마루로 오르면서 연신 분 젖을 부벼댄다.

"허 참, 이놈 아아가 전에 없이 와 이라제? 학 떼겠네. 롤롤로! 각쿵!"

한복이 말이 새 나온다.

"미안십니다. 조금만 더 조금만 더 하다 본께 그만."

수수하게 생긴 아낙은 남편에게 사과를 하며 방문을 연다.

"아이구, 손님 오싰는가 배요."

"제수씨, 납니다."

"아이고 저기,"

"인사는 나중에 하고 아아한테 젖이나 물리소. 그라믄 우리
는 저 방에 가지."

관수가 일어선다.

"아, 아입니다. 아아를 안고 지가 가겠습니다."

아낙은 무슨 대단한 벼슬아치라도 좌정한 듯 황송해한다.

한복이는 스무 살에 혼인을 했다. 서서방이 중매를 든 셈
인데 실은 장바닥에서 계집애 하나를 주워 온 것이다. 제정신
아닌 서서방이 걸식하면서 얻은 밥을 나누어 주기도 하고, 그
러니까 계집아이도 거지였었던 것이다. 장을 돌면서 참빗장
사를 하던 아비가 행로에서 병들어 죽고 의지할 곳이 없는 계
집아이는 앉은자리에서 거지 신세가 됐던 것이다. 눈만 새까
맣게 빛나고 누더기 속에 이가 득실거리던 열여섯 살의 계집
아이를 동네 아낙들이 물통에 잡아넣어 목욕을 시키고 아무
것도 모르는 계집아이가 울고불고 야단인 것을 옆구리를 쥐
어박아 가며 정화수 떠놓고 마을 사람들이 성례를 시켜주었
다. 그 계집아이가 오늘의 온순하고 겁 많고 부지런한 한복의

안사람인 것이다.

"지는 손님이 오신 것도 모리고."

"손님은 무신 손님입니까. 그라믄 천천히 젖 믹이소."

관수는 작은방으로 건너온다. 낡은 베틀이 놓인 방은 겨우
두 사람이 발 뻗고 누울 자리밖에 없다. 관수는 낡은 베틀을
우두커니 바라본다. 마음은 다른 일로 복잡해지는데 그 낡은
베틀이 눈에 익다는 생각을 한다.

'그렇지. 옛날엔 이 집에 자주 드나들었다. 밤이면은 모두들
모여서……'

마을에서 여기저기 잔심부름을 해주면서 한복이 제집에 기
거하고 있을 때 한복이 또래의 소년들, 머슴방의 그 뭉뭉한
공기와 음담패설이 싫어서, 길상이와 같이 청년기에 들어선
또래들이 밤이면 이 집을 드나들었다. 첫째 어른들이 없는 자
유스런 분위기 때문이었고 한복에 대한 동정도 있었다. 그리
고 길상이 밤에 와서 글을 가르쳐주던 장소이기도 했었다.

'꼭 십삼 년이구나. 세월이 빨라서 좋기는 좋다마는, 죽은
놈이나 산 놈이나 따지고 보믄 엇비슷한 기지. 어차피 남의
목심 빌리가지고 사는 기분인데 머. 죽을라 해서 죽어지는 것
도 아니겄고 살라꼬 해서 사는 것도 아니겄고, 언제든지 저
승차사가 내놔! 하믄은 내놓을 수밖에 더 있건데? 제기랄! 왜
이리 맴이 뒤숭숭하노.'

"형님, 저 방에 가입시다."

문을 반쯤 열고 들여다보며 한복이 말했다.

"아니다. 여기가 괜찮거마는."

"젖 믹이서 아아는 업고 나갔인께요."

"허허어, 여기가 좋다니까."

"술이나 하입시다."

"생각 없네. 밤에 마시자."

민적거리다가 한복이는 허리가 삔 사람처럼 꾸부정한 자세로 들어온다. 허리뿐만 아니라 손가락 마디마디가 모두 꾸부정한 것같이 느껴진다. 그것은 어떤 공포와 치욕을 견디고 있는 모습 같기도 했다. 거의 무릎을 맞대다시피 꿇어앉는다. 기운 바지 무르팍에 올려놓은, 마디마디가 굽어진 손과 손가락이 무르팍에 물려 들어가듯,

"형님,"

"음,"

한복이 손을 쳐다보며 대답한다.

"말씸해주이소."

"니 형님 말이가?"

"야."

"용이아젤 더러 만냈일 긴데?"

"가실에 성묘 올 때마다 만나기는 했심다."

"아무 말 없었더나?"

"별말씸은 없었십니다."

관수의 작은 눈이 손에서 한복의 얼굴로 옮겨진다. 아까처럼 냉혹하게 지켜본다.

"내가 한 군데 가볼 곳이 있어서…… 밤에 말하는 기이 좋겄다."

"……."

"베틀은 전에 있었던 그거가?"

"야."

관수는 베틀을 슬슬 만져보며,

"대체 이 베틀이 무명을 몇 필이나 짜냈이까?"

엉뚱한 말을 한다.

"수도 없일 기다. 적어도 이 베틀이 이십 년은 훨씬 넘었을 긴께,"

"……."

"이기이 이래 봬도 농사꾼한테는 살림 밑천이제. 자식들 시집 장가 보내는 밑천이고 부모 형제 초상 밑천이고 길쌈 안 하믄 눈먼 돈, 돈 한 푼 어디서 구겡하겠노."

"……."

"면천(免賤)의 신포(身布)도 이 베틀하고 울 어매 울 할매들 눈물 한숨으로 맨들었인께. 생각해보믄은 양반 놈들 농사지어 처믹이고 길쌈하여 앞 가리주고, 그러고도 갖인 천대 다 받아야 했이니, 그거나마, 허 참, 그거나마 이자는 사람 손 마다하고 냅다 기계를 돌려서 무진장으로 짜내고 광목 옥양목이 판을 치니 농사꾼 여편네 편해져서 좋기는 하다마는 손가락 빨게 생겼으니 기찰 노릇이라. 도적놈들. 땅 뺏고 온갖 것 다 뺏더니 가난뱅이들 일거리조차 뺏아부리니 조선땅에서 살찌는 놈은 지주들 몇 놈이제. 얼매든지 싼 품으로 일꾼은 구할 수 있고 소작료는 새 발에 피 같아도 하겠다고 달라드는 수가 많은께. 왜놈도 머 지주가 이뻐서 그러겄나? 요는 땅 판 밑천으로 조선놈들이 물건을 만들어내는 거는 달갑잖다 그거지. 옥양목도 내가 팔고 광목도 뭣이든 왜놈만이 장사하자 그 속셈이니께 지주 몇 놈 호강시켜줄 터이니 땅이나 파라, 쌀이나 많이 맨들어서 왜놈 밥 묵게 하라, 그 요량이거든."

별다르게 열을 올리는 것도 아니요 주절주절 지껄이고 있는 관수의 말을 한복이는 그냥 흘려듣고 있었다.

'살아 있는 기이 죽는 것보다 못할 경우가 있다고? 그라믄 형이 샐인이라도 해서 까막소에 있단 말가.'

가슴이 두근두근 뛴다. 답답하고 소릴 지르고 싶다.

'머가 되었건 나하고는 상관이 없다. 언제 나한테 형이 있었던가?'

마음이 이상하게 가라앉는다.

'새삼스럽게 내가 알아서 머하겄노. 어디서 무신 짓을 했거나 간에, 형은 지 살길 찾아간 지가 이십 년, 이십 년이 다 돼가는데,'

그러나 한복의 가슴은 다시 뛰는 것이다. 알고 싶은 것이다. 어디에 어떤 형편에 있는가를. 어미를 땅에 묻던 날 소나무에 머리를 처박아 피를 흘리며 울던 거복이 모습이 떠오르고, 울음이 터질 것 같다. 그립고 불쌍한 것이다. 감옥소에 있은들 어떤가, 찾아가보리라, 찾아가보리라.

"하여간에 날로 느는 것이 날품팔인데 품팔이가 늘믄 늘수록 일거리는 적어지고 품값도 내리가고 못 살지 못 살아. 얼마 전에 부산으로 해서 토영 여수 방면을 돌아보았는데, 대기 칩운 날이었제, 선창가에 갈가마구 떼처럼 늘어선 기이 모두 지게꾼이라. 줄줄이 떨어진 솜옷에다가 걸레가 다 된 수건을 쓰고, 갯바람이 싱싱 부는데 쥐꼬리만 한 햇볕을 찾아서 지게를 받쳐놓고 낮잠들을 자는 꼴이 흡사 거지들 장날 같더마. 그러다가 뱃고동 소리가 난께, 눈 깜짝할 새, 지게를 지고 달리 가는데 거미 알 흩으지는 것 같더마. 짐 지라고 아우성을 치고 모두 반미치갱이라."

한복이는 주절주절 지껄이고 있는 관수 얼굴을 쳐다본다. 하려던 형에 관한 얘기는 제쳐놓고 전에 없이, 말이 길고 건성인 것도 역력한데, 그 저의를 짚어보기 어렵다는 생각을 한다.

"큰일이다, 큰일이라. 한복아."

"야."

"니는 농사가 얼매나 되노."

"머 논 두 마지기하고 밭 한 동가리지요."

"남의 땅가?"

"남의 땅은 아니지만 이 악양 들판이 모두⋯⋯.─최참판댁 것이라는 말까지는 못하고─ 땅 줄 사람도 없었지마는 지도 부칠 생각은 안 합니다. 품을 팔아서 보태니께."

"그래도 그기이 어디고? 니 땅이라니 장하다."

"말이 논이지 두 섬 나기가 어렵십니다."

"⋯⋯만주 가서 살 생각은 없나?"

"만주라꼬요? 그, 그럴 생각은 없십니다. 갔던 사람도 다 돌아오지 않았십니까."

"그러씨⋯⋯."

"와 그런 말을 합니까?"

"그러씨⋯⋯ 아무튼 생각 좀 해보기로 하고, 나 좀 나갔다 오께."

바짓말을 추키며 관수는 일어섰다. 나가면서 돌아보고,

"나 한마디 일러두겠는데 니도 알다시피 처가가 백정 아니가? 개기라 카믄 재미없다. 허니 닭 잡을 생각은 말아라."

성큼성큼 걸어간다.

'자아, 그라믄 낯짝 한분 구겡하기로 하고, 그자는 내가 누군지 알 턱이 없인께.'

초봄을 약간 넘어선 들판은 온통 연둣빛이었고 바람은 싱그럽다. 해는 한 뼘이나 남아 있을까? 관수는 최참판댁 겹겹이 둘러싸인 지붕을 올려다보며 언덕을 오른다. 대문은 활짝 열려져 있었다. 속이 휑뎅그렁하게 비어버린 고목(古木)처럼,

그리고 냉바람이 코끝을 스친다. 두 칸 오두막의 가난에서 오는 냉기하고는 사뭇 다르다. 처절하고 요괴스러운 냉바람이 마음을 설렁하게 한다. 십여 년 동안 방치해둔 채 황폐할 대로 황폐한 집은, 거대하게 큰 집이기 때문에 더욱더 참혹한 것 같다. 돌담들은 무너지고 풀이 돋아난 마당에 옹기 부서진 것, 사금파리가 어지럽게 널려 있다. 지붕과 기둥만 남은 해골이라고나 할까.

"아무도 없십니까아!"

사람의 기척이 없다. 관수 자신의 목소리만 울림같이 자신의 귀에 되돌아와선 집 모퉁이로 사라진다.

"이 집에 아무도 없십니까아!"

육손이가 행랑 쪽에서 비실거리듯 걸어나온다.

"누, 누구요?"

"누구긴, 손님이지요."

육손이는 관수를 전혀 알아보지 못한다. 흐리멍텅한 눈이 얼굴을 더듬는다. 반백이 된 머리칼과 죽은 나무의 껍데기처럼 바삭바삭해 뵈는 얼굴에 사양(斜陽)이 비친다.

"소, 소, 손님이라?"

"집임자 기시오?"

"집임자라 카믄,"

"조참판 말이오."

관수는 씨익 웃는다.

"그러니께 조참판이 되는가 모르겠네?"

입 속으로 중얼거린다.

"집임자 기시오, 안 기시오! 아직은 귀잡술 나이는 아닌 성싶은데 와 그리 말귀가 어둡노."

"사랑에 기시기는 기신데 참판이라 카믄, 최참판이지 조참판은 아닌께,"

"허허어, 오락가락하는구만. 쯔쯔쯧, 사랑에 가서 집 좀 둘러보러 왔다고 말 좀 전하소."

"집을 둘러봐? 뭣 때문에 집을 둘러보는고?"

"해가 짧아지는데 되게 늘어지는구만."

흐릿한 눈에 갑자기 날이 선다.

"그, 그렇기는 못할 기구마. 아, 못하고말고."

"앉은뱅이 키 재는 소리 하네. 집임자 만내겄다는데 머를 따따부따,"

험상궂게 노려본다.

"그라믄 우리는 우찌 되는 기요?"

흐린 눈알을 굴리다가, 육손이는 눈을 깜박깜박하면서 비밀스런 얘기나 하듯이 나직이 묻는다.

"병신 육갑하네. 그라믄 이 집구석에 우닥방망이라도 있다 그 말이요?"

"우닥방망이라 카믄,"

"돈 나와라 옷 나와라, 하믄 나오는 방망이도 모리요?"

"……?"

"그런 것도 없는데 뭣 땀시 걱정인고? 제에기랄! 아, 어서 가서 집임자 보잔다고 말하소!"

주거니 받거니, 아니 차라리 한가하게 노닥거리는 판인데,

"육손아."

보나 마나 떠들어대는 관수 목소리를 듣고, 실랑이질하는 것을 더 이상 참고 기다릴 수가 없어서 조준구가 몸소 나왔음이 틀림없다.

"예에, 나으리마님."

육손은 머리를 숙인다. 조준구의 머리도 희끗희끗했다. 환갑이 이삼 년쯤 남았을 성싶은데 띠룩띠룩 살찐 것은 여전하다. 그러나 이제 그의 비대도 곯기 시작한 홍시(紅柿)같이 측은했다.

"오신 손님이 뉘시냐?"

좀이 쑤셔서 나왔건만 유연한 태도를 지키며 육손에게 묻는다.

"예, 집을,"

하다가 관수를 힐끗 쳐다본다.

"예, 나는 진주서 온 사람입니다. 우리 주인댁에서 집을 한번 둘러보고 오라는 분부가 기시서 왔십니다."

고개를 숙였으나 눈을 치뜨고 상대를 보며, 또 입가에 미소를 머금고 관수는 말했다.

"진주?"

조준구 얼굴에 잠시 당황해하는 빛이 스치다가 본시의 유연한 태도로 돌아간다.

"진주라면 최서희 집에서 왔느냐?"

"최서희가 누굽니까? 우리 댁 주인나으리 성씨를 말할 것 겉으면 강가 성이올시다."

"강가 성,"

"예. 집을 판다는 소문이 있으니 한번 둘러보고 오라는 어명에 따라서,"

"어명이라니 흐흐홋…… 어명이고 강가 성이라……."

조준구는 웃음을 참는다.

"아아, 알았소이다. 하여간에 사랑으로 갑시다."

조준구는 표변한다. 관수를 앞세우다시피 가던 조준구는,

"육손아."

멍하니 서 있는 육손이를 돌아본다.

"예."

"언년이보고 주안상 마련을 일러라."

"예에一."

사랑으로 들어간 조준구는,

"자, 앉으시오."

검정 양복바지에 후지기누* 와이셔츠를 입고 있던 조준구는 벽에 걸려 있는 양복 윗도리를 걸쳐입음으로써 어명이니

강가 성이니 하는 그따위로 무지막지한 손님에게 최대한 경의를 표한다.

"어어, 그러면은 집을 둘러보아야겠지만,"

입맛을 다시고 나서,

"천천히 내일이라도 늦잖을 일이오. 어차피 해는 넘어가고 있으니 하룻밤 유해야잖겠소?"

"해는 잡아댕길 수 없인께 밤길 가믄 안 되겠소?"

'허허, 저런 멍청이를 보았나. 아무래도 하인배 같지는 않은데?'

"허허, 발등에 불 떨어질 일이 아닌데 서둘기는. 그는 그렇고 진주에 계시다는 강씨라는 어른은 무엇을 하는 분이시오? 이런 곳의 집을 물색하는 것을 보아서는 풍류객인 듯,"

"풍각쟁이는 아니고요, 돈푼 있는 장사꾼이지요."

"돈푼 있는 장사꾼? 그것 참 모를 일이구먼. 돈푼 있기로, 이 거궁한 집은 사서 뭘 하려구?"

"어디서 소문을 들은 모앵이더마요. 장삿속이 빠르니께요."

순간 조준구 입가에 미소가 떠오른다.

'오냐, 알겠다. 약은 놈들, 사두면 최서희가 값은 고하 간에 사들일 것이다, 그 계산이로구나. 그러나 호락호락 나도 싼값으론 내놓지 않을걸. 좀 똑똑한 놈을 내세울 일이지 속셈을 털어놓는 저따위 얼간이를, 처음부터 무슨 곡절이 있다 싶기는 했지.'

'이 병신 같은 놈아! 실컷 좋아해라. 좋다 말면 안 좋아한
것보다 못하는 벱이니께. 생각 같아서는 저놈의 배애지를 내
질러서 불통맨치로 터지는 소리 듣고 접다마는 저까짓 피래
미 겉은 놈 한 마리 땜에 일 그르칠 수는 없제.'

"허 참, 그거 알쏭달쏭한 얘기구먼. 소문은 무슨 소문이며
장삿속은 또 무슨 장삿속인고?"

"소문이야 판다는 소문이겠고, 장삿속이야 뻔하겠지요."

판다는 소문이라는 말에는 다소 불안을 느끼지만 조준구는
뻔한 장삿속이란 말에 기대를 걸어본다.

"물건도 아니겠고 집이 무슨 장사가 되겠소."

"살 사람이 없는 집인께 헐값으로 사서 재목으로나 팔자 그
속셈 아니겠소."

곯기 시작한 홍시처럼, 내부는 붕괴되면서 겉으로만 부푼
볼때기를 쇳덩이 같은 주먹이 쥐어박듯, 조준구의 얼굴은 순
간적으로 위축되어버린다. 얼굴 가죽이 부르릉 떤다.

"뭐라구?"

"주인장, 생각해보슈!"

"주인장, 주인장이라니?"

연타를 당한 것처럼 조준구의 얼굴이 시뻘게진다. 실망의
연속에다 모욕이다. 갑자기 수습이 안 된다.

"아 그러씨 생각해보시라니께요? 대낮에도 구신이 나게 생
깄는데, 생기기만 했다믄야? 실제 구신이 나도 한둘은 아닐

기고 뭇 구신이 뒤쪽 대숲에서 잔치를 벌이게 생깄는데 어느 시레비자석이 집값 주고 집 사겠소. 목재값인들 서금서금한 거를 제값이나 주겠소?"

"네 이노옴! 이 개상놈이 도대체, 썩 물러가라!"

"갑자기 와 이러요? 무신 못할 말을 했소? 보아하니 주인 장께서는 양복쟁이라서, 상투 쫓고 갓을 써야 구벨이 될 긴데, 안 그렇소? 양복쟁이라서 개상놈인지 사냥개 양반인지 그 거는 모르겠소만, 어어, 잠시만, 성미도 급하지, 날 치는 거사 바쁘잖은 일, 나중에 좀 주물러주시고, 좌우당간 우리 주인을 말할 것 같으면 양복쟁이가 아니라서 신분은 확실하고 말이오. 하하핫…… 본시 개백정부터 시작을 해서 미두(米豆)에다 손을 대어 망하는 대신 흥했다, 흥한 판에, 그까짓 공것으로 들어온 돈 소원풀이나 하자, 내막을 말할 것 겉으면 장삿속도 장삿속이려니와 양반네 기둥뿌리 뽑아 백정네 집을 짓자, 이만하믄 알 만합니까?"

"나가라! 썩, 썩 무, 물러가라!"

얼굴이 새파래지며 조준구는 일어섰다.

"가라 마라 할 것 있십니까. 안 팔고 안 사는 거야 내 소관 아닌께로, 하하핫……."

관수가 방을 성큼 나서려는데 언년이 초라한 술상을 들고 막 신돌에 발을 올려놓으려 한다. 분을 못 이긴 조준구는 분별을 잃고,

"네이, 서희 년 간자(間者) 놈아!"

달려나와 관수의 엉덩이를 걷어찬다. 그러나 재빠르게 몸을 날린 관수는 조준구의 걷어 올린 발목 하나를 낚아챈다. 그리고 냅다 메치는데 언년이 저만큼 나가떨어지고 술상과 조준구는 함께 뒹군다.

"양반 놈은 뒤에서 치고 상놈은 앞에서 쳤다! 개새끼! 이놈아! 니 밤길 조심하는 기이 좋을 게다. 올챙이 겉은 배때기 질끈 밟아서 창지 터지는 꼴 보고 접기도 하다마는 그럴 값으치나 있이야제, 도적놈!"

조준구는 엎어진 채 덜덜 떤다. 관수는 최참판댁 대문을 나서서 내리막길을 내려오는 동안 내내 낄낄대며 웃는다.

'버러지 겉은 놈, 버러지 겉은 놈, 앞으론 이런 장난을 말아야지.'

문득 관수는 허공을 밟는 것 같은 허무함을 느낀다. 사방에 땅거미가 지기 시작한다. 마을에 들어서려다 말고 발길을 돌린다. 다시 최참판댁 쪽으로 올라간 관수는 집 뒤쪽으로 우회하여 대숲 안으로 들어간다. 대숲 속을 헤치고 들어가서 대나무가 성글게 난 자리에 주질러 앉은 관수는 영산댁 주막에서 피우곤 내내 잊어버리고 있었던 담배를 하나 꺼내어 피워 문다. 시원하게 담배 연기를 내어뿜는다. 의식하지는 않았으나 한복이네 집에 들어서면서부터 내심으론 긴장했던 것을 깨닫는다.

'생각을 작정하고 나선 길인데 작정한 대로 해보는 기지. 사람마다 편하게 아무 일 없이 살고 접은 거사 다 매한가진께, 누구는 이러저러해서 못하고 나는 이러저러해서 못한다는 말이사 못하는 데 대한 변명일밖에 없는 일 아니가. 할라 카믄 누구든 할 수 있는 일이고 안 할라 카믄 누구든 안 할 수 있는 일인께. 누구는 불쌍하게 죽은…… 하기야 울 어무니가 죽었는지 살았는지 그것도 모르기는 하다마는…… 언제꺼지 샐인 죄인의 자식 함서 움츠리고 있는 것은 멩이나 보존하자는 것밖에 더 되겠나. 제에기…… 정한 대로, 중도지폐[中途而廢]는 안 된다.'

깊숙이 담배를 빨아 당기고 시원하게 연기를 뿜어낸다. 사방은 차츰 어두워지고 세 개째 담배를 붙여 물었을 때 담뱃불은 빨갛게, 그리고 빨아 당길 때 작은 눈의 눈시울을 비춰주곤 한다.

'누각으로 해서 산을 질러서 가믄 마을을 지나지 않아도 한복이네 집에 갈 수 있다. 옛날에 한복이 애비가 초당에서 최씨네 그 사람을 목졸라 직이고 달아날 적에 마을 길을 피해서 산을 질러갔다던가?'

담배를 성급히 빨아당기고 나서 버린다. 불꽃이 튀다 만다. 관수는 발바닥으로 꽁초가 떨어진 곳을 문지르고 일어선다.

질러가는 산길을 천천히 걸어서 등잔불이 깜박거리는 한복이네 집 마당에 들어선다. 기척을 알고 한복이 방문을 열며 내다본다. 불빛을 등졌기 때문에 한복의 얼굴은 꺼무꾸름한 윤곽뿐이다.

"형님입니까."

"응."

"늦었거마요. 들어오시이소."

"아니다. 나 작은방에 들겄다."

"아입니다. 모두 이웃집에 자러 갔인께요."

"그래? 번거럽기 머할라꼬 그랬노. 나는 그만 이 방서 자믄 될 긴데,"

"그 방은 불도 잘 안 딜이고 이부자리도 그렇고 해서, 큰방 으로 가입시다."

관수는 한복이 권하는 대로 큰방에 들어간다.

"저녁은 준비해놨십니다마는 너무 저물어서,"

"아아, 밥 생각은 없고 둘이서 조용하게 술이나 마시고 싶 다."

"글안해도 술상을 갖다 났십니다."

윗목에 차려놓은 술상을 방 한가운데로 끌고 온다. 걸죽한 탁배기를 두 사내는 말없이 마시기 시작한다. 식구들을 남의 집에 보낸 것은 관수의 편안한 잠자리를 위해서라기보다 형에 대한 얘기를 듣고자 하는 한복의 착잡한 심정 때문인 것 같다.

"김훈장댁, 그 댁은 살기가 좀 우떻노."

관수가 술잔을 비우며 묻는다.

162

"검금하게 살아가지요. 자식들이 많애서."

"자농(自農)이제?"

"야, 땅은 너덧 마지기 될 겁니다."

"그라믄 이럭저럭 살겄네."

"그 댁도 제사가 많애서, 절손이 된 큰집 제사까지 물리받아서 고달프지요."

"……."

"두만이형님 댁은 두루 안녕하신가 모르겄소."

"안녕할 정도가 아니지. 문둥이 되듯 잘되고 있다."

"영만인 몇 분 만내봤지마는,"

"그 아아는 사람이 됐제. 두만이하고는 다르다."

"영만이어무니 신세는 많이 졌습니다. 동네에 발붙인 것도,"

"그렇기 후덕한 사람도 드물 기구마."

"야, 한결겉이 공평하고,"

두 사내는 모두 제각기 시기를 기다리며 잠복해 있는 들짐승 같은 마음 자세를 취하면서 건성으로 변두리 얘기에서 배회하고 있는 것이다.

"한복아."

"야."

서로의 눈이 부딪친다.

"니 만주 한분 안 가볼라나?"

"무신 일로요."

한복의 얼굴이 굳어진다.

"니가 가주었이믄 여러 가지 일들이 수을할 것 같애서, 나도 생각 끝에 하는 말이니 들어주어야겄다."

"……."

"사사로운 일 아닌 것은 니도 짐작은 할 게다."

"……."

"사람이란 어떤 식으로든 산 사람은 살기 매련이고, 또 언제든 한 분은 죽는다. 간단하게 생각해부리믄 사람 살고 죽는 거는 아주 쉬운 것이기도 하지."

"해필 지가 만주로 가야 할 이유가 있십니까?"

"있제. 일단 니를 믿고 내가 찾아 온 이상 꾸며 대감씨로 허울 좋은 말 하고 접지는 않다. 딱 까놓고, 니 처지를 우리는 이용을 좀 해야겄다."

"……."

"니 형 거복이가 지금은 김두수라는 이름으로 만주 일대에서는 그 콧김이 대단하지. 홍이아부지가 니보고 얘기를 하지 않았던 모앵인데 또 차마 할 수도 없었일 기다. 친일파들 처지서 보믄은 출세를 했다 할 수도 있을 기고 순사부장이믄 뉘 집 아아 이름은 아닌께, 그만하믄 알조 아니가."

한복의 얼굴빛이 달라진다. 흔들리는 등잔불을 받은 한복의 얼굴은 돌처럼 굳어진다. 만주 얘기가 나오면서부터 한복은 대강 짐작을 했다. 짐작에서 도망을 치려고 애를 썼지만 필시 왜놈의 앞잡이거니, 그러나 순사부장까지 했다는 것은 예상 밖이다.

"그러나 순사부장 따위는 아무것도 아니고, 그것은 잠시 동안 쉬었던 시기에 왜놈들이 대접해준 것뿐이라 하더마. 아무튼 독립군들 잡는 데는 구신이라는 게 일반의 평판인 모앵이다. 그 손에 잡혀들어간 거물들도 부지기수,"

한복의 목이 푹 꺾인다.

"그 얘기는 그 정도로 해두지. 니가 가보믄 알게 될 일이니,"

오랫동안 두 사람 사이에 침묵이 흐른다.

"다음 하실 말씸 하소."

한복의 음성은 쥐어짜는 것 같았다.

"한마디로 짤라 말하지. 거복이를 방패 삼아서 군자금 전하는 일을 해주었이믄 좋겄다. 아무개 동생 하믄은 모두 그대로 통과될 긴께,"

"알 만합니다."

"……"

"아, 알 만합니다."

흐느껴 운다. 관수는 잠자코 술을 마신다.

"자아, 술잔 받아."

"예."

"나는 벌써 아주 고릿작부터 눈물 같은 것하고는 이별했다.

눈물 흘릴 때는 그래도 여유가 있어 그러는 거다. 생각키 탓인께."

"형님."

"말해보아."

"나 그러겠소. 그, 그렇기 하겠소."

"잘 생각했다. 만일에 거절한다믄 니를 죽이려 했다. 모질고 독하지 않고는 아무 일도 못한다."

눈과 눈이 날카롭게 부딪는다. 사방에선 바람 소리뿐, 외딴집을 둘러싼 것은 어둠뿐, 관수 눈앞에 어린것을 어르던 한복의 모습이 지나간다.

8장 부녀(父女)

문종이는 거의 갈색으로 변하여 방 안은 어두컴컴했다. 목침이 두어 개 굴러 있었다. 육손이는 저고리를 벗고 두 무릎을 세운 채로 웅크리듯 앉아서 아비의 떨어진 저고리 고름을 달고 있는 딸 언년의 손놀림을 보고 있었다. 언년의 손가락은 가늘고 하얗다. 자줏빛 댕기를 들인 머리가 길어서 몸놀림에 따라 머리 꼬리는 방바닥에서 흔들린다. 마치 뱀처럼.

"아부지."

"와."

자다 일어난 사람처럼 멍청한 대답이다. 그런 아비를 못마땅한 듯 힐끗 쳐다본다.

"나 죽었음 죽었지 서울은 안 갈 겁니다."

코를 훌쩍거린다.

"누가 서울 가라 카더나."

쭈그리고 앉은 채 여전히 멍청한 말을 한다.

"아부지도 참."

"있일라고 왔이믄 있어야제. 꽁보리밥 묵기 싫으믄 가는 기고."

"아부지도 어째 그리 세상충이(철부지) 겉은 말을 하요. 딸 장래 생각은 해보지도 않고."

"그라믄 시집갈라나?"

"참 기가 맥히서, 몇 분 해야 말을 알아듣겠소? 나 도망쳐 왔다고 했잖아요?"

"……."

"생각이 좀 있어야지. 무슨 궁리라도 좀 해주어야지, 아부지가 돼가지고."

또 코를 훌쩍거린다.

"낸들 무신 좋은 생각이 있어야 말이제."

"나으리가 서울서 오시지 않았어요?"

"오싯제. 그게 우떻다는 것고."

"나으리가 나를 가만히 내버려두시겠어요?"

"나으리, 나으리는 아무 말씀도 안 하시던데?"

"참말이지 누굴 믿어야 할지 한심스럽기만 하고,"

한숨을 내쉰다. 언년이가 조준구 본처인 홍씨 곁에서 도망쳐 나온 것은 작년 섣달그믐이 가까워졌을 때다. 마침 서울에 와 있던 석이를 만난 언년이 시골로 데려다달라고 애원하는 바람에 내려오는 길에 동행하여 석이는 하동까지 데려다주었다. 홍씨에게 말없이 와버렸으니 도망은 도망인 셈이다. 어렸을 때 아비 품에서 빼앗다시피 홍씨가 데려갔던 딸이다. 처음 몇 해는 딸이 보고 싶어서 실성하다시피 마을을 쏘다니던 육손이였다. 그러나 세월이 너무 길어서였던지 무질서 속에서 방치된 잡풀 같은 생활 탓이었던지 의지박약, 천치에 가까운 사람으로 변한 육손은 딸을 남 보듯 맞이하였고 별다른 감동을 느끼지 못하는 듯 그렇게 보였다. 언년이 역시 추억 속의 아비가 아니라 고통스러웠지만 서울서 몸에 배어버린 여러 가지 습관 때문에 생활이나 아비나 모두 밀착되지 않는 이화감(異化感)은 묘하게 발전되어 오히려 그럼으로 하여 이 집에 사는 독특한 인원(人員)의 한 사람이 되어갔는지도 모른다. 상전이라 할 수도 없고 한 식구라 하기도 어려운 조준구의 며느리와 두 아이들, 그리고 주변에서 시중을 드는 것도 아니요 안 드는 것도 아닌 공동생활은, 그렇기 때문에 언년에게는 동화될 수 없으면서 동화되어갔다고나 할까. 나무가 떨어지면 뒷산에 가서 한 짐 긁어오고, 그것도 귀찮으면 쓰러진 울타리를 뜯어서 밥을 지으면 된다. 집 문전에 있는 비옥한 밭, 옛날에는 계집종과 하인들이 집안에서 소요되는 채소랑 잡곡 등을 심어 먹던 그 밭들은 남을 주어서 그 대가로 들어오는 채소 잡곡 등으로 연명하는 생활, 쌀이 있으면 쌀밥만 먹고 보리가 있으면 보리밥만 먹고 심지어 콩만으로도 산다. 삶아 먹고 볶아 먹고 이러한 생활은 시초부터였는지 모른다. 꼽추 도령 병수가 장가든 그때부터. 그때는 쌀밥이요 장작이며 고기반찬이었을 테지만 울면서 밥을 먹어야 했던 병수였고 또 그것을 보아야 했던 사람들, 일종의 희생물로 바쳐진 병수의 아내 되는 사람의 경우는 더더구나, 아무튼 삶에 대한 무의지는 공통된 질병처럼 이 집에 사는 사람들에게 스며들어 뿌리를 내린 것이다. 시초부터 상전 되기를 거부해왔고 먹는 것을 거부해왔으며 사는 것을 거부해온 병수는, 그러나 상전이기도 했고 자신을 저주하면서도 밥을 먹었으며 죽지도 못했다. 먹고 마시고 사는 일은 무의미했지만. 먹고 마시고 살아 있는 다른 식구들도 거의 마찬가지였으며 세상에도 미묘한 관계 없는 관계, 먹고 굶는 중간지대에서, 죽고 사는 중간지대에서, 엉거주춤한 생각은 퇴화해 갈밖에 없었고 병수에게만은 죽음으로 줄달음치고자 하는 발작이 일 때마다 죽지 않으려는 비명, 죽으려는 몸부림의 파도가 있었으나 그것도 근래에 와서는 반드시 집 밖으로 굴러나가 이는 파도였다. 언제나 조용하고 무시무시하게 조용한 집 안은 썩은 물이 고인 웅덩이요 나태와 오수의 온상이었다. 다만 두 아이들이 봄풀을 뜯고 술래잡기를 하고 나비를 잡고 햇볕을 쬐며 자라고 있는 것이다.

　그러나 나비를 잡고 봄풀을 뜯는 아이들의 풍경마저 백일몽만 같은 집에 난데없이 조준구가 썩은 웅덩이를 휘젓고 바람을 일으키듯 들어왔다. 작년에 한 번 다녀가더니만. 조준구는 육손을 시켜 장을 보아오게 하였고 그의 호주머니 속에서 나온 다소의 돈으로 최소한의 격식을 차려놓기 시작했다. 그랬는데 난데없이 나타난, 조준구의 표현을 빌리자면 개상놈이요 불한당이 궁색스럽게 차려놓은 격식은 말할 것도 없이 수백 년 묵어온 족보가 얹혀 있는 조준구의 면상까지 묵사발을 만들고 말았다. 감히, 감히! 상놈이 양반을! 조준구는 가슴을 치며 분해했지만 어쩔 것인가, 응징할 방도는 없다. 몽둥이를 들고 우르르 몰려나가 불한당을 장살(杖殺)할 구종배(하인)가 있단 말인가, 뼈대 굵은 자손 하나 있단 말인가, 그의 작인이라곤 이제 이 마을엔 단 한 사람도 없다. 왕시 의병 토벌에 편승하여 마을의 불온배들을 소탕했고, 한 바가지가 될 만큼 많은 유령 인장(印章)을 만들어 둔답(屯畓)을 집어삼키는 데 왜인이 기여한 바 있으나 그 후론 하늘같이 우러러 모신 왜인들에게 그의 재산이 뜯겨나갔지 나갔지 소원하던 감투는커녕 터럭만 한 혜택도 받은 바 없었지만, 어제 같은 경우 양반 모욕이란 죄목이 없는 왜놈의 법령은 그렇게 원망스러울 수 없다. 하기는 광산을 사기당했을 때 감쪽같이 쥐도 새도 모르게 서희에게로 땅문서가 다 넘어간 것을 알았을 때 그 완벽한 합법에 이를 갈았고 반격해볼 어떤 법적 근거도 자기에게 남아 있지 않았던 것을 통분하기도 했으나. 결국 조준구는 흙과 술과 반찬 국물에 범벅이 된 와이셔츠를 새것으로 갈아입고 찰상이 난 얼굴을 닦아내고. 물론 그런 일이 있었다 해서 썩은 웅덩이 같은 집안에 변화가 생겼을 리는 없는 것이다.

매듭을 짓고 실을 물어 끊은 언년은,

"다 됐어요. 입으셔요."

아비에게 저고리를 내민다.

"답댑이,"

육손이 중얼거린다.

"네?"

"니가 경사(서울말)를 쓰니께,"

"어릴 때부터, 할 수 없잖아요? 누가 일부러 쓰는 것도 아니겠고,"

"답댑이, 넘 겉은 생각이 들어서 내 딸 안 겉으다 말이다."

언년은 픽 웃어버린다.

"저도 그래요."

"서울에 가든지 안 가든지, 그거는, 마 니가 알아서,"

"아이 참, 그렇게 말했는데 어째 그리 못 알아들으실까……. 남들 소문대로 아버지,"

하다 말고 귀찮아진 표정을 짓는다.

이 무렵, 따뜻한 잠자리에서 눈을 뜬 조준구는,

"거 육손이 없느냐아!"

수백 년 묵어온 나리마님의 음성을 질러본다.

"거 육손이 없느냐아!"

한참 만에 행랑에서 달려온 육손이는 그 역시 수백 년 묵어 온 종놈의 음성으로,

"나리마님,"

"거 언년이더러 세숫물 가져오라 일러라."

"예에."

"아직 일기가 차니, 알았느냐?"

"예. 따신 물 가져가라 이르겠십니다."

이윽고 언년이 세숫물을 떠받쳐 왔다. 검정 무명의 통치마를 입은 허리 맵시가 어여쁘다. 세숫물과 양칫물은 마루 끝에 나란히 놓고 낯수건을 두 손으로 쥔 언년이,

"나으리마님, 세숫물 가져왔사옵니다."

"오냐."

갠 하늘같이 자상스런 대답을 하며 조준구는 칫솔을 입에 물고 나왔다. 그리고 열심히 이를 닦기 시작한다. 홍시같이 무른 양 볼이 출렁출렁 움직인다. 치약을 뱉어내고 쿨룩쿨룩 입 속을 헹구어 물을 뱉어낸 조준구는,

"언년아,"

"네."

낯수건을 두 손으로 받쳐들고 시립한 채 언년이 대답한다.

"어젯밤엔 다리 주무르러 왜 안 왔느냐."

"나리마님께서 부르지 않았사옵니다."

"그랬던가?"

"⋯⋯."

"응. 미친 개상놈이 하나 와서, 내 심사가 매우 언짢아서 그랬나 보구나."

씩 웃는다. 언년이는 그 웃음의 얼굴을 피한다. 조준구는 양쪽 소매를 걷고 김이 나는 물에 손을 담근다. 찰상이 난 얼굴을 생각하며 잠시 망설이는 것 같더니, 물을 끼얹고 비누질을 시작한다. 얼굴은 그렇지도 않은데 목덜미에만 몰렸을까, 가문 날의 논바닥처럼 주름진 목덜미를 통통한 두 손이 번갈아가며 문지르고 물을 끼얹곤 한다. 남자치고 조준구만큼 꼼꼼하게 세수하는 위인도 드물 것이다.

"어이 시원타!"

언년이 내민 수건으로 조심스럽게 얼굴을 닦은 뒤 또 언년을 쳐다보며 씩 웃는다.

"네가 여기 와 있었으니 망정이지, 이젠 그 계집한테 갈 필요 없다."

"네?"

얼굴이 쓰라리는지 상처난 곳을 만져보고 나서,

"네가 여기 왜 왔는지 알 만하니까 하는 말이야."

"나으리."

"응,"

"그러면 쇤네 서울로 안 가도 꾸지람,"

하다가,

"마님께서 잡아 올리진 않으실까요? 나으리께서 그냥 여기 두시는 거옵니까?"

"그야…… 서울 간다 하더라도 거기만 가지 않으면, 그럼 되는 게야."

"……."

"시골 구석에서 뭘 하겠느냐."

"……."

"정히 네가 안 가겠다면 그만이지만 호강도 좀 하고 시집도 가야겠지?"

수백 년 묵은 나으리마님의 음성에도 변화가 생겼다. 여자를 꼬시는 폼이 미두에 미쳐 날뛰던 잡배 기품을 많이 닮아버렸다. 중인직(中人職)인 역관이 되어 영달을 결심했던 젊은 날의 조준구, 최참판댁에서 식객 노릇을 했던 조준구는 쇠전 한 푼 없는 백수건달이었으나 계집종을 유혹하는 데 모종의 당당함은 있었다. 낡은 집 한 채 팔아 쓸 궁리를 하며 내려온 늙은 여우에겐 이제 희망도 호기도 그 쓰잘 것 없는 자존심마저 없었다. 인절미 아닌 보리떡이라도 감지덕지해야 할 신세이고 보면, 신여성이 달아난 지도 옛적의 일, 돈 있는 과부와 사귄

지도 이삼 년 전 일이다.

한나절이 지나서 손질이 잘 되어 말끔해진 양복을 입은 조준구는 개화장을 흔들며 사랑에서 나왔다. 찌푸린 것이 아니라 항상 찌푸려져 있는 얼굴의 며느리가 막대기처럼 서서 배웅을 하고 언년이와 육손이 엉거주춤 서 있고 아이들은 낯선 사람을 보듯 별당 쪽으로 달려가는데 조준구는 큰기침을 하며 읍내에 잠시 다녀오겠노라, 해서 막 대문 문턱을 넘어서려는데 언년이가,

"에그머니!"

하고 비명을 지른다. 그러고는 마치 쥐구멍을 찾는 쥐처럼 이리 갔다, 저리 갔다, 뛰지도 못하고 살살 맨다. 조준구의 눈도 휘둥그레진다.

"저, 저게."

며느리와 육손이만 멍청히 선 채 밖을 내다본다. 옥색 봄 두루마기가 펄러덕거린다. 회색 치마저고리 입은 중년 여자가 뒤따르고, 서울의 홍씨가 출가도 못하고 늙어버린 맹추를 데리고 대문에 들이닥친 것이다. 그는 마당에 있는 언년을 보지 못하고 조준구의 옷자락부터 꽉 잡는다.

"소문대로구면."

남편 얼굴에 침이라도 뱉을 듯 바싹 들이대며 말했다.

"소문이라니?"

손을 뿌리치면서 어물쩍거린다. 당황은 한 모양이다. 얼굴

을 실룩거린다.

"세상 사람을 다 속여도 나를 속이진 못할걸요?"

"밑도 끝도 없이,"

하다가,

"여긴 뭣하러 내려왔어! 주제넘게스리, 간악한 계집 같으니라구!"

소리를 빽 지른다.

"어림없을 게요, 어림없어."

남편 코앞에다 손가락질을 하며, 주름살 하나 없이 번들거리는 입술에 조소를 띤다. 눈은 퀭하니 뚫렸고 잔주름이 처참한데 용케 입술만은, 옛날의 그 육감적이며 불결해 보이는 입술만은 여전히 불결하게 번들거린다.

"요망한 것! 뉘를 보고 손가락질인고?"

"누군 누구! 사기꾼 난봉꾼 도둑놈! 조준구 대감이지요."

"이, 이 계집이!"

칠 듯 다가섰으나 봉변당할 사람이 어느 편인가를 아는 조준구는 형용만 하고 만다.

"값은 고하 간에 집 판 돈 반씩 가르지 않는다면 안방에서 내 한 발짝도 안 움직일 테니 알아서 처분하는 게 좋을걸."

"하하하핫…… 하하핫…… 나는 또 무슨 일이라구? 하하하핫…… 마음대로, 마음대로 하시지. 십 년이든 이십 년이든 죽을 때까지 꼼짝 말아주기를 축수하겠어. 하하핫……."

"암, 아암, 그라구말구. 송장이 되든지 기둥뿌릴 뽑아서 내다 팔든지, 나하고 상의 없이 누가 팔아? 어림 반 푼어치도 없지."

하는데 언년이 눈에 띈 것이다. 도망도 못하고 넋이 빠져서 마당에 서 있던 언년이는 홍씨 눈길과 마주치는 순간 쥐가 고양이 앞에 있는 것처럼 굳어버린다.

"아아니, 저게 누구야?"

두루마기 자락을 너풀거리며 달려간다.

"어디 색주가로 떠내려간 줄 알았더니 이년이 제법 자알 노는구나? 응?"

손가락으로 언년의 볼을 쿡쿡 찌른다.

"마님, 살려주시오."

"마님? 내가 오랑캐를 키웠구면. 언제 어느새 배가 맞았지? 응? 저기 늙은것하고 언제 어느새 배가 맞았느냐 말이다!"

"마님! 무 무슨 말씀을, 쇤네는 도망친 것밖에,"

뺨을 후려친다. 육손이 움찔하며 물러선다.

"이 불여우 같은 년! 뉘 안전이라고 거짓을 나불거리느냐."

이 뺨 저 뺨 번갈아가며 때리는데 육손이는 뜯어말릴 생각은 못하고 언년의 뺨에서 소리가 날 때마다 제가 맞는 듯 물러서고 물러서곤 한다. 이윽고 침묵을 깨뜨린 조준구 입에서 들뜬 웃음소리가 터져 나왔다. 맹추가 고개를 떨어뜨린다.

"큰 고기 잡으러 왔다가 피래미 하나 잡는구면. 공연히 여비만 축나지 않았나. 하하핫……."

비양 쳤으나 어설프고 서툴다.

"흥, 어느 쓸개 빠진 놈이 이곳에다 집을 사누. 많이 치라구, 떡방아 찧듯. 머리칼이 허옇게 나일 처먹어도 시앗 보는 투기야 변할 수 있나."

하는 말은 어설프지만 능글맞게 웃는 얼굴은 그만하면 여유만만이다. 조준구는 순간적으로 집 매매에 대한 홍씨의 관심을 언년과 자기 자신 사이에 정사라도 있었던 것처럼 꾸며서 돌려버리려 했던 것이다. 정사는커녕 언년이 평사리에 와 있는 것도 모르고 온 조준구다. 홍씨에게는 물욕에 비하면 질투 같은 것은 아무것도 아니요, 질투를 느낄 그런 부부관계도 아니다. 질투에 부채질하여 집문제를 잊으라는 것이 아니다. 집 때문에 내려온 것이 아니라, 언년이 때문에 내려왔다는 것을 믿게 하려는 것이다. 아니나 다를까, 홍씨는 질투 대신 실망의 빛을 나타내었다. 일말의 의혹을 품으면서도 실망은 역력히 나타났다. 실망은 분노로 변해갔고 분노는 질투의 의상을 빌리지 않는다면 터질 수 없다.

"개 같은 인사! 제 버릇 개 못 준다던가? 이년! 인두겁을 써도 푼수가 있지이!"

다시 언년에게 달려들어 머리채를 손목에 감는다. 얼굴을 할퀴고 쥐어박고 마구 짓이긴다.

"아이구, 사람 살려요! 마님!"

마치 질투의 화신이 된 것같이 흉측스럽게 늙었고 흉측스럽게 일그러진 얼굴에 땀이 흐른다.

"이년아! 세상에 이런 극악무도한 년이 어디 있나? 내 손에서 자란 종년이 저기, 저 원수 놈하고 붙어먹어?"

기어이 놈 자를 붙인다.

"마님! 나으리마님! 세상에 이럴 수가 있습니까? 도, 도망온 것을,"

아비까지 넋이 나가 구경을 하고 서 있는데 다른 사람이라고 꼼짝할까. 무표정, 무신경, 젤 처참한 것은 며느리였다. 찌푸려진 얼굴에는 인간적인 느낌이라곤 한 오라기 찾아볼 수 없다. 악귀처럼, 춤을 추는 것처럼 매질을 하는 늙은 여자와 매를 맞으며 우는 계집애는 오히려 희극이다. 며느리의 벽돌짝처럼 굳어진 모습에 비하면. 이윽고 조준구가 움직이기 시작했다. 그는 홍씨를 떠다밀었다. 악을 쓰며 홍씨는 밀려나지 않으려 한다.

"부인, 이러지 마시오."

"부인?"

"노여움을 보니 아직은 부부의 정의가 남아 있는 듯하구려."

"부부의 정의?"

"그렇소. 임자도 아시다시피 나는 다 실패했소. 아무것도 가진 거라곤 없소. 임자가 나를 거두어주었더라면 저 아이를 따라서 내가 이곳에까지 왔겠소? 임자는 아직 넉넉하게 살 만하지 않소? 몸에 지닌 패물만 해도, 내가 다시 일어서는 데 밑천은 될 것 같소."

"뭐라구, 뭐라구! 거두어주어? 몸에 지닌 패, 패물이 어떻다구?"

입에 거품을 문다.

"운이 나빴던 게지. 내가 임자한테 섭섭히 한 것 뭐가 있었소? 자아 우리,"

슬그머니 팔을 잡는데 홍씨는 펄쩍 뛰면서 물러난다.

"음, 음, 그 속셈 알 만하구먼! 젊은 학생 년한테 새장가 들겠다고 이혼하자 한 인간이 음, 으응!"

이를 간다.

"거지가 되어 바가지 든 꼴을 못 보아 한이 되는데 뭐가 어쩌구 어째요!"

그런데 이변이 하나 생겼다. 그때까지 넋을 잃고 서 있던 육손이가 별안간 미친 듯이 뒤꼍으로 뛰어간다. 이윽고 몽둥이를 하나 치켜들고 달려온다. 눈이 뒤집혀져 있었다. 조준구를 향해 몽둥이를 휘두르는 순간 조준구는 대문 밖으로 뛰어나갔다. 쫓다 말고 방향을 바꾼 육손은 딸을 향해 돌진해 간다. 그새 홍씨도 달아나고 며느리는 선 자리에서 말뚝이 되었다.

"아이구우우."

언년이 비명을 지르며 쓰러진다.

"사, 살인나겠다! 아이구우."

맹추가 뛰어가서 빨랫줄을 받쳐놓은 작대기를 가지고 쫓아온다. 작대기로 육손을 내리치는데 빗나가 맞지는 않고 대신 작대기에 다리가 걸려 육손이 나자빠졌다. 다행한 것은 나자빠지면서 발목을 호되게 삔 육손은 다시 일어설 수 없었다는 것이다.

"이런 변이 있나, 이런 변이,"

조준구는 나루터를 향해 가면서 연신 중얼거린다. 어제저녁부터 연달아 일어난 사건들이 악몽같이 생각된다. 뭔지 모르나 목숨 보존하기도 어렵게 됐다는 두려움이 밀려온다. 나룻배에 몸을 싣고도 조준구는 뱃머리에 선 채 일이 단순찮은 것을 깨닫는다. 홍씨의 야료나 육손의 미친 지랄은 도리어 별문제가 아닌 것 같다. 어제저녁 때 찾아왔던 사내가 마지막 던지고 간 말이 새삼스럽게 상기되어 전신이 으시시 떨려온다. 얼마 전까지만 해도 모멸에 익숙해진 조준구는 분하다는 생각은 잊었고, 실망하는 마음이 앞서 있었던 것이다.

'왜 내가 이 지경이 됐을까.'

멀어져가는 악양 들판을 바라본다.

'죽일 놈들!'

공노인과 임역관의 얼굴이 떠오른다. 그들만이 아니었어도 오늘날 이 지경으로 영락되지 않았으리라. 땅이 모조리 서희한테 넘어간 사실을 알았을 때 하늘이 노오랗던 그때 일을 상기한다.

'목을 쳐 죽일 놈들, 임역관 그놈! 그놈이 제 명대로 못 살

았지.'

그러나 조준구 귀에 다시 들려오는 목소리,

'이놈아! 니 밤길 조심하는 기이 좋을 기다. 올챙이 겉은 배때기 질끈 밟아서 창지 터지는 꼴 보고 접기도 하다마는 그럴 값으치나 있어야제.'

'서희 년이 보낸 간자? 그럴까?'

무서웠던 눈이 떠오른다.

'간자면 간자지, 지가 나한테 원한 가질 것은 없지 않은가.'

남이 시켜서 한 일이라면 그렇게 무서운 눈이 될 수 있을 것 같지가 않다.

'나한테 원한 있는 놈이다. 틀림없이 원한이 있는 놈.'

조준구는 정한조 생각이 문득 났다. 신발을 벗어들고 아부지! 아부지! 울부짖으며 뛰어가던 소년의 모습이 아주 선명하게 눈앞에 떠오른다.

"아니다."

고개를 흔드는데 옆에 있던 장사꾼 비슷한 사람이,

"야?"

자기를 보고 한 말인 줄 잘못 안 모양이다. 조준구는 들은 척만 척 고개를 흔들어대며,

'나이 그렇게 들지는 않았을 게야.'

9장 흥정

읍내 여관에서 며칠을 묵으면서 조준구는 애초 집 매매에 관한 일로 중간에 섰던 장서방과 계속 접촉을 꾀하고 있었다. 장서방은 해물(海物)을 도매하는 장사꾼이다. 그가 어찌하여 최서희와 조준구의 중간 역할을 하게 되었는가, 그러니까 조준구보다 서희와의 연고인데 그것은 다소 복잡하다. 세월을 거슬러 올라가서 서희 할머니 윤씨가, 남 모르는 아들 환이를 위해 오백 섬지기 땅을 우관에게 맡긴 것은 이미 아는 일이거니와 땅문서는 우관이 죽은 뒤 혜관의 손으로, 그리고 후일 그것은 재규합한 동학 잔당의 군자금으로 사용되었다. 그 땅의 관리를 줄곧 해온 사람이 남원땅 사람 길서방인데, 그도 동학당의 일원이었다. 길서방으로부터 선이 그어지는 사람이 바로 장서방인 것이다. 그렇다면 최서희하고는 어떻게 닿는가. 혜관과 공노인과 길서방 하면은 그간의 관계는 명료해진다. 공노인을 통하여 길서방이나 장서방, 이 양인은 오늘날 최서희 땅과 밀접한 관계가 있을 것은 말할 필요가 없겠다.

오늘도 조준구는 장서방 집에 찾아와서 이모저모 두드려보고 있는 참이었다.

"거 듣자니까 장서방 형님은 대단한 재산가라면요?"

조준구는 아첨하듯 말했다.

"촌구석에서 대단하믄 얼매나 대단하겠소. 장배 부리다가

운이 좋아서 돈 좀 번 거를 가지고,"

"아 아니, 장배 부리는 장서방이라면 이 근동에선 모르는 사람이 없다, 그러더구먼."

"그러씨요, 거 이상한 것은,"

"뭐가 이상하단 말이오?"

"머, 그럴 수도 있겠지마는, 살림이 불티겉이 일기로는 며느리를 본 뒨데, 그 며느리가 평사리 사람이지요."

"평사리?"

조준구의 기분이 나빠진다.

"예. 평사리에 김이평이라는 사람이 있었소. 옛적 선조가 최참판댁 종이었고, 면천을 한 자손이지요."

조준구의 얼굴은 더욱더 언짢아진다. 짚이는 데가 있다. 윤씨의 충직한 종이었고 윤씨의 비밀을 깊이 간직했던 바우할아범과 그 댁네를 위해, 그들의 제위답(祭位畓)으로 그들과 혈연이 있는 김이평에게 문전 옥답 몇 마지기 준 것을 문서가 돼 있지 않다 하여 조준구가 뺏어버린 일이 있다.

"그 집 딸을 데리왔으니께 사돈간이지요. 아 그리씨 이 몇 해지간 양 집이 모두 문딩이 되듯 살림이 이는데 이평이 그 사람도 진주서는 졸부라 소문이 났다 카더마요. 옛날엔 사람이 들어와서 흥하면은 그 사람이 나간 집이 망한다 했는데,"

장서방은 한지를 잘라 노끈을 꼬면서 느적느적 말을 했다.

"그것 다 미신이오."

내뱉듯 말한 뒤 조준구는,

"내가 한 말을 또 하는 것 같소만 어쨌든 중간에 나선 이상은 장서방 소개쟁이 아니라 할 수는 없을 게요. 흥정이란 성사가 되어야,"

"허허 참, 조씨 어른. 직접 하자는 데는 낸들 어쩌겠소. 나도 중간에 들어서야 구전도 묵을 거 아닙니까. 할 만하다믄,"

"내가 그까짓 것, 하고 단념만 해버리면 최서희는 절대로 그 집을 손에 넣을 수는 없을 것 아니겠소? 법적으로 그 집은 용락 없이 돼 있으니 말이오. 집을 헐어버리든 집터에 돼지를 치든, 그건 내 맘대로란 말이오."

"그걸 누가 모르겠소?"

장서방은 한눈을 팔며 대답한다. 너무 귀가 아프게 들은 말이기도 했지만, 한눈을 팔지 않는다면 버럭 소리를 질렀을 테고 그러고 보면 최서희의 수족이란 인상을 줄밖에 없으니까.

"나도 답답하니까 해본 말이오. 설마 집을 헐고 돼지를 치고 하기야 하겠소? 내가 이런 말 한다고 믿을지 그거는 모르겠소만 사정이 화급하지만 않다면 그냥 비워주지요, 그냥. 나는 나대로 말 못하는 고충이 있고 남이 어디 속속들이 남의 일을 알 턱이 있겠소? 하기 좋은 말로 이러쿵저러쿵들 하지만 말이오."

"그러니까 면대해서 선은 이렇고 후는 이렇고 서로간에 쌓인 것을 풀어보시라 그 말 아니겠소."

"그, 그야 그렇게 못할 것도 없지만…… 과연 내가 찾아가면 순순히 얘기가 되겠는가. 직접 상의하자 해놓고 딴전 피우지나 않을는지……."

"그분이 허언할 사람이오?"

"그거는, 나도 그렇게는 생각하오. 성미가 사납기는 하지만 분명하긴 하니까."

장서방은 계속 노끈을 꼬고 있다. 조준구는 장서방 이마를 힐깃힐깃 쳐다본다. 사실 조준구가 이번 하동으로 내려온 것은 최서희에게 직접 치고 들어가자는 결심을 한 때문이다. 그러고도 계속하여 장서방을 찾아와서 되풀이 같은 말을 건네고 하는 것은 어떤 함정이 없는가, 의구심을 버릴 수 없었기 때문이다. 그런 기미를, 꼬투리를 찾아내려고 살피고 또 살펴보기 위하여.

"그는 그렇고, 혹 가격에 대해 들은 말은 없소?"

이 말만은 처음 묻는 말이다. 어느 정도 자기 쪽에서 가격을 제시해야 하는지 참고 삼을 필요가 있다. 그러니까 곧 떠날 마음의 준비가 됐다는 이야기다.

"그거는 나도 모르지요. 내가 만나본 일이 없인께. 그 집 마름으로 있는 사람이 보내온 얘기니께."

"음…… 하긴,"

"나로서는 달리 머 할 수 있는 말이 없고, 우짜다가 말을 건네본 것뿐이오. 그러니 조씨 어른께서 알아 하십시오. 그리고 그보다 자제분 소식은 듣고 기십니까?"

딴말을 하려다 말고 조준구는 입을 다물어버린다. 한참 있다가,

"부실한 자식 소식 알면 뭐하겠소."

풀이 죽어서 말한다.

"장에서 나도 몇 분 본 일이 있지마는,"

"그놈이 이 애비 얼굴에 똥칠을 하느라 유리걸식을 한다더구면."

음성이 떨려 나온다.

"조씨 어른께서 좀 거두면 그렇게 됐겠소?"

"아니오. 그거는 그렇지가 않소. 거둔다고 그것 받을 놈이 아니오. 그놈은 애비가 망하고 무일푼 되기만을 고대하는 게요."

그것은 사실이었고 조준구 음성에도 실낱같은 인간적인 것이 있긴 있었다. 어미인 홍씨보다 바늘귀 떨어진 것만큼은 아비가 나은 편인가.

"그놈은 그 집도 내 손에서 떠나기를 고대하고 있을 게요. 흥, 병신이면 병신답게 엎으러 있지 못하고, 애비가 아니라 원술 게요. 나 역시……."

"어디서 들은 얘긴데 요즘엔 소목(小木)일을 배우고 있다 하더마요."

"소목일, 그거 유리걸식보담은 낫구면. 하하하 핫핫핫,"

이틀 후 조준구는 말쑥하게 차려 입고 조그마한 여행 가방

하나를 들고 개화장을 흔들며 진주에 나타났다. 말쑥한 차림새처럼 그의 마음속에도 계획은 말쑥한 차림을 하고 있었다. 그는 일본 여관의 좋은 방에서 여행 가방을 열었다. 입던 것이지만 값비싼 잠옷으로 갈아입은 조준구는 손뼉을 쳐서 하녀를 불렀다.

"목욕할 수 있겠느냐?"

유창한 일본말이다. 다만 서울 말씨의 억양 탓으로 그가 일본인 아닌 조선사람이라는 것을 상대편이 알아차릴 수 있었지만.

"넷."

왜녀인 하녀는 문지방에 다소곳이 꿇어앉아 명쾌한 어조로 대답한다.

"그럼 안내해다오."

"아닙니다. 잠시만 기다려주십시오. 물을 받아놓고 뫼시러 오겠습니다."

"응, 고맙다."

조준구는 만족스럽게 웃는다.

'꽤 괜찮구먼.'

목욕을 하고 상쾌한 기분으로 거리에 나온 조준구는 두 다리로 걷는 것만 유감스럽지 천하 갑부의 풍모를 과시하며 꾀죄죄한 사람들과 마주칠 때의 우월감을 충분히 맛보며 진주의 요소요소를 배회하는 것이었다. 물론 멋쟁이 노신사였다. 금으로 된 회중시계며 넥타이핀, 커프스 버튼, 모두가 다 값진 것이 었으니까. 그러나 어느 길 모퉁이를 지날 때 휭하니 스쳐오는 바람이 설렁하니 마음 한구석을 휘감아 올리는 것이었다.

'가만히 있자, 해가 중천인데 여관에 들앉아 있는 것은 남보기 흉하고 서희한테는 내일, 내일 가야 한다. 그러면 내 신세를 진 놈이 진주엔 한 놈도 없단 말인가? 있다 하더라도 거처를 알아야지.'

마음 한구석을 자꾸만 휘감아오는 허한 바람 소리.

'내가 논을 뺏은 그놈이 진주서는 졸부 소릴 듣는다구?'

조준구는 밤에 여관으로 돌아가지 않았다. 기생집에서 무거운 눈을 떴다. 자리끼를 끌어당겨 물을 벌떡벌떡 들이켠다.

"거 참, 꿈도 고약하군."

중얼거리며 눈을 돌리는데 자리가 비어 있다. 어느새 껴안고 잔 여자는 빠져나가고 없었다.

"고약한 꿈이야."

꿈에 삼월이를 보았던 것이다.

'그년이 목매달아 죽었던가? 물에 빠져 죽은 거로 아는데?'

꿈속의 삼월이는 목이 매달린 상태로 공중에서 조준구를 향해 걸어오는 것이었다. 흥얼거리며 울며 조준구를 따라오는 것이었다. 삼월이는 옆구리에 무엇인가를 끼고 있었다. 그것이 아이라는 것이다.

"아이?"

조준구는 꿈속에서 크게 외쳤다.

"예, 나으리 아입니다."

삼월이는 옆구리에 낀 것을 들어 올렸다. 아이다. 아이도 목이 졸린 채 줄은 공중에서 흔들리고 있었다. 조준구는 무서워서 달아났다. 아무리 달아나도 목 졸린 아이와 삼월이는 따라왔다. 바위벽을 기어오르고 가시밭을 헤치고 들어가도 따라왔다.

'그 애가 자랐으면 스무 살쯤 됐을까?'

말쑥하게 차려입고 개화장을 흔들며 기생집에서 나온 조준구는,

'상놈들이 졸부가 되는 세상이다. 종놈이 졸부가 되는 세상인데 왜놈까지 한패가 되어 나를 벗겨 먹어?'

망하기 시작이던 그 사기당한 광산을 조준구는 생각한다. 그것만 아니었다면 만석 살림은 반석 위에 있었을 것을. 꿈에 본 삼월이와 아이, 그리고 밤길 조심하라던 눈이 작은 사내 얼굴이 번갈아 눈앞을 어지럽힌다.

'공가 놈, 계룡산 도사라던 놈, 임역관, 그놈들이 짜고서 날 망해먹었다. 꼼짝없이 당했거든. 그놈들이 모두 서희 년과 끈을 달고 있었으니 결국은 서희 년이다! 그년이 나를 친 게야. 헌데 오늘 나는 거길 갈려고 해. 어떤 함정을 파놨으며, 어떻게 거미줄을 쳐놨을까.'

조준구는 점심 대신 술을 마셨다. 좀 많이 마셨다. 그리고 본

성동(本城洞)에 있는 서희 집으로 향했다. 가는 도중 두 사람에게 길을 물었다. 촉석루 근처에는 뱃놀이 가는 한량과 기생들이 눈에 띄었다. 꽃잎같이 팔랑거리는 분홍 치마 흰 저고리를 입은 기생이 하얀 손으로 입을 막으며 웃는 모습이 아름다웠다. 무르익기 전의 봄날은 청초했다. 강물은 봄볕에 번득이고 논개 바위에는 교모를 쓴 학생 둘이 기념사진을 찍고 있었다.

최서희의 집 솟을대문 앞에서 조준구는 걸음을 멈추었다. 평사리의 집보다는 규모가 작은 듯했으나 짜임새는 월등하다. 엄하고 풍요한 최참판댁 여인들의 입김이 이곳에 서려 있다. 남강 건너편 대숲이 연둣빛 안개같이 뿌연 하늘에 번져나고 있었다. 강물은 차갑게 푸르다. 강가 바위 언덕은 자줏빛일까 보랏빛일까, 세월에 묵은 빛깔이 중후하게 봄을 지켜보며 때론 미소 짓는다. 강물에 떠 있는 유람선에서 구성지게 넘어가는 수궁가(水宮歌) 한 대목. 어째 계절은, 세월은 노상 이렇지 아니한가.

"일 오너라아―."

조준구는 드디어 일성(一聲)을 발하였다. 지체 않고 행랑에서 하인이 달려나온다.

"뉘시오."

"나를 말할 것 같으면, 으흠, 여기가 최서희의 집이렷다아?"

"예, 그러합니다."

하인은 예의가 바르다.

"으흠, 나를 말할 것 같으면 서울 사는 조참의댁 조준구라 하느니라."

"예."

"최서희를 만나러 왔다고 가서 여쭈어라."

"예."

하인이 들어간 집 안은 조용하기만 하다.

'내가 예까지 치고 들어왔다! 어쩔 테냐.'

하인의 발소리가 조용조용 들려온다.

"듭시라 하옵니다."

하인은 대문을 활짝 열어준다. 대문 문턱을 넘을 때 조준구는 눈앞이 캄캄해지는 것을 느낀다. 조준구가 안내되어 간 곳은 뜻밖에도 행랑방이었다.

'아아, 이게 함정이로구나.'

조준구는 눈을 치뜨고 하인을 노려본다. 하인의 얼굴은 무표정했다.

"잠시 기다리시라 하옵니다."

하인은 문을 닫아주고 나간다.

'나를 행랑에 처넣어? 오냐, 나는 낯짝에 철갑을 썼다.'

마당에서 아이들의 목소리가 들려오는 것 같더니 바닷속 같은 침묵으로 집 안은 가라앉는다. 행랑 높은 곳에 트인 들창에 하늘이 비쳐들고 있다는 것을 조준구는 한참 후에 깨닫는다.

'나를 잡아들였구나.'

얼마나 시간이 흘렀을까.

"사랑으로 드시라 하옵니다."

하인은 다시 방문을 열어준다. 조준구는 반들반들 윤이 나는 구두에 발을 끼우면서 신돌이 암팡지고 튼튼하다는 생각을 한다. 새 죽지처럼 하늘로 치올라간 서까래 봇대에 물려든 기둥이 너무 튼튼하다는 생각을 한다. 동편을 향한 사랑은 동편으로 창문이 크게 트여 있다. 널찍널찍한 칸잡이, 서울의 고옥과는 판이하게 다른 넓은 공간이다. 평사리의 집 전체 칸수에는 미치지 못하나 방 마루의 넓이는 그곳보다 크다. 남쪽을 향한 창에선 남강이 내려다보이고 치자나무 한 그루가 있다. 동편으로 쭉 뻗어난 마당엔 손질이 잘된 수목이 바야흐로 봄을 다투고 있는 것이다.

"손님께서는 이쪽으로 앉으십시오."

언제 들어왔는지 중년 여자가 서안(書案)을 중심하여 보료를 마주 보는 곳에 방석을 놓으며 냉정하게 말한다. 조준구는 아까 하인에게 그랬듯이 눈을 치뜨고 여자를 노려본다. 여자의 시선은 곧았다.

"기다리시오. 좀 늦더라도 마님께서 나오실 겝니다."

여자는 나가버렸다. 만석을 없애는 동안 무던히 사치스런 생활을 했던 조준구였으나 오늘은 빈털터리여서가 아니라, 사랑방의 분위기에 눌려버린다. 호사스런 것은 별로 눈에 띄지도 않는데 방 전체가, 분위기 전체가 호사스럽기 이를 데 없는 것 같은 착각을 일게 하는 것이다. 늦더라도 나올 거라 던 최서희는 좀체 나타나지 않는다.

"유모, 손님 오셨어요?"

"네, 도련님."

아이와 여자의 음성이 들려왔다.

"어디서 온 손님인데?"

"서울서 오셨답니다."

"으응,"

무려 두 시간은 기다렸을 것이다. 시간과 공간의 고문이다. 사랑방의 공간은 최서희의 무시무시한 힘의 팽창이었고, 시 간은 사멸되어가는 화석의 기나긴 깊이였다. 조준구는 땀을 흘리기 시작한다. 계속하여 흘렀다. 입 속은 가뭄날의 점토(粘 土)처럼 바싹바싹 말라서 굳어진다. 그러나 차 한 잔 내오질 않는다.

"마님께서 오십니다."

조준구는 눈을 치뜨며 여자를 노려본다. 서희가 들어왔다. 방바닥을 쓸며 지나가는 치맛자락, 보료에 가서 앉는다. 조준 구는 팔에서 힘을 빼며 서희를 쳐다본다. 서희도 조준구를 쳐 다본다. 물건을 바라보듯 쳐다본다. 중년 여자는 서희 곁에서 좀 물러난 곳에 조심스럽게 자리를 잡는다. 조준구는 손수건 을 꺼내어 땀을 닦는다.

"이렇게 대하니 면목 없네."

서희는 그냥 물건을 보듯 쳐다만 본다.

"지난 얘기 한들 무슨 소용이겠나. 병수하고 혼인을 시키려 했던 것은 사실이나 기여 아니하겠다면 그럴 수도 있었을 것을 종적을 감추고 보니 속수무책, 찾으려고 무척 애를 썼으나 만주까지 간 사람을 무슨 수로 찾겠는가. 내가 잘했다는 것은 결코 아니네. 잘못한 것 용서해주게."

"……."

"내가 재산관리를 잘했더라면 오늘 이렇게 대면은 하지 않았을 게고 떳떳하게 돌려줄 수도 있었을 게야. 운이 없어 그랬던지 내 재물이 아니어서 그랬던지 나는 최참판댁 재산을 하낫도 건사하지 못했네."

서희가 자기 말을 믿으리라 생각하고 지껄이는 것은 아니다. 자기 잘못을 인정한다 해서 서희가 용서하리라 생각하는 것도 물론 아니다. 그러나 조준구로서는 찾아온 이상, 그 말들은 자신의 행동이요 과정인 것이다.

"내가 이렇게 나타나고 보니 비루하고 치사하다 해도 할 수 없지. 그러나 내 진심은…… 내 진심은, 어찌 감히 자네 집을 자네에게 또 팔겠는가. 알았든 몰랐든 땅만 해도 땅임자가 땅값을 주고 다시 사들인 결과가 되었지만 알고서야 그러진 못할 걸세. 그러하니 평사리의 집을 판다 산다 두 번 거론할 일이 못 되고, 집문서는 언제든 돌려주게 돼 있는 거지. 다만 형편이 너무 곤궁해서 얼마간 자금을 빌려주는 셈 치고,"

준비해 온 문장을 읽어내려가듯, 조준구는 차츰 시간과 공간의 고문, 위압해 오는 힘에서 자신이 솟아오르고 있는 것을 느낀다. 믿어주거나 말거나 용서를 하든 안 하든 하등의 상관이 없다. 믿어주고 용서해줄 것을 바라지도 않는다. 다만 일의 진행상 과정이다. 비루하고 치사함이 곱셈으로 나타나도 그저 그럴 뿐. 뿐인가, 사실은 조준구, 최서희와의 싸움의 형태가 그런 것이었는지 모른다.

"집은 얼마에 내놓으셨지요?"

서희의 침묵이 깨어졌다.

"집을 내어놓다니?"

"……."

"집문서는 언제든지 내줄 수 있고 명의변경도,"

"안 파시겠다, 그 말이구면."

"그, 그렇지."

"그러면 만날 필요가 없지요."

"굳이 그렇다면야,"

"굳이가 아니에요!"

서희 눈에서 불덩이가 떨어지는 것만 같다.

"그러니까 지금 내가 필요한 돈은 오, 오천 원인데,"

"오천 원에 내놓으셨군요."

"……."

"서류는 가져오셨나요?"

"가, 가지고 있지."

"유모."

"예, 마님."

"안방에 가서 머릿장 속에 있는 푸른 보자기를 가지고 오시오."

"네."

유모가 나간 뒤,

"고맙네, 고마워."

서희는 남쪽으로 트인 창문에 눈을 준 채 가만히 앉아 있었다.

"참말로 자네는 여장불세. 과연 최참판댁 여인이야."

서희는 일언반구도 없이 앉아 있었다.

"모든 것을 합법적으로 빈틈없이, 남자도 어려운 일을 했네. 감히 내가 어떻게 자네하고 맞서겠는가. 참말로 멋지게 너는 원수를 갚는구나. 나는 이제 다 산 몸, 앞으로 살면 얼마나 더 살 것이며, 병수는 유리걸식을 하고 야차 같은 계집은 높이 울타리를 쳐놓고 날 딜여보내주지 않는다네. 나는 사람이 아닌 버러지야. 날 용서해주게."

조준구는 끊임없이 주절대는데 최서희는 창밖만 내다보고 앉아 있는 것이다. 이윽고 유모가 나타났다. 그는 푸른 보자기를 서희에게 건네준다. 조준구의 눈이 충혈되면서 보자기를 지켜본다. 보자기 속에서 백 원짜리를 묶은 지폐 다발이 나타났다. 조준구는 양복 속주머니 속에서 집문서와 인감을 꺼내었다. 그리고 매도 계약서가 작성되었다. 인장을 찍고, 집문서 계약서를 서안에 놓는 순간 조준구 얼굴에 초조하고 불안한 빛이 서린다.

"유모, 반을 갈라주시오."

서희는 지폐 다발을 내민다. 그 순간 조준구 얼굴에는 후회하는 빛이 지나간다. 나는 다 빼앗겼다. 저 돈, 만 원쯤 가졌어도, 만 원쯤 있으면 무슨 일을 시작할 수 있을지도 모르는데…… 후회와 아쉬운 표정이 그냥 조준구 얼굴에 머물고 있었다. 오천 원의 지폐가 서류 옆에 놓였다. 조준구의 얼굴에는 다시 변화가 인다. 과연 저 오천 원은 내게 올 것인가. 무슨 수로 그 집을 오천 원에 판단 말인가. 저 돈이 과연 내 품에 들어올까.

"여보시오."

"으, 음!"

조준구는 움찔한다.

"내 이것으로서 거기하고는 끝이 난 셈이오. 마지막으로 인간적인 동정을 베풀겠소."

"고, 고맙네."

조준구는 두려운 사태를 예감한다.

"본의는 아니지만 선택의 자유를 드리겠소. 일말의 양심을 가져가시든지 돈 오천 원을 가져가시든지 둘 중 하나를 택하시오."

조준구는 손수건을 꺼내어 이마를 문지른다.

"내, 내 형편이 말이 아닐세. 앞서도 말을 했으나 죽어가는 사람 살리는 셈 치고,"

"마음대로 하실 수 있소."

"그, 그야,"

"마음대로 하시오."

조준구는 서희를 쳐다본다.

"마, 만석꾼의 인척이 유리걸식을 하, 한다면 자네 체면이, 체면이 뭐가 되겠나."

"……."

"어, 어쩔 수 없네."

조준구는 얼굴의 땀을 또 닦는다. 지폐에 손이 가면 사방에서 사람들이 쫓아 나와 자신을 결박할 것 같은 생각이 든다. 눈앞에 돈을 보고 손을 뻗칠 수 없다. 상체는 앞으로 기우는데 팔은 천 근 같아서 들어 올릴 수가 없다. 전신을 누르는 중량을 들어 올려야 한다. 조준구는 드디어 팔을 뻗어 지폐를 집어든다. 서희 얼굴에 회심의 미소가 떠오른다. 미소는 크게 확대되어갔다. 하얀 이빨이 드러나면서 흔들린다. 웃음소리가 일정한 굴곡을 이루며, 톱날같이 조준구 마음을 썰어댄다. 무슨 일이 일어날 것인가.

"나, 나, 그러면 가, 가야겠네."

조준구는 허둥지둥 뒤통수에 그 날카로운 톱날 같은 웃음소리를 들으며, 대문을 나서고 사뭇 걸어서 눈에 띄는 술집으로 들어갈 때까지 웃음소리는 쫓아왔다. 그러나 술 한 잔을 들이켜고 몸서리치게 괴로웠던 갈증을 면했을 때 조준구는 품속에 있을 오천 원을 실감할 수 있었다.

'적잖은 돈이야. 어이, 시원하게 끝났다. 쓸데없는 짓 그만두고 가만히 앉아서 노후를 보내는 거야.'

조준구는 술 몇 잔을 더 마셨다.

"하하핫…… 하하핫……."

이때 관수와 석이가 무심히 술집으로 들어왔다. 혼자 술잔을 들고서 웃는 사내를 힐끗 쳐다본다.

10장 악랄한 처방

"드디어 짐승 같은 저놈이 진주에 나타났구만."

하다가 관수는,

"그만 나가지."

하고 석이 옆구리를 찌른다.

"왜요? 뭣 땜에요?"

석이는 날카롭게 반문한다.

기이한 광경이었다. 중늙은 사내가 혼자 술을 마시면서 실신한 것처럼 웃고 있어서가 아니다. 이 고장에서는 좀처럼 볼 수 없는 훌륭한 차림새의 사내가 주점에서 술을 마신다. 하긴 그래서 기이하긴 한데……. 퇴기 앵모(櫻暮)의 주점이 오가는 길가 술꾼들을 불러들이게 꾸며져 있다고는 하나 결코 시시한 목로주점은 아니었다. 서장대(西將臺) 촉석루(矗石樓)가 근처에 있었고 본성동의 길목이어서 옛적부터 풍류객, 벼슬아치들 내왕이 잦은 곳인 만큼 유서가 깊다면 깊은 주점이다. 주점을 들어서면 환하게 일별할 수 있는 술청은 칸잡이가 넓은 방 세 개를 터서 기다랗게 잇달려 있었다. 술청에서 꺾어진 방은 부엌과 통하게 되었는데 술 항아리며, 술안주가 그득그득 담긴 채반이며, 부엌 국솥의 김이 서려드는 방에 앵모의 언니뻘 되는 노파가 앉아서 음식 마련을 하는 것이다. 그리고 또 술청 옆을 끼고 들어가면은 은근하게 꾸며진 방도 몇 개 있어서 주연을 베풀 수 있었다. 유서 깊은 주점이요, 누추한 목로주점이 아닌 것은 사실인데 어느 편이든 조준구가 술을 마시고 있는 광경은 어쨌거나 이상했다. 이따금 술청을 둘러보며 술 손님과 말을 건네기도 하고 술청 안의 일들이 잘 돌아가는가 살펴보고서 들어가곤 하던 앵모도 아까 색다르며 낯선 조준구를 먼빛으로 보면서 어림짐작이 안 되어 혼자 고갯짓을 했던 것이다. 젊었을 시절에는 용모보다 사람의 심중을 뚫어보는 명민과 재기로 하여 이름을 날렸던 노기(老妓) 앵모가 대개 판단해온 사내들 그 어느 것에다 갖다 붙일 수 없는 조준구의 인상이, 그러나 결코 좋게 본 것은 아니다. 어느 부류에 속하는지 그것이 다만 궁금했을 뿐이다.

'개명양반이라면 아무래도 조금은 예수쟁이 냄새가 풍기는 법인데, 나이는 육십이 채 못 된 것 같고 주름살도 없는데 살덩이가 물렁죽이구먼. 아무리 나이 먹어도 낯선 곳에 오면은 숫기 같은 게 생기는데 어딜 가도 되바라질 상호고, 남의 기색은 늘상 살피는 꼴이고, 고학(古學)을 했는지 신학(新學)을 했는지 무식한지 유식한지……. 그만 양복쟁이라 하기엔 차림새가 너무 호사스럽구나. 나이로 봐서 그럴 때도 아니지만 돈 푼 가지고 노는 건달 같지는 않고 어딘지 족보 흔적이 남아 있어서 양반은 양반인 모양이야. 하지만 저렇게 빈틈없이 차려입은 꼴을 보아…… 노랭이 아닌 자는 별로 없지. 뜻밖에 저런 치들 호주머니가 비어 있는 일이 간혹 있긴 있는데.'

앵모의 견해가 어떠하였건 하여간 관수는 뒷간으로 슬그머니 빠져나가고 석이는 신발을 벗고 조준구 곁으로 간다. 술판을 가운데 두고 마주 앉으며,

"안녕하십니까?"

고개를 숙이지 않고 말을 건넨다. 어리둥절하며 조준구는 얼굴을 들었다.

"이게 누구야!"

반색을 하다 말고 황급하게 표정을 바꾸어버린다.

"응, 그렇군. 가회동의 석이로군."

후줄그레한 양복 차림의 석이를, 시큰둥하게 말하면서 아래위를 훑어본다.

'내 집에서 심부름하던 놈이 야간강습인가 뭔가 다니더니만 이런 시골에선 제법 날갯짓을 하는 모양이구나.'

조준구는 아직 모른다. 석이는 조준구가 바닥도 없이 망하기 그 이전에 떠났고 애초엔 임역관의 소개이긴 했으나 황부자댁의 심부름꾼이었다는 이력이 있어 의심을 하지 않았던 것이다. 아니, 의심하지 않았다기보다 하찮은 하인배요 들고 나고 한 것만도 부지기수, 사실은 석이 같은 존재는 떠난 뒤 까맣게 잊고 있었던 것이다.

'이놈이 제법 대가리를 빳빳하게 세우고? 겁도 없이 마주 앉았겠다? 건방진 놈 같으니라구.'

그동안 잊었던 오기가 치민다.

"네가 어째서 진주에 와 있느냐?"

석이는 빤히 쳐다볼 뿐이다.

"세상이 변하니까 고공살이하던 놈도 양복을 입으시고, 으헛! 좋은 세상인가?"

"……."

상대가 말이 없으니 불안하다. 하찮은 것을 뭘, 하고 밀어버릴 본래의 성질도 아니거니와 서희의 존재, 품속에 든 거금, 오늘 겪은 일들, 그 어느 것 하나 심정적으로 정리된 것이 없이 허공에서 허우적거리고 있던 조준구였기에 부딪지 않아

도 소리가 날 판인데,

"숭어가 뛰니 망둥이도 뛰더라고, 난장판이야, 난장판."

"난장판이지요."

"뭐? 맞장굴 쳐? 하기는 백정 놈도 호패 차게 될지 모를 일이지."

일갈할 배짱도 없이 심술궂은 계집처럼 말을 비틀기만 한다. 하기는 저놈을 매우 쳐라! 하며 분부할 종복(從僕) 하나 있단 말인가, 석이의 눈이 증오에 타고 있어도 별수 없는 일이긴 했다.

"옛날 같으면 양반 댁 문전에서 담배만 피워도 살아남지 못하였건만 개판이다, 개판! 어허험! 말해 무엇하리오."

"……."

"그래 너, 너 말이야! 설마한들 옛 상전 앞에서 술 처먹자는 건 아니겠지?"

"천만에요."

"그러면 눈알을 딱 부라리며 대가리를 꼿꼿이 세우고 마주 앉은 버르장머린 옳은 겐가?"

"이곳은 만인이 와서 술을 먹을 수 있는 술청이지 누구네 사랑은 아니잖소? 나는 내 술 마실 작정이오."

"나는? 내 술? 명색이 옛날 상전인데, 예, 옛날 상전인데 내, 내가 영락했기로,"

"상전이라구?"

"네놈이 내 집 행랑에서 수삼 년 밥을 처먹었으면, 개돼지라도, 주, 주인은 아는 법이야! 이놈아!"

주먹으로 술판을 친다. 술꾼들의 눈이 일제히 쏠리고 뒷간에서 나온 관수가,

"와 이라노?"

하며 다가온다. 관수를 본 조준구의 눈이 화등잔만큼 커진다.

"듣기 어렵은 경사가 어이서 들린다 싶더마는, 원수는 외나무다리에서 만난다 카던가?"

재미난다는 듯 관수는 웃는다.

"네놈은 누구냐!"

입술 사이에서 말이 밀려 나온다. 석이를 향해 묻는 말이었다. 얼굴을 일그러뜨리며 석이 웃는다.

"네, 네놈은 누구냐!"

나직한 목소리로 묻는 조준구는 공포에 사로잡힌다. 과거 석이가 심부름꾼으로 집에 들어왔던 사실이 새삼스럽게 검은 의혹으로 마음을 새까맣게 했던 것이다.

"나 말이오?"

반문하는데 석이 얼굴에서 웃음은 사라지고 눈 밑의 근육이 중풍 든 사람같이 떤다. 물지게꾼 시절의 역경을 견디던 우직스런 얼굴이 아니다. 남의 집에 더부살이를 하며 고학(苦學)하던 서울 시절의 얼굴도 아니다. 시골 풋내기의 치졸함으로 하여 오히려 제 자신의 정체를 조준구에게 간파당하지 않았었

던, 설익은 그 모든 것, 기화에 대한 엷은 연정, 생소하기만 했던 지식, 언어와 풍물의 소용돌이 속에서 증오와 위장(僞裝)이 사투를 벌이던 풋되고 처절했던 시절의 얼굴은 아니다. 모든 것 다 털어버리고 과묵하며 탄탄했던 그의 천성만을 남겨둔 채 냉정하고 조리 있게, 하여 나이에 비하면 노숙했던 진주에서의 몇 해, 그 얼굴도 간 곳이 없다. 짚세기를 벗어 들고 맨발로 뛰던 소년이다. 아부지이! 아부지이! 외치며 오랏줄에 묶이어 피 흘리면서 가던 사내를 따라 뛰던 소년의 얼굴이다. 소년의 눈은 비수가 되어 조준구 심장에 깊이 몰려드는 것만 같다.

"너, 너, 너는 누구냐!"

가위 눌린 것처럼 조준구는 되풀이 묻는다.

"이 천하에 극악무도한 놈아! 내 이 정한조가 살아서 돌아오는 날, 바로 그날이 네놈 제삿날 될 줄 알아라, 기억하겠소?"

석이는 소곤거리듯 말했다. 조준구의 얼굴이 백지장으로 변한다. 관수조차 숨이 막히는가 두 어깨를 움츠린다. 석이 음성은 죽은 자가 저승 깊은 골짜기에서 중얼거리는 것같이 들렸다.

"내 죽어서 못 돌아오게 되믄은 넋이라도 돌아올 기다! 돌아와서 네놈의 목을 물어 씹을 것이니, 이놈아! 조준구 놈아! 기억하겠소?"

"보소! 여기도 술 좀 주소!"

관수가 소리를 지른다. 그러고 나서,

"이놈 아아야, 성급하게 날뛸 거 머 있노. 이보시오 조주사, 아, 아니지, 조참판, 여기는 말입니다, 서울하고는 달라서 평사리 사람들이 많이 와서 살고 있지요. 아 그러지 마시오. 잡아 직이지는 않을 긴께 도망갈 생각은 말고, 양반의 체모가 있는데 개망신 당할라꼬 그러요? 하여간에 진주엔 최참판댁을 위시하여 평사리 사람들이 떼를 지어 살고 있으니 어설프게 나오다가는, 아시겠소? 하하핫 하하핫, 밤길 아닌 대낮이라 천만다행이고, 마음 푹 놓으소. 하하핫……."

이야기 소리는 낮았으나 웃음소리만은 크다. 마침 술과 안주를 날라왔고 관수는 술잔을 끌어당겨 술을 채운 뒤 잔 하나를 석이 앞으로 밀어낸다.

"이놈 아아야, 술이나 마시라. 망부석겉이 그러고 있는다고 죽은 아배가 살아 오나. 야소교에서는 원수도 사랑해라 했단다."

하며 석이 등을 툭툭 치다가 술 한 잔을 들이켠다. 관수는 안주를 집으며,

"머 이런 얘기 안 해도 어련히 알까마는,"

나이에 비하여 노숙해 보이던 종전의 모습으로 돌아가며 석이는 술잔을 든다. 조준구는 총구에서 놓여난 부엉새처럼, 부엉이 눈처럼 크게 뚫어진 눈을 하고서 목덜미를 조인 넥타이를 흔들어 넓히며 숨구멍을 튼다.

"최참판네를 말할 것 같으면 지금이야 일본의 관가(官家)하

고 단짝이 되어, 그래 왕시의 누구처럼 친일파라는 소리를 듣는데, 그러니께 아무래도 옛날같이 누워 떡 묵듯이 만석 살림을 굴각하진 못할 기라요."

이야기 가락에 따라서 한 말은 아니다. 관수는 연막을 치고 있는 것이다. 굳이 석이를 말리지는 못했으나 관수로서는 이런 해후를 바라지는 않았다. 며칠 전에 조준구를 찾아간 자신의 행동도 후회하고 있었다. 개인감정 때문에 큰일을 그르치게 될지 모른다고 우려한 것이다. 해서 그는 조준구가 진주를 하루 속히 떠나주길 원했다. 그럼에도 조준구에게 협박 공갈을 때리는 것은 약세로 나가면은 언제든지 되물려고 덤비는 노회한 이리의 습성을 알기 때문이다. 꼬리를 말고 달아나길 바란다. 술을 쳐서 또 마시고 그야말로 망부석처럼 앉아 있는 석이에게 술을 권하고, 관수의 마음은 분주한데 조준구는 궁리하는 여유를 찾는다.

"그리고 또오 지금 내 옆에 앉아 있는 정석이, 정선생을 말할 것 같으면 내 외사촌이라, 그런께로 총 맞아 죽은 평사리의 정한조라는 사람은 내 외삼촌이다 그 말인데,"

외삼촌, 외사촌, 물론 거짓말이다.

"이 집에 손이 와 이리 뜸하노?"

홍이 친구, 근태의 부친인 허상안이다. 시골서 온 사돈과 함께 들어선다. 허상안은 수염이 짙고 몸은 장대한 편이며, 소문이 난 구두쇠 같은 인상은 아니다. 그의 사돈은 그저 그렇게 생긴 촌사람이었고, 그들은 조준구가 있는 곳과는 반대편 구석으로 가서 술판에 마주 앉는다. 그러니까 방 세 개를 튼 이 구석과 저 구석이기 때문에 거리가 상당히 있는 셈이다.

"지금으로부터 십삼 년인가 아마 그렇기 됐일 성싶소만 석이아부지 정한조라는 사람이 조참판 꼴이 보기 싫어서 진주 땅에 자릴 잡을라꼬 작정하고서 식솔을 데리러 평사리로 갔었는데 무담시, 아무 죄도 없이 죽은 것은 하늘 땅이 아는 일이고 석이가 알고 내가 알고 평사리 사람들 모두가 알고 그리고 또 거기서 알고."

관수는 그물을 펴듯 늘어놓는다.

"무, 무슨 마, 말을, 나는 아무 상관도 없다. 왜헌병이 잡아간 것을, 모, 모두 잘못 알고 이, 있는 게야."

"참말로 가련코나. 뼈대 찾고 의관 찾는 양반 놈들, 이러니이 갈리지."

"잘못 새, 생각하고 있는 게야."

"이러니 이가 부둑부둑 갈린단 말이오. 혓바닥 세 치만 갖고 살아온 조참판나으리, 삼수 놈을 밭둑에 세우고 총 놔 직인 거사 내 알 바 아니로되, 그거사 조참판께서만 알아두어도 되는 일, 헌데 석이아부지 일은 그리 쉽기는 지우지 못할 기구마. 아무리 왜법이라 해도 죄 없는 사람을 죽게 한 그놈의 무고죄라는 것이 있을 성도 싶은데 그런 것은 최참판댁에서 아마 잘 아실 거로?"

"알고 보, 보니, 모두 이게 서희 년 장난이었군그래. 자, 장난."

하다 말고 조준구 머리에 번개같이 스치는 것은 돈이었다. 그는 반사적으로 돈의 부피가 느껴지는 가슴팍 쪽을 손바닥으로 꽉 눌러 잡는다. 관수와 석이가 우연히 주점에 들어온 것이 아니라는 생각에서다. 막연한 불안이 눈앞에 나타난 것이며 그냥 순순히 보낼 까닭이 없고 다음에 나올 계책은 무엇이며 도시 어떤 형태의 함정이 자기를 기다리고 있는 것인지, 조준구는 미칠 것 같았다. 안 돼! 이 돈 오천 원만은 안 돼! 관수나 석이가 방금이라도 덤벼들어 품에 든 돈을 뺏을 것만 같다.

"독사 같은 년! 그쪽서 그, 그렇게 나온다면 나, 나도 앉아서 죽지는 않을 게야!"

악을 썼고,

"동녘 동! 서녘 서! 무신 소릴 하노?"

관수는 농조로 메어친다. 죽을상이던 조준구가 갑자기 악을 쓰고 나서는 것은 경계할 만한 일이다. 물린 쥐가 고양이를 문다 했으니. 갑자기 높아진 목소리에 술꾼들이 쳐다본다. 허상안도 따라서 돌아본다.

"아 아니, 저기 저 사람은 시은핵교 선상이고 가만있자아, 온 저기이 누고? 백정 놈 앙이가?"

그 말에 그의 사돈도 쳐다본다.

"이런 망측한 일이 어디 있노? 응?"

허상안은 벌떡 일어난다.

"할매!"

"할매는 와 찾는 기요?"

"앵모는 없소?"

"허 땜쟁이(구두쇠)가 앵모는 찾아 머할 기든고?"

혀가 구르는 듯한 음성이다.

"있소! 없소!"

"실삼스럽게 와 그라요! 제자(장) 갔소, 와!"

"이거 이래가지고는 이 집에 와서 술 마실 수 없제."

허상안의 음성은 몸집에 비하여 걸맞지 않은 고음이다.

"와 그러느냐 카니까."

"와 그러다니? 눈이 있소, 없소?"

"와요? 안주에 멋이 들었던가 배."

"여기가 다릿거리 똥돌네 주막이오?"

"뭐라 카노?"

"허 참, 기가 맥히서, 아무리 세상이 변했다 카지마는 이런
법은 없다!"

"말을 해야 알제? 머가 잘못됐이믄 잘못됐다 할 일이지."

비로소 노파는 부시시 일어선다.

"백정 놈하고 함께 술을 마실 수 있소, 없소!"

석이와 관수가 동시에 얼굴을 돌린다.

"그거사 머 마실 수 없일 기요. 그런데 뜬금없이 백정이 말

은 와 하요."

"이 주점에 백정이 있인께 하는 말 아니오!"

"그러씨 그거사 우리는 모리는 일이제요. 이마빡에다가 백정이요 함서 써붙이고 댕기는 것도 아니겄고, 전같이 피양갓 (패랭이)을 쓰고 댕기는 것도 아니겄고."

노파는 어정쩡하게 서서, 이 일은 자신의 소관이 아닌지 모르겠다는 생각을 한다. 석이와 관수는 아무 일도 없었던 것처럼 술을 마시고, 조준구의 눈동자가 민첩하게 움직인다. 사태를 파악하려는 듯 여차할 때를 생각하여 팽개쳤던 점잖음을 주섬주섬 주워담는 상태다.

"대체 누가 백정이라고 그러요?"

쥐 상을 한 사내가 목을 빼며 묻는다. 이빨을 쑤시고 있던 사내가,

"저기 저 양복쟁이들하고 함께 있는 사람 보고서 그러는 모앵인데,"

턱 끝으로 관수를 가리키며 말을 잇는다.

"실은 저 사람은 백정이 아니고 백정이 사우(사위) 되는 사람이니께, 그러씨……."

"백정이 사우믄 백정이나 매일반이제. 땜쟁이 허서방 아니라 캐도 징(화)낼 만한 일이구마."

"그렇지만 백정이라 할 수 있이까?"

"허허 참, 백정이 집안이믄 백정이지 머. 좌우당간 세상 많

이 변했다. 여기가 어디라꼬 기어들어오노 말이다."

허상안은 천지개벽을 했느냐고 노파를 향해 소리소리 지르고 있었다.

"그라믄 좋소! 내가 끌어낼 긴께."

관수 앞으로 쫓아간다. 그는 아들의 선생이었던 석이에게 먼저,

"정선상."

"네."

석이는 조용히 대답한다.

"새 백정 났소?"

"그게 무슨 말씀이오."

"동행한 이놈이 백정인 것을 몰랐소?"

"제 형님인데 왜 그러시오?"

"형님? 알고 본께 그렇다믄 내 자식 놈이 백정한테서 글을 배웠거마는."

"허서방, 거 너무 그러는 거 아니라. 억지소리하는 거 아니라구. 백정한테 자식 맽길 사램이 어디 있을 기라고."

이를 쑤시던 사내가 말린다.

다소 무안해진 허상안은 석이는 내버려두고 관수를 향해 공격해 들어간다.

"이봐라!"

관수는 힐끗 눈을 치떠본다.

"이놈아! 니 여기가 어딘 줄 알고 들어왔노. 모리고 들어왔
나? 다리 뻬가지 뿌러지기 전에 나가!"

"사세가 불리하면 순임금이 독장사를 한다던가? 어험흠."

조준구가 큰기침을 하며 술판 앞에서 물러나 앉는다. 허상
안의 눈이 조준구를 따라간다. 영문을 알자는 눈신호다.

"선비 체면도 있고오, 하도 어처구니없이 당하는 봉변이라
어흠, 하인 없이 주점에 들르기도 어려운 세상이구면. 밤도둑
이야 흔히 있는 일이로되 첩첩산중도 아니고 이목이 뚜렷한
백주에 날강도를 만났구나 싶더니 알고 보니 백정이라."

술판에 술잔을 내동댕이치고 붉다 못해 푸릇푸릇 멍든 것
같은 안색이 된 석이가 몸을 일으키려 한다.

"이놈 아아야, 그러는 기이 앙이다. 참아라."

관수는 석이 양복 자락을 잡아젖히며 일단 저지해놓고,

"여러분들,"

하는데 석이 울부짖듯이,

"형님!"

"내 말 들어. 경망한 짓 하믄 안 된다!"

"형님!"

"여러분들, 지가 한 말씸 디리겠십니다. 백정이 사위가 되
었으니 백정이다 하신다믄 지는 백정이올시다."

관수는 공손하게 고개를 숙인다.

"백정이믄 백정이 해서는 안 되는 일도 모리나! 옛날 같으

믄 이 자리서 당장 쳐 죽있을 기다. 좋게 이를 때 썩 나가거라! 아니믄 저기, 저 땅바닥에 내리가서 임석(음식)을 묵든지."

어세가 좀 누그러졌다.

"예, 알겠십니다. 알기는 알겠는데 지가 생각하기로는 이 술청에 사람 백정이 하나 앉아 있어서, 그래서 소 백정도 못 앉을 기이 없다고 예."

"저 주리를 틀어 죽일 놈 보았나!"

조준구가 입에 거품을 문다.

순간 석이 술판을 뛰어넘고 조준구에게 덤벼든다.

"석아!"

관수의 안색이 싹 달라진다. 비호같이 뛰어가서 석이를 잡고 늘어진다. 조준구의 코에선 벌써 피가 흐르고 있었다. 술꾼들이 모조리 일어선다.

"내 한 목숨 내버리면 되는 거요!"

"정신 차리라! 이놈아!"

관수는 황우같이 덤비는 석이 옆구리를 내리친다. 꼬부라지는 석이를 질질 끌다시피 주점 밖으로 나간 관수는,

"일 크게 벌어졌고나!"

만일 경찰이 개입하게 된다면 대단한 위험을 치르게 될 것이다. 석이 일신상, 그러니까 교사직의 진퇴 문제, 그동안 석이가 쌓아올린 인망에도 금이 갈 것이요, 증거가 없어 내보내기는 했으나 3·1만세사건의 주동인물의 한 사람일 것이라고 심

증을 굳히고 있는 경찰에서 어떻게 옭아맬지 모를 일이다. 그리고 또 표면에는 전혀 나타나지 않고 있는 관수가 만일 선상에 오른다면 실로 중대한 사태를 각오해야 한다. 뿐인가, 일반 사람들의 백정에 대한 감정은 상상을 넘어선 것이며 터럭만큼의 잘못도 용납하려 하지 않는 것은 너무나 긴 세월의 고질이 아닌가. 비록 관수 자신이 백정은 아닐지라도 백정과 연관이 있는 것만은 사실이니까. 1894년 갑오경장은 형식이나마 천인(賤人)의 면천 조치를 취했고 이어 동학란이란 거센 바람도 신분제도, 그 오랜 폐습을 완화하는 데 이바지한 것이 사실이지만 그러나 뿌리깊은 천인들의 애사(哀史)가 일조일석에 달라질 수는 없는 것이다. 역인(驛人), 광대, 갖바치, 노비, 무당, 백정 등 이들은 변함없는 천시와 학대를 받는 것이었고, 양반이 상민을 대하는 것 이상으로 상민들은 그들 천민 위에 군림했던 것이다. 그중에서도 백정이라면 거의 공포에 가까운 혐오로 대하였으며 학대도 가장 격렬했었다. 문둥이나 송충이처럼 싫어하는 것은 당연한 일이었고, 그들이 지켜야 하는 분수를 어겼을 적에 가차없는 사형(私刑)이 가해지는 것은 불문율이었다. 불문율이기 때문에 백정은 아닐지라도 백정의 사위라는 것이 문제가 되는 것은 어쩌면 당연한 일이었는지 모른다. 불문율이란 대개의 경우 대중의 충동적 행위였으니까.

"형님, 지가 잘못했소."

석이는 주먹으로 눈물을 씻으면서 말했다.

"잘잘못은 나중에 따지기로 하고 이 일을 수습할라 카믄 아무래도 최참판댁에 가야겄다."

관수는 연신 흐느끼는 석이를 끌고 뛴다.

최참판댁은 앵모 주점과 그리 멀지 않은 곳이어서 두 사람은 한달음에 달려올 수 있었다.

"그라믄 나는 행랑에서 기다리고 있을 긴께 니가 가서 자초지종 얘길 해라. 어서!"

석이는 황급하게 안마당으로 뛰어든다. 서희와 마주한 석이는 침착해져 있었다. 명확하게 요점만 추려서 얘기를 끝냈을 때 비로소 석이는 서희의 안색이 좋지 않은 것을 깨달았다. 많이 울었던 것처럼 눈언저리도 부승부승했다.

"어디 편찮으신지요."

그 말 대꾸는 않고,

"사랑에 가서 기다리고 있게."

잠긴 음성으로 말했다.

"네."

관수가 기다리고 있는 행랑으로 석이가 들어가자 서희는 장서방, 그러니까 하동에 있는 장서방의 아들 연학(延鶴)을 불러들인다. 그는 서희가 진주로 온 후부터 서희 집에 와서 일을 보아주고 있는 터였다. 얼마 후 연학이는 빙그레 웃으며 나왔다.

"정선생님."

연학이 방문을 열고 들여다보며 말했다. 관수와 석이는 마음을 놓는 표정이다.

"걱정 마시소. 갔다 와서 얘기하겠십니다."

연학이 얼굴만 보아도 사실 석이와 관수는 맘이 놓이는 것이다. 연학이는 서당공부를 조금 했을 정도였지만 상당히 지모(智謀)와 담력이 있는 젊은이였다. 석이보다 한둘 나이는 아래였고 용모는 별 특출한 곳이 없었으나 깡마른 몸집이 참나무처럼 탄탄했고, 아비를 통하여 최참판네 일에 깊이 관여했으며, 또 석이와 관수하고는 동지적 유대가 있었다. 대문을 나선 연학이는 급한 걸음을 옮긴다.

앵모 주점에 도착했을 때 주점 안에는 와글바글 사람들이 떠들어대고 있었다. 소위 백정과 폭력을 쓴 교사에 대한 성토가 벌어지고 있었던 것이다. 그들이야 조준구에 대한 석이의 깊은 원한관계를 모를 것인즉 사람을 치고 달아난 석이, 상민도 아니요 양반인 데다 연로자를 치고 달아난 교사를 비난하는 것은 당연한 일이었던 것이다. 겨우 지혈(止血)이 된 모양이다. 앵모가 소매를 걷고서 조준구 콧구멍에 솜을 틀어막고 있었다. 얼마나 호되게 맞았는지 볼이 부풀어 오르고 한쪽 눈이 짜부러진 듯, 조준구는 통통하게 살찐 손으로 볼을 만져보곤한다.

"좀 비키소! 여기 서울서 온 사람 있지요?"

연학이 양팔로 사람들을 가르며 들어서는데,

"이혈이 낭자한데, 아, 그러씨 상전을 놔두고 어디 갔다 이 자사."

연학을 하인인 줄 착각을 한 모양이다. 쥐 상의 사내가 말했다.

"상전이라꼬요? 그래 내가 종놈으로 보이오?"

"잘못 볼 수도 있지 머. 하여간에, 선생까지 하는 놈이 달라들어서 사람을 개 패듯 했이니."

조준구는 넋 빠진 것처럼 앉아 있었다.

"맞아야 싸지 머."

나직이 중얼거리는데 물수건으로 손을 닦고 있던 앵모가 빤히 쳐다본다. 젊었을 때는 이지적으로 생겼을 얼굴이다.

"연유야 알 길이 없지마는 늙은 양반을 젊은 놈이 그럴 수 있나? 양반네 족보 팔아묵는 세상이기로."

"좀 조용히 해주소. 와글바글, 말을 할 수가 있이야제."

조준구는 여전히 멍청하니 앉아 있었다. 어쨌거나 망신은 당했다. 기가 찰 일이다. 대낮 주점에서 뭇사람이 보는 앞에서 자식 놈같이 젊은 상놈한테 매를 맞다니, 나중에야 감옥에 보내든 찢어 죽이든, 그것은 다 당한 뒤의 일이 아닌가.

"어디서 왔느냐."

"최참판댁에서 왔소이다."

"뭐라구? 그년이 또 불한당을 보내더란 말이냐!"

펄쩍 뛴다.

"말조심하소!"

최참판댁이라는 말에 둘러서 있던 술꾼들 얼굴에 의아해하는 빛이 돈다.

"그래 이놈아! 넌 뭐하러 또 왔느냐!"

주먹을 휘두르며 이빨을 드러내고 분에 못 이겨 으르렁거린다.

"잠자코 제가 하는 말을 듣는 것이 신상에 좋을 깁니다."

"뭣이 어째? 이 도적놈아!"

"도적이야 그편이지 우째 지가 도적놈이겠소?"

"저, 저 쳐 죽일 놈이!"

"그래 봐야 서울양반 망신이오. 우쨌거나 한 말씸 디리겠는데 여기 이리 사람들이 모이 있으니 지가 말을 해야 할지, 서울양반을 위해서 말이오."

"할 말 있음 해! 하란 말이야! 하란 말이야!"

"최참판댁 마님 말씸을, 그라믄 전하겠소. 아까 여기 온 사람은 우리 마님께서 보냈습니다."

"내 그런 줄 알았다! 독사 같은 년이 그럴 줄 알았다!"

"허허, 이렇게 되믄 지도 못 참겠는데요? 후한 월급 받고 사는 처지라서요. 그리고 이편이 참아야 서울나으리도 이로울 기니께 하는 말이요만, 마님 말씸이 소위를 생각한다믄 당장 관에 고발할 것이로되, 한 번만은 너그럽게 생각하시겠다, 그렇기 말씸하시더마요. 그 말씸의 뜻이 무엇인지 아시겠소?"

"관에다 고발을 해?"

"모르시서 하는 말씸이오? 약한 부녀자한테서 돈 오천 원을 약탈해가고서, 그래도 몰라서 하는 말씸이오?"

오천 원, 오천 원이라구? 도저히 실감할 수 없는 금액에 사람들은 모두 맹추 같은 표정이다. 조준구 혼자가 외쳤다.

"뭐, 뭐 뭐라구?"

"양반의 체통을 생각해서 차마 경찰서까지 알릴 수는 없고 또 멀기야 한없이 멀지마는 척은 척이니께, 그래서 마님이 일부러 점잖은 정선생을 보냈던 기라요. 서로 간에 안면도 있고 해서 그러신 모앵인데 관수라는 사람은 도중에서 어떻게 만냈는지, 그 사람이야 하등 상관이 없고,"

"어이구!"

조준구는 기가 넘어 제 가슴에 주먹질을 한다.

"그 속주머니 속에 돈 오천 원이 있는가 없는가, 그거사 보선목 뒤집는 것보다 십은 일인께, 정 억울커든 속주머니 뒤집어 보이믄 될 거 아니오, 이 딱한 서울양반아."

쥐 죽은 듯 숨을 죽이며 듣고 있던 사람들이 다시 와글거리기 시작한다. 돈 오천 원이라니, 돈 오천 원. 백 원 구경하기도 하늘에 별 따긴데. 우선 사람들은 돈의 액수에 놀랐고 사정이 급격하게 달라지는 데 당황했고 백만장자같이 차려입은, 양반임에 틀림이 없는 중늙은 사내는 대체 누구이며,

"이 사람들아, 조용히 하소. 정말로 호주머니 속에 돈 오천

원이 있는가 없는가 어디 구겡 좀 하게."

허상안의 사돈이 망건 쓴 머리를 디밀고 앵모는 팔짱을 낀 채 종시 말이 없고 노파는 영문을 몰라 서성거린다.

"이 목을 쳐 죽일 놈아! 내게 돈 오, 오천 원이 있든 없든 참견할 바 모, 못 되고오."

"예. 있기는 있는 모양인데 강도 맞을까 봐서 내보일 수는 없고,"

"이 죽일 놈아! 사, 사람을 잡아도 푸, 푼수가 있지. 내 집문서 내어놓고 내, 내 집 내어놓고 받은 돈인데 그 죽일 년이 혓바닥 하나를 가지고 두 가지 말을 하다니."

"집문서라니요? 내 집은 또 무신 말씸이고? 하하핫핫⋯⋯ 하핫, 공연히 객쩍은 말씸은 마시오. 백수건달한테 집은 무신 집입니까? 혹 하동땅 집을 가지고 그러는지 모르겠소만 하동땅에서 노변 송사라도 한분 해보시지. 고래 등 같은 그 집이 최참판댁이냐 조참의댁이냐 하고."

"⋯⋯."

"좋십니다. 아무튼지 간에 좋단 말입니다. 내 집이니, 집문서니, 그거는 법에 가서 할 말씸이고 곱게 두 발로 걸어가서 돈도 돌려주고 그런 뒤에 고발을 하는 기이 유리할 깁니다. 자수를 하면은 징역살이가, 그러씨 얼매나 감해질란고? 도둑도 아니고 한낮에 강도니께, 증거는 바로 호주머니 속에 있는 현금 아니겠소?"

비로소 조준구의 얼굴은 흙빛으로 변해갔다. 무서운 함정을 깨달은 것이다. 서희가 고발만 한다면 형무소에 갈 가능성은 충분히 있는 것이다. 현금 오천 원이 무엇보다 확실한 증거요 자신이 집문서를 넘겨준 흔적이란 없는 것이다. 동석한 유모라는, 서희의 심복이 증언해주겠는가. 증언한다면 뻔하다. 서안(書案) 위의 돈을 날치기했다 할 것이 뻔하다. 망신이 태산 같다 한들 그게 대순가, 우선 이 난처한 곳에서 달아나는 것이 상책이며 시간을 두고 이 분풀이는 연구해보는 것이 현명한 것이다.

조준구는 많은 사람의 비웃는 웃음소리를 들으면서 부풀어 오른 볼을 감싸듯 얼굴을 가리고 콧구멍에는 솜을 틀어막은 채 연학과 동행하는 형식으로 밖에 나왔다. 그리고 방향을 바꾸어 뛴다. 뛰면서 그는 품속의 돈 걱정을 한다. 도둑이 따를까 무서웠다. 선걸음에 서울로 가야지. 물론 연학이는 뒤쫓지 않았다. 추방이 목적이었으니까. 사태를 수습하기 위한 고육책이었으나 멋진 보복이 된 셈이다. 멋지지만 악랄한 서희의 계교였던 것이다. 겸연쩍게 된 것은 주점의 술꾼들이었다. 그 중에서도 허상안의 처지가 멋쩍었다. 돈 오천 원의 위력도 컸고. 허상안이 부농이라지만 황새를 따라가다 가랑이가 찢어진 뱁새 꼴인가. 술꾼들은 돈 오천 원이면 논 몇 마지기가 되는지, 그림의 떡 보고 침 삼키는 그런 얘기들을 한참 나누다가 화제는 백정에 관한 것으로 바뀌어진다. 응당 그래야만 술

렁대었던 그들 행동에 매듭이 지는 것이었으니까.

"요다음에 또 그따우 행실을 하믄은 지체할 것 없이 머리통부터 뿌사부리야지. 백정 놈이 언감생심이지."

허상안이 자신의 체면을 세우듯 말했다.

"사리를 따지고 보믄 그럴 일도 아니라요. 출가외인이라 했이니 사우는 남의 집 식구고오."

이빨을 쑤시면서 사위라고 발설한 사내가 처음보다는 좀 더 짙게 옹호하는 투로 말했다.

"함께 사는데도 한 식구 아니란 말이오?"

허상안이 응수한다.

"그래도 상민은 상민인 기라요. 양반이 종을 얻었다 해서 종이 되던가요?"

"상민이 멋 땀시 백정 딸한테 장개는 갔일꼬? 다 그럴 만한 연유가 있인께 갔겄제."

"아까는 모두가 너무 풀 세기 날뛰쌓아서 말을 못했지만은, 요새야 머 잠잠하니 가라앉았고 십 년도 넘기 일인께…… 말해도 화 입지는 않을 기요마는 그 사람 의병질했다더마. 쫓기다 본께 우짜다가 백정이 딸을 얻게 된 기고, 아 보신(保身)은 해야제. 쫓기는 토깐이가 돌무덤 흙무덤 가리겄소?"

"그걸 누가 알꼬? 누가 봤다 카던가? 화적질하고서 의병질했다 하는 놈들도 얼매든지 있더마."

"사람이 똑똑하고 경우 바르고, 화적질할 사람은 아니구마는."

허상안은 그래도 지기가 싫었던지 다른 사람들에게 시선을
돌리며,

"참말로 백정 놈들 숨구멍 트인 세상이제. 언감생심, 이런
술집에 들어올 생각이라도 한께. 한 시절 전만 해도, 아 그러
씨 백정각시 놀이를 생각하믄 다 알조 아니오?"

좌중에 웃음이 터진다.

"백정각시 놀이라, 나도 소싯적에 한분 봤지마는."

쥐 상의 사내가 말했다.

"거 쉽잖은 구겡했소."

허상안의 사돈 노서방이 말했다.

"아암 쉽잖고말고. 백정각시 놀이가 무섭아서 백정이 계집
들이 좀체 안 나오니께. 우짜다가 나와도 숨어서 구겡을 한께
로 집어내기도 어렵고."

"내 소싯적에 한분 본 것은, 그러니께 그기 무슨 놀이던지
잘 생각이 안 나는데 단오놀이던지, 아무튼 구경꾼 속에서 백
정이 딸을 하나를 잡아낸 기라요. 한사 결단 달아날라는 거
를, 아 그러씨 장정 몇이 덤비드는 데야, 치마가 찢기 달아나
고 속곳이 벗겨지고, 지금도 생각이 나는데 고놈의 가시나 몸
매도 좋고 얼굴도 이삐게 잘 생깄더마."

"볼만했겠구마."

"그 이뿐 가시나를 엎어뜨리놓고 장정들이 번갈아서 올라

타고 이랴! 이놈의 소가 와 안 가노! 함시로 엉덩이를 철벅철벅 때리는 기라요. 뿐이겠소? 목에다 새끼줄을 걸고 네 발로 기게 하고 구경꾼 앞을 돌아댕기는데, 그 애비가 소개기를 가져와서 게우 풀리났지마는 좀 안된 생각도 들고."

"안되기는 머가 안됐단 말이오? 백정은 사람 아닌께, 그놈들을 오냐오냐 하고 내버려두었다가는 칼 들고 소만 잡겠소? 사람도 잡을라 들 긴데? 옴짝달싹 못하게 콱 기를 직이놔야지."

사람들은 백정의 얘기로 흥을 돋우며 술을 마신다. 더러는 주점을 나가고 새 손님이 들어오기도 한다.

11장 백정은 예수도 믿을 수 없었다

여한(餘恨)과 미진(未盡), 울분을 풀 길 없는 밤이었다. 관수나 석이에게도 그랬었지만 서희라고 후련한 밤이었을까? 여한은 마찬가지, 이제 서희는 무엇으로 지탱할 것인가. 조준구가 걸어오지 않는 이상 보복은 끝난 셈이다. 간도땅에서 이를 갈며 맹세한 보복은 사실 이런 것은 아니었다. 더 가혹하고 더 잔인하고, 보다 더 철저한 것이었을 것을. 관수나 석이의 경우도 마찬가지였다. 그 살찐 암탉 같았던 젊은 날의 조준구, 여전히 살찐 암탉이지만 늙은 닭이 되어버린 조준구의 모가지를 비틀어야 끝날 원한이 이렇게 싱겁게 끝난 것이며,

끝난 것으로 생각하는 것이다. 관수와 석이는 나란히 밤길을 걸어간다. 행랑에서 이들은 저녁을 얻어먹고 어두워진 뒤 최참판댁을 나섰던 것이다. 연학이가 실소해가면서 소상하게 설명을 하지 않아도 조준구의 비천하고 교활하고 탐욕스럽고 또 한순간의 여유만 있어도 수전노에게는 거의 없는 가련한 허영의 자락을 걸치는 그 거동을 충분히 상상할 수 있다. 밤바람을 마시며 묵묵히 걸어가는 두 사내, 이들이 끝난 보복이라 생각한 것은 십분 보복이 끝났기 때문이 아니다. 서희의 경우는 제쳐놓고 정확히 말해서 이들은 보복을 포기한 것이다. 어느 하늘 밑에서 살아 무엇을 하건 잊어버려야 했다. 그렇지 않고는 일을 할 수가 없는 것이다.

"형님,"

"와."

"밤 기차 타고 서울역에 내린 그런 기분입니다. 막막하고 어디를 가야 할지 모르겠는 그 기분 말입니다."

울음을 참는 음성이다.

"사는 기이 그런 것 아니겠나."

"사는 게 그럴까요?"

"……."

"영 자신이 없고, 울분이 치밉니다. 그럴 수가 있습니까?"

"백정이 얘기 말가?"

"이래가지고야 무슨 일을 하겠습니까. 양반들 횡포에 이를 갈던 상민들이 양반들보다 더한 횡포를 천민들에게 부리는 것은, 왜 그렇지요?"

"……."

"호랑이가 늑대를 잡아먹고 늑대는 고라니를 잡아먹고, 짐승들 세계와 뭐가 다르다 하겠습니까. 그것이 자연의 법이라면 우리가 하는 일, 우리가 생각하는 것은 모두 헛된 꿈이지요. 인간이 인간을 다스린다는 것이 횡포라면 말입니다. 추악합니다! 옛날의 그 도도하던 양반이 조준구 꼴이 된 것도 추악하구요. 상민은 천민이라 하여, 지배욕에 굶주린 상민은 그 불만을 천민 학대로써 쏟아내고, 언제 끝이 납니까. 학대하고 학대받고, 잡아먹고 잡아먹히는 이런 세상이 말입니다!"

"강한 놈도 약한 놈도 없어질 때 끝이 나겠지. 지금 당장에는 왜놈이 강한 놈이고 조선은 약한 놈이다."

석이는 어두운 땅을 내려다본다.

"옛날 같았이믄 나도 그렇게 생각했을 기고, 오늘같이 허간가 하는 그 늙은이한테 무릎 꿇는 따위의 병신 짓도 아마 안 했을 기다. 우짜믄 니보다 내 편에서 조가 놈 목통을 졸라서 직있을지도 모르지. 그러나 그런 것들은 다 밥풀이다."

"……."

"니는 나보다 나이사 어리지마는 배운 것이 많고 책도 많이 읽었고, 그만큼 생각는 것이 나하고는 다를 기다마는 사람이란 사철 눈 오는 곳에만 있이믄 푸른 풀밭 같은 것은 모리는 벱이고 반대로 푸른 풀밭에만 살고 있이믄 눈에 덮인 곳을 모릴 기다. 어디 사람만 그렇겠나? 만물이 다 그럴 상싶은데……. 양반 조준구나 상민 허상안이가 그중에서도 중뿔나게 나타났다 뿐이제. 저거들만 풀밭에 사는 줄 알고 저거들만 눈구덕에 사는 줄 알고, 그러니 천지가 넓고 사통팔방[四通八達]이라는 것을 모리기는 피장파장인 기라."

무슨 뜻인지 그런 말을 하고 나서 관수는 껄껄 소리 내어 웃는다.

"양반은 상놈들을 눌러 잡아야 저들의 보신이 되고 양반한테 개처럼 순종하는 놈일수록, 음, 천민이 제같이, 아니 제보다 한층 더 순종하길 바라는 게 이치 아니겠나? 그들의 이치란 말이다. 푸른 풀밭이나 눈 오는 곳이사 하느님 하시기 탓이겠지마는…… 사람이 한 일이야 사람의 손으로 뿌사야지. 임금이다 양반이다 상놈이다 천민이다 그거를 하느님이 맨들었나? 사람이 맨든 기라. 사람이 맨든 기문 사람이 뿌사부리야제. 중뿔나게 나쁘고 미련한 놈이 전부는 아닌께, 또 없어지는 것도 아니겠고, 그러나 양반도 사람이다. 신선도 아니고 선니*도 아니고 똑같이 밥묵고 똥 싸는 사람이다 해얄 기고 백정도 사람이다. 소 돼지가 아니고 똑같이 밥 묵고 똥 싸고 일하는 사람이다! 누구든 똑같이 살 수 있으며 잘하고 잘못하는 것이 지한테 매인 기지 양반이나 백정한테 매인 거는 아니다! 그렇기는 돼야 안 하겠나?"

"……."

"그렇다고 해서 우리 생전에 머가 된다고 생각한다믄 너무 조급한 짓일 기고오 우리 생전에 안 된다고 생각하는 것도 탈기(脫氣)가 되니께."

"알았소, 형님."

"기운을 내라."

"네."

"조가 놈 생각도 잊어부리는 기이 좋을 기다. 양반이라는 울타리가 있인께 그런 놈이 생기난 것이고 천민이라는 것이 있인께로 허상안이 그런 심술꾸러기도 있게 된 기고, 그라고 또 조가 놈이 용천지랄을 한들 왜놈이 내 땅을 치고 들어오지 않았이믄 니 아부지나 내 어무니가 그렇게 되지는 않았일 거 아니가. 조가 놈은 한 놈이지마는 왜놈은 수도 없이 많은께."

두 사람 사이에 침묵이 흐른다. 사방엔 어둠만 있을 뿐 침묵은 계속된다.

"내 이자는 백정 소리 들어도 슬프지 않겠네."

"네, 형님."

밤하늘의 별을 보며 관수는 다시 중얼거렸다.

"지금으로부터, 그러니께 몇 해가 되나? 십 년은 넘었일 성싶은데, 나도 장인한테 들은 얘기지마는 니 옥봉교회(玉峰敎會)에서 백정 일로 시끄러웠던 사건을 아나?"

"모릅니다. 무슨 일인데요?"

"오늘 그 허상안인가 하는 늙은이가 너를 보고 새 백정 났소? 하고 묻던 말이 생각나서…… 앞으로도 백정 문제는 많이 시끄러울 거라. 그러니께 그때 일이란 광림학교[光林學校] 교장하고 몇몇 사람이 모이서 상조계(相助契) 같은 것을 맨들었다는 긴데, 회장이 손세영(孫世永)이라는 분이고."

"손세영 씨요?"

"응, 그 사람들은 앞날을 깨친 사람들로 보아야 할 기다. 그래 이 상조계에서 무신 일이 있었는고 하니 백정 열다섯 명을 옥봉교회에 나가게시리 주선을 했더란다. 그러니 우떻게 됐겄노? 최약국(崔藥局)을 위시한 몇몇 사람이 한사코 반대를 한 거지. 백정하고 한자리에서 예배를 볼 수 없다는 주장이었고, 이쪽에서는 이쪽대로 하느님 앞에서는 만인이 다 같이 예배볼 수 있다는 주장인데 서로가 팽팽하게 맞서다가 결국 최약국 일파가 예배소(禮拜所)를 따로 매련한 기라. 그러니 교회가 두 쪼가리로 갈라진 기지. 양 파가 다 갈라져서는 안 된다는 생각을 함씨로 서로가 밀고 나간 기지. 많지도 않은 교인이 두 곳으로 갈리어 예배를 보니 그 틈새에 끼인 백정들의 심정이란 기맥혔일 기라. 결국에는 사십구일 만에 백정들이 물러날 수밖에, 내 장인 말이 피눈물을 뿌리고 물러났다 그러더마. 피눈물을 뿌리고, 그랬일 기다. 이자는 사람 축에 끼는가 부다 하고 희망에 부풀었던 백정은 예수도 믿을 수 없었던 기지."

관수는 아까처럼 껄껄 소리를 내어 웃는다.

"백정은 예수도 믿을 수 없었다. 그렇다고 해서 소 잡는 백정이 부처님을 믿었나? 내 장인이 동학을 믿게 된 것은 그렇지, 예수도 부처도 받아주지는 않은께. 내가 그 집에 은신하게 된 것도 처음엔 동학에 연유한 기지. 그래 그 집에서 숨어살다 본께 백정의 사위로 되고, 나는 백정이 사위 된 거를 후회한 적은 없다. 다만 내가 수모를 당하는 것은 견딜 만했지마는 내 계집새끼들이 당할 적엔 피가 끓더마."

이번에는 나직한 소리로 웃었다.

"천대라는 것은 받으면 받을수록 받는 사람끼리 함께 뭉치는 게 상정이니께. 어쨌거나 이자 법으로는 백정을 묶어두진 않았으니께 앞으로 식자(識者)들이 많이 생길 기고, 또 그 수만 해도 수만 명이 넘으니께 자긍책도 차츰 매런 안 하겠나."

"그래야겠지요. 그래야만 살게 되니까요."

두 사람은 한동안 말없이 걷는다. 판자 울타리 사이로 불빛이 새 나온다. 관수 옆모습에 명암이 엇갈리며 지나간다. 다시 길은 어두워지고 하늘에는 별빛만 무수하다. 길 맞은편에서 초롱불이 다가온다. 소복의 여인이다. 여인이 지나가고 뒤따라가는 것은 함지를 인 계집아이다. 함지에서 백통 고리 흔들리는 소리가 났고 어두움 속에서도 함지의 백동 장식이 번득인다. 강가로 가는 걸까, 고목(古木)으로 가는 걸까. 비손(신령에게 제사드리는 일 따위) 가는 길인가 보다. 길은 다시 어두워졌다.

'우리 을례는 덤풀 산제를 올려서 얻은 아이네라.'

232

양필구(梁必求)의 계모 말이 석이 뇌리에 지나간다. 석이는 마음속으로 혀를 찬다. 비손하러 가는 여인을 만났기 때문에 그 말이 떠올랐겠지만 이런 밤에 하필이면 그 말이 생각날 건 뭐람. 여자 얘기하곤 인연이 먼 밤이며 시간인데. 그렇다고 해서 양필구에게 하나 있는, 그러니까 이복 누이동생 양을례(梁乙禮)에 대하여 관심이 있었던 것은 전혀 아니다. 다만 필구 모친과 석이 모친이 아들 딸의 혼인을 희망하고 있는 것만은 사실이다. 좋은 친구이자 동지인 양필구는 한 번도 내색한 일이 없었지만.

"석아,"

"네."

"내가 만일에 이 길로 오지 않고 등짐장수가 되었더라면 별을 보고 고개를 넘을 때마다 울었겠제? 참혹하게 죽은 울 아부지, 불쌍한 울 어무니 생각도 더 했을 기고."

잠시 한눈을 팔았던 석이 마음에 화살이 꽂히듯, 그 말은 관수의 말이자 자신의 마음이었다. 한눈팔았던 마음이 관수에게로 따뜻하게 쏠린다. 동지적 우애와 다 같은 설움이 굳게 맺어진다. 어둠을 향하여, 얼마나 길지 모르는 어둠을 향하여 함께 가리라는 생각이 등불처럼 발밑을 비춰주는 것만 같다.

'슬프고, 이 밤이 이렇게 좋을 수 있을까.'

"세상에는 하고많은 일이 있고 어리석은 놈 등쳐서 깝데기 벳기묵을 재간도 있는데도 와 하필이믄 이 짓을 하고 있제? 하는 생각이 들 때가 없는 것도 아니지마는 그러나 석아, 우리같이 설운 놈들이 마음을 굽히지 않고 산다는 것이 얼매나 좋노. 굽히도 굽히는 것이 아니요 기어도 기는 것이 아니라. 안 그렇나? 니는 내가 오늘 당했으니께 울적해서 말이 많다 생각할지 모르겄다마는 땅바닥에 꿇어앉아 술을 마시도 좋고, 일만 잘되믄 못할 짓이 머 있겄노. 도리어 보람이 있지. 내가 살아 있는 것 같아서 말이다. 저기 저 하늘에 별이 깜박깜박한께 내 가심도 깜박깜박하는 것 겉고, 내 새끼 내 계집 그라고 온 세상 사람들 가슴도 그러리라 생각하믄은, 그렇지 내가 하는 일도 과히 헛된 일은 아닐 기라."

"그, 그렇소!"

그러나 관수는 다음 순간 마디를 짤라버리듯 어조를 바꾸었다.

"그는 그렇고……. 석아."

"……."

"조져야 할 놈이 하나 있는데…… 우떻게 하는 것이 좋을지, 덥석 손을 쓸 수도 없고."

"임실의 지가 말입니까?"

석이 어조도 달라졌다.

"음."

"조져야 한다면 조져야지요."

"그게 쉬운 일 아니니 걱정이제. 영악하기가 살쾡이 겉고 머리가 핑핑 도는 놈이라서 섣불리 건드렸다가는 무신 화를 입을지 모르겄단 말이다. 그놈 뒷덫 안 놓아낳일 상싶으나?"

"뭣 땜에 그자가 그렇게 나올까요?"

"제 나름대로 그럴 만한 이유는 있겄지. 첫째는 환이형님을 치자는 거고."

짐작이 전혀 안 갔던 것은 아니다.

"치잔다고 치게 될까요?"

석이는 환이를 만나 인사한 적이 꼭 한 번 있었다. 그것도 관수를 따라간 자리에서였다. 그러나 처음 만난 것은 아니었다. 석이가 조준구의 소실 향심이가 살던 가회동 집에 있을 때 도사라 칭하고 공노인과 함께 온 환이를 여러 차례 보았다. 남산에 있는 역시 소실이던 신여성 집에 심부름 갔을 때도 보았고, 서로 아는 공노인조차 전혀 모르는 사이처럼 행세해야 했던 그 당시 사정인 만큼 공노인과 동행이라 하며 알은체할 처지는 못 되었던 것이다. 그러나 짐작건대 이편 사람인 것은 물론, 공노인이 그를 대하는 품을 보아 심상한 사람은 아니었다. 환이가 김개주 장수의 외아들이며, 지도급의 사람이라는 것은 후일 그를 만나고 돌아오는 길에 관수로부터 들었다.

"그러씨, 나도 마 그렇기는 안 될 기다 생각은 하지마는, 큰 뚝도 개미구멍 하나로 무너진다는 말이 있인께, 여러 가지 지장도 많을 기고,"

"그러면 그분을 치고 지가 어쩌자는 겁니까?"

"지가 우짜겠다는 것보다 간도하고 손 닿는 것을 한사코 반대하는 기라. 그러니 환이형님하고 혜관스님을 지목하는 기지. 이분 일만 해도 경찰서는 중국의 상해임시정부에서 사람이 왔다고 생각하나 실상은 간도에서 왔는데, 지가 놈이 바로 그것을 방해할라 했거든. 실제 경찰에서 잡아들이기를 원했는지도 모르지만 위협을 준 기라. 이런 식으로 방해할 터이니 알아서 해보라는 배짱이 아니었을까 싶기도 하고."

"그런데 그자가 그것을 어떻게 알아차렸을까요?"

"작년 3·1만세 때 지가 그놈이 진주에서 일하지 않았나."

"그랬지요."

"그때부터 제 수하 놈 몇 놈을 내 가까이다가 심어놓은 모앵이라."

"그렇게 되면 앞뒤를 막아야겠죠."

"마 그런 거사 또 우떻게 되겠지마는 이번에는 혜관스님을 두고 긁적거린 눈치더마. 머 3·1운동의 주모자라는 내용의 투서가 들어왔다면서 형사가 절로 찾아왔다던가. 그러나 혜관스님이야 꼬랑지 보일 사람도 아니고 표면으로는 아무 한 짓이 없인께 사감(私感)에서 나온 투서라고 판단은 되었으나 없느니보담은 못한 일이제."

"……."

"그보다 먼저 일은 참 이상케 됐제."

관수는 턱 밑을 문지르다가.

"오늘 낮의 그 허상안 그 사람 아들,"

"근태 말입니까?"

"이름은 모리겄고, 그 아아하고 어울리댕기는 한 패거린데 홍이도 그렇고, 그것들이 영 날러서 못쓰겄다 싶더마는, 그래도 먹물을 묵어 그런지 기특하데."

관수는 그날 밤 있었던 일과 홍이에게 들은 얘기를 대충 들려준다.

"그래도 그기이 니 밑에서 배운 덕택인가 싶으니,"

"지가 뭐 가르쳐서 그렇겠습니까. 삼척동자라도 알 만한 일 아니겠소? 하기는 젊어서 그랬을 겁니다."

"하여간에 지가 그놈 땜에 골칫거리다. 차라리 왜놈하고 붙어묵을 놈이믄은 단칼에 요절낼 수도 있는 일이나 그놈의 대가리 속엔 우리하고 생판 다른 생각이 들어 있거든. 지금이 어느 세상인데, 홍길동 임꺽정 시절에 사는 놈인지 온, 지 딴에는 하룻밤에 성을 열 개도 더 쌓겄지마는."

"그러나 왜놈에게 찌르는 그따위 짓은 왜놈 쪽에 붙은 거나 다를 것이 없는 거지요."

관수는 잠시 동안 멈추는 듯하더니,

"그거는 좀 사정이 다르다. 지가로서는 써볼 만한 전법이었겄지."

"그러니까 우리의 동지는 아니다 그 말 아닙니까. 적이지요."

관수는 고개를 흔들어댔다.

"끝내 그자는, 독사같이 왜놈에게 물고 늘어질 기다."

그러니 우리의 적이 아니라는 뜻이겠는데 석이는 가벼운 현기증 같은 것을 느낀다. 우리를 팔았는데 적은 아니다, 알 듯하면서도 모르겠는 것이다. 다시 석이는 타진을 해본다.

"윤도집이 충동을 한 거는 아닐까요?"

"윤도집이?"

하다가 관수는 껄껄 웃는다.

"그거는 지나쳐도 푼수 없이 지나친 말이구마. 그 어른이 충동질했다믄 출세했게? 윤도집이 본래 양반은 아니지마는 선비의 찌꺼기가 남아 있어서 비루한 짓은 못할 사람이다. 지가 그놈은 무지랭이로 태이나고 자라서 그렇지, 나도 무지랭이지마는 하여간에 인물은 인물인 기라."

양자(兩者)를 다 치면서 두둔한다. 그것은 확실한 얘기를 아니했다는 결론이 된다. 그러니까 관수는 석이에게 태도의 결정을 보류하게 한 것이다. 조용하게 둘만의 밤길을 걸으면서 상당히 얘기가 깊어진 듯했으나 실상 관수는 석이에게 중요한 얘기는 털어놓지 않았다. 한복이에 관한 얘기도 그렇고, 간도에서 온 사람이 길상이로 하여 공노인, 그리고 서희에게 줄이 그어진 얘기도 하지 않은 것이다. 앵모 주점에서 일이 시끄럽게 됐을 때 석이를 끌고 나온 관수가 곧장 서희에게 달려간 것도, 서희가 연학을 시켜서 악랄한 처방을 한 것도, 다 그런 연관성 때문인데 석이가 못 미더워서 말 안 하는 것은 아니었다. 관수는 다만 철저했던 것이다.

"밤이 깊었는갑다. 그라믄 우리 여기서 갈라지자."

길목에 와서 관수는 멈추었다.

"그라믄 그날, 알제?"

"네."

"명념해라."

"형님, 살펴가십시오."

집으로 돌아온 석이는 판자 문을 열고 들어섰다.

"아니, 와 그라고 있소?"

초롱을 마루기둥에 걸어놓고 석이네는 팔짱을 낀 채 앉아 있었다.

"오나아?"

뛸 듯 일어선다.

"추운데 밖에는 왜 나와 앉았소?"

"니가 안 와서 잠이 와야제."

집은 물지게를 질 무렵의 그 집이지만 허허벌판이던 곳에 판자 울타리를 쳤고 석이 거처방도 한 칸을 달아내어 지었으므로 제법 아늑하여 사람이 사는 집같이 훈기가 돈다.

"온 내, 밤새도록 안 오면 우짤라 캤소."

석이는 투덜거리듯 말한다.

"밤새도록 안 왔이믄 심장이 터졌을 기다."

부엌으로 들어가려고 기둥에 걸린 초롱을 벗겨 든 석이네는 조심조심하면서도 아들에게서 어떤 기색을 찾아내려고 도사리는 몸짓을 한다.

"좀 마음을 느긋하게 가지이소. 다 큰 자식을 그리 가심 태울 거 없는 기라요."

하며 석이 제 방으로 들어가려 하는데,

"저녁은 우쨌노."

"묵었소."

"어이서?"

"최참판댁에서요."

"그랬구나."

환하게 음성이 밝아진다. 석이네는 서희를 석이의 수호신만큼이나 믿고 있는 것이다. 환하게 밝아진 음성은 다시 엉뚱스럽게,

"정선생."

하고 부른다. 장난기와 수줍음의 표정이 석이네 얼굴을 지나간다.

"오매도 참, 남이 숭보요. 아들보고 정선생은 머요?"

"그래도 선생은 선생이니께. 내사 마 니가 경찰서에 붙들리가지만 않으믄 세상에 부러울 기이 머 있겄노."

초롱을 기둥에 도로 걸고 나서 제 방으로 들어가려는 석이를 불러세운다.

"큰방에 좀 안 올라나? 내 할 얘기가 있는데,"

"저문데 그냥 자소."

"잠깐이믄 된께."

할 수 없이 석이는 안방으로 건너온다. 등잔 심지를 돋운 석이네는,

"앉거라."

"야."

꿇어앉는다.

"다른 기이 앙이고 니가 최참판댁에서 저녁을 묵었다 카이 맴이 놓이기는 한다마는 저녁답에 필구 동생이 왔더라."

"뭐하러요?"

되물으면서 석이는 묘하다는 생각을 한다. 돌아오는 길에서 비손을 하러 가는 아낙을 보고 필구 계모의 말을 생각했던 일이 우연이겠지만 묘하게 되살아난다.

"필구가 어디서 소문을 들었던지,"

"무슨 소문을?"

석이는 찔끔한다.

"니가 술집에서 사람을 때렸다믄?"

"……."

"때리기는 때렸는가 배?"

"술김에 좀,"

"그래서 필구가 혹 경찰서에 잽히가지나 않았는가 알아보라고 지 동생을 보냈더마. 경찰서에는 안 갔겠제? 응?"

"별걱정을 다 하네, 경찰서는 와 갑니까."

어미 얼굴을 쳐다본다. 주름투성이의 얼굴이다. 아들 체면 때문에 빨래품은 안 들지만 나무하고 농사짓고, 허리 펼 날이 없는데, 경찰서만 없다면 언제나 행복해할 어미 얼굴을 석이는 뚫어지게 바라본다. 조준구 얘기는 차마 할 수가 없다. 하고 싶지가 않다.

"우찌나 가심이 떨리든지……. 을레도 함께 기다리다가 저물기 돌아갔다. 그래 사람은 와 때렸노."

"술을 마시다 보믄 흔히 그럴 수도 있는 일이지요."

"용한 니가 말이다. 대기 성이 났던가 배."

'야. 직이부릴라 했지요.'

"성이 나도 참아야제. 니는 남을 가르치는 선생인께."

"선생이 머가 그리 대단하다고."

"저 말하는 꼴 좀 보래? 옛날 겉으믄 상사람이 글이나 어디 마음대로 배우건데? 글만 배우도 뭣할 긴데 글 가르치는 선생이 우찌 안 대단할 기고."

"……."

"우리 모자는 평생 빨래품만 들고…… 물지게만 질 줄 알았더마는, 자다가도 생각하믄 좋아서,"

하는데 갑자기 석이네는 코맹맹이 소리가 된다.

"니 아배가 살았이믄 얼매나 좋아했겄노."

치맛자락을 걷어 눈물을 닦는다.

"귀에 못이 백이겠소. 이자는 제발."

"궂일 때보다 좋을 때 더 생각이 난다. 제집아아들은 다 여 있고 이자 남은 거는 니 장개보내는 일이고 무신 걱정이 있나. 머 한다고 하필이믄 그때 돌아와가지고 생목심이."

"그만두소!"

석이는 소리를 버럭 지른다.

"그래, 니 아배 말은 안 하꺼마."

큰딸 순연이는 시집가서 아들을 낳아 벌써 세 살이었다. 막내딸 복연이는 작년 봄에 열다섯 살 난 것을 혼처가 좋다 하여 석이네가 우겨서 시집을 보냈다. 아들과 홀어미만 마주 보고 앉은 밤은, 지나가는 바람 소리에서도 망인(亡人)의 한숨 소리를 듣는 듯하여 가슴에 박힌 멍이 일렁이는 것이다.

"석아."

"……."

"지나간 일은 내 이자 말 안 할거마. 그렇지마는 오늘 밤은 이 에미 말도 좀 들어주라. 니 나이가 몇이고?"

"……."

"을례가 왔다 갔인께 하는 말이다마는 그 집에서도 니를 생각하고 있는 것은 니도 안 아나."

"……."

"내 생각에는 그만했이믄 아아가 얼굴도 남에 빠지지 않고 성질은 또 좀 나산(상냥)건데? 손끝 야물고, 여자란 미련하믄

243

못쓰네라. 니 나이 지금 스물일곱이다. 내사 마 니 나이를 생각하믄 남이 부끄럽다."

"……."

"와 말이 없노. 니만 작정하믄 올봄에라도 혼사가 되는 기고."

"……."

"을례가 우때서? 그람믄 그 아아가 맘에 안 든다는 기가?"

"을례가 어떻다는 기이 아니고 장가갈 때가 되믄 가겠지요."

"허 참, 저 말하는 소리 좀 들어보지? 아, 그람믄 아직도 장가갈 나이가 아니다 그 말가?"

"당분간 장가 말은 그만두소."

석이는 훌쩍 일어서서 제 방으로 건너가버린다. 등잔도 켜지 않고 어둠 속에서 옷을 벗은 석이는 깔아놓은 이불 속으로 기어든다. 얼굴까지 이불을 덮고 숨을 죽인다. 가슴이 맷돌에 눌린 것처럼 아프다. 목구멍까지 울음이 치미는데 눈물은 나오지 않는다. 용솟음치는 용기와 굳은 신념과 영원히 이 길을 가리라 결의하는데 그 모든 사나이다운 의지 뒤에서 흐느끼고 있는 것은 무엇일까. 한이다. 아비에 대한 한, 또 자기 자신에 대한 한이다. 아니 자기 자신에 대한 슬픔이다. 그 한과 슬픔은 의지처럼 결의처럼 크게 울려 퍼지는 징 소리의 꼬리를 물고 이어지는 꽹과리 소리인가. 감정은 모두가 미진하다. 미진

한 것뿐이다. 목구멍까지 울음이 차오르는데 통곡도 못하고 눈물도 흘릴 수 없는 적막한 겨울 바다만 같은 느낌을 석이는 감당하기 어려운 것이다. 어째서 을례를 받아들이지 않으려는지 석이는 자신도 뚜렷이는 알 수가 없다. 좋다는 생각을 해본 일은 없지만 싫다는 생각도 해본 일이 없다. 싫지 않은 이상 부모가 권하는 결혼이면 하는 것이고, 그렇게들 장가를 들고 있는데 홀어머니의 처지로 보나 혼기를 넘겨버린 자신의 나이를 생각해서라도 일생을 독신으로 지내겠다는 결심을 하지 않는 이상 을례는 신붓감으론 괜찮다. 석이는 몸을 뒤치며 요 위에 배를 깐다. 얼굴보다 이름자가 베개에 묻어버린 눈앞에 나타난다. 봉순이…… 기화…… 봉순이…… 기화……. 세월이 너무 길었다. 봉순이는 석이에게 세월에 자맥질하는 해녀 같은 존재였는지 모른다. 나타났다간 사라지고 또 나타났다간 사라지는 여러 가지 모습의 봉순이. 어린 날 평사리 최참판댁에서의 침모 딸 봉순이는 마을과는 별천지에 사는 계집애였다. 석이가 열 두셋 때 봉순이는 과년한 열 대엿의 아리따운 처녀였고, 진주서 그를 다시 만났을 때 기화라는 기명(妓名)을 가진 늙은 졸부의 소실이었고 석이는 그 집을 드나들던 물지게꾼이었다. 다시 서울서, 서울서는 상류층의 자제들인 술손님을 통하여 석이의 거취를 알선해주었던 누님같이 따뜻했던 기생 기화, 그러고는 가을바람에 날리는 낙엽처럼 떠다니는 기화를 만나본 지가 오래다. 세월에 자맥질하는 해녀같이 석이 마음속에서도 봉순이는 나타났다간 사라지고, 나타났다간 사라지고, 그러나 봉순이는 지친 길손이 쉬어가는 나무 그늘이었다. 석이는 지칠 때 봉순이를 생각하고, 쉬어가는 길손이 되어 마음속의 그 시원한 나무 그늘 밑에 앉는다. 스물일곱이 되도록 혼인을 아니했던 것도 봉순이를 만나 어찌하겠다는 것이 아니라 마음속에 들어앉은 봉순이라는 안식처, 괴롭고 고되고 서러울 때 침잠하듯 마음속에서 대면하게 되는 봉순의 영상 때문인지 모른다. 욕망이나 소유로는 결코 발전될 수 없는, 그것은 사랑일까. 사랑인지 모른다. 석이는 이불을 걷고 자리에서 일어난다. 등잔에 불을 밝히고 책상 앞에 앉아 편지지를 찾는다. 임역관댁 명희에게 명빈의 소식을 묻고 그들의 고초를 위로하는 편지를 쓰리라 마음먹은 것이다. 서울 있을 때 임역관의 두호와 임명빈의 깨우쳐줌과 명희의 친절을 생각한다면 인사편지를 쓴다는 것이 조금도 부자연스러운 일은 아니다. 그러나 석이는 명희를 통하여 서울에 편지를 쓰려는 것이다. 서울에 편지를 띄우려는 것이다. 서울이 그리운 것이며 서울에 와 있을지도 모르는 봉순이가 그리운 것이다. 서울에서의 생활은 보복을 위한 각고의 세월이지만 석이에게는 또 아름다운 청춘이기도 했었다. 마을과는 별천지에 사는 침모의 딸 봉순은 그림이었고, 기생아씨와 물지게꾼은 너무 가혹한 상처였고, 봉순이가 있던 서울은 석이에게는 행복한 밤길이었다.

석이는 단정한 글씨로 편지를 쓴다.

12장 비어버린 번데기

조춘(早春)에서 봄 한가운데로 성큼 건너가려는 시기에는 바람과 바람이 실어오는 흙먼지와 그 흙먼지의 내음과, 그리고 내음은 바위 틈에서 마른 잔디를 비집고 혹은 담장 밑에서 돋아나는 연하고 보송보송 살찐 풀잎의 촉감을 환기시킨다. 대지의 힘찬 숨결은 앙상한 나뭇가지로 뻗어 올라가고 어미 짐승이 새끼 상처를 핥아주듯이 풍설에 멍든 나무의 표피를 바람은 어루만진다. 얼음이 녹고 그늘을 드리운 강물은 정다운 어머니처럼 착한 아내처럼 산자락을 감싸 안으며 모질었던 겨울 얘기를 하면서 흐느껴 우는가. 까치는 날개가 찢어지게 나뭇가지를 물어 나르며 둥우리를 만들고 흙벽을 뜯어먹으면서도 아기는 자란다. 아아 그리고 가랑잎같이 매달려 겨울 바람을 견디어낸 번데기는 지금 무서운 경련을 일으키고 있는 것이다. 겨울의 죽음에서 떨치고 일어나려는 몸부림, 몸부림, 몸부림은 온 천지에 충만하여 신음하고 포효하고, 정녕 봄은 장엄하고 처절한 계절인지 모른다. 신비와 경이에 가득한 생명의 위대한 현장인지도 모른다.

서희는 사랑에 홀로 나와 있었다. 신새벽부터 안방을 비워놓고, 지금 그는 햇빛이 노니는 마루에 앉아 뜰을 바라보며 또 봄을 바라보며, 창백하고 건조한 얼굴에 눈동자는 암울하다. 마루 한가운데서 물러난 햇빛은 마루 끝에서 서성거리고 빛을 죽이며, 살결같이 매끄러운 황갈색 마루는 그 차분함으로 하여 오히려 쓸쓸한 하오의 뒷길 같은 느낌을 주지만 아직은 상오, 학교에 간 환국이는 돌아오지 않았고 윤국이는 유모와 함께 있는 모양이다. 집 안은 쓸쓸하고 봄은 격렬하고. 용정촌에서 이곳까지 서희를 따라온 안자(安子)가 목련 밑에 서서 먼빛으로 서희를 바라보고 있다, 아까부터. 인조견 검정 치마 옥색 저고리를 입은 성숙한 모습에 쪽을 쪘으니 시집은 간 모양이다. 좁은 이마와 곱슬어진 앞머리, 그리고 광대뼈가 솟았으나 새색시의 향기로움이 풍긴다. 안자는 오랫동안 서희와 함께 있었으므로 대개 서희의 특이한 습성은 안다. 이따끔 찾아드는 그의 우울증도, 다치지 말고 가만히 내버려두어야 한다는 것도, 그러고 나면 새살이 돋아나듯이 생기를 찾곤 했었다. 그런데 그 어느 때보다 쓸쓸하고 절망한 듯 느껴지는 서희 모습에 안자는 애정 같은 것을 느낀다. 하늘과 땅 사이와도 같은 주종 간이며 모든 면에서 격차가 심하다. 또 주인은 매우 엄격하여 버르장머리 없는 언동이나 부정직한 데 대해서는 가차가 없었으나 그 이외 사소한 일을 꾸중하지 아니하였고 의식(衣食)이 넉넉하여 사용인들은 화목하며 남의 집 아닌 자기 집에 사는 안정감이랄까, 일체감 같은 것을 느낀다. 그것은 결국 서희를 향한 신뢰와 자신들을 보호하는 힘의 상징으로써 서희를 생각하게 되고, 그것에는 또 사모의 정이 따르게 마련이다. 안자는 유모의 재촉도 있었지만 그 자신도 근심이 되어 오기는 왔으나 좀체 접근을 못하고 서 있는 것이다. 방 안에 있었다면 문밖에서 얘기를 할 터인데. 이윽고 안자는 슬금슬금 다가간다.

"마님."

서희는 말없이 바라본다.

"저기……."

"……."

"아직도 조반을 안 드셨습니다."

"물러가 있거라."

가는 손가락의 옥가락지가 무거워 보인다.

"점심때가,"

"허허어, 부를 때까지 오지 말라."

"예."

안자는 물러났다.

햇빛은 마루 끝에서 신돌 위로 떨어졌다. 서희도 일어선다. 보일 듯 말 듯 남빛 치마의 하얀 말기, 그리고 하얀 버선발이 방 안으로 들어간다. 굳게 닫히는 방문, 뚜렷한 장지문 문살이 완명(頑冥)하게 거부하는 것 같다. 정적은 삭막하지만 여음같이 건물을 맴돈다. 사랑의 뜨락은 갑자기 밀폐되어 봄도 계절도 없는 것처럼.

며칠 전에 조준구와 마주 보고 앉았던 자리에 서희는 그림자같이 앉아 있다. 허울만 남았구나. 서희는 마음속으로 중얼거린다. 나비가 날아가버린 번데기, 나비가 날아가버린 빈 번데기, 긴 겨울을 견디었건만 승리의 찬란한 나비는 어디로 날아갔는가? 장엄하고 경이스러우며 피비린내가 풍기듯 격렬한 봄은 조수같이 사방에서 밀려오는데 서희는 자신이 살아 있는 사람이 아니지 않는가 하고 생각해보는 것이다. 실재하는 것은 아무것도 없었고 어느 곳에도 없었다. 서희는 죽음의 자리에서 지난 삶의 날을 생각하듯이, 사랑을 잃었을 때 사랑을 생각하듯이, 회진(灰塵)으로 화해버린 집터에서 아름답고 평화스러웠던 집을 생각하듯이, 어둠 속에서 광명을 생각하듯이, 그러나 서희에게는 생각할 뿐, 기구(祈求)가 없는 것이다. 생각은 흘러가고 돌아가고 골짜기에서 암벽을 돌아 마을 어귀의 도랑으로. 마음속에는 나비가 날아가고 비어버린 번데기가 가랑잎같이 흔들리고 있는데, 생각의 강물은 방향도 잡지 못한 채 생명의 허무, 사멸의 산기슭을 돌아간다. 어느 제왕이 영화를 한 떨기 들꽃만도 못하다고 하였다던가. 인간이 황금으로 성을 쌓아올린들 그것이 무엇이랴. 만년의 인간 역사가 무슨 뜻이 있으며 역발산기개세(力拔山氣蓋世)의 영웅인들 한 목숨이 가고 오는데 터럭만큼의 힘인들 미칠쏜가. 억만 중생이 억겁의 세월을 밟으며 가고 또 오고, 저 떼지어 나는 철새의 무리와 다를 것이 무엇이며, 나은 것은 또 무엇이랴. 제 새끼를 빼앗기고 구곡간장이 녹아서 죽은 원숭이나 들불에 새끼와 함께 타 죽은 까투리, 나무는 기름진 토양을 향해 뿌리를 뻗는다 하고, 한 톨의 씨앗은 땅속에서 꺼풀을 찢고 생명을 받는데 인간이 금수보다 초목보다 무엇이 다르며 무엇이 낫다 할 것인가.

'구경(究竟)열반한들 그것이 무엇이랴. 석가여래께서 입멸(入滅)하셨을 적에 많은 성문(聲聞)들은 어찌하여 울었더란 말이냐. 죽음이기 때문일 것이며, 다시 만나볼 수 없다는 슬픔 때문일 것이며…… 형체가 있고서야 마음을 보지 아니하겠는가. 마음 없는 형체는 물건이요, 형체 없는 마음은 실재가 아니지 아니한가. 목숨이 오고 가고, 오고 갔을 뿐인데 육도윤회라 하는가. 윤회는 무엇이냐. 내가 모르는 윤회는 없는 것이며 내 목숨 간 곳을 모른다면 그것은 내 목숨이 아니지 아니한가. 제행무상(諸行無常), 제법무아(諸法無我), 열반적정(涅槃寂靜). 아아 — 어느 곳에도 실성(實性)은 없느니, 사멸전변(死滅轉變), 내가 없도다!'

불교적 비애, 근원적인 허무의 강을 서희의 생각은 떠내려간다. 가다가, 가다가 자맥질을 한다.

'어째서 오천 원을 던져주었을까?'

장난이었는지 모른다. 장난치고는 엄청난 금액이며 방종한 호기가 아닐 수 없다. 천 원만 내주어도 감지덕지 받아서 개처럼 달아났을 것을, 아니 돈 한 푼 주지 않았어도 집문서는 찾을 수 있었다. 어쩌면 서희는 막판에 가서 지쳤는지 모른다. 혹은 자포자기했는지 모른다. 돈 한 푼 없는 알거지가 된 조준구를 두려워했는지 모른다. 싸움을 끝내고 싶지가 않아서. 허망하게 쉽게 끝이 나버린 싸움, 너무 쉽게, 싱겁게 끝나버렸다. 가슴을 물어뜯듯 아우성치며 부풀었던 보복의 핏줄, 풍설의 북방에서 밤마다 날마다 다짐하였던 맹세가, 이렇게 끝날 수는 없다. 십 년은 더, 조준구의 숨통을 눌러놔야 했었다. 정녕 끝이 났는가. 오천 원이면 투기사업에 모자라는 돈은 아니다.

'또다시 조준구를 막다른 골목까지 몰고 가겠다는 것인가.'

서희는 입가에 조소를 머금는다. 그 옛날의 보복심이나 증오의 감정을 지금 실감할 수 없는 것이 무슨 까닭인지 알 수 없다. 거대한 악한이었어야 할 조준구가 처량하고 가련한 비렁뱅이였다는 것이 서희를 실망시켰는지 모른다. 그러나 서희가 처량하고 가련한 가면 뒤에 숨은 이리같이 비정하고 여우같이 잔꾀에 능한 조준구의 본색을 모를 리 없다. 그리고 아무리 교활한들 조준구는 서희 손바닥에 올려진 처지며 발버둥쳐볼 발판이라곤 없는 것이다. 주점에서의 사건 때문에 위협과 공갈로 쫓기는 했으나 어떤 간계를 부린들 그는 이미 서희의 적수는 아닌 것이다. 서희는 창백하고 가는 손가락으로 흑단의 서안을 몇 번 두들긴다. 용정촌을 떠나올 때 결코 용서하지 않으리라 맹세했던 길상의 얼굴이 눈앞을 지나간다. 조준구와의 어이없는 끝장의 원인이 거기 있는 것을 서희는 깨닫는다. 그래서 자기 자신에게 조소를 머금었는지 모른다. 간도에서 온 사람, 길상의 소식을 가져온 자그마하고 얌

전해 보이던 젊은 사내 탓이었다. 그는 길상의 소식을 전해 왔을 뿐 길상의 서신은 가져오지 않았고 길상이 직접 보낸 사람도 아니었다. 길상이를 만나고 온 것만은 확실했으나 그 사내는 어떤 목적이 있어 왔는가. 그것은 서희도 짐작할 만한 일이었다. 최서희 한 사람을 겨냥하고 왔을 리는 없지만 적어도 여러 대상 중의 한 사람인 것은 틀림이 없으리라. 특히 자금관계에서는. 그것이 또 길상의 의사가 아닌 것도 안다. 판단은 온전했으면서 감정은 조준구에게 오천 원을 던져주는 방종한 오기로 몰고 간 것이다. 아직 서희는 자그마한 사내의 출현에 대비하는 자신의 태도를 결정 못하고 있는 것이다. 길상의 소식을 전하고 가버린 뒤 아직 아무런 연락도 없지만, 그것으로 끝난 일이라고 서희는 생각하고 있지 않다.

 '나는 독립운동가의 아내는 아니야. 친일파 최서희, 내게는 아직 친일파가 필요하다. 그러나 그 사람은 내 자식의 아비요, 내 남편이다.'

 서희 얼굴에 핏기가 돈다. 이성으로는 달래볼 수 없는 분노가 치민다. 십 년 전에 이동진이 군자금을 요청했을 때 거절한 일이 생각난다. 기본적으로 그때 생각과 오늘의 생각엔 별 변화가 없다. 다만 다르다면 그땐 냉정했었고 지금은 감정이 앞서는 차이점이다. 그리고 또 그때 이성은 편협했지만 지금의 감정은 포용의 폭이 넓어진 것도 사실이다. 여기서 서희의 생각은 중단되었다. 유모가 문밖에 와서 부르고 있었다.

"왜 그러느냐."

"혜관스님께서 오셨습니다."

"……."

"마님을 뵙겠다 하십니다."

"……."

"어찌하리까."

"사랑으로 모셔오게."

"예."

서희는 피곤하여 잠시 두 손으로 얼굴을 가렸다가 뗀다. 피곤과 더불어 갑자기 뭔지 모를 일들이 태산만 같이 몰려오는 것을 느낀다. 희미하게 맥박이 치기 시작한 것처럼 서희 몸에 일의 무게가 실려오기 시작한다. 차츰 맥박이 정상으로 돌아온 것처럼 지각은 희미한 안개와 혼란의 꺼풀을 벗으며 정확한 지도같이 일목요연하게 처리해야 할 일들과 자신의 위치와 자신에게 소속되어 있는 모든 것이 머릿속에 펼쳐진다. 어떠한 정열은 이미 아닐지라도 그것은 너무나 뚜렷하게 그리고 훈련되어온 지각이며 습벽이며 근래에 와서는 어떤 타성이라 할 수도 있었다. 앞으로 더욱 빈번하게 서희는 절망에 빠질 것이며 회의의 늪 속을 헤맬 것이며 바스라질 듯 감성이 메말라질 것이며, 때론 극도로 예민하고 때론 극도로 둔감해지는 불균형도 예상할 수 있는 일이지만 그러나 그가 구축해온 가치관에 의한 판단은 여전히 선명할 것이다. 설령 훈련

되어온 지각, 습벽이 된 인식이 과거의 그 집념으로 공고했던 상태에서 풀려나 타성으로 옮겨졌다 하더라도 태엽이 풀어진 벽시계의 시계추같이 진동이 둔화될지언정 급기야 정지하는 상태까지는 결코 가지 않을 것이다. 수천 권의 서책에서 얻은 지식과 심지어 서희 자신의 사유(思惟)까지도 침범할 수 없는 이같은 고정관념은 서희라는 한 여자의 특이한 성질로도 볼 수 있겠으나 그러나 그것은 긴 역사가, 이조 오백 년 동안 구축해놓은 반가(班家)의 독선이 빚은 뿌리 깊은 정신구조라 할 수 있을 것 같다. 어느 날 홀연히 깨달음을 얻은 중생이 그의 인생관을 바꾸고 삶의 규범을 바꾸고, 그러나 서희는 늘 깨닫고 끊임없이 깨달으면서, 석존(釋尊)의 삼법(三法)을 깊이 생각하면서, 또 그의 영혼이 망망한 미오(迷悟)의 삼천 세계를 부유(浮遊)하고 죽음의 심연을 들여다보고 그의 혈족들이 건너갔던 삼도천(三途川)의 황록색 안개를 생각하고 사랑의 샘가에서 두 사나이의 얼굴과 마주친다 할지라도 면면히 흘러서 내려온 관념의 범위에서 한 치 밖으로 나가지는 못하는 것이다. 그렇다고 하여 세차게 몰아치는 근대의 바람 앞에 퇴락한 빈집 같은 형식을 고수하는 사양(斜陽)의 후예들하고는 다르다. 서희는 과감하게 껍데기를 찢어발기고 핵을 보존키 위해 오히려 양반의 율법에 반역까지 하지 않았던가. 이를테면 하인과 혼인한 것이 그것이며 소위 오랑캐들이 사는 북방에 가서 주린 창자를 움켜쥐고 대의(大義)를 부르짖는 청빈한 선비들, 언 손에 총대 들고 야음을 타서 선만(鮮滿) 국경을 넘나드는 꽃 같은 젊은이들, 그리고 결빙한 두만강을 수없이 건너오는 우직한 백성들의 짚신, 무수한 발을 외면한 채 용정촌에서 장사와 투기(投機)로써 수만 재산을 모으고 일본에서는 새로운 재벌들을 탄생케 했으며 중국에서는 민족자본의 숨구멍을 트게 한 저 세계대전의 호경기, 그것을 만주서 맞이했던 최서희는 곡물과 두류(豆類)에 투자하여 일확천금을 얻은 것이 그것이며, 빼앗긴 가산도 가산이려니와 수모에 대한 보복과 가문의 재기를 위하여 교활무쌍한 술수를 서슴지 아니했던 것이 그것이며, 진주로 돌아온 후에도 최서희가 호적상 김서희로 둔갑하고 김길상이 최길상으로, 그리하여 두 아들에게 최씨 성을 가지게 한 것 등등…….

"마님."

"……."

"스님 뫼셔 왔사옵니다."

"음."

유모가 허리를 굽혀 방문을 열고 혜관은 성큼 문지방을 넘는다.

"나무관세음보살."

합장한 혜관은 법의 자락을 펄럭이며 자리에 앉는다.

"그간 댁내가 두루 편안하셨는지 소승 문안드리오."

혜관은 이삼 년 지간에 몹시 늙은 것같이 보였다. 비대했던 몸도 많이 내린 것 같다.

"이번에는 무슨 일로 오시었소?"

서희는 도전장을 던지듯 내뱉는다.

"속담에 참새가 방앗간 앞을 그냥 지나지 않는다 했으니 아마 그래서, 하하핫핫……."

서희는 크게 웃어젖히는 혜관을 외면한다. 불쾌한 침묵을 지킨다.

'내가 이 땡땡이중을 예우할 이유는 없는 게야. 그래, 이 참새는 방앗간의 쓸다 버린 겨나 먹겠다는 겐가? 흥, 날아가는 참새를 불러다가 참깨를 뿌려주었음 주었지.'

그러나 머리 골이 울퉁불퉁한 자칭 타칭의 이 땡땡이중을 서희는 결코 무시 못한다.

"어찌나 일기가 좋던지,"

"이런 좋은 봄날에 겨울 소식일랑 제발 가져오지 말았으면 좋겠소."

"하, 예에."

혜관은 단주(短珠)를 매만지며 맥빠진 대답을 한다. 그러나 다시,

"어찌나 일기가 좋던지,"

다시 시작한다.

"산에서 내려오는데 석산화(石蒜花), 산수유가 피었고 들판으로 나오니 먹새 좋은 소들이 목동을 따라서 가는데,"

"지리산의 도사께서는 요즘에도 도술을 부리시오?"

서희의 말이 혜관의 말을 뚫고 총알같이 날아왔다. 혜관은 움찔한다. 그리고 낭패한 듯 어쩔 줄 모른다. 지리산의 도사란 김환을 두고 이른 말이다. 혜관은 서희 입에서 지리산 도사라는 말이 나오는 것이 제일 질색이다. 풀이 팍 꺾이는 것이다. 따지고 보면 혜관이 그럴 이유는 없다. 오히려 서희 쪽에서 기피해야 할 말이다. 그러나 혜관이 불륜아 환이를 마치 제 못난 자식, 못난 동기간처럼 송구해하는 것은 강보에 싸인 환이를 기르다시피 한 정도 정이려니와 아무리 능글맞고 할말 다 하는 배짱이기로 필경 혜관은 중이다. 환의 출생의 비밀과 행적을 저항감 없이 생각할 수 없는 것이다. 그러한 복잡한 관계의 유일한 혈족인 서희가 서슴없이 환이를 지칭할 때 마치 처녀가 입에 못 담을 상말을 한 것처럼 혜관을 당황하게 하는 것이다. 그리고 서희에게 이때만 증오를 느낀다.

"도술은 무슨 놈의 도술이겠소. 죽은 여자 생각이나 하며 굴속에서 뒹구는 게 고작이외다."

메치듯 혜관은 화를 낸다. 그러면 또 서희는 죽은 여자라는 말이 역린(逆鱗)에 거슬린다. 일개 중놈이 비록 부정녀였다손 치더라도 자신의 생모요 양반 댁 부녀를 죽은 여자라니. 그러나 두 사람은 함께 웃는다. 혜관은 무안쩍어서 웃고, 서희는 괘씸하기 짝이 없으나 스스로 어미를 부정하고 나서는 판에 화를 낼 수는 없는 것이다. 괴롭고 기이하고, 또 우스꽝스럽기 짝이 없는 두 사람의 웃음. 결국 비참해지는 것은 서희 편일밖에 없다. 그러나 이러한 진풍경이랄까, 그것은 두 사람만의 암중모색일 뿐, 이들 대화의 내용이나 대화 밑에 깔린 사정을 남이 알 턱이 없다. 서로 미워하고 무시하려 들면서 미묘한 인척 같은 느낌을 서희는 허용하게 되는 것이다. 나이 탓인지, 할머니 윤씨에 대한 사모와 연민 때문인지. 환이는 윤씨의 고통스럽고 슬픈 아들이 아닌가.

"이제 봄이 완연한데,"

두 번이나 일기 얘기로 시작하려던 말을 중단당한 혜관은 봄으로써 다시 말을 잇는다. 그것도 겨울 소식은 싫다 한 서희를 무시하고,

"봄 따라서 좋은 소식이라도 있었으면 오죽이나 좋겠소이까."

"어떤 것이 좋은 소식이며, 어떤 것이 나쁜 소식이오, 대사?"

"사람 따라 그 형편 따라서 다르겠습니다마는,"

"사람 따라 형편 따라 다르다 하시니 생각이 나는구먼요. 일전에 일본사람이 쓴 소설책을 읽은 일이 있소."

하면서 서희는 혜관을 힐끗 쳐다본다.

"왜책도 그렇거니와 얘기책이라는 것도 중하고는…… 글쎄올시다."

떨떠름한 말씨다.

'중이기보다 독립투사라는 자부심 때문이오?'

눈으로 하는 말만으로도 알겠는데 서희는,

"적을 모르고선 적을 칠 수가 없다. 그것은 병법의 초보인 듯싶소만, 뭐 내가 그래서 왜책을 읽는다는 얘기는 아니오."

하고 덮어씌운다.

"경쇠나 치고 다니는 땡땡이중보고 그 무슨 말씀."

"땡땡이중이란 약방문마다 들어가는 감초구면요."

"허허어 참, 꼬랑지를 보여 쓰겠소? 하하핫……."

독 깨는 소리처럼 크게 웃어젖힌다.

"예. 그는 그렇고 아까 하시던 말씀, 하십시오."

"그 소설책에 이백문(二百文)이라는 옛날 왜돈 이야기가 나오지요."

"예, 예?"

"아마 스무 냥쯤 되는 액수인 것 같은데, 지금 돈으로 치자면 이 원, 대강 그렇지 않나 싶소."

뱀같이 지혜로운 이 여자가 무슨 꿍꿍이속에서 짐작하기 난감한 얘기를 주워대는가 싶어 혜관은 은근한 방어태세를 취한다.

"그러면은 옛날의 얘기책이구면요."

"얘기책이 아니라 옛날얘기지요. 그러니까 어떤 옥리(獄吏)가 귀양 가는 중죄인을 따라 함께 배를 타고 가는 도중의 얘기였소."

"예."

"친척 한 사람 전송하는 이 없이 외롭게 떠나는 젊은 죄인을 동정하기도 했으나 동생을 죽인 중죄인답지 않게 태도가 유순하고 어딘지 행복해 보이는 것이 이상하여 옥리는 슬프지 않은 이유를 물었더랍니다."

"예에."

"그랬더니 죄인의 대답이 세상에서 호강을 하던 사람이면 먼 섬으로 귀양 가는 것이 슬프겠지만 자기는 훌륭한 도성에 살았어도 말할 수 없는 고생을 했고 지금까지 어떤 곳도 마음 놓고 살아볼 만한 데가 없었는데 이번에 관에서 섬에 살라고 지정을 해주니 고맙고, 거기다가 수당으로 돈 이백 문까지 주었으니, 이 돈은 내 평생 가져보지 못했던 돈이라, 그리고 관에서 밥을 먹여주는 이상 언제까지나 이 돈은 가지고 있을 수 있으니, 뭐 대개 그런 얘기였었소."

"하기야 배고픈 사람에게는 깡보리밥 한 그릇도 천하별미니, 산해진미도 입맛 없어 못 먹는 사람보다 행복하겠지요."

혜관은 옳다구나 싶어 맞장구를 쳤다.

"그렇소. 만석꾼 최씨네 여자보다 복 많은 사람이오."

"……."

"만석 살림이 죄인 품에 든 돈, 이백 문에 못 미치다니,"

서희는 작은 소리를 내며 쿡쿡 웃는다. 자꾸 웃는다. 혜관은 그간에 이같은 서희를 본 일이 없다.

"최참판네 만석 살림은 아마도 썩은 쇠붙인가 보오. 호호

홋……."

혜관은 서희의 눈치를 힐끔힐끔 살핀다.

"그리고 서울의 조씨네 그자에게 간 돈 오천 원은 사약(死藥)이구요."

"……."

"대사."

"예."

"그 오천 원을 따지러 오시었소?"

웃음은 벌써 걷히었고 싸늘해진 눈이 혜관을 노려본다.

"예, 따진다는 언사는 적절하지 않소만 과히 어긋난 얘기는 아닌 성싶소이다."

비로소 혜관은 서희의 화살을 슬그머니 잡아 부러뜨리듯 말한다.

"무슨 연고로?"

"연고라시면…… 예, 연고가 없는 것도 아니겠습니다마는 삼척동자라도 이번 처사는 괴이쩍게 생각할 것을 소승이라고 궁금치 않을 수 있겠소이까."

"썩은 쇳덩이 같은 재물 한 토막 짤라주었기로 운수(雲水)께서 궁금해하실 것 한 푼 없을 터인데요?"

"운수라면 글쎄올시다……. 지금 조선 천지에 과연 운수가, 참된 운수가 몇 명이나 될는지 그것 또한 소승의 궁금한 일이외다."

"탁발승이면 운수지 운수가 따로 있소?"

"따로 있구말구요. 소승을 두고 운수라 하기엔 예, 아무래도."

"그러면 독립투사라 하리까?"

"하하하핫…… 중도 속도 아니옵지요. 정법(正法) 오백 년에 상법(像法)이 천 년, 말법(末法)에 이른 오늘, 대부분 중들은 중도 속도 아닌 말짱 거짓말쟁이라…… 하하핫…… 기왕이면 정법 시대에 태어날 것을, 중 되기도 어렵고 중질하기도 어렵소이다. 예, 그리고도 갈 곳은 삼악도(三惡道)밖에 달리 없을 성싶고."

"그러시오? 나는 대사를 그리 보지는 아니하였소. 석가께서 구경열반 하실 적에 슬피 울었던 성문(聲聞)쯤은 되시리라 생각하였는데."

"허허, 마님께서 이 빈승을 희롱하시깁니까? 아이들 돌팔매도 흔히 받는 땡땡이중이기로,"

"그러면 석가 열반하신 후 하얗게 말라 죽은 사라수나무인가요?"

놀려대는 품이라면 또 모르겠는데 서희의 얼굴은 무표정하기가 엄숙할 지경이다. 혜관은 눈을 껌벅껌벅하며 파리 잡아 먹은 두꺼비 상이다.

"어찌하여 석존 열반 시에 성문들은 슬피 울었으며 사라수나무는 말라 죽었는가요?"

"그, 그야,"

"육신이 없어진 때문이지요? 그런데도 대사께서는 삼악도를 생각하시오?"

'세상에 이런 억지 떼가 어디 있나.'

"육신이 없어지면 없어지는 게요. 다 없어지는 거란 말씀이오. 삼악도도 수미산(須彌山)도 삼천대천세계(三千大千世界)도 말씀이오."

"경(經)에 능통하신 분이 그럴 수 있습니까? 소승(小乘)의 입장에서도 성문들의 울음을 그렇게는 보지 않소. 예, 그, 그렇게는 보지 않소이다. 응신(應身)만으론 부처가 아니외다. 일체 중생을 제도하기 위하여 잠시 유한미계(有限迷界)의 범부(凡夫)로 오신 부처가 가신 것을 슬퍼한 것이오. 예, 응신만으로는 부처가 아니외다. 법신(法身), 보신(報身)이 삼신(三身)을 구족(具足)하지 않고는 부처라 할 수 없소이다. 설마한들, 그것을 모르고 하시는 말씀은 아니겠습니다마는, 부처님의 진리는 무량무변 멸하지 않을 것이오."

"역시 중은 중이구려. 나는 혜관스님께서 쉬이 환속하실 줄 알았소."

"그야 모를 일입지요. 법의 벗고 머리 기른다고 중이 아니란 법도 없을 성싶소이다. 가사 장삼이 말을 하겠소, 깎은 중 대가리가 말을 하겠소. 마음이 말을 하지요."

"그러면은 대사 마음은 어디 있소?"

혜관의 참을성도 끝장이 났다.

"더 이상은 빈승도 모르오. 극락왕생하시면은 그때 원효나 의상하고 문답하시오! 거듭 말씀드리거니와 분별없이 경쇠만 뚜디려왔지."

골이 진 중머리를 흔들어댄다.

"차라리 중놈들 욕이나 하실 일이지 승과(僧科)를 보는 것도 아니겠고 미련하고 우둔한 머릿골 가지고서는 아홉 마리 소에서 터럭 하나같이 작은 말씀도 무거워서 밤마다 삼악도에 떨어지는 꿈을 꾸는데."

혜관은 굳이 서희에게 들려주는 것도 아닌 혼잣말을 중얼중얼거린다.

"그러면은 다시 일기 말씀을 하시겠소?"

혜관은 의심에 찬 눈을 들어 서희를 바라본다.

"말씀하시오. 앞으로 나는 친일을 더 해야겠다는 생각을 했었소."

처음으로 구체적인 회답이 나왔다. 서희의 양어깨는 약간 솟은 듯싶었고 눈빛은 신경질적으로 흔들렸다.

"나무관세음보살."

혜관은 일어서 합장하고 나서,

"고맙소. 고, 고맙소이다."

"언제 떠나시오?"

"근간에 떠날 것입니다."

"설마 스님이 가시지는 않겠지요?"

"예. 따로 갈 사람이 있사옵니다."

혜관은 또다시 머리를 숙인다.

"그래요? 누가 가든지 내가 공노인께 안부 전하더라 말씀하시오."

서희는 남편 길상에게 대하여는 언급을 아니한다. 그런 만큼 괴로운 것을 혜관이 모를 리 없다. 친일을 더 해야겠다, 친일을. 그 말은 확실히 혜관을 감동시킨 것이다. 용정촌에 군자금을 보낸 행적을 은폐하기 위해 위장을 한다는 뜻인 것은 물론이지만 그 말은 서희의 괴로움, 서희의 갈등, 서희의 냉정, 서희의 총명을 웅변해주었던 것이다.

"여기 며칠이나 머무시겠소."

"예, 내일이라도."

"그러면…… 사랑에서 쉬십시오. 나는 들어가보겠소."

서희는 일어선다. 눈앞에 불꽃이 튄다. 어지러웠다. 공복이어서 그랬던 것 같다. 서희는 주먹을 꼭 쥐고 쓰러지지 않게 몸을 가누며 방을 나섰다. 해는 하오(下午)의 중간쯤 가 있었고, 사랑의 뜨락을 기웃이 들여다보고 있던 윤국이,

"어머니!"

하며 쫓아온다.

"오냐. 점심은 먹었느냐?"

"네."

"형님은 왔느냐?"

"네. 지금 그림 그리고 있습니다."

"그래."

서희는 아이의 손목을 잡고 안으로 들어간다.

"형님!"

윤국이 어미의 손을 풀고 건넌방으로 달려간다.

"어머니 오시오."

"어머님."

보통학교 이 학년이 된 환국이 한 손에 연필을 들고 나온다. 나이에 비하여 껑충하니 키가 크고 얼굴은 여위어서 병약하게 보인다. 눈은 크고 맑게 빛난다.

"들어가자."

서희는 두 아들을 치마폭에 감싸듯 방으로 들어가며,

"윤국이도 그림을 그렸느냐?"

"그리다가 말았어요."

"왜?"

"재미가 없어서요."

윤국이는 신경질적이던 어릴 때와 달리 건강해 보이고 무척 개구쟁인 것 같다.

"어디 보자."

서희는 자리에 앉으며 환국이 그린 그림을 들여다본다.

'이 아이의 그림솜씨는 비상하구나.'

볼 때마다 서희는 마음속으로 놀라곤 한다. 강아지와 까치가 서로 사이좋게 주둥이를 대고 앉은 그림이었다.

"어머니."

윤국이 심각한 얼굴이다.

"오냐."

"이 그림 말입니다."

"응."

"까치가 강아지 눈알을 쪼면 어떡허지요?"

"아니다, 까치는 착한 새니까 그러진 않을 게야."

"거봐. 내가 그랬지 않어."

환국이는 우쭐해서 말했다.

"그렇지만 까치 주둥이는 칼끝 같은데?"

서희는 웃는다.

"윤국이는 무엇이 재미있을까? 칼싸움이냐?"

"네 어머니! 저는 크면 갑옷 입고 투구 쓰고 말, 말 타구요,
대장수가 될 거예요."

서희는 얼마간의 시름을 푼다. 어지럼증도 가시는 듯.

'귀여운 내 자식들, 이 애들은 아버지 얘기를 안 한다.'

윤국이는 몰라도, 환국이가 얼마나 아비를 그리워하고 있
는지 그것을 서희는 안다.

"어머님."

그림에 색칠을 하며 환국이 부른다.

"스님 오셨지요?"

"음."

"그 스님도 그림을 잘 그리시나 봐요."

"어떻게 그걸 네가 아느냐."

"네. 작년에 오셨을 적에 제가 그리는 그림을 보시고서,"

환국이는 망설인다. 혜관은 그때 환국의 그림 솜씨를 보고,

"허허어, 피는 못 속인다더니 아버지를 닮았구먼."

그렇게 말했던 것이다.

"저어, 칼 들고 불길에 앉아 있는 부처님을 그려주셨어요."

"그것은 부처님이 아니며 부동명왕(不動明王)이니라."

"아 참, 스님이 그러셨어요. 얼마나 무서운지 몰라요. 그렇지만 참 잘 그리셨어요. 어째서 그리 잘 그리실까요?"

"그 스님은 금어(金魚)라고 절의 부처님을 그리시는 분이니까 그렇지."

"어머님."

"음,"

"저어, 지금 그 스님 계신 사랑에 가봐도 되나요?"

"그래 보렴. 윤국이도 가고 싶으냐?"

"네! 그 스님하고 팔씨름할 테예요!"

아이들은 갑자기 술렁대며 와르륵 방에서 몰려나간다.

"마님, 진지 드십시오."

유모가 강압적 분위기를 뿜어대며 밥상을 들고 들어와 서희 앞에 놓는다.

13장 친정에 와서

하동 읍내에 사는 선이는 생후 오 개월 된 어린것을 업고 여러 해 만에 친정에 왔다. 열다섯에 시집을 가서 첫아들을 열여덟에, 지금은 아들 셋 딸 둘, 오남매를 둔 서른여섯의 중년이 되었다. 뿐인가, 서른네 살에 본 첫 며느리가 낳아준 돌배기 손자까지 있었으니, 친정이 평사리에서 진주로 옮겨간 뒤 친정 나들이가 무척 어려웠는데 모처럼 며늘아이에게 살림을 맡기고 어제저녁 독골에 당도했다. 이바지를 짊어지워서 데리고 온 머슴을 아침에 보내고 느긋하게 쉴 판인데 오는 날이 장날이라던가 막내동생 영만이댁네가 해산을 했다는 것이다. 겨우 한 칠 일을 보냈으며 삼줄을 걷지 않아서 외부사람이 드나들 수 없는 것도 그렇지만 줄곧 시어머니 두만네가 산후 수발을 했는데 오늘만은 선이가 왔다 하여 일찍 아침을 지어놓고 큰며느리가 작은집에 간 것이다. 아이들도 어미를 따라갔고 두만아비도 들판에 나갔고 집 안이 빈 것처럼 쓸쓸하여 선이는 기대에 찼던 친정 나들이가 첫날부터 따분하다. 사대(四代)가 한집에서 덕실거리는 대가족의 시가에서 분주하게 돌아가던 어제까지의 생활이 귓가에서 닝닝거리는 꿀벌처럼 생각나기도 하고. 마루는 햇볕이 들어차서 따뜻했다. 무더기로 쌓아올린 짚단 옆을 암탉이 병아리를 몰고 다닌다. 두만네는 흰 베수건을 쓰고 멍석에 메주를 꺼내어 펴 말리고 있었다.

몸놀림이 완만하여 일하는 것 같지가 않다. 마루에 앉아서 어린것에게 젖을 물리고 있는 선이는 두만네 동작을 따라 시선을 옮기면서 몸이 불었을 뿐 생각보다 엄니는 늙지 않았구나 하고 생각한다. 그리고 대범하기는 하나 아기자기하지 않은 것도 옛날과 다름이 없다는 생각을 한다.

"엄니, 이자부터 골 빠지게 생겼소."

"너거들이사 농사 안 짓는데 무신 걱정가. 식구 많고 일 많다 해도 그늘에 앉아 하는 일이사, 세상에 농사꾼 밥겉이 고된 기이 어디 있일라고. 비가 와도 걱정 안 와도 걱정."

"엄니도 참, 시어무니 겉으믄 심사(심술)가 나서 하는 말이라 하겠소."

"우리 기성에미가 불쌍해서 안 그러나."

"며느리만 자식이고 딸은 자식 아니오? 오래간만에 친정에 왔는데."

"니사 무신 걱정고, 나는 벌써 잊어부맀다, 니 일은."

"내 처지가 멋하믄 참말이제 눈물 나겠소."

"아무리 해도 눈물 날 처지는 아닌께."

"메주가 오직이도 많소. 하마나 하는데 자꾸 나오네."

"아직도 방에 많이 있다."

"그 방은 숫제 메주 방이구마."

"와 아니라. 큰집 작은집이사 얼매나 묵어서, 그놈의 국밥인가 비빔밥인가 장삿집에 간장을 댈라 카이, 간장 도가다,

간장 도가."

"할 수 없지요, 장사는 해야 하니께."

"할 수 없기는 머가 할 수 없노. 안 하믄 안 하는 기지. 우리가 안 하믄 저거들이 할 수 없제. 간장을 사서 하든지 저거들이 담든지."

두만네는 발끈해서 말했다.

"참 내, 며느리보다 씨어무니가 한술 더 떠네요."

웃는다. 어릴 때부터 어미를 닮아 너그러웠던 선이다.

"기성이네가 군말이라도 하믄 내가 덜 그러겄다. 전분 때도 하도 부아가 나서 간장은 너거들이 담아서 써라 했더마는…… 말이 그렇지 어디 그리하겄더나?"

곰팡이가 심한 메주를 짜개서 놓으며, 일손을 멈추지 않는다.

"기성애비도 살쾡이맨치로 약아가지고 하는 말 들어보제? 간장 맛이 좋아야 음식 맛이 좋고, 그걸 누가 모리나? 그러니 서울집 국밥, 비빔밥이 유맹한 것도 어무니 장무새(간장, 된장) 솜씨 탓이라나? 얼렁뚱땅해쌓더마는, 내사 시뻐서(가소로워서),"

"그래도 맏자식인데, 엄니가 그러믄 돼요?"

"복장을 잘 써야제. 본처 박대하는 놈치고 잘된 놈 못 봤다."

"그렇다고 머 두만이가 지 댁을 내친 것도 아닌데,"

"자식이 셋인데 부치가 꺼꾸로 안 박힌 다음에야, 칠거지악이 있어서 쫓아낼 기가, 설사 칠거지악이 있어도 삼불거(三不

去)믄 못 쫓아낸다 카더라."

"칠거지악은 알겠는데 삼불거는 또 머요?"

두만네는 하던 일을 멈추고 엄숙하고 득의에 찬 얼굴이 되
는데 그것은 참 귀여운 풍경이었다.

"삼불거는 먼고 하니, 설사 칠거지악이 있다 하더라도 시
집올 때 가난했던 시가가 살림이 일어 잘살면은 못 쫓아내고,
또 쫓아내믄은 갈 곳이 없는 처지믄은 못 쫓아내고, 또 부모
의 삼년상을 함께 치른 마누라는 못 쫓아내고, 그런께 기성에
미가 설사 칠거지악이 있다 카더라도 못 쫓아낸다 그 얘기구
마. 부모 삼년상을 함께 치른 일이사 없지마는 그 아아가 와
서 살림 일었고 또 그 아아는 갈 곳이 없인께로,"

"그런 유식한 법을 어디서 들었십니까."

두만네는 다소 수줍어하다가 화를 낸다.

"듣기는 어디서 들어! 옛날 함안댁성님한테 들었제."

"아아, 그 아지매 겉으믄 나도 생각이 나요. 고담(古談)도 잘
하고 책도 읽을 줄 알더마는,"

선이는 배불리 먹고 잠이 든 아이를 방에 안아 누인다. 그
리고 앞가슴을 다독거리며 마루에서 내려온다. 멍석에 널린
메주를 들여다보며,

"메주가 잘 떴거마는,"

"그저 그만하다."

"간장 맛나겄소. 아닌 게 아니라 오직이도 많구마. 우리도

앞으로는 수울찮이 간장을 담아야 할 것 겉은데,"

"머하는데?"

"작년에 시아부지가 여수에서 어장 배를 몇 척 사신 모앵이
라요."

"어장 배를?"

"야. 그란께 배의 젓꾼(어부)들 장무새는 대주어얄 기구마는,"

"그라믄 하동을 떤다 그 말이가."

"그러씨, 그럴 생각인 것 겉더마요. 여수에다 집을 구한다
는 말을 들었인께. 아주 솔가를 할지 그거는 모리겄소만,"

"어장이라…… 그거 한분 잘못하믄 숟가락도 안 남는다 카
던데, 니 씨아부지가 베면히(어련히) 생각하고 했이까마는,"

"그래도 한분 잘되믄은 장사 겉은 거사 유도 아니라 카데
요."

"그러씨, 우리 생각 겉으믄,"

일에 이골이 나서 큼지막해진 손으로 입술을 문지르는 선
이 동작에 약간의 불안이 있다.

"머 그렇다고 해서 재산을 다 털어넣는 것도 아니겄고 장배
랑 땅은 그대로 있인께, 그라고 또 밖에서 하는 일을 머라 칼
깁니까."

"그거는 그렇다. 자석 하는 일도 못 막는데 시부모 하는 일
을 니가 우짜겄노. 이럭저럭 다 됐는갑다. 야아야, 이자 마리
에 가서 좀 쉬자."

두만네는 손을 털고 일어선다. 두 모녀는 따스한 마루 끝에 나란히 걸터앉는다. 환갑을 눈앞에 둔 반백의 어미와 사십 전이지만 황혼으로 접어든, 손자까지 본 딸과, 그들을 비춰주는 햇볕은 따사롭기만 하고 자식 기르는 것, 일하는 것만을 보람으로 살아온 충실한 인생에 햇볕은 따사롭게 비친다.

"아가, 떡 좀 쪄주까?"

"아니요. 일 안하고 가만있인께 아침 묵은 것도 안 삭는 것 같소. 엄니."

"와."

"평사리보다 여기가 좋소? 내사 여기 오믄 와 그런지 친정 온 것 겉지가 않네요."

"자주 못 오니께 그렇지. 여기 오고 세 분 왔나?"

"야. 영만이 혼사 때 오고,"

"나도 불현듯이 평사리 생각이 날 때가 있다. 그렇지마는 여기서는 내 땅 가지고 산께 맴이사 편하제."

"참, 엄니 최참판댁에는 한 분도 안 가봤십니까?"

"우찌 가겄노. 내 무신 얼굴 쳐들고 거기 가겄노."

"……."

"거기 못 가본 것이…… 목구멍에 까시가 걸린 것맨치로 늘,"

"……."

"사람이 은공을 모리믄 금수만도 못하다 안 카나. 마님께서는 제우답까지 주싰는데 우리는 그때 그 일에 참니를 못했이니."

풀이 죽는다.

"그때는 아부지가 우리 집에 오시서 그리 된 것 아니오. 동네 있어서 그리 됐임사,"

"이제 그런 말 하믄 무신 소앵이 있노. 니 아배가 그 일을 모리고 사돈댁에 갔건데? 지금도 생생하게 생각이 난다. 니 아배하고 영만이가 사돈댁에 피신한 뒤 윤보 그 사램이 찾아왔던 일이. 이펭이 그놈 생각 잘했일 기요, 함시로 냉수 한 그릇 떠돌라 카던 일이. 속으로는 얼매나 분통이 터지고 괘씸했겠노. 니 아배도 영만이도 그때 일을 생각하믄 맴이 안 좋은갑더라."

"그때 그랬이믄 집안은 콩가리가 됐겠지요."

"……."

"실은 엄니,"

"……."

"우리 작은집 시동생이 최참판댁에서 일을 보아주고 있는 것 모리지요?"

"머라꼬?"

"우찌 된 연곤지 나도 잘은 모리지마는 최참판댁 일을 다 보아주고 있다 카데요."

"그라믄 큰아들, 그 와 연학이라 카는 사람 말가?"

"야."

"그래? 그 참 이상타. 기성애비는 발씨가 넓어서 알았일 긴

276

데 나보고는 통 그런 말을 안 하데."

"몰랐겄지요 머."

"아니다. 몰랐을 리가 없제. 세상에 사돈지간에 인사도 없이 그럴 수가 있나. 기성애비 그놈!"

두만네는 대단히 화를 낸다. 자기 나름으로 지켜온 법도가 어긋난 데 대한 노여움이다.

"작은집 시동생이 인사를 안 차렸이믄, 그럴밖에 없는 일이지요."

선이는 어미를 달랜다.

"내 짐작 가는 곳이 있어 하는 말이다. 내 짐작에는 너거 시동생이 찾아와서 인사를 했일 성싶다. 행길에서 장사를 하는데 모리는 척 지나갔겄나? 설사 그랬다 하더라도 지는 먼지 와서 자리 잡은 처지, 찾아가서 인사를 하는 기이 마땅하고 애비 에미한테 말해야 그기이 옳은 일 아니겄나."

"에이 참 엄니도."

"그놈이 뻔하다. 니 시동생이 최참판댁에만 안 있어도 찾아갔일 기고 또 우리한테 알렸일 기다. 옛날 그 댁 종이었다는 집안 내력이 알리질까 봐서, 푼수 없는 놈이제. 그게 다 객리바람 쐰 탓이다. 돈푼 생겼다고 지가 양반이 될 기가 벼슬을 할 기가. 지가 무신 명문거족의 고명딸인지? 밥장시하는 주제에 머가 우뚱다고, 서울네 그 제집 때문에 더 그러는갑더라만. 사람이 질수(방법) 따라 살아야제."

되지 못한 아들에 대한 비판에 사정이 없다.

"나라 재상 딸이믄 머하는고? 지가 남의 앞이 돼서 살믄서,"

동생은 감싸면서 서울네에 대해선 동조한다. 기성이네, 막딸이는 올케이자 한마을에서 자란 친구였으니까.

"예사 그런 것들이 고만은 더 떠네라."

두만네는 일어서며 허리를 뚜드린다. 남보고는 말 못하는 일을 딸에게 쏟아놓고 보니 조금은 직성이 풀리는지,

"모레가 말날인께 장을 담가야겠네."

두만네는 방으로 들어가면서 화제를 바꾸었다.

"모레가 말날인께 그날 소금을 풀어야겠다."

"좀 이르지 않소?"

"아니다. 늦으믄 간장이 게올라서 귀찮네라."

방에서 반짇고리와 보따리를 들고 나온 두만네는,

"그놈 자식, 코가 비뚤어지게 잔다."

하며 웃다가,

"니도 이자 아아는 그만 낳이믄 좋겄다."

"제발 그랬이믄 얼매나 좋겄소. 며누리 보기가 부끄럽어서,"

"그새 일이 바빠서 미랐더마는,"

보따리 속에서 헌 버선을 잔뜩 꺼낸다. 모녀는 서로 마주보며 바늘에 실을 꿰고 떨어진 버선에 볼을 대어 꿰매기 시작한다.

"낼모레가 사십인데, 그래도 너거 시아부지는 또 바라제?"

"바라고말고요. 믹일 기이 있는데 무신 걱정이냐 하심서, 묵을 사람 없는 풍년이 무신 소앵이며 장수 없는 갑옷을 어디다 쓰느냐. 최참판댁을 생각해보아라. 늘 하시는 말씸인께,"

"그른 말씸은 아니제."

"키우기가 심들어서 그렇지, 하기는 자식 많다 캐도 커서 뿔뿔이 흩어지믄은……. 얼마 전에 야무어매를 만냈는데,"

"야무네를?"

일손을 멈추고 딸을 쳐다본다.

"야."

"요새는 우찌 산다 카더노. 야무는 장개보냈겄제?"

"장개는 다 멉니까? 그럴 성시나 됩사?"

"그 아아 나이가 우리 영만이쯤은 됐을 긴데,"

"영만이보다는 두 살인가 아래라 카데요. 장개는커녕 일본 사람을 따라서 일본으로 갔답니다."

"저런 일이 어디 있겠노? 세상에,"

"하도 못사니께,"

"소싯적부터 야무아배 신양 따문에 빚이 좀 있일 기다."

"빚도 나올 곳이 있이야, 일 년 열두 달 남우 고공살이 해도 추리(이자) 주고 나믄 입에 풀칠하기가 난감타 캄시로,"

"입이 좀 촉빨라서 그렇지 심덕이 괜찮은 제집인데 우찌 그리 끝이 안 피일꼬. 평사리 살 때 그 또래 제집 중에서는 제일 욕심이 없었네라."

"야무가 잘되믄 옛말하고 살 긴데."

"객리에 나가서 저저이 성공하는 것도 아니고, 묵으나 굶으나 함께 있이야제 떨어져 있이믄 자연고로 정도 떨어지고 차차 잊어부리는 기이 사람의 맘 앙이가. 조선땅도 아니고 일본꺼지 갔으니 맘대로 오기나 하겠나."

"지망없이 나간 거는 아닌께요. 단단히 작심하고 갔다니께. 야무어매 말이 이판사판, 죽기로 결심하고 갔다 캅디다. 가믄서 야무가 돈 벌어 보내거들랑 지 동생부터 장개보내라, 그러더랍니다."

"얼매나 포온(恨)이 지믄 그런 말을 했겠노. 야무네도 머리빡이 허옇 긴데."

"푸건이가 혼물(婚物)을 받아놓고 그렇게 울었더랍니다."

"오래비 따문에 그랬겠지."

"시집가서 못살 셈 치고 신랑 집에서 보낸 혼물 갖고 오래비 장개보내라 캄서 울었더랍니다."

"어이구, 애닲다."

"그거를 달래서 보내노라 야무어매가 애를 묵었는데 시집가서도 친정 따문에 애간장을 녹이고, 그래 그랬는지 그 아이도 아배맨치로 시름시름 앓는다 카이, 야무어매는 만나기만 하믄 막딸이는 어매 아배 없이도 그렇게 잘사는데, 함시로 울어쌓십디다."

"잘살기는 머가 잘사노. 속을 모른께 그렇지. 이날 이적지

편한 날이 어디 있어서, 그 아아한테 울고 갈 친정이라도 있었이믄 내 맘이 이리 상하겄나."

이래저래 두만네는 언짢아서 눈물을 찍어내고 바늘에 실을 갈아 끼운다.

"남 보기사 그렇지요. 자식 갖고 살림 붙고,"

"말 말아라. 니는 모린다. 니 겉이 복 많은 사람이 그 아아 심정을 우찌 알겄노. 쪽박을 차도 내외간에 뜻이 맞아야 한다 안 카더나?"

"엄니가 그런께 내 잘사는 기이 미안스럽거마는. 내가 무신 잘못이라도 저지른 것 겉소."

선이는 일부러 부어터진 시늉을 한다.

"불쌍해서 안 그러나."

"불쌍해하는 씨엄씨라도 있인께. 세상에 며누리 감싸는 시어무니가 그리 흔한 줄 아요?"

"내가 그걸 안 싸주믄 누가!"

"백지(공연히) 죄 없는 나보고만 성을 내네. 머 영에서 매 맞고 집에 와서 계집 친다 카더마는,"

슬슬 부아질을 한다.

"저놈의 말버르장머리, 며누리 보고 손자 보더니 말짱 사람 베맀구나."

두만네도 웃어버린다. 선이는 실 마디를 만들고 실을 물어 끊으면서,

"엄니, 나도 착한 씨어무니 뽄 좀 봐서, 오늘은 올케 호강 좀 시키줄라요."

"호강을 시키주어?"

"야."

"호강이라니?"

"오늘 기성이네하고 장에 가서 옷도 한 불 끊어주고 또오."

"또오."

딸의 눈치를 힐끗 살핀다.

"기성애비보고 구겡도 좀 시키돌라 카고."

"머라꼬?"

금세 난처해지는 얼굴이다. 선이도 곁눈질로 어미 기색을 훔쳐보며 웃음을 참는다.

"서울네 집에 가서 저녁 한 상 자알 차리내라고 호령도 하고."

"그, 그거는."

"와요? 그라믄 안 돼요?"

"그거는."

"말짱 알고 본께 엄니도 이불 밑에서 활갯짓이구마는. 입으로만 며누리, 며누리 해쌓아도 속으로는 아들 생각을 더 하는가 배요."

"생각을 해서가 아니라."

"그라믄요?"

"……."

"가만히 본께로 두만이만 나쁜 기이 아니라 어무이 아부지도 잘못하요."

"야가 머라 카노?"

"기성네가 없인께 하는 말이요만 개도 무는 개를 돌아보더라고 서울네한테 가서 더러 찍자도 붙고."

선이는 또 곁눈질을 한다. 두만네는 쓴 것을 깨문 얼굴이다.

"아 그러씨, 본집인데 당당하게 와 못할 기요. 그렇기 며누리 따문에 간이 아프믄 충동질을 해서,"

"듣기 싫다!"

"안 그렇십디까? 아이 적에, 와 그 강청댁 말입니다. 아이도 못 놓는 주제에 밤낮없이 쫓아댕기믄서 부수고 퍼붓고 한께 무당집 월선이도 할 수 없이 달아나부리지 않십디까?"

두만네 눈에 겁이 더럭 실린다.

"니 올케는 내가 충동질을 한다 캐도 그럴 성미는 아니고, 그렇기 되믄 만사 끝장나는 기지 머."

"머니 머니 해쌓아도, 그래서 팔은 안으로 굽는다 안 캅니까."

"쯔쯔쯔, 니도 나이 든께 어멍(의뭉)이 느는구나."

"아무리 좋다 해쌓아도 시집살이 다른 데 있겄소? 몇 해 살다 보믄 자연고로 어멍이 늘밖에요."

하고 선이는 재미난 듯 깔깔 웃는다.

"실은 말입니다. 실은 최참판댁에 가야 하는데,"

"거긴 머할라꼬?"

두만네는 깜짝 놀란다.

"친정 간다고 했더마는 작은집의 동세가 옷을 가지왔더마요. 신랑 봄옷이라 캄서 성님 좀 전해주소 하는데 안 가지올 수 있겠소?"

"그라믄 니 시동생이 진주에 혼자 있단 말가?"

"맏인데 살림 나올 수 있겠소?"

"그것도 그렇것다. 그라믄 최참판댁에서 거처하겠네?"

"그런갑십디다. 기성이네도 못 데리고 가라 카고…… 그라믄 엄니 나랑 함께 안 갈랍니까."

"내사 아, 안 할란다!"

두만네는 당황하여 물러앉기까지 한다.

"살쩍이 가서 시동생만 만내고 오믄 안 되겠소?"

"거까지 가가지고 내, 내사 살쩍이 그, 그러지는 못하겠다."

"기성이네도 못 데리고 가라, 그라믄 우짤꼬?"

두만네는 갑자기 바쁜 손놀림으로 버선볼을 감친다. 그새 모녀는 네 켤레나 버선볼을 붙였다. 멍석에 늘어놓은 거무죽죽한 메줏덩이에 햇볕은 두텁게 스며들고 한가스런 한낮, 병아리를 몰고 간 암탉은 아욱이 돋아난 채마밭을 망치고 있고 남강 나룻배는 물살을 헤치고 있었다.

'그라믄 핑계 삼아서 선이한테 기성네를 한분 딸리 보내보

까? 그놈이 세상살이에는 문리가 나서 잘사는 지 누부 앞에서
는 별말 안 할지도 몰라. 좋은 척…… 옷이나 곱게 입히서 보
내믄 좀 달리 뵐란가? 몹쓸 놈의 인사, 기동이 놓고는 집에 와
서 등도 한 분 안 붙있다. 선이 말도 일리는 있제. 무는 개를
돌아보더라고 죽은 딧기 처백히 있인께 저거는 저래도 괜찮
니라 하고.'

몇 해 전에 두만네는 제사장을 보러 가면서 며느리를 데리
고 간 일이 있었다. 장을 보고 난 뒤 안 가겠다는 며느리를 욱
대기다시피 쪼깐이집에 가서 국밥을 먹었던 것이다. 그날 저
녁에 독골로 달려온 두만이는,

"아들 우사시키노라 욕봤소!"

하며 어미에게 달려들었고 주먹질을 해서 기성네 볼엔 멍이
들었다. 대신 논에서 돌아와 그 광경을 본 두만아비는 성난
황소처럼 외양간의 횡목(橫木)을 뽑아 달려왔다.

"이노움, 이 죽일 놈, 내 손에 맞아 죽어봐라!"

하여 두만이는 달아났지만.

"그라믄 니를 핑계해서 한분 데리고 가볼라나?"

겨우 두만네는 의논하듯 말했다.

"야, 그렇기 한분 해봅시다. 내가 진주 솔옆(내용 혹은 지리)을
몰라서 앞장세우고 나왔다 할 긴께요."

"가거들랑 두만이한테 먼지 가거라."

"야, 나도 그럴 생각이오."

"그라고 기성이네보고는 장에 가자 캄서 데리고 나가거라. 글안하믄 안 갈라 칼 기다."

"병신같이, 그나저나 엄니, 칠보 단장은 못할지라도 좀 꾸미서 데리고 가야 웃녘 사람(北方人: 서울네) 기를 꺾을 긴데."

선이는 또 깔깔 소리 내어 웃는다.

"지랄한다. 여염집 지어미 체신이 있지."

"아이구, 어사또 출또보다 어렵게 생깄소. 참, 내가 잊어부릴 뿐했구마. 아까 말한다는 기이 그만 헷갈리서,"

"또 무신 일고, 이자는 겁이 난다. 또 무신 말을 할 긴고 싶어서,"

"다른 기이 아니고, 야무어매 부탁인데 야무동생 딱쇠 말이오."

"그래서,"

"그 아아가 지금 동네서 머슴살이를 하고 있는데, 일은 고되고 새경은 적고, 하니께 도방에다 일자리 하나 구해주었음하고 야무어매가 비치데요. 그래서 우리 집의 배를 타보겠느냐 했더마는 본시부터 그 아아가 물을 무섭아해서 배는 못 탈 기라 안 카요."

"배사 저저이 탈 수는 없제. 바닷가에서 살아본 사람이라야,"

"그런께 엄니가 두만이한테 부탁해보믄 어떨꼬 싶어서,"

"그거사 못할 것도 없다. 지금 가게에 두 사람을 쓰고 있는

데 한 사람은 사람이 실찮아서 내보낸다는 말을 들었다."

"그라믄 그거 참 잘됐네요."

"니가 오늘 가거든 달라붙어라. 니 말이믄 괄시는 안 할 긴께. 내가 말했다가는 도리어 될 일도 안 될 기라."

"참 많이 변했구만. 엄니 말이라 카믄 팥으로 메주를 쑨다 캐도 믿던 두만이가."

"변했제. 변해도 이만저만? 그라믄 딱쇠 가아가 지금 몇이나 됐는고?"

"스물셋이라 카던지 아마,"

"아이고 우짜까나, 그 아아도 통시에 아이 몇은 빠졌구나."

혀를 끌끌 찬다.

"불쌍한 야무네, 머리빡이 허여가지고 조석을 끓이 묵을라 카믄 얼매나 논이 나겠노."

"엄니는 야무네한테 비하믄 젊은 각시요. 참 많이 늙었더마요. 어릴 직에 야무어매가 내 머리 빗기주던 생각도 나고 영 맴이 안 좋데요."

"쯧쯧! 기왕지사 말이 났인께, 우떡허든 그 머시마를 좀 돌봐주어야겄는데, 머슴살이 백 년 해봐야 어느 세월에 장개가고 처자식 거느리겠노. 그래도 도방에 나와서 궁글어(굴러)보믄 은 장사 물리도 얻고, 참, 니 석이를 알제?"

"석이 누구요?"

"석이네도 모리나?"

"아, 그 와 읍내서 왜헌병한테 총 맞아 죽은,"

"와 아니라, 그 석이가 지금 참 잘됐니라."

두만네는 선이에게 석이에 관한 얘기를 들려준다.

"작년에 만세를 불렀다고 경찰에 잽히가기는 했지마는 그래도 사람들한테 대우받고 석이네는 세상 편하게 됐네라. 사람은 씨가 있다 카기도 하지마는 식자 드니께 양반이더구나. 우리 집 두만이가 돈푼 벌었다고 욜랑거리쌓지만, 또 돈푼 있인게 제법 행세도 하는 갑더라마는 딱 면대하고 보믄 칭아(차이)가 지더마. 선생이사 선비 아니가. 사람의 일은 모리는 기라. 물지게를 지고 댕길 때 어느 누가 생각했겠노, 석이가 저리 될 줄은. 하기는 봉순이 도와주어서, 석이를 말할 것 겉으믄 귀인을 만낸 기라. 남들 말이 식자도 아주 좋다누마. 그러니 얼매나 독심을 묵고 공부를 했겠노. 그러니 선이 니도 살림 있다고 빈치(자랑)하고 없는 사람 괄시하고 그런 일이 없도록 해라. 두만이가 내 맘에 안 드는 것도 바로,"

"집에 사시사철 들앉아서 빈치할 곳은 어디 있고, 괄시할 사람은 또 어디 있어서, 잘산다고 명만 높이 났지 사는 거는 시집갈 그때나 지금이나 다른 기이 하낫도 없소. 이분에도 며누리가 집안일을 휑하니 익히서 맘을 놓을 만한께 친정이라고 왔제요."

"할매요!"

삽짝에서 얼굴이 새까맣고 못생긴 아이 둘이 집 안으로 뛰어든다. 손자 기성(起成)이와 기동(起東)이다.

"내 새끼들 오나?"

"할매가 보고 접어서 뛰어왔다."

다섯 살짜리 기동이가 손등으로 코를 문지르며 어리광이다.

"운냐, 운냐, 내 새끼야, 그래 에미는 안 오나?"

일거리를 밀어놓고 아이를 안아 올리며 궁둥이를 툭툭 친다.

"오요! 우리는 뛰어왔인께."

마루를 짚고 홀작홀작 뛰면서 기성이 대답한다. 하면서 낯이 선 고모를 힐끗 쳐다본다.

"아아들도 우찌 저리 못생깄노."

선이 낄낄거리며 웃는다.

"어릴 때 저래야 크서 인물이 난다. 말이 양반 새끼는 어릴 때 밉지마는 크믄 인물이 나고 상사람 새끼는 어릴 때 이삐도 크믄 밉어진단다."

"그라믄 기성이, 기동이는 양반 새끼다 그 말이거마는,"

"그렇다는 기이 아니라 말이 그렇다는 기지."

"머시마들이 얼굴이사 우떻든 키만은 지 어미를 닮지 말아 얄 긴데,"

두만네는 그 말 대꾸는 하지 않았다.

"할매야!"

할머니 무릎에서 민적민적 미끄러져 내려간 기동의 손이 두만네 가슴팍을 더듬는다.

"할매야."

"운냐, 이놈이 또 젖 만질라 카는가 배."

"할매야, 나 애기 고추 봤다."

"이놈 봐라, 딴전 펴니라고, 다 큰 놈이 할매 젖 만지고 부끄럽지도 않나."

아이들은 고모가 흉을 보거나 말거나 개의치 않는다. 기성이는 그냥 마루를 짚고 펄떡 뛰고 있었다.

"삼촌이 말이다, 애기 놀랜다고 옆에 가지도 못하게 안 하나."

꼬마는 종알종알 일러바친다.

"하모. 옆에 가서 뛰고 구르고 하믄은 애기가 놀래고말고, 큰일 나제."

"치이, 뛰고 구르고 안 했다 말이다."

"와 안 했이까 바. 할매가 안 봐도 다 안다."

하는데 기성네가 아장아장 걸어들어온다. 옛날의 막딸이, 왈패였던 어미와 달리 무척 마음이 곱고 착하던, 그리고 난쟁이라고들 놀려대던 기성네는 크다만 쪽머리를 달고 들어온다. 머리가 크고 목이 다붙어서 그 큰 쪽머리가 무거워 보이지 않는다. 봄볕에 그을린 얼굴은 구릿빛으로 반짝거린다. 검정 돔방치마에 무명 겹저고리, 신발은 짚세기다.

"아이 어멈 국은 잘 묵더나?"

"예, 입은 단감십더."

"산모는 그저 입이 달아야."

선이 말을 거든다.

"답댑이, 일어날라 캐쌓아서, 일이 태산 겉은데 눕어 있기 민망타 안 캅니까."

"일이 많을수록 그 많은 일을 다 해낼라 카믄 산후조리를 잘 해야, 몸이 가쁜타고 막 쓰믄 병신 되제. 어, 점심이나 차리라."

"예."

부엌으로 돌아가려는데,

"기성네."

하고 선이 불러세운다.

"예, 누님."

"있는 대로 대강 챙기서 묵고 오늘은 나랑 나가세."

"예?"

"장 기겡가자고."

"누님, 오늘은 장날 앙입니다."

"아따 장날이 아니믄 우떻노. 전이사 있겄지."

"그래 대강대강 해서 묵고 함께 갔다 오니라. 바람도 쏘일 겸,"

"동서도 그렇고, 아부님 진지도 차리야 하는데,"

"아따 이 사람아, 너거 식구들만 제일이고 삼 년 만에 다니러 온 시누이를 출가외인이라고 그리 괄시 말게."

"그, 그런 기이 아니라, 어무니하고 가시는 기이,"

"허허, 암 말 말고 갔다 오니라. 내가 다 할 긴께. 그라고 기성애비 체면도 있인께 말갛게 하고 나서야 한다."

두만네와 선이는 서로 눈짓을 하고 빙그레 웃는다.

14장 나들이

선이 우스갯말로 어사또 출또보다 어렵게 생겼다 했는데 아닌 게 아니라 기성네 나들이는 무척 어려운 일이었다. 봄볕에 그을린 얼굴에 분단장을 한들 별무소득이겠지만 그나마 선이가 지니고 온 크림이라는 것도,

"내사 싫소. 새양내*가 나서 못 바리겄거마는,"

옷도 빨아 다려놓은 무명 치마저고리만 한사코 고집하니,

"이 사람아, 밥술 묵고 사는 집안의 며누리가 통지기맨치로 그리 채리고 가서 쓰겄나. 아 그러씨 시누 체면도 좀 생각하고,"

"누님도, 장에 가는데 이 옷이 우때서 그럽니까."

"장 구겡도 장 구겡이지마는 사촌 시동생도 만내야 할 긴께 암 말 말고 농 밑의 비단옷 좀 내놓게."

"이 꼬라지 해가지고 비단옷 입으믄 남이 웃일 기고 남이 부끄럽아서 우예 가겄십니까."

"자네가 그런께로 소박맞지 않는가. 옷이 날개라고 잘 입어서 못한다는 벱이 어디 있을꼬? 내 하는 말이 듣기 거북할지

모르지마는 사시사철 돔방치마에 호미 자루만 들고 동동거리

믄 시부모 눈에사 들겄지. 그러나 시부모가 천년만년 살아서

자네를 감싸줄 것도 아니겄고 더군다나 남정네가 딴 계집을

보는데 사람이 시샘도 좀 있이야제."

　손위 시누이라는 강권을 발동해서 농문을 열고 이것저것

꺼내어 고른 것이 결국 검정 나단 치마와 배추색 자미사 저

고리였다. 동백기름을 발라 머리를 빗겨주고 검자주 감댕기

를 물려 쪽을 쪄주고, 선이 자신은 시아버지가 마산에서 끊어

다 주더라는 고동색 세루 치마에다가 회색 법단 저고리를 입

었는데 손가락 마디마디 일로 지샌 세월의 자죽은 있었지만

부잣집 안사람의 풍모가 엿보인다. 아이를 업겠다는 기성네

를 뿌리치고 선이는 자신이 아이를 업는다. 아래 자락 양 귀

와 한가운데는 붉은 비단으로 박쥐 모양이 새겨졌고 하얀 깃

에는 모란꽃 수를 놓은 검정 누비 처네를 두르고 아이를 업

었다. 호화스런 처네는 아이를 돋보이게 했다. 나들이 준비를

끝낸 시누이 올케는 집을 나선 것이다.

　"엄니가 나간 김에 용이아잴 찾아보라 했는데 해 안에 두루

다닐 수 있을지 모리겄네."

　"그러씨, 저물믄 못 가지요."

　"기성네도 강청댁을 아나."

　"야, 어릴 적이지마는,"

　선이는 킬킬대며 웃는다.

"자네도 한분 그래보지그래."

"누님도, 지가 머 그럴 인야(인물)나 됩니까."

기성네는 그런 말보다 부지런히 걷는 데 정신을 더 쏟는 것 같다. 모처럼의 나들인 데다 명절 때나 집 안에서 한 번 입을 까 말까, 오늘 입은 옷도 영만이 혼인 때 장만하여 한 번 입어 보고는 처음이다. 도시 나들이란 것이 없었고. 기성네는 부지 런히 걷는데 발이 거겁했다. 짚세기에 익은 발, 기껏해야 미투 린데 시집올 때 신고는 농 속 깊이 넣어두었던 당혜를 신었으 니 발이 거겁한 것은 당연하다. 그러나 부지런히 걷는다.

"강청댁이 천하절색이던가 머, 육례로 만낸 처는 칠거지악 이 있어도 삼불거믄은 못 쫓아낸단다."

그러나 기성네는 삼불거가 뭐냐고 묻지 않았다.

'쯧쯧…… 너무 착한 것도 답답하다. 어매를 닮았이믄,'

선이는 걸걸하고 할 말 안 할 말 마구잡이였던 막딸네 생각 을 한다. 김평산에게 매를 맞고 피투성이가 되었던 막딸네, 울 어 매 죽는다고 울부짖던 막딸이가, 작은 키에 머리는 길어서 치 마 끝에 닿을 듯 그런 막딸이가, 선이는 측은한 생각이 든다. 어미가 며느리를 두고 늘 측은해하는 심사를 알 것 같았다.

'하기사 어매를 닮았이믄 집안 꼴이 머가 됐겠노. 기성네가 이러니 집안이 되는 기다.'

"말 들은께 용이아재가 혼인 잔치에 가서 넘어졌다믄?"

"야, 그렇다 카데요. 이자는 지팡이 짚고 통시 출입은 한다 캅디다."

"많이 늙었을 기다."

"지도 말만 들었지……."

"젊었을 때는 동네서 젤 인물이 좋았는데 그 아재도 처복은 없다. 엄니 말이 아니라도 임이네 그 사람."

하다가 만다. 말할 재미가 없어진 것이다. 부지런히 걷고는 있는데 잔뜩 움츠러든 기성네 얼굴이 마음속으로 우습기도 했다. 차려입어도 별수 없는 인물이다. 아닌 게 아니라 비단 옷보다 빨아 다린 흰 무명옷이 좋았을 뻔했다.

둑길을 지나간다. 내왕이 거의 없는 둑길, 어쩌다가 행인이 있으면 옷 보따리를 겨드랑에 낀 기성네는 놀란 듯 시누이 뒤 켠으로 물러서곤 한다. 무색 옷 입었다고 누가 잡아가기라도 할 것처럼.

"기성네."

"야."

"자네는 무신 재미로 사노. 일하는 재미로 살제?"

"여염집 지어미는 다 그렇제요. 아아들 크는 것 보고, 묵고 입는 걱정이 없인께."

"논이 안 나나?"

"……"

"큰소리 떵떵 좀 쳐봐라. 우째 그렇노."

"전에 울 어매는…… 가장 없이 온갖 설움 다 받고 살았는데 내사 이만하든, 대금산 아니오. 집에 등 붙이고 살지 않아도 가장이 있인께 업수이여기는 사람도 없고, 그것만이라도 불쌍한 울 어매 포은[報恩] 안 했십니까."

"그래, 자네 심덕이 그런께 복 받고 살겄다. 자식들이 크믄 절로 큰소리하게 되네라. 며느리 보고 손자 보믄 남편도 자연 쑥어들지."

성내로 들어간 선이는,

"기성네, 암 말 말고 나 하는 대로 해라이?"

"……?"

"기성애비한테 가자."

"야?"

순간 기성네 얼굴이 시뻘게진다. 부끄러워서가 아니고 놀라움, 노여움 때문에.

"싫소! 누님도 참, 나, 나는 죽어도 안 갈 깁니다."

"허허 참, 아 그라믄 기성애비 있는 데도 모리는데 나를 우짜라 카노. 니가 가리키주어야 알제!"

발을 탕 구른다.

"와 그라믄 어무니하고 함께 오실 일이지 나를, 나를,"

"기가 맥히서, 세상에 이런 벵신을 보았나, 잔소리 말고 가자."

기성네는 그냥 길 위에 뻗치고 서 있을 뿐이다. 이제는 당혜를 신은 발이 거북한 것도, 무색 옷 입은 죄책감도 없어진 듯 숱하게 지나가는 행인에는 관심이 없다.

"아, 안 갈 기가! 언제꺼지 나를 길바닥에다 세우놓을 기가? 샛서방 찾아가자는 것도 아니겄고 외고 페고* 지 가장 만내러 못 갈 기이 머 있노."

"처음부텀, 그렇담 그렇다 할 것이지, 와 거짓말은 했십니까."

"무신 거짓말?"

"시동생 만내러 간다 해놓고서."

"니 신랑을 만내야 시동생 있는 곳을 알제."

"그래도 나는 안 갈라요."

황우고집이다.

"이거 큰 낭패 났고나. 한시가 급한데, 급히 만내얄 긴데."

엄살을 떤다. 행인들이 힐끔힐끔 쳐다보며 지나간다. 일본 여자 하나가 지나가려다가 선이 곁에 다가서며 호기심에 차서 호사스런 처네 포대기를 만져본다.

"어, 어, 왜년이 와 이라제?"

선이는 기겁을 하고 기성네도 낯빛이 변한다. 얼굴보다 큰 머리를 얹고 등바닥이 다 나올 만큼 뒷깃을 젖힌 왜기생한테선 코를 찌르는 분내가 풍겨왔다. 왜기생은 재미난다는 듯 손으로 입을 가리며 웃고 게타짝 소리를 달그락거리며 간다.

"미친년 아니가."

선이는 길컨에 침을 뱉는다.

"기성네!"

"야아."

대답 소리가 좀 누그러졌다.

"길바닥에 이러고 있인께 구신 같은 왜년까지 놀려대지 않나 말이다. 우짤 기고."

"그라믄 누님, 그 집 앞에 가서 집만 가르키주겠소."

"우쨌든 간에 길에서 이러고 있일 기이 아니라 가자."

기성네는 발을 끌다시피 걸음을 떼놓는다. 갑자기 발이 아파오기 시작한 것이다.

"세상에 별 기화요처[琪花瑤草]한 일을 다 보겠다. 순 화냥년겉은 기이, 왜년들은 중우도 속곳도 안 입는다 카더마는, 내사마 얼매나 놀랬던지 옥지질(구역질)이 다 나올라 칸다. 여기는 우찌 그리 왜놈 왜년들이 많노. 대로 한가운데니께 망정이지,"

선이는 씨근덕거린다.

"누님, 저기요, 저기,"

기성네는 말뚝같이 우뚝 서면서 손가락질을 한다.

"음, 저기? 술통을 쌓아놓은 저 점방 말가."

"야."

"니 끝내 고집 피울라나?"

"안 들어갈 기요, 죽었음 죽었제."

선이는 기가 차서 웃는다. 할 수 없다 생각한 것이다.

"그라믄 내 곧장 나올 긴께 여기 있이야 한다. 알겠나?"

"야."

기성네는 옷 보따리를 움켜쥐고 길켠에 있는 전봇대 옆에 가서 선다. 꿈벅꿈벅 움직이는 눈에 겁이 잔뜩 실려 있다. 그러다가 지나가는 자전거를 쳐다본다.

"이거 누부 아니오?"

들어서는 선이를 본 두만이 깜짝 놀라며 일어섰다.

"운냐, 나다. 오래간만이제?"

"언제 왔십니까."

"어제저녁에 왔네."

두만이는 함께 앉아 얘기를 하고 있던 제 또래 사내를 힐끗 쳐다본다. 잘 차려입고 온 누이가 자랑스러웠던 모양이다.

"자아, 자아 앉으이소. 아아는 내리서 내가 안을 긴께."

"아아를 내릴 시간도 없다. 그래 장사는 잘되나?"

"그럭저럭, 누부 같은 부잣집에서 보믄 새 발의 피 겉은 거지마는,"

두만이는 헛웃음을 웃는다. 옆에 있는 사내에게 들으라고 한 말인 성싶다.

"니도 많이 늙었네."

"와 안 늙겄십니까, 짧은 밑천 가지고 장사는 크게 벌리났인께. 그, 그는 그렇고 나가입시다. 뭘 좀 잡사야제요."

몹시 흥분한 상태인데,

"점심은 묵었고, 그보다도 니 댁네가 밖에서 기다리고 있다. 내가 집을 모르니, 안 올라 카는 거를,"

순간 두만의 얼굴이 벌게졌으나 애써 참는다. 그러나 불쾌한 빛을 감추지는 못한다.

"니한테도 올라고 온 기이 아니고 실은 최참판댁에 갈 일이 좀 있어서,"

이번에는 두만의 얼굴이 일그러진다.

"와, 오매는 낮잠 잔다 캅디까."

기여 내뱉는다.

"아아니, 니 무신 소리 하노? 별소리를 다 듣겠네?"

하자 그때까지 두만이와 선이를 번갈아보고 있던 사내가,

"나 그라믄 가요."

하고 나가버린다.

"엄니는 낮잠 자믄 안 되나?"

"남사스럽게 그거는 와 데리고 오요!"

"니 하는 짓이 내사 남사스럽다. 세상에 그런 버르장머리가 어디 있노? 니도 알다시피 영만이댁네가 해산을 했으니 그 해복 구완하니라고 엄니는 못 오싰다! 낮잠은 무신 낮잠,"

"하고 보니 말은 잘못한 것 겉소만,"

"니가 와 그리 변했노? 웃녘 계집 데꼬 살믄 사람이 그리 변하는 기가?"

"오매 말만 듣고 그러지 마소. 오늘날 있는 기이 다 누구 때문이기 그러요."

"사내놈이 그러는 거 아니네라. 계집 덕 보자는 놈은 불출

중에서도 상불출이다."

"시끄럽소, 시끄럽소. 그만하고, 최참판댁에는 와 가실라 캅니까."

"니 모리나?"

"……"

"사촌 시동생이 그 댁에 있는 것 몰랐더나?"

"언젠가 한분 찾아오기는 했습디다마는, 우리 형편이 누부 도 알다시피."

"우리 형편이 우떻다고."

"허 참, 누부는 우찌 그리 오매를 닮았소."

"닮아서 다행이제. 오만 사람 다 봐도 우리 엄니같이 사리 밝고 인정 많고 대범한 사람은 없더라."

"누부하고 얘기하다가는 어디 본전이나 찾겠소?"

"우짤 기고, 너거 댁네는, 길에 서 있다. 얼매나 호랭이를 잡았이믄 죽어도 안 들올라 카노."

"제발 누부, 다른 말 같으믄 다 들어줄 긴께요, 오늘은 그것 데리고 그만 돌아가소. 참, 저녁에 내가 독골로 가지요. 야, 가겠십니다."

"이 몹쓸 인사야, 그라믄 복 못 받네라."

선이도 더 이상은 몰고 가지 않는다. 저녁에 오면은 꼭 잡 아두리라는 작정을 하고서.

"죽어도 싫은 거를 우짭니까."

"싫으믄 아아는 와 맨들었노."

그 말은 들은 척 만 척,

"봐라, 덕칠아."

"예?"

저쪽 구석에서 술병을 씻고 있던 스물 남짓한 심부름꾼이 돌아본다. 두만이는 참았던 불쾌감이 다시 치미는 모양이다. 우거지상이 되면서,

"니 말이다."

"예."

"최참판인가 그 부잣집 아나?"

"압니더."

모릅니더, 했더라면 좋았을 것을.

"이눔 아아야, 아직도 술병 몇 개 가지고, 아 배달도 해야 하고 일이 태산 겉은데 도모지 말들 안 들어서 장사 해묵겄나."

이유 없는 꾸지람에 심부름꾼 덕칠이 부르튼다.

"그러믄 말이다, 손님 모시고 그 집 가르쳐주고 오너라. 선걸음에 와야 한다. 알았나!"

"……."

"도모지 이래가지고는, 그라믄 누부나 아아 따라가시이소." 하더니 혀를 차고,

"거기는 머할라꼬 가실라 카는지,"

"미친놈, 하여간에 저녁에 보자. 저녁에 안 오믄은 제면하

고* 다시는 니를 안 볼 긴께 그리 알아라."

"야. 나도 누부한테 할 말이 많은께요. 그라믄 가보소."

억지로 점방 문 앞에까지 나오기는 나왔으나 그러고 전봇대 옆에 서 있는 기성네를 힐끗 보고는 얼른 문을 달아버린다.

'엄니가 그럴 만도 하다. 나쁜 놈의 자석, 오늘 밤 오기만 왔다 봐라.'

기성네의 얼굴은 볼만했다. 얼어서 입술도 떨어지지 않는 모양이다.

"이 병신아! 그만 따라왔이믄, 지가 우짤 기라고,"

선이는 화가 나서 쥐어박는 시늉을 한다.

"날 잡아잡수, 하믄 지가 우짤 기라고, 어 가자."

팔을 잡아끈다.

"총각,"

선이는 앞서는 일꾼을 부른다.

"예."

덕칠이 경의를 표하듯 공손하게 돌아본다.

"그 집이 멀기 있는가?"

"아입니다. 조금만 가믄 있십니더."

"미안스럽구만. 나 때문에 야단만 맞고."

"괜찮십니더."

빙긋이 웃는다. 그리고 우쭐우쭐 걷기 시작한다. 기성네도 열심히 걷는다. 등에 업힌 아이가 칭얼거린다.

"조금만 참아라. 작은아부지한테 가서 기주기 갈아주께."

아이 궁둥이를 토닥거리며 선이도 급히 걷는다.

"총각."

또 부른다.

"총각 말고 또 한 사람 일꾼이 있는가?"

"예, 있심더, 신호라고."

"말 들은께 누구 한 사람이 그만둔다 카던데?"

"그거는 지도 잘 모리겠심더. 저분 때 신호가 나가니 어쩌니 해쌓기는 하더마는,"

"기성네,"

"야?"

기어드는 목소리다.

"발이 아프나?"

"조금."

최참판댁 앞에까지 와서,

"이 집임더. 굉장한 부잿집이지요?"

덕칠이 기와 모퉁이를 올려다보며 탄성을 지르듯 말했다.

"이 집이사 옛날 옛적부터 부잿집이제. 그라믄 총각은 가봐라. 또 야단맞일라."

"예."

발길을 돌리려 하는데,

"나 좀 보래?"

선이는 품속에서 주머니를 꺼내고 돈 십 전을 다시 꺼내어 안 받으려고 여러 번 사양하는 덕칠에게 준다.

"누님,"

"와."

"저기, 이 집이 그 옛날의 그 최참판댁입니까?"

"그런갑다."

"참말로, 우짜믄……."

"부럽나?"

"부럽고 말고가 있겠소? 하늘하고 땅 사인데,"

"그렇지이. 하늘하고 땅 사이다."

"저기, 만주라 카던가 그곳에서 고생도 했다 카더마는,"

두 아낙은 선뜻 들어서지를 못하고 얼쩡거린다. 새삼스럽게 지난 일들이 생각나기도 하고, 올 때까지는 무심했는데 선이도 지난날의 사건 당시 아비와 동생 영만이 시집에 피신했던, 그 일이 마음에 걸려오기 시작한다. 최서희에게 인사를 해야 할지 말아야 할지 결단을 내릴 수가 없다. 그 예쁘고 고집이 세었던 계집아이, 최참판댁의 애기씨를,

"뉘시오?"

대문 안에서 나오려다 말고 유모가 묻는다.

"야, 저, 저기 말입니다. 이 댁에 장연학이라고 하동 사람이,"

선이는 허둥지둥이다. 그리고 덧붙여서,

"저기, 나하고는 저, 사촌 시동생입니다."

유모는 선이의 허둥대는 모습이 우스웠던지 미소를 띠며,

"들어오십시오."

허리를 굽힌다. 차림새나 언동이 단정한 여인으로부터 정중한 대접을 받은 선이는,

"아, 아입니다. 왔다고 저, 전해만 주시믄 여기서 기다리겠십니다."

반사적으로 질겁을 한다. 꿈벅거리던 기성네 눈에도 겁이 실린다.

유모는 어딘지 모르게 위엄이 있는 여자였다. 그렇기로 상대는 남의 집 사용인이요 선이 자신을 말할 것 같으면 적잖은 자산가의 맏며느리다. 그러나 세사(世事)에 어두운 선이는 상대방의 신분과 자신의 처지를 가늠하며 처신할 생각이 아예 없다. 평소에도 자신이 부잣집 맏며느리라는 것을 실감하지 못하고 살았으니까. 지금은 다만 최참판댁 문전이라는 데 기가 꺾이었고 위엄이 있어 뵈는 상대편 여자가 두려울 뿐이다. 유모는 다시 한번 들어올 것을 권하였다.

"아, 아입니다. 우리는 여기서 기두리겠소."

"그럼 잠시 기다리십시오. 장서방을 불러오겠어요."

하고 들어간 뒤 얼마지 않아 연학이 달려나왔다.

"형수!"

얼어 있던 선이 얼굴이 활짝 풀어진다.

"여기 우짠 일로 오싰습니까?"

눈이 휘둥그레져서 묻는다.

"집에 영 안 오신께 내가 왔제요."

마음을 놓은 음성에 농이 풍긴다.

"머라꼬요?"

"실은 친정 오는 길에……."

"아, 참, 그렇지요."

겨우 깨달은 연학이는 웃으며 머리를 긁적긁적 긁는다.

"작은집에 들렸더마는 동서가 보고 접다 캄시로,"

"형수도 참, 그만두이소. 징그럽거마는,"

연학이는 무안해선지 기성네에게 곁눈질을 하고 선이는 끼
르륵 웃는다. 웃다가 등 뒤에서 칭얼대는 아이 엉덩이를 토닥
토닥 두드린다.

"동서가 봄옷이 시원찮을 기라 캄서 옷을 부치더마요."

"마, 얘기는 들어가서 하시요. 자아 어서 들어가입시다."

"그러씨…… 아이가 오줌을 싸서 찌무리기(칭얼대기)를 해쌓
는데, 그라믄 기성네, 잠시 들어갔다가……."

"허어 참, 어서 들어가시믄 좋겄거마는,"

사촌 형수의 등을 떠밀다가 연학이는 머리가 커다랗고 키
는 땅딸보, 올빼미처럼 서 있는 기성네를 본다.

"저기, 우리 올케요. 두만이댁네, 인사하소."

"아, 예에."

연학이는 허리를 꺾고 인사를 하면서 웃음을 참는다. 기성

이네도 고개를 숙이는데 당혹하여 콧등에 땀이 솟는다.

연학의 거처방으로 들어간 선이는 업은 아이부터 내려 기저귀를 갈아 끼우고 울어대는 아이 입을 막기 위해 돌아앉아서 젖을 물린다.

"놈 참, 울음소리 한번 우렁차다. 아부지는 안 닮은 모앵입니다."

"아아 아부지가 우때서요?"

돌아앉은 채 선이는 응수한다. 시집식구치고 형수와 시동생 지간처럼 격의없는 사이는 없다. 시동생을 둘이나 거느려본 선이는 수시로 만나지 못하는 사촌이지만 대하는 품이 처음부터 자유롭다.

"우렁차게 나왔다가 그 호랭이 겉은 큰아부지 밑에서 형님이 견디났겠십니까? 하하핫……."

"그러니 작은집 아재들을 닮았다 그 말이오?"

"닮아서 나쁠 것 없지요. 안 그렇십니까, 형수?"

"이 아아 우렁찬 울음이사 우리 시아부니를 닮았제요. 한 다리가 천 리라 안 하던가요."

"아따, 큰집의 맏며느리 아니라 칼까 봐서,"

"이자 머 나이 사십 질이고 손자까지 봤는데 안 그렇소? 각시가 보고 접다 카이 새신랑맨치로 얼굴이 빨개지는 누구 같을까 봐요?"

"아니, 누구 얼굴이 빨개지더란 말입니까? 하하핫…… 하핫……."

기성네도 배시시 웃는다. 선이는 물린 젖을 떼고 치맛말을 걷어 올려 유방을 덮은 뒤 아이를 방바닥에 누인다.

"아재가 우리 두만이 가게를 한분 찾아갔더라믄서요?"

"야, 한분 가기는 갔는데,"

떨떠름해한다.

"가기는 갔는데? 안 좋아라 했던가 배요?"

"장사하니라고 바쁜 모앵입니다."

"알 만합니다."

기성네는 얼굴을 숙인다.

"그래서 우리 친정엄니가 성을 내고 야단이 났지요."

"와요?"

"엄니는 아재가 최참판댁에 일 보는 거를 까매기겉이 모리고 기싯던가 배요. 사돈지간에 그럴 수가 있느냐고,"

"이거 참, 듣고 보니 찾아가서 인사를 디리야 하는 건데,"

연학이는 또 머리를 긁적긁적 긁는다.

"아니라요. 아재보고 설마 성을 냈겠소? 먼저 와서 살믄서 찾아가보지 않았다고, 기성애비 성질을 안께 마땅찮애서 그 랬던 기라요. 독골에 기시는 아부지 엄니사 두만이가 말 안 하믄 우찌 알겠소."

"바쁘다 보믄 잊어부릴 수도 있는 일이고,"

연학이는 기성네가 옆에 있기 때문에 애써 얼버무리려 한다.

"아재요."

"야."

"두만이가 섭섭히 했다믄 그거는 아재 탓이 아닌께 마음에 끼지 마소. 두만이는 옛날 생각을 해서 최참판댁을 꺼렸일 기요."

"남자들이란 술 한잔 함께 하믄 그만이오. 마음에 끼기는요. 그보다 형수."

"야."

"자세한 것은 모리겠소마는 전사(前事)도 있고, 기왕에 이리 왔인께 우떻십니까? 이 댁 마님께 인사나 드리지요."

"그기이 그러씨…… 우리한테 잘못한 일이 있어서 면대하기가 두렵고……."

"어렵게 생각할 거 머 있습니까?"

"그래도 그렇지가 않소. 하기는 전사를 말한다믄야 이루 말할 수가 없제요. 은혜도 많이 입었고, 어릴 적에는 애기씨를 업어드리기도 했는데, 나를 기억하시지는 않겠지마는,"

"……."

"그라고 인사를 디리더라 캐도 아부지 엄니가 먼저 하시는 기이 순서 아니겠소? 내가 불쑥 나서믄은 도리어 노음 안 타겠소?"

"그건 그렇겠소."

선이는 난처한 얼굴로 시동생을 쳐다보다가,

"참, 날이 저물겠는데, 아재요."

"야."

"바쁩니까."

"머 바쁠 것 없소."

"그라믄 우리를 용이아재 집에 좀 데리다주었이믄 싶은데,"

"홍이아부지 말입니까?"

"야."

"그렇기 합시다. 아닌 게 아니라 나도 가본다 가본다 함서, 잘됐십니다. 함께 가입시다."

세 사람은 어물전에서 조기 몇 마리를 사 들고 용이 집을 향했다. 용이는 누워 있지 않았고 마당에, 햇볕이 비치는 곳에 지팡이를 놓고 멍청히 앉아 있었다.

"아재요!"

부르는 것과 동시에 선이 눈에서 눈물이 떨어진다. 기성네는 선이 등 뒤에서 얼굴만 내밀고 옛 모습을 찾을 수 없는 용이를 바라본다.

"좀 우떻십니까? 운신할 만합니까?"

연학이 말에 고개를 끄덕인 용이는 선이와 기성네를 번갈아 본다.

"선이하고 막딸이, 그렇제?"

"야. 생각이 나십니까?"

"나고말고."

지팡이를 짚고 일어섰다. 얼른 연학이가 부축해준다.

"아지매는 안 기신가 배요?"

"아무도 없다."

"걸을 만합니까?"

연학이 겨드랑에 제 팔을 끼며 묻는다.

"많이 나아졌제. 영팔이가 지어온 약을 묵고부터 차도가 있더마."

마루 끝에 지팡이를 걸쳐놓고 용이는 어줍은 동작으로 마루를 기어 올라간다. 그리고 방 안으로, 세 사람도 방으로 따라들어간다.

"아아를 내리지."

"잠이 들었는가 배요."

"거기 누이라."

"야."

아이를 내려놓고 모두 한시름 놓은 듯 참참이 서로를 바라본다.

"너거들 아이 적에 보고는, 참말이제 세월이 빠르고나."

"야, 엊그제 겉은데, 많이 늙었십니다."

선이는 또 눈물을 글썽인다.

"그런데 모두들 별고는 없는지 모르겄네."

모두들, 연학에게는 서희의 안부를, 선이와 기성네에게는 각기 그들 시부모의 안부를 물은 것이다.

"무신 일이야 있었십니까. 아저씨나 하루빨리 운신을 해얄 긴데,"

연학이 말했다.

"운신을 한다고 내가 만세 부르고 댕기겄나. 이자는 쓸모없는 나이제."

"별말씸을 다 하십니다. 그럴 나이도 아니지마는 사람이란 죽는 날까지 나름대로 할 일 하고 가는 거 아니겄십니까?"

"그럴까? 하하핫……."

웃더니 갑자기,

"선이 니가 시집갈 때 최참판댁 사랑양반이 살아 기싰던가 몰라?"

묻는다.

"살아 기싰십니다. 지가 신행가던 날도 읍내 이부사댁 서방 님이 나귀를 타고, 우리 땀시 육로로 가싰이니께."

"내가 몸만 안 이러믄 할 일이 하나 있는데……."

"무신 일을 하실라꼬?"

연학이 얼굴을 멍하니 쳐다보다가,

"그러씨…… 윤보형님, 너거들은 알제?"

"야, 압니다. 글안해도 오늘 엄니가 윤보 목수 얘기를 들먹이더마는,"

"뼈라도 찾아서 무덤이나 맨들어주고……."

하다가 말을 잇지 않았다.

"웬 사람들이,"

오는 기척도 없었는데 방문을 열어젖히며 임이네가 얼굴을 디민다.

"어이구, 아지매요."

반가워서 선이와 막딸이 일어서는데,

"누고?"

시치미를 뗀다.

"선이 아닙니까, 막딸이하고."

"으음, 너거들이 우옌 일로 여길 다 왔노, 응?"

연학이는 못 본 체 앉아 있었다.

"아재가 아프다 캐서, 친정 온 길에 왔십니다."

"오나가나 인덕 있는 사람이라 호강을 하누마. 약을 지어오는 사람이 없나 개기 사오는 사람이 없나."

"뭐 말라빠진 게 호강인지 모르겄소."

연학이 내뱉는다.

"이만하믄 호강이제. 어떤 년은 사흘 밤 사흘 낮을 죽어라 앓아도 코빼기 하나 내미는 사람이 없더마."

"기별을 했이믄 쫓아왔제요."

선이는 시동생에게 눈을 깜짝거리며 그러지 말라는 시늉을 한다.

"별꼬라지 다 보겄네. 최참판댁 하인이 나하고 무신 상관이 있어서?"

하인이라는 말에 선이는 눈살을 찌푸린다.

"참, 그랬던가요?"

연학이는 헛웃음을 웃고, 임이네는 안방으로 건너간다. 안방에 건너가서,

"삼대 구 년 만에 반갑잖은 것들이 찾아와서, 언제 그리 오가고 했다고, 머 잘산다고 빈치하러 왔나? 부럽잖구마."

들으란 듯 말한다. 용이를 찾아오는 사람이면 무조건 적대시하는 것은 근래에 와서 한층 심해진 임이네 버릇이었다.

"어이구 참,"

무안하고 화가 나서 씨근덕거리는 선이에게,

"염불하는 기다. 염불로 들어라."

하며 용이 쓰게 웃는다.

15장 고뇌

해가 떨어진 황혼길을 홍이 터벅터벅 걸어간다. 대님도 없이 한두 번 걷어 올린 바짓가랑이 사이에 드러난 발목이 왠지 허약해 보인다. 느릿느릿한 걸음새 때문인지 모른다. 입술 가까운 왼볼의 상처는 언제 난 것일까, 아직 피딱지가 앉아 있다. 검자줏빛 피딱지는 얼굴을 더욱 창백하게 하는 것 같다. 사방은 눈부신 황혼이다.

걸레같이 낡은 잿빛 판자 울타리며 무너진 돌담에도 황혼은 아름답다. 그러나 거짓이다. 홍이는 피뜩 그런 생각을 한다. 죽음의 추억이 아름다운 것은, 도랑의 물이 황혼에 물들어 보이는 것은 시간이며, 시간은 머물러주지 않는 거짓말쟁이인지도 모른다는 생각을 한다. 송두리째, 모든 것은 거짓이요 진실 아닌 것만 같다. 죽음도 삶도 비참한 건데, 비참하고말고. 홍이는 터벅터벅 걷는다. 어제 비가 내린 덕분에 공기는 싱그럽고 땅은 부드럽다.

어제는 남강 대숲이 뿌연 비안개에 젖어 있었다. 그저께는 황토 실은 바람이 기진한 길섶의 잡초를 몰아붙이곤 했었다. 그러나 어제와 그저께와 그리고 오늘은 매한가지다. 변함 없이 산다는 것은 추악하고 비참하다. 해란강(海蘭江)에 내리던 비, 봄 한 철 내내 그렇게도 지겹게 불어대던 용정촌의 바람, 그것들도 진실과 망각 사이를 방황하는 것, 산다는 것과 죽는다는 것은 여전히 비참하고 추악하고 치욕스럽다. 멀리 개 짖는 소리를 들으며 장이를 범하고 울었던 숲속의 그 밤도. 작부에게 끌려가서 동정(童貞)을 잃고 박하분에 번들거리는 계집 낯짝에 침을 뱉던 그날 밤 그 추악한 기억들은 생생한데, 잊고 싶지 않은 일들, 잊어서는 안 될 일들은 어찌하여 멀어져가고 거짓말같이 기억에서 멀어져만 가는 걸까. 길을 노려보며 홍이 터벅터벅 걷는다.

석이네 초가지붕에도 눈부시게 황혼은 내리쏟아지고 있었

다. 삽짝 앞에는 검정 치마 자주색 저고리를 입은 처녀의 뒷모습이 있고 한 손으로 삽짝을 붙잡으며 석이네가 내다보고 서 있다. 다가가는 기척을 느꼈던지 처녀는 홍이를 돌아본다. 조그마한 코가 귀엽게 생겼다. 입모습은 다소 하부죽했으며 눈꼬리가 긴 얼굴이다. 양을례. 시선을 붙잡힌 을례는 몹시 당황한다. 뿌리치듯 미끄러진 눈길이 입언저리로부터 왼편 볼에 난 상처에 잠시 머물다가 외면을 한다.

"어서 오니라."

석이네는 반색을 했다. 을례는 잽싸게 비켜서서 길을 내주며,

"엄니, 지는 그만 가보겄십니다."

을례한테서는 독특한 처녀의 향기가 풍겨왔다.

"그럴래?"

"그라믄 안녕히 기시이소."

"운냐, 니도 잘 가거라. 니 어무니한테 안부 전하고."

을례는 당돌한 몸짓을 하면서도 종종걸음으로 떠나고 홍이는 마당에 들어선다.

"정선생 만내러 왔제?"

눈가에 주름을 모으고 웃으며 석이네는 정선생이라는 말을 자랑스럽게 한다.

"형님은 아직 안 오셨는가 부지요."

"그렇지마는 곧 올 기다. 요새는 이맘때믄 돌아오네라."

갑자기 생각이 난 듯 석이네는 장독대로 쫓아가서 열려 있는 항아리 뚜껑을 덮고 줄에 널린 채 있는 빨래도 주섬주섬 걷어들인다. 홍이는 어정쩡한 자세로 서 있다.

참새 떼가 서쪽을 향해 시끄럽게 지저귀며 날아간다. 하늘은 짙은 남빛으로, 구름은 짙붉은 빛깔에서 잿빛으로 옮겨가고 있었다.

"머하노? 안 들어가고."

"네."

"조금만 기다리라, 올 긴께. 어 들어가거라."

마루에 걸터앉아 빨래를 개키려다 말고 석이 방의 방문을 열어준다.

"그러면 그럴까요?"

"그래야지. 그냥 갈라 캤더나."

허리를 꺾으며 홍이는 방으로 들어간다. 밖에서 석이네는 계속 말했다.

"어둡거든 불 켜라."

"아직은 괜찮소."

"아부지는 좀 우떻노? 통시 출입은 한다 카더마는,"

"제우(겨우)."

"나는 몸이 성해도 온종일 혼자 있이믄,"

"……."

"낮에는 일에 잠차져서(열중해서) 모리겠는데 해가 거물거물

318

질 때는 집 안이 절간겉이 조용해서, 씰데없는 지난 일들이 생각나고 영 맴이 안 좋을 때가 있네라. 그래서 아아가 오는 가 안 오는가 눈이 빠지게 기다리지고, 하물메 운신도 잘 못 하는 니 아부지는 오죽하겄나. 애닯다."

임이네는 물론 홍이에게까지 비난하는 심정이 언외(言外)에 숨겨져 있다.

"끼니는 챙기주겄지마는 보석(步石)겉이 진종일을 앉아 있이 믄, 어이구 죽은 사람도 불쌍코 산 사람도 불쌍코."

홍이는 슬그머니 웃는다. 방금 오면서 자신이 생각한 것과 비슷한 말을 한다 싶어서다.

"홍아."

"네."

"저녁 아직 안 묵었제?"

"……."

"좀 기다렸다가 정선생이 오거든 함께 묵어라."

부엌 쪽으로 가는 발소리가 들린다.

웅크린 채 방바닥을 내려다보다가 홍이는 얼굴을 쳐든다. 높이 난 서편 들창에서는 아직 여광이 스며들고 있었다. 그러 나 방 안은 어둑어둑했다. 홍의 하얀 무명옷과 얼굴이 흐려지 면서, 어두워진 방 안 공간에 배어나는 것 같다. 창밖 하늘도 차츰 잿빛으로, 점점 짙게 변해간다. 별안간 이마빡을 치듯 서러움이 복받쳐온다. 아비에게조차 위로받지 않으려던 마음에 허기 같은 공허가 스며들면서 홍이는 누구에게든 위로 받고 싶은 강한 충동을 느낀다. 그것은 이 방 안에 감돌고 있는 묘한 냄새 때문인지 모른다. 책에서 나는 곰팡내라고 홍이는 생각한다. 용정 있을 적에 김사달 선생의 하숙방을 찾아가면 지금과 같은 냄새가 났었다. 벽면에 무질서하게 책이 쌓여 있던 방, 늘 코끝을 매만지며 책을 읽고 있던 동안(童顔)의 김사달 선생, 그 방에는 늘 이 냄새가 났었다. 좁은 석이 방에도 책은 많다. 지난번에 왔을 때보다 책은 더 늘어난 것 같다. 서울 갈 때마다 책을 사온다던 말이 기억난다. 읽을 만한 책이 있으면 빌려가 읽어라, 하던 말도. 그러나 홍이는 책을 빌려간 일이 없다. 등잔에 불을 붙인다. 벽면에 가지런히 단정하게 쌓아올려 놓은 책들이 흔들리는 등잔불을 받고 마치 살아 있는 것처럼 홍이를 향해 압박해온다.

'석이형은 언제 이렇게 공불 했을까.'

학문의 근본은 없으나 주야로 책을 읽어서 신학(新學)에는 능통한 편이라 하던 혜관스님의 말이 떠오른다. 그가 학문의 근본이라 한 것은 종래의 한학(漢學)을 두고 말한 것이리라.

'하기는 그만하니까 시은학교에 갔겠지. 나는, 나는 아무래도 틀렸다. 정호하고 두매형이랑…… 그때도 난 그들하고는 천양지간이었다. 아무리 해도 공부는 쇠 귀에 경 읽기, 재미를 붙일 수가 없는걸.'

용정촌에서 진주로 왔을 당시, 교과 실력이 모자라고 공부에 흥미가 없는 홍이가 이곳 학교에 편입한다는 것 자체부터 무의미한 일이었지만, 용정촌의 조선인 학교를 정규 학교로 인정치 않으려는 일본 식민지하의 사정은 부득불 어중이떠중이가 모여든 사설 협성학교밖에 갈 곳이 없었다. 그때 석이는 서울서 내려와 얼마 동안 이 학교에서 교편을 잡고 있었다. 그후 실력과 인품을 인정받아서 시은학교로 자리를 옮겼으나 아무튼 짧은 기간이지만 홍이는 석이에게 배우긴 배운 것이다.

용정서의 홍이 환경은 다시없이 좋았다. 그렇게 말할 수 있을 것 같다. 생모 임이네와 월선의 틈바구니에서 겪은 곤혹과 갈등은 괴로웠지만 또 용정촌에 불이 나기 직전까지, 그러니까 용이 통포슬로 옮겨가기 전까지만 해도 집안은 항상 폭풍이었고 용이의 분노, 슬픔 그리고 절망이 빚은 행패는 이루 말할 수 없이 격심하여 아비의 잔인성―지금은 어찌하여 한 인간을 잔인하게 몰고 가는가, 뼈에 스미도록 홍이 자신이 체험하고 있으며 지난날 광포하게 날뛰던 아비의 심정을 이해하지만―에 넌더리를 쳤으며 아비의 입버릇같이 집안을 지옥이라 생각한 때도 있었다. 그럼에도 용정촌은 홍이에게는 지순한 정신의 고향, 소중한 것을 묻어두고 온 곳이다. 용정촌이 가지는 의미, 송장환 선생은 간도땅은 말할 것도 없이 남만주 일대는 옛날에 잃은 조선의 땅이라 했다. 땅과 더불어 잃은 그 수많은 백성들의 피는 지금 만주족 속에도 맥맥이 흐르고 있을 것이라 했었다. 그리고 또 공노인은 말했었다. 울창한 원시

림에 묻혀 있던 용정촌에 처음 낫과 도끼질을 한 사람은 조선인이었었다고. 유림계(儒林契)에 모여들던 기개 높고 학덕으로 신선같이 보이던 선비들이며 절(節)을 굽히지 아니하고 죽음을 택하였던 수많은 의병장, 의병들 소식이며 정착민들의 뿌리 깊은 자긍심은 물론이거니와 유랑 동포조차 왜인들에겐 추호 비굴하지 아니했던 곳. 이조 오백 년 동안 심은 삼강오륜, 그 윤리 도덕에 길들여진 상민들은 비록 의복이 남루했을지언정 예의범절을 모르는 왜인들을 짐승 보듯 했으며 적개심을 지나 차라리 모멸이요, 정복자에게 오히려 우월감을 맛보는 그런 곳. 그러한 날품팔이 나그네들을 홀리는 국밥집 월선옥에서 얼마든지 보았었다. 온통 수염에 묻혔던 중늙은 벌목꾼이며 노령(露領)까지 고깃배를 타러 간다던 젊은이며 산포수, 약초장수, 마부들이며 광부들, 조선을 저 늑대들이 먹어치울 때 떨어진 부스러기를 찾아서 하수구의 쥐 떼처럼 몰려왔었던 그네들 백성, 더럽고 염치없고 상스러웠던 그 왜인들이 또다시 만주 바닥까지 달려왔으니, 항거를 맹세코 떠나온 사람들, 어리석어서, 힘이 없어서 살던 고향을 왜인들에게 빼앗기고 떠나온 백성들, 상호 갈등이야 없을까, 그러나 석양의 마지막 아름다움 같은 선비들의 그 윤리의 향기나, 새로운 문물에 눈뜬 젊은이들의 강인하고 열정적인 투쟁심이나, 신분의 질곡에서 풀려났지만 그러나 나라 잃은 비애를 안을 수밖에 없었던 이 율배반의 심적 상황에서도 상부상조의 구심점으로 모여들던 상민들이나, 척후병이요 약탈자인 일본의 무뢰한과는 유(類)가 다른 것이다. 그러한 곳, 이조 오백 년 사상의 마지막 정수(精髓)가 옮겨지면서 그 정신적 토양에서 미래를 향해 새로운 싹이 돋아나는 곳, 자긍심이 팽배하고 항일정신이 투철했던 용정촌에서 홍이는 피부 가까이 또 무엇을 느끼며 보았는가. 누더기에 끼니 잇기조차 어려웠던 박정호의 도도한 기상을, 문벌 높은 그 집안의 청빈한 가풍을, 그리고 또 홍범도를 따라 두만강을 건너온 산포수의 아들 강두매의 천재(天才)를, 송장환 선생의 성실, 김사달 선생의 박식, 그리고 우수에 젖은 듯했던 이상현 선생, 그 밖에도 그립고 존경하던 사람들은 수없이 많다. 자랑스러운 사람들, 그러나 어느 것보다 홍의 마음의 고향은 월선이다. 그 헌신적인 모성애는 여러 가지 불행한 인과관계를 넘어서게 했으며 홍의 마음을 명경처럼 영롱하게 지켜준 사람, 영원한 어머니 공월선(孔月仙).

그와 같이 좋은 토양에서 따스한 햇빛과 바람과 영혼은 맑게 생장했는데 식별이 다소 무모하고 황당할 때도 있었으나 섬세한 감정은 연하고 아프게 반응하며 결코 의지 박약도 아니었는데 홍이는 공부만은 못했다.

'나는 어떻게 살까. 뭘 하고 살아가야 하나. 살아야 하는 걸까.'

허기 같은 공허, 무거운 청춘이 양어깨를 짓누른다. 누구에게든 위로받고 싶은 강한 충동이 통곡으로 터질 것만 같다.

주먹으로 가슴을 치며 석이를 왜 찾아왔는가. 해란강 강가에서 소리소리 지르며 부르던 노래가 귓가에 울렸기 때문일까. 세모꼴 작은 삿갓을 쓴 뗏목꾼, 뗏목을 타고 강을 따라 흘러가던 모습이 생각난 때문일까. 변발한 청인이며 은 귀고리를 흔들며 가던 그들 아낙이며 역두에 모여들었던 마차며 털모자를 깊숙이 쓴 지게꾼들, 입가에서 피어오르던 하얀 입김이며 색채와 모양이 선명하게 눈앞을 지나가는 그곳 풍물이 생각난 때문일까. 홍이는 책을 등지며 돌아앉는다. 앉은 자리에서 다시 몸을 돌리고 책을 바라본다. 무릎을 두 팔로 끌어안고 마치 팽이를 돌리듯이,

"옴마! 오, 옴마!"

나직한 목소리로 어린애처럼 불러본다. 흐미하게, 아주 흐미하게 떠오르는 것……. 윤곽을 잡을 수 없다. 아무래도 윤곽이 잡히질 않는다. 눈을 꼭 감고 망막을 응시한다.

'옴마!'

종내 월선은 뚜렷하게 나타나질 않았다. 뜻밖에 호떡집 청인의 헤벌어진 얼굴이 불쑥 솟아오른다. 옷에 묻은 기름때까지 생생하다. 대신 월선의 얼굴은 영영 사라지고 말았다. 홍이는 두 손으로 방바닥을 짚으며 손등에 이마를 부딪듯 엎드리며 터져 나오려는 통곡을 참는다.

"홍아."

석이네가 방문을 열었다. 홍이는 슬그머니 얼굴을 든다.

"지난적에 막내가 친정 옴서 해온 긴데 김이 잘 들었는가 모리겠네, 서둘러서 찌니라고."

홍이 앞에 김이 오르는 인절미를 내놓는다.

"귀찮게 이런 거를,"

뒤로 물러나 앉으며 거부의 몸짓을 한다.

"아이가아? 나이 있는데 설마 술꾼은 아닐 기고, 좀 묵어봐라."

벌써부터 무슨 술이냐고 나무라는 말보다 무서운 말이다. 석이네는 홍이 얼굴에 난 상처를 힐끗 쳐다본다. 마지못해 홍이는 떡 하나를 집어서 쓰거운 것을 깨물듯 씹는다.

"크나는 아아들이사 쌈도 하고 감풀게 놀아야 큰 사람이 된다 카기는 하더라마는, 홍아."

"야."

"니는 그럴 나이도 안 지났나? 어이서 쌈을 했노?"

"……."

"너거 아부지가 벵이 들어 눕어 있는데 이 차중에 니가 그래 쓰겠나?"

"아무것도 아닙니다. 쌈은 무슨……."

"세상에 법 없이도 살 그 어진 아배, 딸자식이나 또 있단 말가. 니가 생각을 깊이 해얄 기다."

'생각을 하면 뭐하겠소. 바위에다 계란 치기지요. 끝이 안 나는 거요. 누가 하나, 어느 편이든지 죽기 전에는 끝이 안 나

325

는 거요.'

"그는 그렇고 말 들은께 요새 니는 돈벌이하러 나간다믄
서?"

"그만두었소."

"와?"

"……."

"하기는 우리 석이가 걱정을 하더라. 그런 곳에 있이믄 사
람 베리기 쉽다 캄서,"

하는데 밖에서,

"어머니!"

석이가 돌아온 것이다.

"아이고, 이제 오나?"

석이네는 분주하게 방문을 열고 나간다.

"홍이가 왔다."

"홍이가요?"

"들어가봐라. 내 곧 저녁상 딜이갈 긴께."

석이는 웃으며 방 안에 들어섰다.

"오래 기다렸나?"

엉거주춤 일어서려다 말고 홍이는 고개를 저었다. 양복 윗
도리를 벗어 걸고 홍이와 마주 앉으면서 석이는,

"그러잖아도 너희 집에 한번 갈까 싶었는데 잘 왔다."

"뭐 별일이 있는 것도 아니고 그냥 와봤소."

어색해하는 홍이 얼굴을 잠시 바라보다가 석이는 왠지 엄격하고 냉정한 태도로 돌아갔고 밥상이 들어올 때까지 침묵을 지켰다.

"자아, 먹지."

석이 먼저 숟가락을 들었고 석이네는,

"반찬은 없지마는 많이 묵어라."

하고 나간다.

"어서, 먹어."

석이는 후딱후딱 먹어치운다. 그리고 숭늉을 마시면서,

"왜 그것밖에 안 먹나."

밥을 남겨놓은 홍이 밥그릇을 보며 나무라듯 말한다. 그리고 밥상을 내가기가 바쁘게 석이는 사무적인 어조로 시작한다.

"홍이 너 교회 일 좀 보겠나?"

"싫소."

간단없이 돌아온 대답이다.

"생각도 한 번 안 해보고?"

"성질에 안 맞는 것 같아서요."

그 말이 거슬렸던지 석이는,

"그럼 지금 나가는 곳은 성질에 맞다 그 말인가?"

"거기도 그만두었소."

"그건 썩 잘된 일이다."

"요릿집이라서 그만둔 건 아니오."

반항적이다.

"장부 만지는 게 싫어서요. 차라리 달구지를 몰고 다녔음
다녔지."

"자신 있나?"

대답을 못한다. 석이는 어세를 누그러뜨리며,

"글을 보고 쓰고 하는 데 대해서 넌 고의로 싫증을 내는 것
같구나. 싫은 거라면 할 수 없는 일이지. 공부 못한다 해서 반
드시 앞길이 막힌 거는 아니니까. 하기는 공부하는 것을 잘못
인식하는 경향도 있지."

"……"

"그동안 상민들은 글을 배울 수 있는 기회가 없었고 해본들
배운 글을 써먹을 기회도 없었으니, 이제는 그 길이 트였으나
글쎄…… 종전의 생각이 바뀌자면 시일이 좀 걸릴 게야. 글이
란 과거를 위한 것, 요즘에 와선 소위 출세를 위한 것, 그런
못을 박아놓고서 하니까 탈이라."

"……"

"사람이 어떻게 살아야 옳은가를 생각하기 위해서 글을 읽
는데, 그러나 글을 안 읽어도 생각을 한다면 그것으로 족하고
나머지는 생활을 위한 거야. 가령 농사를 짓는 사람이면 오랜
경험에 의해 얻어진 방법을 책을 통해서 배울 것이요, 공장을
짓고 기관선을 만들고 그것도 다 마찬가지 이치겠는데 요즘
사람들, 내 어머니도 마찬가지지만 옛날 과거 하던 시절의 글

공부 목적밖에는 달리 생각을 안 하거든.”

석이는 얘기를 겉돌리면서 홍이를 관찰한다.

“얘기가 좀 빗나갔지만…… 물론 배운 것은 안 배운 것보다
나은 것은 말할 나위가 없지. 그러나 세상에는 유식한 학자만
을 필요로 하는 건 아니다. 홍이는 글을 읽을 정도의 식자는
되니까 장부 만지는 게 싫다면 달리 할 일은 얼마든지 있어.”

“독립운동 말입니까?”

순간, 눈을 부릅뜨고 석이는 홍이를 노려본다.

“형님이 말하는 그 정도는 나도 알아요. 간도 바닥에서 굴
렀는데 그만한 것 모르겠소? 귀가 아프게 들은 얘기요. 뭐 내
가 공불 못해서 비뚤어진 줄 아시오? 알면서 왜 그래요.”

대들듯, 홍이 이렇게 나올 줄은 몰랐던 석이 얼굴에 당혹해
하는 빛이 역력하다.

“교회에 나가서 일 좀 안 하겠느냐? 네, 그건 안 돼요. 술집
보다 나을 것 한 푼 없다구요!”

“그래서?”

“교회 일을 보면 나를 낳아준 여자가 형님의 어진 어머니같
이 되시겠습니까?”

“너 자신의 문제다! 왜 탓을 하지?”

석이 언성을 높인다.

“나 말입니까?”

갑자기 속삭이듯이 말했다.

"형님은 몰라요."

역시 낮은 소리로, 그리고 웃는다. 아주 기분 나쁜 웃음이다.

"형님같이 행실이 좋은 사람은 모르지요."

하다가 냉정하게 가라앉기 시작한 석이 태도에 화가 난다.

"거짓말쟁이들! 남한테 칭찬받고 싶어서 하고 싶은 일을 참고 있는 거짓말쟁이들! 언제까지 나를 아이 취급하면서 속일 작정이오? 술집 여자, 기생들이 어떻단 말입니까!"

냉정히 가라앉기 시작했던 석이는 기생이라는 말에 충격을 받는다. 마치 봉순이 달려와서 뺨을 치고 달아난 것 같은 환각을 느낀 것이다.

"형은 선생질하기 때문에 무서워서 아무것도 못하지요? 만세운동의 지도자라서요? 남의 탓을 말라고요? 내 자신의 문제라구요? 과연 그렇게 냉정하게 말할 자격이 있습니까?"

석의 얼굴빛이 변한다.

"나도 물지게 질 수 있다구요! 누더기 옷도 입을 수 있고요. 형님은 형님 혼자 입치레만 할려고 옛날에 물지게를 졌던가요? 어머니, 동생들이 없었으면 그 일을 견디었을까요? 남을 가르치는 처지라 해서 입에 발린 소린 마시오. 나, 나는 선생님 찾아온 게 아니란 말입니다! 남의 탓을 말라고요? 남의 탓이 추호도 없다면 나는 여기 찾아올 생각도 안 했을 거요. 그래요! 나는 술 처먹고 담배 피고, 뿐인 줄 아시오? 죄 없는 가시나를 건드려 먹고, 사람이라도 쳐 죽였으면 싶소! 그런데 교회 일을 봐요? 뭐라 기돌 하지요? 난 못 그래요! 참을 수가 없어요! 착한 사람이 될 수도 없구요. 지 어미를 짐승 보듯 하는데, 징그럽고 몸서리쳐지는데, 그러는 내가 밉고, 미워하는 나를 죽이고 싶고 불덩이같이 맘이 활활 타는데, 노상 그러는데 안녕하십니까 목사님, 안녕하십니까 장로님, 하면서 착하고 얌전하고 독실하게 인사를 할 수 있을까요? 집에서 악마 같은 상판을 하구서 삽짝 밖으로 나가면 귀여운 애기 보고 과연 웃음이 나올까요? 골백번도 더 결심을 했습니다. 안 보고 안 듣고 말하지 말자고. 하루에도 몇 번, 그런데 날마다 미칩니다! 미쳐요. 안 미치고 어떻게 삽니까. 월급 축내어 고기 사왔다고 길길이 뛰는데 말입니다. 눈감고 아웅이지요. 장가 밑천이라나요? 저 건너편 산의 눈먼 부엉이도 안 믿을 말이지요. 믿을 수 없는 말을 하는 얼굴에 나는 침을 뱉고 싶소. 고기는요? 고기는, 고기는 말입니다,"

실성한 것처럼 부끄러운 것처럼 겔겔 웃다가,

"고기는 말입니다, 아버지 상에는 맨 국, 내 그릇엔 기름덩이 몇 개, 그러고는 그만이지요. 월급 축내어 사온 고기 개천에나 버렸다면 나는 그 암돼지같이 살찐 몸을 안아주겠소. 한데 말입니다. 더 미칠 것은 아버지거든요. 국물을 마시고 있는 아버지를 보고 있으면 왜 안 죽나 싶어지거든요. 아버지만 죽으면 훨훨 어디든 날아가지 않겠습니까? 그래도 부몬데, 그러겠지요. 예예, 그래도 부몬데……"

홍이는 울음을 터뜨렸다. 석이는 위로할 말을 잃고 우는 홍이를 바라볼 뿐이다. 창밖은 캄캄한 밤이 되어 있었다.

한참 울고 난 홍이는 주먹으로 눈물을 닦으며,

"나, 나 맘 잡을라고 했어요. 아버지 살아 있는 동안엔 꾹 참고 있다가……. 어떤 아이를 좋아했거든요. 그래서 요릿집에 일보러도 나간 건데, 남의 처녀 신세만 망쳤지요. 간도에서 죽은 엄마…… 그렇게만 맘이 변할 수 있다면 머리털 뽑아서 신이라도 삼겠지만 안 되는 일이지요."

임이네를 지칭한 말이겠는데 홍이는 어머니라는 말을 한사코 생략하는 것이었다.

"안 되는 일입니다! 절대로 안 되는 일이지요!"

홍이는 또다시 흐느낀다.

"아버지는 거의 점심 굶는 날이 많아요. 그런데 저녁상을 받으면 싱긋이 웃거든요. 왜 웃습니까? 미칠 지경이지요. 왜 웃습니까? 울어도 시원찮을 건데, 장독을 다 때려 부숴버렸지요. 흘러내리는 간장이 아까워서 나를 물어뜯고 할퀴고, 피차가 다 짐승이오. 참말로 사는 것이 이런 거라면 차라리 지리산 산속에 들어가서 늑대나 되겠소."

홍이는 자기 가슴을 잡아뜯으며 비통하게 운다.

"살모사(殺母蛇)…… 나는 살모사가 될까 봐서 무, 무섭소. 살모사라는 글자를 생각할 적에 나, 나는 땀을 흘립니다. 혀, 형님, 나는 살모사가 되지 않을까요?"

눈물에 온통 젖은 얼굴에 형용할 수 없는 공포의 그림자가 너울거린다. 그리고 그는 떨기 시작했다. 석이 얼굴도 하얗게 바랜다.

"홍아!"

"예에, 혀, 형님!"

"우리 잘 생각해보자. 무슨 방법이 있을 성싶다."

공포에서 홍이 얼굴은 절망으로 변해간다.

"무슨 방법이 있겠소. 방법이 있었으면 오늘까지……."

"아버지만 누가 맡으면 넌 떠날 수 있겠지."

"누가 병든 아버질 맡지요? 누구한테 떠맡기고…… 자식도 버리는데, 불쌍한 울 아버지!"

두 무릎을 안고 아까처럼 팽이를 돌리듯 한 바퀴 돌다간 웅크린다. 울분도 미움도 없는, 비애만이 홍이 모습을 감싸고 있다. 아니 모습은 비애 그 자체인 것 같다.

"내가 왜 진작 그 생각을 못했을까."

갑자기 석이는 무릎을 치듯 말했다.

"홍아, 너 최참판댁에서 평사리에 있는 집, 그 집을 되찾은 일 아나?"

"……."

"음, 알든 모르든 그건 상관없고, 아주 일이 십상 잘될 것 같다."

그러나 홍이는 그 말에 기대를 거는 것 같지도 않았다. 울음은 그쳤으나 기진한 얼굴을 하고 앉아 있다.

"내일이라도 내가 주선해보겠고, 홍이 너보다 아버지를 위해서 아마 그 이상 좋은 방법은 없을 성싶다. 걱정 마라."

홍이 어깨를 툭툭 치며 석이는 마음이 놓이는 듯 웃었다. 그러나 역시 홍이는 기대를 가지지 않는 모양으로 어떻게 하겠느냐고 물어보는 관심도 표시하지 않는다.

이윽고 홍이는 일어섰다.

"갈 데가 좀 있어서 가볼랍니다."

화가 잔뜩 난 목소린데 그것은 자신을 털어놓은 수치심 때문이다.

"그래, 며칠 후 또 만나자."

석이는 홍이와 함께 방을 나간다. 마당에서 홍이 엉거주춤하자,

"주무시는갑다. 인사할 것 없이."

석이는 홍이를 따라 한길가까지 나왔다.

"홍아."

"예."

"나 한마디만 하자."

"……"

"오늘 밤 네가 한 말은 낱낱이 가슴을 찌르는 말이었다. 옳다는 것보다 진실이라는 뜻에서 말이다. 나도 기찬 세월을 살았다. 보복하려 했고 사람을 죽이려고도 생각했지만, 그러나

나보다 홍이 네가 더 어렵다는 생각이 드는군. 생각을 좀 단단히 가져보아. 아버지 때문에 우는 널 보았을 때 나는 너에게 큰 희망을 본 것 같다. 이 말이 너에게 실감을 줄는지 그건 모르겠다만 고통이라는 것도 자꾸 받으면 단련이 되는 게야. 지금의 너에겐 가장 견디기 어려운, 그런 나이지만 여자, 술, 담배 하면서 크게 타락한 것같이 생각하고 또 남들도 그리 생각은 하겠으나 실상 넌 지나치게 순수한 것을 원하고 있다. 물론 너 어머니 성질이 남다른 것을 알긴 알지. 그만큼 너 자신도 성질이 남다른 데가 있는 게야. 순수한 것이 아니면은 다 부숴버리고 싶은, 그래서 너 자신을 짓이기고 있는 게야. 아무튼 지금 내 생각으론 이 어려운 고비만 넘기면은, 잘될 것 같다. 앞으로 자주 만나자. 너 좋아한다는 여자 얘기도 듣고 싶고, 그럼."

석이 손을 내밀었다. 허둥지둥 석이 손을 잡고 흔들다가 홍이는 급한 걸음으로 사라진다.

집으로 돌아왔을 때 석이네는 마루에 나앉아 있었다.

"홍이 갔나?"

"야."

"그 아아 그래가 되겠나?"

"들었소?"

"역부러 들은 기이 아니고 밤 소리가 돼서 들리더마."

"괜찮을 깁니다."

"하기야, 그 계집 숭악하네라. 홍이아배가 불쌍타. 보나 마나 물개 음식(성의 없이 만든 음식) 아침저녁 한 분 주고 나믄 돈 요리(이자놀이) 하니라고 온종일 떠나 있일 기고. 최참판댁에서 생활비라도 준께로 그나마 가장이라고 보는 기지. 숭악한 년, 차라리 샛서방이라도 얻어 나가는 기이……."

하다 말고 아들 보기 민망하였던지 말을 잇지 않는다.

"돈에 넋 빠진 사람은 그런 짓 안 하지요. 그런 짓이라도 할 사람이면 오히려 깨달을 때도 있으련만."

덤덤히 말함으로써 석이는 어미의 무안을 감싸준다.

"홍이 가아가 무신 일 안 저지를까?"

"아무 일 없을 겁니다, 우리 어머니."

"새삼스럽게 야가 와 이라노?"

우리 어머니라는 말에 석이네는 황송할 뿐인가, 좋고 부끄러운가 보다.

"평소에도 그랬지만 오늘 밤에는 더욱더 내 어머니가 젤인 것 같습니다."

"아가가아? 가마 태우지 마라. 멀미 나겄다."

"하기는…… 좋은 어머니가 젤 큰 복인 성싶소."

석이는 숙연하게 말했다.

"그라믄 제발 장개나 가주라."

석이네는 울타리 위에 깜박거리는 별을 쳐다보며 울먹했다.

16장 자객

　길목 주막에서 해 지는 것을 본 환이와 강쇠는 하룻밤 묵어
가기로 하고 방을 청하였다. 곰보인 삼십 남짓한 주모는 안방
을 내어주었고 안방에 있던 그의 남정네로 뵈는 사내, 그 사
내는 강한 눈빛을 감추며 나가는데 환의 시선이 그 뒷모습을
쫓았다. 사내는 뒤꼍으로 돌아가는 기색이었고 주모는 눈을
내리깐 채 술상을 들고 들어왔다. 이상하게 횡둥그레한 주막
분위기다.

　"어째 좀 으쓱하요, 성님."
하여 저녁부터 술을 시작했는데 자정이 가깝도록 환이는 술
상을 물릴 기미를 안 보였다. 옛날 같으면 코를 골 시각이지
만 강쇠는 역시 멀쩡한 얼굴로 대작하고 있는 것이다. 술을
배우기 시작하여 이삼 년 지간 강쇠의 주량도 늘긴 늘었다.
그새 장가들고 자식 낳고 술 배우고, 이제는 우직하기만 했던
옛날과는 달라서 좀 유들유들해진 것이다.

　"성님, 제발 덕분 장개들어주소. 나 때문에도 장개 좀 들어
주어야겠소."

　실없는 말은 아니었으나 과음하는 환이에게 이야기를 자꾸
시키는 것도 강쇠로선 일종의 견제책이었다.

　"미친놈, 너 때문에 왜 내가 장가를 드누."

　속셈을 빤히 들여다보면서 환이 역시 옛날같이 묵묵부답은

아니다.

"생각해보이소. 계집자식 있는 몸이 죄인이겠소? 와 지가 성님 앞에서 기죽어야 합니까?"

환이는 킬킬 웃는다.

"그러지 말고 성님, 내 말 좀 들으이소. 거기 와 산청에 말입니다, 그 와 이삐게 생긴 과수댁 안 있십디까. 그만 보쌈해 오입시다."

여전히 환이는 킬킬대며 웃는다.

"데리와서 보비위나 해돌라 카고, 아무리 성님이 장사기로 아픈 데는 장사 없다 안 캅디까? 그라고 또 노리에는 외롭아서 우찌 살랍니까."

"외롭지도 않다면 무슨 재미로 사누."

"억지소리 마소. 하는 말이 가이방(비슷)해야 믿을 거 아니오. 답댑이 맘에도 없는 그런 말을 할 때는 그만 정이 뚝뚝 떨어진단 말이오."

"맘에 없는 말이야 네가 하지 내가 하나."

"아 그러씨, 그라믄 한 가지 묻겠는데 성님, 여자를 좋아하지 않는다고 말씀하시겠소?"

"계집이야 본시 좋아하는 편이지, 너도 알다시피."

"그라믄 말입니다, 마누래는 계집 아니고 색이 아니다 그 말씀이오?"

"너 마누라 도둑맞을까 겁이 나나?"

"겁이 안 나는 것도 아니제요."

"흠."

술 한 잔을 들이켠 강쇠는 손바닥으로 입가를 훔치며,

"본시부텀, 성님은 남의 기집 훔치는 것으로부터 시작을 했이니께요."

사팔눈을 빙글빙글 돌린다. 환이 얼굴이 새파랗게 변했다가 다시 새빨갛게 변했다가. 그런데도 강쇠는 태연자약이다.

"볼만합니다. 둔갑하는 백여시[白狐] 겉소. 푸르락붉으락, 아직도 피가 끓는가 배요."

"맞다, 맞아. 이놈아!"

강쇠 머리 위로 오른편 팔을 뻗어 숱이 많은 강쇠의 상투를 환이 거머잡는다. 그리고 옆으로 확 젖힌다. 목줄기가 옆으로 꺾인 강쇠는 사팔눈을 치뜨고 환이를 노려보았으나 두 개의 눈은 따로따로인 데다 입술엔 웃음기까지 머금고 있어 가관이다.

"이 사팔뜨기 죽일 놈아!"

확 떠민다. 벽에 가서 머리통 부딪는 소리가 났다.

"참말이제 성님 장사요."

"술이나 처먹어라."

술잔을 내밀며 환이는 쓰겁게 웃는다. 등잔불을 받은 깡마른 얼굴에 아픔이 가시처럼 돋아나는 것 같고 아직도 극복되지 못한 채 지난날이 그림자처럼 그의 주변을 맴돌고 있는 것만 같다. 술을 받아 마시고 다시 술을 채워 내미는 술잔을 받으면서 환이는 엉뚱한 말을 한다.

"노자(老子)가 말하기를 가난한 나라에는 남아돌아 가는 것이 있는 듯 보인다."

목소리는 평정하다.

"야?"

강쇠는 똑똑히 들으려는 듯 얼굴을 바싹 들이댄다.

"무슨 뜻인지 알겠나?"

"무식한 놈 서러서 어디 살겠소? 공자 맹자도 모르는데 노자를 우찌 알 기라고……."

"몰라서 장하다."

"장한 기이 씨가 말랐던가 보제요."

"서당 개 삼 년이면 풍월을 안다는데 개가 아니어서 다행이다."

"사람을 죽담알* 받듯이 그러지 마이소. 내가 세상에 나왔일 때도 아들이라꼬 꼬치 끼운 검줄 쳤답디다."

"그 점만은 나보다 낫다."

"하모요, 울 어무니가 용꿈 꾸고 날 낳은 것도 압니까?"

"실뱀을 봤겠지."

"그는 그렇고 좀 안 이상하요?"

"뭐가?"

"가난한 나라에 남아돌아 가는 기이 있일 리가 없인께 하는

340

말이오. 혹 모리겠소, 사람이 남아돌아 간다는 뜻인지는,"

"없는 집구석에 자식 많다는,"

"그런 이치도 안 통하겠소?"

"개 발에 편자라더니, 하기는 노자가 너한테 당할 말인가."

"어허허, 개가 풍월을 알고 편자를 붙이니 개 팔자보다 못한 이놈을 위해서 도사어른, 말이나 끝막음해주소."

"이놈아, 사람이 많아서 남아돌아 간다는 얘기도 아니고 재화(財貨)가 많아서 남아돌아 간다는 얘기도 아니고 사람의 욕망이 많아서 쓸데없는 물건이 남아돈다는 얘기다. 근검 절약을 아니하여 가난하다는 말도 되겠고 그러니 상공업은 숭상할 것이 못되고 농업이 근본이라는 얘기야."

"그라믄 근검 절약 안 해서 가난하다 하믄 될 긴데 와 쉬운 말 두고 알쏭달쏭하게 말하는지 모리겠소. 온, 그래야만 식자가 되는가."

"잔소리 말고 더 들어. 물이란 많으면 골짜기를 채우지만 적을 때는 깊은 곳에서만 넘쳐흐른다."

"정한 이치지요."

"그리고 얕은 곳이 많으면 많을수록 깊은 곳엔 물이 풍성하지. 메마른 곳이 많다는 것, 물이 적다는 것은 나라가 가난하다는 비유다."

"그러나 깊은 곳이 있으니 불공평 아입니까."

"불공평의 정도가 아니라, 돈이 돈을 거둬들이는 꼴은, 물이 깊은 곳으로 쏠리는 자연의 이치하고 비슷하단 말이야. 그런데 그렇게 되면 어떤 결과가 오느냐."

"민란이 났겠지요."

환이는 노려본다.

"물이 고이면 썩듯이 재화도 고이면 썩어!"

소리를 꽥 지르다가 평정한 어조로 돌아간다.

"메마른 들판을 적셔서 풀이 돋아나게 해야 할 것을, 돈의 경우는 어떻게 썩는가. 낭비해서 썩이고 허비해서 썩이고 무용지물을 생산해서 썩이고,"

"그야 그렇겠지요. 밥 한 통을 한 놈이 차지하고 보믄은 나머지 사람은 굶을밖에 없고, 밥 한 통을 차지한 놈도 소 배지가 아닌 바에야 쓰레기통에 버려지는 것도 있겠지요."

환이는 그 말 대답은 없이,

"무용지물은 무엇이냐, 꾸미는 거다. 사람이란 밥 세 끼 때문에 탐하지는 않아. 꾸미는 것이 욕망의 목표가 되거든. 너도 나도, 허상을 향해 뛰고 싸우고 인성(人性)이 타락한다는 얘기야."

"그놈의 노잔가 소잔가 영감쟁이 몇 마디의 말에다가 무슨 놈의 꼬리를 그렇그롬 길게 다요."

"앞으로는 더 길어질 게다."

"와 그렇소."

"세계의 나라들은 점점 가난해질 것이기 때문에. 무용지물은 자꾸만 쌓여질 것이며, 그 무용지물을 만들기 위해서 삽자루 곡괭이를 팽개친 농부들은 도시로 몰려들 것이고 그놈의 무용지물을 팔아제낄 곳을 차지하고자 세계 도처에선 전쟁이 날 것이고……."

"내 코가 석 자 오 치나 빠지는데 세계는 무신."

"이놈아, 석 자 오 치의 코가 일곱 자나 빠지겠기에 하는 말이다."

"모리겄소."

"밥이 먼저야, 옷이 먼저야?"

"그, 그거사 밥 있고 난 뒤 옷이겄지요."

"공장에서 쌀 만드냐?"

"말 같잖은 소리 하지도 마소."

"두고 보아라. 말 같잖은 소린가."

농조로 받아넘기던 강쇠는 환의 음성이 가라앉는 것을 느낀다.

"어째 알 듯도 하고 모릴 듯도 하고, 그라믄 뭐가 옳고 그르고 뭐를 어떻기 한다는 겁니까."

"옳고 그른 것을…… 그것은 저승 가거든 노자한테 물어보아. 무용지물은 깡그리 없애버리고 농기구만 남겨라, 아마 그럴 테지, 그 신선 할아버지께서는. 하하핫핫……."

상투를 거머잡았을 그때보다 더 매몰차게 환이는 강쇠를 떠밀어내는 것이다. 넘어진 사람을 잡아일으켜 또다시 메어

쳤던 것이다. 강쇠는 어리벙벙한다. 그러나 애기는 계속했다. 냅다 던지듯이,

"말하는 것 생각하는 것이 옳다 해서 사람 사는 일이 그대로 되는 것도 아니지만, 천상이 아니니까. 노상 화살이 날아오고 총알이 날아오고 한시도 맘 놓고 못 사는 거야 짐승이나 인간이나 매일반, 사람 사는 것도 그렇고 한 나라가 시작되어 끝나는 동안도 그렇고, 급한 불 끄다가 볼일 다 보는 게지. 인성을 논할 한가한 세월이 언제 있었다구. 먹느냐 먹히느냐 싸움의 연속, 오히려 도덕이란 썩은 물이 고인 웅덩이 속에서 시비되었던 게야. 먹는 것이 바쁜 백성한텐 도덕이라는 것은 오히려 사치였거든. 십 년 앞을 생각하고 백 년 앞을 못 생각할 것도 없지만 여섯 자에 못 미치는 인간들에게 너무 멀단 말이야."

환이는 술을 들이켠다. 계속해서 들이켠다. 강쇠는 잠자코 있다.

"강쇠야."

"야."

"지삼만이 그 미친놈이 터럭만 한 경륜을 가지고 날뛰고 있는데, 그러나 앞으로 민란의 성격은 썩 달라질 게야. 이른바, 노자의 그 남아돌아 가는 것, 그 남아돌아 가는 것이 상아(象牙) 모피 등속을 넘어선 엄청난 것일 적에 그 엄청난 것을 만드는 사람 역시 엄청날 것인즉 그 엄청난 것끼리 싸우게 될거다, 그 말이야. 곡괭이 든 농민들보다 망치 든 공장 직공들

이 앞장설 거란 얘기지. 이미 아라사는 그렇게 해서, 노동자들이 떠밀고 나갔기 땜에 무너졌던 게야. 그다음엔 또 무엇이 올지……. 나하곤 인연이 없을 것같다. 왜냐, 나는 죽을 것이기 때문이다."

강쇠는 눈을 꿈벅꿈벅하며 얘기를 새겨들으려고 애쓴다. 근간에 와서 환이는 강쇠에게 종종 이런 식의 얘기를 들려주곤 했다. 강쇠는 강쇠대로 환이 의도적으로 자신을 깨우치고 있다는 것을 느꼈으므로 겉으론 농치듯 했지만 결코 예사로 들어넘기진 않았다. 환이는 그것으로써 일단 얘기의 끝막음을 한 것 같다. 사십을 넘긴, 주름살이 깊어지기 시작한 얼굴은 순식간에 가면이 되었다. 그리고 일상의 술버릇이 나타났다. 적당한 간격을 두고 술잔이 올라갔고 또 내려왔고, 되풀이하며 자기 혼자만의 세계에 응고되어 가는 것이었다.

밖에선 밤비 오는 소리가 들려왔다.

"손님."

하며 주모가 밖에서 기척을 내었다.

"술 더 가져오랍니까? 밤이 저물어서 잘라는데,"

"그만하겠소."

환이 술잔을 놓으며 대꾸하였고 강쇠는 술병을 흔들어본다.

술은 바닥이 나 있었다.

"그라믄 술상 물리소!"

강쇠가 소리를 지른다.

주모는 술상을 들면서 환이를 숨어 보았다. 환이는 여자를 보지 않았지만 팽팽해진 압력을 근육에서 뿜어내듯, 여자는 허둥지둥 당황한다. 이목구비는 단정하게 생겼는데, 곰보이기 탓만도 아닌 성싶은데 여자에게서는 어딘지 모르게 독초(毒草)의 냄새가 나는 것 같았다. 환이는 방문을 여는 여자의 옷소매를 본다. 흰 저고리의 남빛 끝동이 비수 같다는 생각을 한다.

"죽는 날은 죽더라 캐도 발 뻗고 자보까?"

무심히 하는 말에 나가려다 말고 주모는 강쇠를 돌아다본다. 그러나 아까와 달리 여자는 태연했다.

"죽기는 와 죽소? 앞길이 구만리 같은데,"

웃는 얼굴을 상상할 수 없었는데, 그러고 보니 여자는 한 번도 웃지 않았었다. 여자는 이상한 웃음소리를 남기고 사라졌다.

"제에기 무슨 웃음이 그렇노? 요물겉이,"

씨부렁거리며 강쇠는 납작한 요이불을 방바닥에 편다.

"쇠야."

"야."

"밤손님 올라 조심해."

"머라꼬요?"

"……."

"두 활개 젓고 왔는데 지닌 기이 머 있다고 도둑님이 오시겠소."

"도둑이든 자객이든,"

"야?"

"좀 시끄럽겠다."

강쇠는 입을 다물어버린다.

'말을 듣고 보이 짚이는 데가 없는 것도 아니구마. 제에기, 잠자기는 다 틀렸구나.'

등잔을 불어 끄고 환이와 강쇠는 이불 속으로 들어간다.

'이놈의 새끼가 악착같이 따라붙는구나. 어디 두고 보자.'

깜깜해진 허공을 쳐다보다가 강쇠는 돌아눕는다. 처마 끝에서 떨어지는 빗소리가 한층 가깝게 들려온다.

'그놈을 조져야지. 그냥 놔두믄 귀찮아서 어디 살겄나.'

얼마 후 잠이 들었는지 환의 고른 숨소리가 들려왔다.

'남은 못 자게 해놓고, 편안하게 잘도 잔다.'

숨소리, 처마 끝에서 떨어지는 빗소리는 정확하게 반복한다. 반복하는 소릴 듣고 있노라니 강쇠의 눈꺼풀이 절로 처진다.

'이러다가 잠들라.'

소리를 털어버리려고 머리를 흔들었으나 그럴수록 소리는 가까워지다가 멀어지면은 달콤한 잠이 엄습해온다. 다시 눈을 부릅떠보지만 숨소리 밤비 소리는 다가오고 멀어지고 망막에 비친 빛깔들이 새벽별같이 이지러진다. 강쇠는 몸을 비틀듯 눈을 떠본다. 그러나 기어이 수마에 빨려들어 가고 말았다.

"이봐라, 와 우노?"

동그랗게 등을 구부리고 콩밭에 앉아서 우묵댁이 울고 있었다.

"이봐라, 와 우노 말이다."

강쇠는 우묵댁의 어깨를 흔들었다.

"사우 자석은 자석 앙입네까."

울면서 말했다.

"내가 우쨌기?"

"말도 마이소."

"들어야 알제."

"몰라서 그러요?"

"허허, 들어야 안다니께."

우묵댁은 더욱더 섧게 운다.

"장인이 돌아가싰나, 와 이라노?"

"세상에 거까지 가가지고 빈손이믄 우떻소! 자고 올 헹편이 못 되믄은 얼굴이라도 한분 보여주지."

"아아, 그것 갖고 그러나? 그럴 사정이 좀 있었다. 맴이 없어 그랬다믄 원망 들어도 싸지마는, 자아 자아, 우리 각시 우는 얼굴 한분 보자."

"놓으소!"

팔을 뿌리친다.

"요 다음에 틈 나믄은 니하고 한분 가믄 안 되겠나."

"듣기 싫소! 늙은 아배 놔두고 시집온 내가 직일 년이지! 으흐흐……."

하더니 벌떡 일어서서 뛰어간다.

"이보래! 어디 가노! 아이구 그만 내가 잘못했다."

"따라오지 마소!"

갑자기 몸을 돌린 우묵댁은 강쇠를 향해 돌을 집어던진다. 그러나 돌을 던지는 얼굴은 우묵댁이 아니고 목매달아 죽은 인이 마누라가 아닌가. 돌은 사정없이 날아왔다. 돌은 손등을 치고 얼굴을 치고, 강쇠는 좌우로 몸을 흔들며 날아오는 돌을 피하다가 눈을 떴다.

자갈을 물린 것 같은 신음 소리, 후다닥 일어나 앉는데 어둠 속에서,

"등잔을 켜라."

싸늘한 환의 음성이 울려왔다.

강쇠가 등잔에 불을 켰을 때 환이는 사나이의 목을 누르고 있었다. 비수 한 자루가 방문 곁에 떨어져 있다.

"일은 다 된 일이구마는. 우짜꼬요? 지가 거들어주까요?"

환이는 사내를 놔주면서,

"일어나."

했다. 사내는 일어나 앉는다. 상투가 헝클어져 얼굴이 가려졌으나 주막집의 사내다. 강한 눈빛이 되며 환이를 한 번 보고 나서 벽 쪽으로 외면을 한다.

"되지도 않을 짓을 왜 하나."

"그래도 성님, 힘깨나 쓰는 모양이지요?"

대답이 없자 강쇠는 사내 쪽을 보며,

"이런 정도로 해두라고 지삼만이 시키더나?"

사내는 못 들은 척한다. 담배를 붙여 문 환이는 성냥불을 불어 끄고서 벽에 기대어 앉는다.

"이눔 아아가 상호를 보아하니 한가락 하는 모앵인데 체면이 있지, 얼치기 짓은 와 하노. 아아를 놓을라 카믄 놓고 안 놓을 양이믄은 애당초 배지나 말 일이제, 안 그렇나?"

강쇠는 손가락으로 사내 옆구리를 쿡쿡 찌른다.

사내는 반항적인 몸짓을 하며 고개를 돌린다. 눈이 번쩍 빛난다.

"지가 놈도 적소에다가 사람 쓸 줄은 모르구마. 예사 잔재주 있는 놈이 그렇기는 하더라마는, 우리가 목이라도 비틀어 직이믄은 안 아깝나 말이다."

환이는 강쇠에게 내맡긴 듯 말없이 담배만 피운다.

"성님, 이눔 아아를 우쨌이믄 좋겠소."

"술값 안 내게 돼서 잘됐다."

"마누라하고 한창 정들이고 있는 판인데 이눔 아아 땀세, 야 이놈아, 전에 뭐 해묵던 놈고?"

"도둑질해 묵고살았다. 어쩔래."

처음으로 사내는 굵은 음성으로 말하며 냉소를 머금는다.

"그런 성싶었다. 니만 한 놈이 전력이 안 그랬이믄 지삼만이 겉은 놈 수하가 됐겄나."

"그래도 숯쟁이 산놈보담이사 낫제."

숙어드는 기색이 없다.

"제법이다, 내 근본까지 아는 거를 본께로. 지가 놈은 어디 있노? 뒤안에라도 숨어 있는 것 아니가?"

"내가 아나. 설마 하늘 밑 어딘가 있겄지."

"요것 봐라? 제법 감칠맛 있는데? 그러나 사팔때기 어질다는 말 믿다가는 큰코다칠 거로?"

"이봐라, 숯쟁이."

"말해보아."

"사람 낙심시키지 마라. 요런 정도로 해두겄다 작심한 거를 처음부터 알아보길래 지리산 숯쟁이치고는 관이 트있다 싶었는데 와 딴말 하노. 사팔때기 어질다는 말 들어본 일도 없고, 육팔때긴들 별수 있일라구. 저승길은 내 요량인께."

여유 있게 응수했으나 환이에게는 의도적으로 상관 않는다는 태도다. 그리고 지삼만이 개입에 대하여 부정도 긍정도 아니한다.

"으허허헛…… 맥빠진다 맥빠져. 우리가 니 모가지를 안 비틀 것이다, 그걸 알고서 나불거리는 데야 뺨따기 하나 때릴 정도 안 난다. 머리칼이 놀놀하고 쪼매한 지가 놈이 맵싸하긴 할 기라 생각했는데 이눔아아야 맨내거들랑 와 그리 해파

리겉이 너불너불하이 힘이 없는고 좀 물어봐라. 그는 그렇고, 서로가 속을 빤히 아는 터이라 성님,"

"……."

"이눔 아아를 우찌하믄 좋겠소. 끌고 가까요?"

"술상이나 차려내."

기묘한 주연이 벌어졌다. 환이는 술만 마시었고 사내와 강쇠는 입씨름을 계속하고, 그러는 동안 날이 밝았다.

"일찌감치 떠나볼까?"

붉은 햇빛이 문종이에 비치고 얼기설기 아무렇게나 된 문살이 뚜렷이 보일 때 환이는 술상 머리에서 일어섰다. 그리고 입매를 비틀고 앉은 사나이에게,

"삼국지는 읽은 모양이구먼."

하더니 문종이가 흔들릴 만큼 큰 소리로 웃어젖힌다. 사내도 이때만은 얼굴이 벌게졌다.

"삼국지는 천칠백 년 전의 얘기야."

덧붙이고 나서.

"가자."

하고 강쇠에게 말한다.

등 뒤에 아침 해를 받으며 환이와 강쇠는 남원 쪽을 향해 걸음을 옮긴다.

"날씨 좋다. 비 갠 아침이라 걷기 편하고나."

"성님, 속은 편합니까?"

"모르겠다."

"새벽 술이 과했던 것 같소."

"창자 사정을 헤아리니 아직 멀었다."

"나는 도사가 아닌께요."

"계집자식 때문이지."

"간밤 꿈에 인이 마누라를 보았소."

"……."

"우짠지 그 기집만 꿈에 보믄 재수가 없단 말이오."

"……."

"성님이 해원 굿이라도 해주어야지……."

"니가 해주어라."

"내가 와요. 나 땜에 죽었건데요?"

"그러면 나 땜에 죽었다 그 말가?"

"안 그러믄?"

"지 자신 땜에 죽은 것을 난들 어쩌누. 그보다 주막의 그 계집을 어찌 생각하나?"

"어찌 생각하다니, 빡빡 얽은 곰보를 설마하니."

"그 계집이 물건이다."

"야아?"

"사내 잡아먹을 게야."

"……."

"너도 좀 있으면 도사가 될 게다. 안 되면 계집자식 데리고 일에서 손 떼는 거고."

"그보다 지가 놈을 우찌했이므 좋을지, 그만, 이가 근질근질해서 못 견디겠소."

"……."

"맘 같아서는 꽉 직이부릿이므 좋겠는데, 도처에다가 사람을 꽂아놓고 거무리겉이 달라붙어서,"

"잔말 말고 어서 걷기나 해."

17장 혈투

굴속에는 관솔불이 타고 있었으며 바닥에도 모닥불이 신나게 불꽃을 튀기고 있었다. 주먹으로 멍석이 깔린 바닥을 쳐가면서 열심히 얘기를 하고 있는 보부상 임가(林哥), 모닥불에 비친 거무죽죽한 눈 가장자리와 입술도 푸르스름한 임가에게 시선을 둔 채 윤도집의 신경은 환이에게 가 있는 것이다. 자리를 잡고 앉은 그 순간부터 꼿꼿이 허리를 세운 환이의 자세는 흐트러지지 않는 상태를 유지하고 있었다. 가면 같은 얼굴은 계속 모닥불을 향하고 여간하여 침묵을 깨뜨릴 것 같지가 않다. 윤도집은 언제나 환의 존재가 불편하지만 오늘같이 마음에 걸려 견딜 수 없는 것은 처음 있는 일이다. 거의 반년 만의 대면인데 환이는 처음 정중하게 고개를 숙였을 뿐, 또 그 정중함이야말로 환이의 마음이 얼음조각이란 증거가 되는 것이기도 했고. 윤도집의 결코 흐트러짐이 없는 냉정으로도 사실 환의 그 정중함에는 대항하기 어려운 것이 있었다. 얼음조각 같은 냉엄한 분위기는 대항의식이라든지 분노의 변형 같은 것이 아닌 거의 본능적인 것이기 때문에 조련이 잘된 윤도집의 냉정도 그 자리를 지키기 어려웠던 것이다. 사태가 매우 심각하다는 것은 사전부터 예상해온 바이지만 예상 이상으로 나쁘다는 것을 윤도집은 판단한다. 임가로부터 시선을 거둔 윤도집은 신나게 타고 있는 모닥불로 눈을 옮긴다. 단순한 눈의 이동에 불과했으나 윤도집의 입장에서는 상당한 양보다. 환의 시선이 가 있는 곳에 자신의 시선을 보낸다는 것은 환이에게의 접근을 시도한 것이기 때문이다. 오랜 세월 생사를 같이하는 처지에서 윤도집과 환이는 거의 대화를 가진 적이 없다. 그러나 이들처럼 서로의 눈빛에서 사소한 동작에서 상대를 꿰뚫어보는 사이도 드물 게다. 어쩌면 대화 이상의 강렬한 대화를 일별하는 순간부터 이들은 나누고 있는지 모르겠다. 그럼에도 서로를 가늠하고 이해하면서 어쩐지 맞물려 들어가지 않는 미묘한 이질감에서 늘 서로가 불편한 것이다. 되도록 회피하고 싶은 상대인 만큼 눈길 하나에도 강한 의사전달이 되는 것이며 따라서 시선을 같이한 것을 두고 양보로 간주하는 그것은 윤도집이 옹졸해서 그런 것은 결코 아니다.

'자칫 잘못하면 두 조가리가 나겠고 피를 보게 되겠구나.'

때가 되면 환의 손발을 묶어버려야 한다는 것은 윤도집의 변함 없는 생각이다. 그러나 지금은 그럴 시기도 아니거니와 그간 저질렀던 저열한 방법은 불쾌하기 짝이 없는 것이었으며, 그의 분마(奔馬) 같은 독주에 이를 갈며 분노하기도 했으나 실상 윤도집이 환이를 위험시하고 있는 것에는 다소 한계를 넘는 것이 있었다. 승복하면서도 몸서리쳤던 지난날 김개주라는 인물에 대한 기억이 환이를 평가하는 데 영향을 주지 않았다고는 절대 말할 수 없을 것이다. 환이의 전력과 성격이 일을 그르칠 것이라는 판단에는 늘 김개주의 그림자가 얼씬거렸던 것도 사실이다. 그러나 판단은 판단이었고, 환이를 어느 땐가는 제거해야 한다고 결심하는 데서는 과거의 인물 김개주에 대한 자신의 혐오감이 작용될 것을 윤도집은 몹시 두려워했고, 오히려 그 감정으로 말미암아 일을 신중히 다루려고 노력하는 것이었다. 그것은 거짓 없는 윤도집의 진심이다.

임가의 얘기가 끝나기 무섭게 지삼만은 앉은뱅이걸음으로 나앉으며,

"모두들 할 말이 많을 기요마는 이번에는 내 차례로 양보해주시더라고."

하며 팔을 번쩍 쳐들었다. 관수와 강쇠의 눈이 번쩍 빛났고 윤도집은 날카롭게 지삼만을 노려본다. 반사적으로 지삼만은 한쪽 귀를 터는 시늉을 했다.

"몇 날 며칠이고 이번에는 할 말 다 하기로 했인께 서둘 거

한 푼 없구마."

조막손이 손가, 손지두(孫智斗)가 말했다.

"그렇잖애도 서둘지 말자고 아랫배에다가 힘을 잔뜩 주었
는디 복장이 터질 것 겉애서 못 견디겠으라. 허니 내 먼저 이
야글 혀야겄소."

"오장육부 어느 것인들 안 그럴까마는 복장이 터지믄 죽는
날이제. 천천히, 조심조심 털어내보는 기라."

모두 침묵을 지키고 있는데 조막손이 손가가 코를 실룩거
리며 말했다. 분위기가 이상한 것을 안 느낀 것은 아니지만
이 사람 저 사람 눈치 보는 것은 성미에 맞지 않았고 남 따라
서 침묵을 지키는 것도 배알이 틀려 말 한마디 던진 것이다.

"그러면은 조심조심 털어놓겠소이. 여기 모인 여러 벗님네,
뻔한 거를 실업쟁이(실없는 사람)맨치로, 아 인사는 인사니께, 여
러 벗님네, 그간에 수고가 많았일 것이요잉. 따라서 이 몸 지삼
만이 남보다 잘헌 것은 없다 혀도 또 못헌 것도 없었지라우."

서두를 꺼내는데 못한 것 없다는 못부터 박아버린다.

"그리고 복장 터지는 것을 말헐 것 겉으면은 웃통 벗어 던
지 부리고 당장에 결판을 내고 접지마는 사람이 어디 초장부
터 그럴 수 있간디? 그라면 일도 재미가 적을 것이고오."

이것은 환이 쪽을 향해 기탄없이 던지는 도전장이다. 강쇠
얼굴에 비웃음이 떠오른다. 반쯤 엎드린 것 같은 자세로 얼굴
만 치켜든 관수의 표정에서는 좀체 속마음을 짚을 수 없다.

"초장이라고 주저할 것 없일 성싶은데,"

"허허, 점잖아질 나이도 됐는데 왜 그리 보채나."

산청의 객줏집 주인 석포가 강쇠의 혈기를 저지하며 말했다.

"허허헛헛…… 객줏집 주인장, 은혜가 백골난망이오. 허허 헛헛……."

비꼬아놓고, 지삼만은,

"그라면! 여러 벗님네들 우리는 바지저고리요?"

"초장부터 바지저고리는 와 들고 나오노."

손가가 받아서 던진다.

"만일에 바지저고리라면은 언제부터 바지저고리가 되었느냐! 무엇 땀시 바지저고리가 되었느냐! 또 계속혀서 바지저고리가 될 것이냐! 이제는 우리도 이 통탄스런 바지저고리 노릇은 그만허고 몸뚱이가 되기 위하여 결판을 내릴 때가 온 것 겉다 그 말인디."

전반부는 고함치듯 하다가 뒤에 가서 어세를 쑥 내리는 품이 제법 멋이 있고 자신에 가득 차 있는 것처럼 보인다.

"내가 이번에 만세운동을 통혀서 작정헌 거는 종전에 품었던 생각을 이제는 생각으로 그칠 일이 아니라, 실제로 조직을 혀야 한다는 것이었지라. 바로 그 점을 여러 벗님네들하고 상의하기 위하여 이 자리에 온 것이오. 나중에 조목조목 따져서 상세한 이야그를 헐 것이요마는 대충 크게 나누어서, 으흠, 흠! 이자는 옛날겉이 우리끼리 하자! 남의 뒤치다꺼리는 싫으니께 사양허겄다, 그것이며 다음은 식자들, 즉 야소교와 학생, 소위 신식 공부한 놈들하고는 동사(同事)를 아니허겄다 그것이오. 생각 좀 혀보더라고. 나는 곰 되기는 싫은께. 바위는 내가 들고 게는 딴 놈이 줏어먹는 그런 짓은 딱 거절이다 그 말이여라. 이리 말하면은 네가 언제 남의 치다꺼릴 혔느냐고 욱대기는 사람이 있을지도 모르겄소. 또오 우리가 구걸헌 것 우리 맘대로 혔다고 따따부따헐 계제가 아니라 헌다면 그만이지, 허기는 그려. 그러나 나는 또 묻고 접소. 여보시시오, 우리가 앞뒷집에 사는 이웃이란가? 아니면 길 가다 한 주막에 든 나그네란 말시? 그렇다면 여그 이곳에 야밤을 무릅쓰고 모였을 리가 없지라. 안 그려? 적어도 생사를 함께 맹서헌 우리들 아니란가? 언제 어느 시에 내 계집자식들 길바닥에 내동댕이쳐질란가 그런 것 다아 잊어부리고 우리는 몇몇 해를 살아왔지야! 계집자식 생각허면 하룬들 이 짓헐 것이던가? 그러니 돈줄 잡고 있는 사람이라도 지 마음대론 못헐 것이오. 다음 식자들과 동사 안 허겄다는 것도 이 지삼만이 이유 없는 게 아녀. 여러 벗님네들, 우리는 동학당이여라우. 그것을 명심허시라 그 말이여라우. 비록 왜놈의 자석들한테 패허였으나 젖비린내 나게시리 쩨쩨한 싸움은 안 혔다 말시. 만세나 부르고 길바닥이나 누비고 다닌 게 뭐 그리 대수인감? 말허는 아가리 있고 두 다리 있으면 어린것도 헐 수 있는 일, 또 사실을 말헐 것 같으면은 이번 만세운동에서도 방방곡곡 핍박받는 불쌍헌 백성들이

제 발로 옛날 우리 동학 깃발 아래 모였던 그 백성들이란 말이오. 먹물 든 놈이사 살기 좋은 서울에서 흉내 낸 것밖에 더 있간디? 그리고 또 있지라, 소위 독립운동가라는 것 말이여. 왜놈 총칼이 안 닿는 안전헌 곳에 있는 그 사람들 말이여. 안전헌 곳에서 뉘하고 싸움한단가? 말만 쳐들어온다 쳐들어온다 허고서, 왜놈의 총칼 밑에 헐벗고 굶주리고 신음허는 백성들 보고서 군자금 내어놓으라? 그야말로 혈세 아니란가? 더러는 두만강 압록강 얼음 타고서 왔다 갔다 헌다는 소문을 들었지마는 얼음판 건너면 만주땅, 우린 도망갈 곳도 없단 말시. 헌디 그네들 헌 일보다 명이 높은 것은 무슨 까닭인가 나는 모르겠구먼. 만세운동만 혀도 그렇잖이여? 부모 덕에 돈푼 쓰고 일본 갔다왔다 험시로 먹물 묻혀 온, 머리빡에 피도 안 마른 놈들이 영웅호걸로 행세허더라 그 말이여라. 말을 허자면 야소교라는 것 불교라는 것 또 무슨 뭐라는 것, 심지어 동학에서 살림 나간 것들, 손끝에 피 한 방울 안 묻히고서 하루아침이면 영웅호걸이 되더란께로. 독립선언문인가 그거 읽은 놈은 모두 영웅이 되질 않더라고? 여기 기시는 여러 벗님네들! 우리는 삼십 년 가까이나 헐벗고 굶주려가면서 이 길로 왔소. 박쥐맨치로 맨발에 밤이슬 맞고 동분서주, 험난한 준령은 얼마였으며 기차게 쓰러진 우리 동료에겐 무덤도 없었소. 우리 칼은 피에 물들었고오, 나는, 이 지삼만이는 동학의 피눈물을 잊는다면 용서 안 할 것이여. 우금치 싸움의 그 피바다 속에 먹물 든

놈이 몇이나 됩디여? 야소쟁이는 서양놈 업고, 불교, 신식 천
도교 그것들은 모두 일본을 업었고 유교하는 놈들은 또 대국
을 업었고, 하여 그자들은 신발 신고서 마른자리만 찾아다니
지 않았어야? 소용없단께로! 권문세가 자식 놈들 먹물 들었다
고, 제에기랄! 먹물만 들면은 대순가? 아니꼽고 더럽어서 아니
헐 말로 그네들이 권력을 잡는다면은 그래 한 많은 백성들 생
각헐 것이여? 입만 살아서, 보리밥 한 끼 먹여보시오. 사흘만
굴 속에서 살아 혀보시오. 등짐 지고 백 리 걸어보라 허시오,
만세는 장꾼들이 불렀건만 애국자 감투는 유식한 놈들 차지,
안 그렇다 헐 자신 있으면 손들어보시더라고."

　지삼만은 득의에 차서 사방을 둘러본다. 환이 근처까지 간
눈은 한 번 건너뛰었다. 몇몇 사람은 지삼만의 얘기에 감동을
받은 것 같다. 특히 윤도집의 아들 윤필구가 그러했다. 그러
나 환이 편에 있는 사람들은 반격의 기회를 대기하고 있는 표
정들이다.

　"자신이 있고 자시고가 있나. 맨발에 밤이슬 맞고 동분서주
우리들 칼은 피로 물들었고오, 그 대목에선 눈물 나누만."

　조막손이 손가는 농쳤으나 코끝이 시큰한가 콧물을 마시며
화등잔같이 큰 눈을 꿈벅거렸다.

　"눈물 나는 것 보니 손서방도 탕숫국 먹을 나이가 되어가는
것 같소."

　석포가 평정한 어조로 빈정거렸다. 손가는 흰머리가 아우

성을 치고 있는 상투머리에 얼른 손이 가다 말고 응수의 자세를 취하는데 지삼만이 한발 먼저 내딛는다.

"아무도 손드는 사램이 없는 거를 본께로 내 말이 맞기는 맞는 모앵인디 고맙구만이라우."

"고마울 것 한 푼 없제."

강쇠의 말은 쏜살같았다. 지삼만의 눈알도 빙그르르 돌았다.

"가면 가, 부면 부, 사내대장부라면 처신을 확실하게 혀얄 기구마. 비리적허게 옆구리서 찌르는 그따위로 혀서 쓰겄는감?"

"말 잘했다!"

강쇠가 솟구쳐오르듯 몸을 일으키려 하는데 한 사람 건너에 앉아 있던 관수가 한 발을 내밀어 강쇠의 엉덩이를 친다. 잠시 휘청거리다가 자리에 주저앉은 강쇠는,

"와 발덩거지고!"

관수를 향해 발끈하다가 관수의 눈과 마주치자 억지로 흥분을 가라앉힌다. 조막손이 손가는 눈살을 좁히며 윤도집을 쳐다본다. 자아, 무슨 연곤지 이쯤 됐으면 당신이 나설 계제가 아니냐는 듯, 그러나 윤도집은 환이와 겨루듯 완강한 침묵이다.

"제 잘못을 감출라꼬 발라맞치는 말에 가타부타가 어 있노. 바지저고리 바지저고리 하지마는 바지저고리 밑의 몸뚱이 썩

없이믄 아무 짝에도 못 씨는 기라. 언젠가 사람이 걸어댕기지 식자(識字)가 걸어댕기는 거는 아니라 했듯이 그 말 그대로 말이 어디 일을 쳐내건데? 귀에 걸믄 귀걸이고 코에 걸믄 코걸이라, 또 무쇠에다가 금박 칠하는 것이 말이고 보믄,"

"뭣이 웨쩌?"

흥분한 강쇠와 여유 있는 지삼만이 주먹을 쥐고 동시에 일어섰다.

"잠시 기다리게. 시비에도 순서가 있는 법이야. 일한다는 놈들이 닭싸움하듯 해도 안 될 것이고."

강쇠를 저지하고 나선 석포의 온건한 말솜씨는 그러나 듣기에 온건하다 뿐이지 내용을 새겨보면 기필코 귀결을 짓고 말겠다는 결의가 있는 것이다. 헛기침을 한 석포는,

"여기 모인 사람 중에는 아는 사람도 있겠으나 모르는 사람도 있을 듯해서,"

"이보시오 석포 선상, 왜 이런다요? 내 아직 말 안 끝났단께로."

동배인데 일부러 존댓말을 쓰며 지삼만이 눈을 치뜨고 항의한다.

"좀 기다리게."

"아니, 남의 계집 채가듯 어찌 이런단가?"

"지서방 모양으로 연설을 하려는 건 아니고 지서방의 얘기를 더 알아듣게끔 몇 가지 있었던 사실을 보고해야겠기에. 지

나간 설움 얘기하는 것도 좋고 오늘날 억울함을 얘기하는 것도 무방하지만 전후 사정부터 먼저 알아야 않겠는가?"

조용하지만 석포 음성은 칼날 같았다. 그러나 지삼만은 동요하지 않았다.

"그럼 그럭허시시오."

하고는 조소를 띠며 석포를 빤히 쳐다본다. 작전이 다 서 있는 얼굴이다.

"지난 세모에서부터 시작해서 흐흠, 오늘까지 사이에 다소 수상쩍은 일들이 우리 주변에서 일어나고 있는지라, 그것을 말하겠소. 앞으로 보다 더 신중하게 움직여주기를 당부하는 뜻에서 여러분께 드리는 말이오. 그러니까 지금까지 어떤 일이 있었는고 하니 지난 정월 말께쯤, 지서방의 말마따나 왜놈들 총칼에서 벗어난 곳에 있는 어떤 사람이 우리 쪽을 찾아온 일이 있었소. 자세한 내용까지는 설명할 수 없으니 여러분께서 양해해주시고, 하여간 그때 누가 그랬는지, 짐작되는 바이기는 하지만 모오 인사가 상해임시정부에서 사람이 왔다는 것을 경찰에 찔렀던 거요. 그래서 진주경찰서가 발칵 뒤집히는 불상사가 있었는데 다행히 꼬리를 잡히지 않았기 때문에 우리 쪽에선 아무 희생은 없었으나, 그런데 또다시 괴상한 일이 생기지 않았겠소? 이번에는 투서였었소. 경찰은 들어온 투서를 근거 삼아서 혜관스님을 만세운동의 주모자라 하여 찾아왔던 거요. 여러분들도 아다시피 혜관스님은 그 당시 절 밖의 일엔 손을 대지 않았으니 아무 증거가 없고 해서 일은 흐지부지된 듯싶소. 그러나 그것으로도 끝은 나지 않았소. 최근의 일인데 여기 김형하고 강쇠가 주막에서 자객의 습격을 받은 일이요. 이와 같은 일련의 사건은 그 성질상 한 사람의 소행일 것이고 또 유사한 점을 말할 것 같으면 세 번 있은 일이 결과적으로 볼 때 우리 쪽에는 별 피해가 없었다는 것인데 천운인지 아니면 사람 하기 탓이었는지 그것은 모르겠소."

"그렇다믄 그기이 누구 소행이란 말이오?"

긴장한 조막손이 손가가 성급히 물었다. 윤필구의 얼굴도 긴장되어 있었다. 순창의 장가(張哥)와 보부상 임가는, 또 남원서 온 박달이라는 장년 사내는 머쓱해하는 표정이었고 지삼만이 입을 뗐다.

"일은 매우 간단헌디."

"머이라구? 이 새끼야!"

강쇠는 또다시 깃털을 세우며 고함쳤으나,

"네놈의 버르장머리는 내 후일에 바로잡아주기로 허고."

"일은 매우 간단하다? 머가 우떻게 간단하다 말고!"

"아 금매 일이 벌어졌으면 소행자가 있을 것이요, 소행자가 있달 것 같으면 잡아와서 타살하면 될 거 아니더라고? 남의 허는 말 막고서 백날 말혀도 소용없는 일이란께. 아 금매 그깟 놈 하나를 못 잡는대서야 어디 우리가 밤이슬 맞고서 일헌다 헐 수 있간디?"

말의 억양 하나 걸리는 곳이 없다.

"이 쳐 죽일 놈! 뻔뻔하고!"

강쇠가 지삼만의 앞가슴을 비틀어서 쥔다.

한 덩어리로 얽혀 뒹구는데 일어서서 말리는 사람은 아무도 없다. 남원의 박달이 한 손으로 땅을 짚으며 움직일 듯한 자세를 취했으나 석포 눈길에 밀려 그런 자세를 지속한 채, 저력을 숨긴 밋밋하고 푸르스름한 얼굴이 복잡해졌을 뿐이다. 누구든 한 사람 일어서기만 하면 패싸움이 벌어질 것은 뻔한 일, 패싸움이 벌어졌다 하여 해결될 성질의 사태가 아닌 것을 이들은 잘 알고 있었으며 피차가 다 붕괴될 위기를 모면하고자 안간힘을 쓰는 것도 사실이다. 어쩌면 육박전을 벌이고 있는 두 사내도 그것을 생각하고 있는지 모른다. 전후 사정을 미루어보아 대충 짐작이 간 조막손이 손가도 침묵을 지키고 있었다. 얼굴은 침통했다.

'나는 이자 물러날 처지가 아닌지 모리겄네. 내 생각이 아무리 달음박질을 쳐도 일은 저만큼에서 터지고. 흥, 석포 말마따나 탕숫국 묵을 나이가 가까워 오는갑다.'

힘으로 견준다면 자타가 공인하는 장사 강쇠가 상수겄지만, 그러나 왕년에 나무를 뿌리째 뽑아 휘둘렀다는 일화가 있는 땅돼지 지삼만이고 보면 나이 들었다 하여 만만할 순 없다. 체구는 땅땅하게 작아도 모질게 영글어서 맷집이 좋았고 싸우는 본새도 한결 능했다. 두 사내는 신음 소리 한 번 내지 않는다. 치고받고 엎치고 뒤치고 뒹구는 소리만 깊은 굴속에서 요란하게 울릴 뿐이다. 참으로 해괴한 광경이었다. 모닥불과 관솔불만 춤을 추는 검붉은 빛깔 속에서 흰 베옷 입은 사람들의 침묵한 모습들은 마치 제물을 지켜보는 제사(祭司)들의 무리같이 보인다.

싸움이 중반으로 접어들었을 때 지삼만의 입에서 악마 같은 기합 소리가 터져 나왔다. 강쇠도 벽력 같은 고함을 지르면서 돌덩이 같은 주먹이 얼굴을 향해 들어간다. 지삼만의 눈 밑이 찢어진다. 피가 쏟아진다. 이것을 고비로 지삼만이 밀리기 시작한다. 나이는 어쩔 수 없이 그를 쇠하게 하였는가. 박달이, 보부상 임가, 순창의 장가, 거창의 이가 등 몇 사람 얼굴이 초조해지기 시작한다. 다시 코뼈가 부스러졌는지 지삼만의 코에서 피가 왈칵 쏟아져 내린다. 상투는 풀어지고 피범벅이 된 얼굴은 소름 끼치게 처참하다. 흰빛과 검정빛과 붉은 빛깔이 선명하게 구분지어지면서 광란하는 굴속은 아비규환, 신의 저주 같은가 하면 삶의 의지가 승화되어 가는 피의 향기가 물씬 풍기기도 하고 인생은 끝없이 서럽고 그리고 견고한 것만 같다.

지삼만은 결코 나가떨어지지 않는다. 가차 없는 주먹에 회오리바람처럼 몸이 돌다가도 다시 물고 늘어진다. 박달이, 보부상 임가가 벌떡 일어섰다.

"어디로!"

고함치며 윤도집이 일어섰다. 두 사내는 발이 묶인 것처럼 윤도집을 바라본다. 윤도집의 얼굴은 붉다 못해 푸른 기가 돌았고 굳게 쥔 두 주먹이 부들부들 떨었다.

"죽여버려!"

어떤 사태 앞에서도 얼굴빛이 변하는 일이 없는 윤도집의 무서운 형상은 잠시 동안 좌중 사람들의 숨을 마시게 하였다.

"아버님!"

항의하듯 필구가 일어섰다. 박달이를 위시한 몇 사람 눈에 살기와 독기가 서린다. 윤도집은 그들의 모습과 아들도 보이지 않는 듯,

"죽여버려! 이유와 목적이 뭣이든 왜놈과 붙어먹은 놈은 배반자다!"

박달이 웃통을 벗어젖히려는 찰나,

"악정[惡症]에 귀업은 자식 친다던가요?"

관수의 냉소가 울려왔다. 살기와 독기를 품었던 사내들은 관수 말 한마디에 엉거주춤한다. 야유를 받은 당자 윤도집조차 희미한 안도의 숨을 내쉬는 것같이 보였다. 석포는 회심의 미소를 머금는다. 관수의 슬기는 위기촉발을 저지했던 것이다.

"이 자석아, 치아라, 치아!"

지삼만을 타고 앉은 강쇠의 엉덩이를 걷어차면서 관수는,

"도집 어른 가심 아파하시는 말씸 못 들었나?"

강쇠의 덜미를 낚아채어 한구석으로 밀어붙인다. 힘을 다 빼버린 강쇠는 헉헉거리며 다시 덤비려 하지 않았다. 용수철

같이 일어나 앉은 지삼만은 입 속에 가득 고인 피를 뽑아 뱉어낸다. 관수가 허리춤에서 베수건을 뽑아 던져주었으나 지삼만은 못 본 척 손바닥으로 얼굴의 피를 닦는다.

"목을 쳐 죽일 놈!"

강쇠가 으르렁거렸다.

"썩은 복쟁이 겉은 놈의 자석아!"

"오오냐, 이 곤 대추 겉은 놈아!"

"내 어느 땐가 네놈의 그 막걸리 살이 허옇게 오른 배때기를 푹 찔러서 돼지우리에다가 던져줄 긴께로, 확실허게 명념혀둘 것이여. 으흐흐흐……."

"분에 넘치는 소리는 언제 들어도 가소롭더라. 곤 대추 겉은 그놈의 모가지나 자알 간수해두라고. 숭내(흉내)로 자객질할 놈은 아무도 없일 긴께."

툭툭 털고 일어선 강쇠는 절룩거리며 제자리로 돌아가 앉고 코피가 흐르는 때문인지 지삼만은 비스듬히 드러누운 자세로 옷고름 한 짝을 잡아 뜯더니 한쪽 귀퉁이를 찢어 콧구멍을 막고 나머지 옷고름 짝은 흘러내린 머리를 걷어서 이마빡에 동여맨다. 그러는 동안에도 좌중에는 침묵이 흐르고 있었다. 일이 이쯤으로 낙착될 것을 피차가 원하는 까닭이다. 누군가가 또 거론하게 되면은 일은 다시 혼란 속으로 빠져들 것이요, 승부는 결코 나지 않을 것이며 깨어질 수밖에 다른 길이 없는 것이다. 증거를 남기지 않았다고 자신하는 지삼만 쪽에서는 증거를 대라 하며 악머구리처럼 떠들고 싶은 것이 기분이며, 동료를 왜놈한테 넘기려던 배신자는 죽여야 마땅하다고 주장하고 싶은 것이 환이 쪽의 기분이요, 윤도집을 중심한 사람, 조막손이 손가와 같은 처지에 있는 사람은 흑백을 가려낼 것을 우기고 싶은 것이 심정이다. 그러나 이들이 기분대로 하기에는 신산(辛酸)의 연공(年功)이 있었다. 때론 잔인하게 때론 현명하게 때론 교활무쌍하게 감정을 절제하는 데에는 이력이 나 있는 사람들인 것이다.

"젠장, 왜놈 옆구리에 칼을 들이대는 것보다 어려운 일이구마."

조막손이 손가가 내뱉고 곰방대를 꺼내어 담배를 재는데 침묵은 그냥 계속이다. 이윽고,

"지서방."

환이 처음으로 입을 열었다.

"말씸하시더라고, 지삼만이 안 죽었인께."

저만큼 비스듬히 드러누운 채 입만은 여전히 팔팔하여 빈정거렸다.

"자두를 먹어보았소?"

"중문 대문 거칠 것 없는 게라우. 삽짝으로 쓰윽 들어서면 쓰겄소잉. 그래야 상놈이 알아듣들 않겄소?"

그 말 대꾸는 않고,

"자두 껍데기가 시다고 해서 자두가 신 과일은 아닐 것이

며, 껍데기를 벗기고 먹으면 달다고 해서 마음 놓고 덥석 먹을 수 있는 과일도 아닐 것이며, 조심스럽게 발가 먹어야지 씨앗 가까이 가면 껍데기 못잖게 씨거든."

"그려. 껍데기만 핥아보고서 자두는 씨다, 내가 그런다 말씀이여라?"

지삼만은 깔깔대며 웃는다.

"바지랑대로 하늘 재기지."

"누구는 실꾸리 들고 하늘 잭남?"

환이 피식 웃는다.

"여기 있는 사람, 너 나 할 것 없이 바위는 누가 들고 게는 누가 줍고, 그런 아득한 훗날 생각을 한다면 오늘 밤에라도 집에 돌아가야 할 게요. 지서방이 비웃는 학생이나 식자들도 그런 생각은 안 할 것이며 만주땅 중국에 가 있는 사람들도 그 생각은 안 할 게요."

그 말에는 지삼만도 대꾸를 못한다.

"영웅호걸? 하룻밤 새 될 수 있지요. 내일이라도 종전까지 행하던 그런 방법은 집어치우고 되도록이면 사람 많이 모인 곳에서 순사든 헌병이든 왜놈이면 될 거요. 왜놈 하나 공공연하게 죽여보시오. 지서방은 당장에 방방곡곡에서 영웅호걸로 칭송될 게요. 한데 뭐 그리 배가 아파서, 그 쉬운 방법 하나면 될 터인데 학생들 식자들 영웅호걸 된 것에 이를 가는 게요? 춤추는 나비가 되시구려. 지금 형편상 춤추는 나비가 많으면 많을수록 좋은 거니까. 의병들이 거의 사라져가고 있는 때에 땅속을 파는 두더지들을 위해서도 나비가 이곳저곳 휠 휠 날아다니면, 잠자리채 들고서 왜놈들이 이리 뛰고 저리 뛰고, 그러면 우리는 마음 놓고 땅속을 파 넓혀갈 테니까, 안 그렇습니까, 도집 어른?"

윤도집은 차디찬 시선을 환이에게 던졌다. 문제가 환이와 자기 사이로 좁혀든 것을 느꼈기 때문이다. 지삼만과는 완전히 반대되는 비폭력의 방향이지만 이른바 땅속을 파는 두더지는 이제 그만두자는 것이 윤도집의 주장이다. 조직을 서서히 표면화하면서 동학이라는 교지(敎旨)를 높이 쳐들어 전투적 목적은 완전히 엄폐해두고 지난날 동학이 그러했듯이 교도들을 넓게 흡수하면은 인력과 재력이 축적될 것이요, 어떤 시기가 오면은 교도들을 군사로 응변한다. 그리고 과거의 실패원인을 면밀히 검토하고 미비한 면을 철저히 보완하고 우발적이던 과거의 취약성과는 달리 장기간의 계획단계를 밟아 올라간다면, 그러니까 동학란은 여전히 혁명의 원형(原型)으로써 최선의 방법으로 간주한다는 윤도집의 신념은 창이 안 들어가는 방패요 김환의 주장은 찔러발기겠다는 창날이라고나 할까. 십 년이 가까운 세월의 모순과 갈등과 대립은 붕괴를 모면한 듯한 이런 순간에도 환이와 윤도집 사이에 예각(銳角)으로 엄연히 존재하는 것이다.

"아까 한 지서방의 말을 빌리자면 소위 왜놈 총칼이 안 닿는 안전한 곳에 있는 사람들이 이곳 사람들보다 고생을 더 하느냐 덜 하느냐는 것은 별문제로 하고 두만강 얼음판만 건너면 만주땅이요 노령이라는 도피처가 있는 것은 사실이며, 우리는 도망갈 곳도 없다, 그것도 사실이오."

"뻔한 이야그를 뭐 땀시 내뱉쌓는가 모리겠네요잉."

지삼만은 여전히 가만있지는 않았다.

"그러나 고생을 더하고 덜하는 내기를 건 것도 아니겠고 고생을 더했다 해서 일의 결과가 좋았다 할 수도 없는 일이고 보면, 고생이란 혼자 짊어지는 한탄일 뿐이지 일이란 결과에서만이 나타나는 거 아니겠소? 새삼스럽게 말할 나위도 없는 일이지만, 여하튼 도망갈 곳이 없는 우리들보다 도망갈 곳이 있는 그네들은 바로 그 점 때문에 싸움에서 유리하다는 것을 생각해야 할 것이오. 유리한 곳에 군자금이 흘러가는 것은 당연한 일이며 요즘 국내에서 모금운동이 활발하다 하여 시기할 하등의 이유가 없는 거요."

환이는 모금운동이 활발하다는 데 못을 박는다. 그 말은 자신들의 관여를 모호하게 묻어버리며 언질을 주지 않으려는 의도이면서 한편 그 필요성을 후퇴시키려 하지는 않는 의도인 것이다.

"그러나 군자금이 나간다는 파다한 소문과 실상이 반드시 일치하는 것도 아니며 또 그곳의 사정만 하더라도 질수가 같지 않은 만큼 돈 가는 곳도 각기 가닥이 다를 것인즉 과대하게 생각할 필요는 조금치도 없는 거요."

상식적인 말을 하며 환이 실쭉 웃었다.

"그렇다면 우리들 몽땅 그 유리허다는 곳에 가면은 워떻겠소?"

과대하게 생각할 것 없다는 말에 오기가 치민 지삼만의 응수다.

"그걸은 생각 알아 하시오. 나는 못 가겠소."

"제일로 궁금헌디 멋이 웨떻그롬 유리허다요?"

"첫째!"

하고 환이는 음성을 높였다.

"사람이 많소이다. 일하겠다는 사람 말이오. 둘째는 땅이 광활하고 아직은 왜놈 치하의 땅이 아닌 만큼 활동하기가 용이하오. 셋째는 세계가 어찌 돌아가는지 크게 내려다볼 수 있는 곳이오."

"옥황상제 겉은 말씸만 허시는디,"

그 말은 들은 척 만 척,

"얼마든지 그물코를 만들어나갈 수 있소. 한 사람이 두 사람으로, 두 사람이 네 사람으로, 네 사람이 여덟 사람으로…… 일본을 덮쳐 씌울 그물 말씀이오."

얘기는 껑충 뛰었다.

"물론 우리도 그물코를 만들어나가야지요. 더디고 힘이 들지만. 어느 땐가는 그쪽 그물 끝과 이쪽 그물 끝이 닿아서 이

어질 것 아니겠소?"

환이는 슬그머니 돌아앉는 시늉을 하면서,

"그러는 동안 지속하여 나비들은 춤을 추어야 하고 벌들은 쏘아대야 하고 까마귀는 울어대야 하고 가끔은 여기저기서 와당탕 소리도 나야 하고, 그런다고 일본이 손들겠소? 다만 기다리는 동안 조선사람들이 잠이 들면 안 되겠기에 군고(軍鼓)를 두드려보는 데 불과한 거요. 혹자는 3·1만세운동을 두고 무력 아닌 평화적 수단을 취하였다 하여 크게 잘못한 것으로 지적하기도 하지만 무력의 수단이 전혀 황당한 것은 아닐지라도 그러나 희망은 백의 하나 정도로 나는 생각하오. 나라와 나라지간의 전쟁으로도 일본은 감당하기 어려울 만큼 힘이 팽배해 있고 이제는 만주땅 중국을 넘겨다보고 있는 처지인데, 소위 민란으로 그들을 몰아낼 수는 없을 것이오. 민란이란 자고로 상대편의 힘이 쇠퇴해졌을 때 터져 나오는 힘이니까 말씀이오. 마찬가지로 왕년의 동학란도 국정이 피폐하고 오백 년 왕조가 쇠해가는 데서 솟은 힘이 아니겠소? 외세만 아니었다면 동학은 어쩌면 혁명을 성취했을지도 모르겠고, 천재일우의 기회를 일본에게 가로채인 것은 사실이오. 그러나 오늘 이 시기에 왕년의 그 잃었던 기회에 대하여 연연하는 것은 큰 잘못으로 나는 알고 있소."

환이는 이제 정면으로 윤도집을 치고 나온 것이다.

"오늘의 상대는 오백 년에 이르러 쇠할 대로 쇠해버린 이씨

왕조가 아닙니다. 그네들 말을 빌리자면 욱일승천하는 새로운 세력의 일본이오. 아무리 과거의 미비했던 점을 보완하고 면밀하게 다져가며 후일을 기한다 하더라도 필경엔 우물 안의 개구리 싸움을 면치 못할 것이며 또 항일투쟁은 결코 동학의 독점물도 아닐 것이오. 작년 3·1만세운동의 성과가 어느 정도인지 그것은 차치하고 야소교의 힘이 크다는 것이 떠올려진 것은 사실이오. 설마 동학도 그리해보자는 것은 아니겠지요. 과연 우리 지금의 동학이, 그나마 여러 쪼가리가 나 있는 동학이 떠올라본다 하여 야소교의 그 조직을 능가할 성싶지 않으니까 하는 말이외다. 야소교를 중심한 식자들은 두 손만 들어 올리고 만세를 불렀으나 가난한 촌백성들은 주재소를 때려 부쉈다 하고 싶겠지만, 또 사실이 그러하나, 훈련을 안 거친 촌백성들은 그것 한 번으로 끝나는 게요. 지속되지는 못한다는 얘기요. 동학란도 그렇지 않았다고 말할 수는 없소. 앞으로 동학의 신도라는 것도 마찬가지 아닐까요? 한때의 불꽃을 믿지 마십시오. 우발의 불꽃은 적절히 이용하는 데 그칠 일이지, 순식간에 넘치고 차면은 또 순식간에 흩어지고 비어버리는 것이 아무 가진 것 없는 백성들의 생태가 아니겠소? 넘쳐흐르지 않더라도 흩어지지 않고 비어버리지 않게 울타리를 쳐주는 것이 종교일 수도 있겠지요. 그러나 여전히 강한 힘과의 싸움에는 그들에게 우발의 불꽃 이상을 기대할 수는 없을 것이오."

단숨에 쏟아붓듯이 지껄였다. 그러나 열중한 것은 아니다.

내친걸음이니 간다는 식이었다.

"그러면 동학은 완전히 무용지물이라는 얘기가 아니오?"

윤도집은 분노를 짓씹으며 내뱉었다. 환은 고개를 숙이고 더 이상 말을 계속하지 않았다.

18장 옛터

평사리에 있는 최참판댁으로 용의 거처를 옮기는 일이 주변에서 생각했던 것처럼 그리 쉬운 것은 아니었다. 여름이 다지나도록 해결을 보지 못하였던 것이다. 여러 칸의 행랑 중에서 육손이 부녀가 한방을 사용하고 있을 뿐 나머지 방들은 먼지가 쌓인 채 텅텅 비어 있었고 김서방 내외가 살던 채마밭 너머 뒤채도 비워둔 채 있었으므로 가려고만 하면 언제든지 갈 수 있으리라, 그러나 그렇지가 않았다. 조씨네 식구들이 나간 후가 아니면 누구를 막론하고 그 집에 발을 들여놓을 수 없다는 서희의 엄명이 있었던 것이다. 그러면 조씨네 식구들을 어떻게 내어보내는가. 이상한 것은 그 일에 대하여 서희는 일절 언급을 아니했다.

"죽일 놈, 그놈이 그래가지고는 옳은 죽음 못하지. 받아간 거금 오천 원 중에서 단돈 백 원만 내주어도 집 한 칸 매련하기 어려운 일도 아닐 긴데, 죽일 놈."

연학이 석이에게 와서 일의 전말을 얘기하다가 분개했던 것이다.

"그자는 지금 어디 있소?"

"누가 아요. 알았다 카더라도 더럽어서 머라 카겠소. 하기사 우리의 소관도 아니오."

"박람회에 내놔서, 만 사람이 저런 애비도 있는가, 구경할 만한 인물이오."

말하면서 석이는 임이네 생각을 했다.

"사람이 다 같을 수는 없지마는 어지간해야 말이제요. 고슴 도치도 제 새끼는 귀엽다 카는데 그런 인간은 금수만도 못한 기라요. 그놈을 찾아갈 계제도 아니지마는, 하기사 찾는다 캐 도 못 찾을 기요."

"……"

"꼭꼭 숨었을 기요. 서울의 그 독사배미 겉은 할망구가 알 았다만 보제요? 돈 가르자고 한사 결딴이 날 긴께,"

"허허허, 참."

"돈이 좋기는 하지마는 사람이 그 정도까지 되믄은 살인강 도보다 더한 기라요. 있고 없고 간에 돈에 무섭은 인간치고 사람다운 거를 못 봤인께."

조준구는 그렇다 치고 남은 식구들의 가장인 병수의 행방 은 더더구나 알 길이 없었다. 해서 연학이는 오랫동안 사당(祠 堂)도 내버려진 채 있는 것을 환기시키면서 조씨네 식구에게 집칸이나 마련해주어서 내보내는 것이 어떻겠느냐고 서희에게 의견을 내었다.

"내가 왜? 내가 무슨 상관이기 그런 말을 하는 게지?"

얼굴빛이 달라지면서 서희는 역정을 내었다.

"백 원, 아, 아닙니다. 오십 원만 주어도 삼간 오두막쯤,"

"듣기 싫다! 오 전도 아니 될 말이야. 금후 그 일에 대하여는 일절 상관 말어! 알았으면 물러가게."

하얀 이마에 푸른 줄이 쭉 뻗어 올랐다.

"예, 예."

연학은 서슬에 놀라며 물러났다.

'온, 세상에, 돈 오천 원은 묵다 남은 떡 쪼가리맨크로 던져주더마는 백 원, 오십 원이 거기 비하믄 돈가? 그렇다고 해서 그냥 내쫓으란 말씸도 없고, 참말이지 알다가도 모릴 일이구마는.'

이와 같이 연학에게는 서희를 두고 도저히 이해 못할 경우가 종종 있다. 조준구에게 서슴없이 오천 원을 내주었을 때도 그랬었지만.

이해할 수 없는 경우, 처음부터 그랬었다. 영욕의 역사가 서린 평사리 최참판댁 그 집에 관한 최서희의 태도에는 처음부터 석연치 못한 것이 있었다. 간도에서 조선으로 돌아온 즉시 사당이 방치된 상태로 있을 평사리 그 집을 찾아갔어야 했었다. 형식으로는 조준구의 소유가 되어 있어도 서희의 귀가를 막을

379

사람은 아무도 없을 것이며 당당하게 돌아갈 수 있는 그 자신의 집이었다. 측근의 사람들은 물론 서희가 돌아왔다는 소문을 들은 마을 사람들조차 불원 그가 마을에 나타날 것을 생각하고 그들 자신의 거취에 불안을 느꼈던 것이다. 과연 땅은 계속하여 소작하게 될 것인지 아니면 마을을 떠나야 할 것인지, 그러는 한편 조씨네 식구들을 어떤 형태로 축출할 것인지 호기심에 설레기도 했던 것이 마을 분위기였다. 그러나 예상을 뒤엎고 최서희는 평사리에 나타나지 않았다. 단 한 번도 나타나질 않았다. 사람들은 조준구 소유로 되어 있는 집이어서 그가 나타나지 않는 것이라는 결론을 지었다. 그러나 이번에는 그 문제가 해결되었으므로 두 아들을 앞세우고 사당 문을 열 것이며 대대적인 집수리가 시작될 것으로 생각하였다. 그러나 서희는 여전히 움직일 기색을 보이지 않는 것은 대체 무슨 까닭에설까. 아무도 서희의 심중을 짚어본 사람은 없었으나 그러나 서희에게는 뚜렷한 이유가 몇 가지 있었다. 십육 년 동안 나서 자란 그 집에 대한 기억은 결코 행복한 것은 아니었다. 행복하기는커녕 고독하고 비참한 기억뿐이었다. 다섯 살 때 생이별한 모친의 얼굴은 기억 속에도 희미하였고 발작적인 기침 소리가 지금도 귀에 생생한 부친은 단 한 번도 딸에게 애정을 보인 일이 없었다. 엄격하기는 했으나 사랑의 손길을 보낸 사람은 오직 할머니 한 사람이었다. 그 윤씨가 어미를 앗아간 사내 구천이의 생모라니, 해란강 강가에서 남편 길상이가 들려주었던 윤씨의 비밀은 하느님 맙소사! 아아, 하느님 맙소사! 서희를 절규케 하였다. 서희는 생각했다. 최참판댁 가문의 말로는 세 사람의 여자로 하여 난도질을 당한 것이라고. 윤씨는 불의의 자식을 낳았고 별당아씨는 시동생과 간통하여 달아났으며 서희 자신은 하인과 혼인하여 두 아들을 낳았다. 이러한 기막힌 일들이 불가피한 숙명의 실꾸리에 얽혀 되어졌다 하더라도 서희는 참으로 오열 없이 그 일들을 생각할 수 없는 것이다. 호열자가 만연했던 그해, 할머니를 위시하여 서희를 길러준 유모와 김서방, 그리고 충직하였던 하인들이 죽어나가던 그해도 전율 없이 회상할 수가 없다. 기둥뿌리도 기왓장도 모조리 들린 것처럼 불행의 연속이던 그 집을 떠난 후, 최서희는 권위 뒤에 웅크린 고독과 풍요 뒤에서 한숨 쉬던 허기와의 싸움에서 허기지고 고독한 승리를 안고 오로지 목표였던 가문의 존속과 영광을 위해 돌아왔지만 막상 돌아와 보니 서희에게는 사당 문을 열고 조상에게 고할 말이 없다. 성씨조차 알 길 없는 사내 김길상은 지금 이곳 민적에는 최길상으로 기재되었으며, 따라서 아들 둘은 최환국, 최윤국이다. 최서희는 김서희로. 이 기막힌 사연을 조상에게 무슨 말로 고하라는가. 그러나 두 아이는 여하튼 최참판댁의 핏줄인 것이다. 최씨 피를 받은 것은 두 아이 이외 세상에는 단 한 사람도 없다. 서희는 마치 거미줄로 그네를 뜨는 것 같은 확신에 매달리는 것이었다. 그것은 사실이었으니까. 평사리에 가지 않은 이유는 그것뿐이었을까.

조씨네 식구들이 나가지 않는 한 아무도 그 집엔 발을 들여놓을 수 없다. 그러나 나가게 하는 조처에는 오불관언이다. 오두막 하나도 마련해주지 않거니와 나가라는 통고도 아니한다. 조처를 해야 하는 당자들은 행방을 모르겠고, 그렇다면 몇 해건 방치상태로 두겠다는 것일까. 무엇 때문에 그러면 거금 오천 원을 던졌을까. 그것에 대해선 서희 자신도 착잡하다. 무조건 방치상태로 두자는 생각을 한 것은 아니지만 평사리에 관한 한 자신도 집도 자연에 맡기고, 그냥 이대로 있는 불투명한 상태에서 서희는 쉽사리 일어설 수가 없는 것이다. 여러 가지 괴롭기만 한 추억 중에 다른 몇 가지, 최참판 가문의 이력과 관련이 없다면 없다고도 할 수 있는 서희 자신의 일이었는지도 모른다. 하여 그 일을 생각할 때마다 서희는 유아적(幼兒的)인 원망과 슬픔에 빠지곤 했었다.

'왜 나만 혼자 남겨두셨소. 모두 다 어깨의 짐을 풀어놓고 나한테만 떠맡겨놓고 가시지 않았습니까? 형식이지만 최씨네 가문…… 이제 뼈대는 세우지 않았소? 그러나 내가 받은 수모, 상처, 설움, 아아 나는 지치고 피곤하고 더 이상은 부대끼고 싶지가 않소. 그 부끄럽고 끔찍스럽고 저주스런 일을 지우고 싶소! 지워주시오! 지워주시오!'

철부지처럼 훌쩍훌쩍 울고 싶은 심정을 외면하듯 서희는 평사리를 외면하는 것이다.

두 가지 일, 하나는 상현이 용정촌을 떠나기 전에 남긴 말이며 다른 하나는 꼽추 도령 병수와의 혼인을 강요당하였던 십여 년 전의 일이다. 독기를 뿜어내듯 내뱉은 상현의 말은 그에 대한 사랑 때문에 깊은 상처를 남겼으나 병수와 얽힌 사연은 전율 그 자체였다. 고국으로 돌아온 후, 평사리 마을이 멀지 않은 곳에 있다는 실감과 함께 걸러내어도 여전히 남아 있는 가장 더러운 찌꺼기 같은 혐오는 때때로 충격같이 그에게 엄습해 오는 것이었다. 가엾은 불구자 병수의 뜻도 아니었으며 잘못도 아니었는데, 그러나 이해의 여지가 없을 만큼 충격적인 혐오감에는 늘 견딜 수 없는 공포까지 동반하는 것이었다. 병수가 싫었다. 너무 싫었기 때문에 무서웠다. 반드시 너의 신랑이 되어야 할 병수라는 홍씨의 말이 병수의 존재를 악몽으로 만든 것이다.

'나를 꼽추하고 혼인하라구? 그 더러운 병신하고!'

병수는 서희 의식 속에 마귀로, 괴물로밖에는 존재하지 않는다. 지난날 꼽추 도령이요 바보 천치요 오줌도 가릴 줄 모르는 인간 폐물, 사실과 억측 속에 추호 동정 없는 인간 폐물의 낙인이 찍힌 존재였던 병수, 그런 주변의 평가는 아무래도 좋았다. 그리고 길상이 느낀 병수 내부에 숨은 청랑(淸朗)한 오성(悟性), 그보다 더한 천성이라 하여도 서희에게는 의미가 없다. 참작의 여지도 없다. 뱀에게 물려본 사람은 평생을 두고 뱀을 무서워한다. 서희도 그러하다. 그는 우연찮게 꼽추를 볼 때 손발을 오그리며 떤다. 수모를 당하였다든가 보복을 하겠다든가 그런 사고를 거치지 않은 반사적 본능이다. 그것은 또 상상이 몰고 온 본능이기도 하다. 괴물에게 제물로 바쳐지는 처녀의 전율은 과거와 현재, 상상과 현실을 초월한 서희의 환상이다. 어쩌면 그것은 서희에게는 유일하게 위험스런 약점이었는지 모른다. 그리움이 성취될 수 없을 경우, 가령 상현이와의 관계에서 서희는 선수를 쳐서 상대를 냅다 던져버리면서도 의식 속에는 상대의 거역으로 상처를 안게 되고 상대는 한없이 멀리멀리 달아나버리는 것 같은 비애를 짓씹는데, 반대로 병수 같은 경우는 몸을 털고 흔들고 달아나는데, 상대가 결코 쫓아오지도 않는데, 괴물이 철썩 달라붙은 것 같은 소름을 느낀다. 그것은 상사뱀에 관한 옛이야기에서 비롯된 어린 날 공포의 연장이었는지도 모른다. 정서적으로 불안전하였고 육친의 애정에 굶주렸던 성장 때문인지도 모른다. 권위만 높이 솟았고 인간적으로 적요(寂寥)한 환경에서 방어본능만 드센 탓이었는지 모른다. 번번이는 아니지만 귀국한 후 가끔 병수라는 존재에 실끝이 닿을 때 서희는 두 아이의 어미가 아닌 어린 날 계집아이로 환원되어 걸러내어도 걸러내어도 남는 더러운 찌꺼기 같은 악몽에 시달린다. 아무튼 이같이 여러 가지 복합적인 갈등 때문에 서희는 평사리 생가에 발걸음을 아니하는데, 병수의 식구들 거취는 자동적으로 해결이 나기는 났었다. 초가을에서 계절이 무르익어갈 무렵 어느 바람결엔가 통영에 있던 병수는 평사리의 집문서가 돈 오천 원이 지불되면서 서희

손에 넘어갔다는 사연을 알게 되었다. 병수는 옛날 시원찮은 글선생이던 이초시를 만나게 되어 그의 주선으로 통영에서 소목방(小木房) 일자리를 얻은 것이다. 이초시의 인척이 되는 소목방 주인은 오래전에 낙후된 사부 출신으로 학식도 있고 인품이 된 사람이었으나 소목일로 호구지책을 삼는 처지였다. 오랜 죽음과의 투쟁에서 패배해온 병수는 비로소 항구가 내려다보이는 통영 언덕바지에 초가로 된 일방에서 삶을 정착시켰던 것이다. 소목방 주인 이씨는 병수의 깊은 학문과 여성적인 섬세한 감성을 간파하고 그의 오랜 업(業)을 병수에게 전승할 것을 다짐한 듯 친자식처럼 보살피며 일을 가르쳤다. 평사리 집에 관한 소문을 들은 병수는 밤이면 뜰에 나가 혼자 울곤 했으나 식구를 데려올 처지는 아직 아니었으므로 서신 한 장을 들려 평사리에 사람을 보냈던 것이다. 편지 내용은 진작부터 그랬어야 했을 것을 불민한 자신의 잘못으로 오늘에 이른 것을 아내에게 깊이 사과하고 이제는 자갈밭에도 씨를 뿌려 곡식을 거둘 만한 각오가 서 있으니 일 년만 친정에 가서 살아 달라는 부탁이었다. 병수의 아내 유씨는 친정어머니가 세상을 떠나고 없는 친정이 얼마나 있기에 불편한 곳인지 안다. 알지만 남편의 서찰은 구원이었다. 현재로부터의 탈출은 행방이 어디이건 구원이었다. 죽은 시간에서 살아나는 일이었다. 부부라는 인연 하나만으로 죽음의 시간 같은 세월을 견디어왔던 유씨 여인, 자갈밭에서도 씨를 뿌려 곡식을 거둘 만한 각오

가 섰다는 남편의 결의, 삶에의 결의는 그 여자를 죽음의 시간
에서 해방시켜준 감격이었다. 수없이 자살을 기도하였던 남편
을 지켜보며 바래어질 대로 바래어진 유씨 마음에 병수에 대
한 연민은 숨어 있었던 것 같다. 이조(李朝)의 여인들은 환관(宦
官)에게도 정절하였으니 정략혼인이든 앙혼(仰婚)의 제물이든
한 사람의 지아비를 맞이하면 그 한 사내만을 섬기며 해로함
이, 그러나 그것은 자유를 저당 잡히고서 자유를 누리는 것이
며 인권을 저당 잡히고서 아내의 존엄성을 쟁취하는 것이다.
실로 역리(逆理)의 율법이 가장 지엄하였던 이조의 여인들은
남편이라는 이름을 사랑하고 사모하고 그것만으로 절절하였
던 사랑의 순교자였던가. 여하튼 유씨는 소달구지에 짐을 싣
고 아들은 걸리고 딸아이는 안고 낡은 가마에 흔들리며 평사
리 마을을 떠나간 것이다. 따라서 그동안 주춤해 있던 용이는
마치 선발대처럼 평사리에 가기로 결정이 되었다. 용이 얼굴에
는 흐미하나마 설렘 같은 것이 나타났다. 이제부터 그는 고향
으로 돌아간다는 실감을 느끼는 듯하였다. 영팔이 처음 진주
에 닿았을 때 울먹이던 그 기분이 뒤늦게 용이에게 찾아왔는
가 싶었다. 월선이를 잃고 돌아온 용이는 그 당시 도저히 영팔
이와 같은 감회에 젖을 수 없었던 것이다. 최서희가 기피하는
평사리 그 마을을 용이는 사랑했다. 좋은 시절, 인생의 황금기
를 보냈었던 그 마을은 용이에게는 근원적인 것이다. 서러운
사연들이 묻혀 있지만 더럽혀지지 않은 자신의 존엄을 심었

던 곳, 사랑을 심었던 곳, 고뇌를 심었던 곳, 용이는 새삼스럽게 고향을 떠난 기간이 얼마나 이지러진 세월이었던가를 깨닫는 것이다. 임이네로부터 떠난다는 것은 용이에게 별 의미가 없다. 주변에서는 임이네와 떼어놓기 위한 방편으로 서둘렀겠지만 용이는 평사리로 간다는 다만 그 사실 하나에만 뜻이 있었던 것이다. 자아, 그러면 임이네의 처리는 어떻게 할 것인가. 지팡이를 의지하고 평사리로 돌아갈 계획을 세우면서부터 용이는 의식적으로 보행연습을 하는 듯싶었고 여름 내내 그러더니 상당히 성과가 있어서 오늘도 용이는 지팡이를 짚고 영팔이 집에 나들이 가고 없었는데 그사이,

"아지매, 편안하시오."

하고 연학이 훌렁 나타났다.

"무신 바람이 불어서 왔는고?"

임이네의 투는 늘 그렇다. 반말도 공대도 아닌 분명찮은 어미에는 빈정거림도 있고 한편 최참판댁에서의 영향력이, 그러니까 생활비에 관한 고려인데 그런 일 때문에 만만히 하지 못하는 면도 있었다.

"아재씨는 어디 갔십니까?"

"요새는 출입이 잦거마는, 할 일 없이."

"걸어댕길 만한께 얼매나 좋십니까."

"한량이 하나 생깄거마는,"

"그는 그렇고 떠날 채비는 돼 있는지 모르겠소?"

"떠날 채비?"

"모립니까."

"……?"

"아지매도 같이 가는 것이 순리겄지마는,"

"같이 가다니, 어디로 간단 말인고? 뜬금없이,"

심상찮은 것을 눈치챈 기색이다. 눈빛이 날카로워진다.

"하기사 머 아주 가는 것도 아니겄고, 천 리 타향으로 가는
것도 아니겄고,"

연학이는 곁눈질을 하며 약을 올리듯 말했다.

"자다가 봉창 뚜디린다 카더마는 가기는 누가 가메 어디를
가는고?"

"남의 속속들이 사정은 모르겄소마는 아지매는 평사리 최
참판댁에는 못 갈 기라 하더마요."

"무신 소리를 하노!"

임이네 낯빛이 싹 변한다. 연학이도 어지간히 잔인하긴 했
다.

"다름이 아니라 평사리의 최참판댁이 지금 비어 있으니 말
이요. 아재씨가 가서 집을 지키주어야 할 형편이니께 그래서
하는 말 아닙니까."

"아픈 사램이 집을 지켜?"

결코 자신에게 유리한 일이 아닌 것을 느낀 임이네는 발끈
한다.

"아이구 참 기가 맥히서, 병들었을 직에는 아무도 맡을 사람이 없더마는 죽자사자 병 고치놓은께 빈집을 지키달라꼬? 나는 평사리 최참판댁에는 못 갈 기라꼬?"

"길이 아니믄 가지 마라 했는데 말도 말 같잖소. 처자식 있는 사람을 병들었다고 남이 맡는 그런 경우도 있던가요?"

임이네 말이 막힌다.

"그라고 이 집이 누구 밥 묵고 사는 집이오? 최참판댁 그늘에서 살믄서 집 지키라 카믄 집 지키는 기지."

"처자식도 떼어놓고 가야 한다, 그 말인가?"

"무슨 소리 하요. 젊은 나 겉은 놈도 가숙하고 떨어져서 사는데, 다 늙어감서 머가 그리 알뜰하다고."

"사대육부가 멀쩡함사,"

약간 숙어든다. 석연치 않으면서 경위에는 잘못이 없다.

"사대육부가 멀쩡하지 않은께로 거기 가는 기이 안성맞춤이다 그 말이오. 도랑이 넓겄다 또 육손이 부녀가 있인께 보살피줄 기고,"

"이녁 가숙만 하까."

눈을 휘뜬다. 그 모습을 연학이 노려본다. 그러나 말은,

"그야 천하없이 가장을 위하는 아지매만이야 하겠소? 그래도 이 좁은 집보담이야 훨씬 낫제요."

"흥, 말대로 하자 카믄 열녀비라도 서겠네. 가소럽어서, 체머리도 안 흔드는데 말말이 삐딱하게 와 그러꼬?"

"잔말 긴말할 것 없고 이서방이 가믄 가는 기지 머. 아지매가 가라 마라 할 처지는 아닌께,"

연학이 쏘아붙인다. 임이네는 자식 낳고 사는 처지, 왜 내가 못 그러겠느냐! 하며 길길이 뛰듯 패악을 부리다가 종내 생활비 문제를 따지고 든다.

"그거를 내가 우찌 알 기요. 최참판댁 마님 재량이제요."

그 말에 비로소 임이네는 석연치 못하였던 그 정체를 파악한 듯 마룻바닥을 치며 통곡을 터뜨렸다.

그러나 연학이 말대로 사정이 가라 마라 하게 돼 있지는 않았다. 임이네 소행이 밉기는 미우나 그러나 연학이 좀 안됐다는 생각을 했고 용이는 아무런 감정 표시도 하지 않았다. 연학이와 홍이가 용이를 보살피며 평사리의 폐가나 다름없는 집에 들어섰을 때 해는 기울고 있었다. 타작을 대기하고 있는 타작마당에는 조무래기들이 뛰놀고 있었으며 들판에는 황금물결이 일렁이고 있었다. 용이는 황금물결이 일렁이고 있는 저켠에서 모친이 손짓하고 있는 것 같은 착각을 하며 아들 홍의 옆모습으로 시선을 돌리었다.

'이렇게 이어지는구나, 홍이에게로. 그러나 이 땅을 지키고 홍이가 살겠나, 불쌍한 자식.'

해마다 가을이면 한 차례 성묘하러 찾아오는 고향이지만 최참판댁 대문을 들어서기는 간도에서 돌아온 후 처음이다. 그러니까 십사 년, 아니 조준구가 들어서면서 발걸음을 끊었으니 십사 년도 더 된 셈이다. 용이는 대문을 들어서는 순간 최치수를 생각했다. 최치수, 어릴 적에 그와 함께 놀던 뜰 안, 노상 치수에게 얻어맞곤 했었던 생각이 난다. 상놈이 우찌 양반을 때릴 것꼬 하던 어미 말에 울었던 생각도 난다. 천연두를 앓다 죽은 누이 서분의 시체가 거적에 싸여 집 밖을 나간 뒤 울타리 옆에서 울고 서 있던 치수도령, 서분이 죽은 뒤 치수는 용이를 때리지 않았다. 대신 월선에게 못살게 굴었다. 깜박 잠이 든 것처럼 용이 옛일을 생각는 사이 연학은 안으로 들어갔고, 겁에 질린 듯한 육손이를 앞세우고 나왔다.

"이서방, 오, 오래간만이오."

"오래간만이다. 그래 딸아이가 와 있다믄서?"

"야."

육손은 눈 둘 곳이 없는 듯, 그러다가,

"나를 나가랍니까, 이서방?"

"나가기는 어디로 나가요."

연학이 퉁명스럽게 뇌까렸다.

"그, 그라믄,"

"아재씨하고 함께 집 지키고 있어야제요. 몸이 아직 성찮은께."

"그, 그거는 그, 그러니께 안 쫓아내겠다 그, 그 말인데 내, 내가 잘못했소."

눈물을 찔끔거린다.

"육손이 니가 무신 못할 짓을 했다고 그러노."

중얼거리듯 그러고 나서 용이는 신돌 위에 걸터앉으며 처마 끝을 올려다본다.

"저녁이나 어서 하라 카소, 그라고 오늘 밤은 우리가 사랑방에서 잘 긴께 불 좀 지피고, 이부자리는 우떻게 되는지 모리겠네."

연학이는 육손이를 바라본다.

"성하지는 않지마는 이부자리사 많이 있거마는. 그, 그라고 서고에는 책도 많이 있고,"

넋이 빠진 듯 서고의 책 얘기는 왜 하는지, 그러나 그렇게 많았던 살림이 풍지박산이 났는데, 온전히 남아 있는 것은 서고의 책뿐이었으니까 그것만이 온전하다는 평소의 생각이 무의식중에 말이 된 것이다. 육손의 정신상태가 오락가락 이상해져 있는 탓도 있었지만.

"온 사람도,"

용이는 딱하다는 듯 혀를 찼고 연학이도 의아하게 쳐다본다.

"다 없어졌소. 다아, 모두 다아, 아무것도 남아난 기이……. 서울로 다 실어가고 기둥뿌리만……."

내친걸음인지 육손이는 만세를 부르듯 두 팔을 번쩍 쳐들며,

"내 딸도 서울로 실어가고, 그 죽일 놈이 건디릴라꼬,"

하다가 몽둥이라도 찾는 듯 이리저리 사방을 둘러본다.

"한물간 사람이거마는, 보소!"

연학이 버럭 소리를 지른다.

"야."

"밥 묵고는 머하고 살았소!"

"야?"

고함 소리에 놀란 언년이가 부엌에서 저녁을 짓다가 쫓아 나온다.

"풀은 우묵장성이고 좀 더 있었이믄 기둥뿌리 뽑아 부석에 처넣었겠네."

홍이 언년이를 쳐다본다. 언년의 두 귀뿌리가 빨개진다.

"거, 씨도 안 묵은 말 집어치우고 저녁이나 어서 하라 카소."

육손이는 한동안 가만히 섰다가,

"니 저녁 안 하고 머하노. 손님 눈으로 보았제?"

하며 딸에게 눈을 부릅뜬다.

"내일 마을 사람들 불러다가 집 안은 치우기로 하고, 둘러보아야겠소."

연학이는 홍이를 데리고 뒤채 쪽으로 돌아가고 언년은 부엌으로 숨어버린다. 신돌 위에 걸터앉은 채 신발을 벗고 발바닥을 털어내면서 용이는,

"육손아."

"야."

"맘에 낄 것 없다. 니가 횡설수설한께 정신 나라고 한 말이다."

"볼 낯이 없십니다."

"다아 지나간 일이다. 나도 늙었고 니도 많이 늙었고……. 이자 마, 죽을 자리 찾아왔제."

힘없는 웃음이었으나 용이 얼굴에는 소년같이 앳된 표정이 떠올랐다.

"세상 천지 어디 가도 내 낳은 고향만치 좋은 곳은 없네라."

"딸도 뺏아가고 기집도 뺏아가고."

"아까 그 아아가 니 딸인데 뺏아가기는 누가 뺏아갔노."

"뺏아갔소!"

한쪽 발로 땅을 한 번 구른다.

"아부지이!"

언년이 부엌에서 또 달려나온다. 진구렁창이 된 밤길을 달리듯 언년의 심사는 괴롭고 불안하다. 정작 올 사람이 왔다는 것을 단박에 눈치채었다. 조병수의 댁네가 아이들을 데리고 떠났으니까, 자기 부녀가 어떤 처우를 받을 것인지 정신이 흐린 아비보다 언년이는 심각하게 생각해왔고 그것도 그것이려니와 가끔가다가 아비 입에서 흘러나오는, 그 죽일 놈이 건디릴라꼬…… 환장할 노릇이었다. 육손이는 아무 일도 없었던 것처럼 우쭐우쭐 뒤꼍으로 돌아간다. 얼마 후 솔가지 한아름을 안고 사랑 쪽으로 가는 것이었다. 그때까지 우두커니

서 있는 언년에게 용이는,

"아가야."

"예."

"냉수 한 그릇 줄라나?"

"예."

언년이는 깨끗한 대접에 우물물을 떠가지고 왔다.

"정신이 좀 나갔다는 얘기는 들었다마는, 니 아부지가 늘 저렇나?"

땟물이 빠진 듯 말간 언년의 얼굴을 쳐다보며 용이는 묻는다.

"우짜다가 저러지마는."

어정쩡하게 대답하고 머리를 숙인다. 자신의 곤경을 면해보려고 얼토당토않은, 처녀에게는 치명적인 모함을 한 조준구에 대한 미움이 이글이글 솟아오른다. 눈앞에 있다면 그 물렁물렁한 연시 같은 얼굴에 손톱 자국을 내고 싶은 분함이 터진다. 아까 잠시 보았던 잘생긴 총각이 아비의 실없는 말을 듣고 자기를 어떻게 보겠는가, 언년은 울고 싶은 심정이다.

"물맛 좋구나."

그릇을 넘겨주고 용이는 또다시 처마 끝을 우두커니 올려다본다. 마음이 편하다고 생각한다. 풀밭에 드러누운 것처럼. 이제 다가오는 것은 죽음뿐이며 기다리는 것도 죽음뿐이라는 생각을 한다.

'아아, 참 편하구나.'

이곳에 돌아온 것이 맥박치듯 실감되고 희열이 전신을 감도는 것을 느낀다. 앞으로 살아야 할 세월이 길다면 이곳에 와서 앉아 있는 일이 이렇게 기쁘지 않을 것이란 생각도 한다.

'내가 홍이한테 일러둘 말이 있는데…… 그렇지, 이분에는 그 자식이 떠나기 전에 얘기를 해야지, 해두어야겠다. 그라고 하나하나 지나간 일들을 뒤돌아보믄서.'

갈가마귀 떼가 날아간다, 시끄럽게 우짖으며. 그러고 보니 뒤안 대숲에서도 참새 떼들이 요란스럽다.

'지금쯤 강물은 시뻘걸 기다. 은어 생각이 나누만. 낚시질 겉은 것이야 할 수 있겠지. 윤보형님하고 한조가 앉았던 자리에 가서 낚시질을 한분 해봐야겠네. 그라고 또…… 하마 타작이 시작될 긴데, 추석만 지나고 나믄. 추석에는 지신(地神)을 밟으까? 옛날에는 지신을 밟으믄 최참판댁에서는 많은 전곡(錢穀)이 나왔제. 징 소리, 깽매깽이(꽹과리) 소리, 장구 소리가 귓가에 선하구나, 장구 한분 쳐봤이믄 좋겠다. 영팔이도 오고 봉기도 있인께. 이펭이형님도 왔이믄 오죽 좋으까. 가만히 보자, 그라믄 누구누구가 죽었더라? 서서방하고 윤보형님, 한조.'

용이는 손가락을 꼽아본다.

연학이, 홍이가 돌아 나온다.

"아재씨."

"와."

"지금 뒤채를 둘러보았는데 형편없거마는, 밤새도록 구신이 와서 징을 친 것 겉소. 온 세상에,"

연학은 눈살을 찌푸린다.

"그럴 테지. 본채도 이런데 뒤채는 비운 지도 오랠 기고,"

"성한 곳은 사랑뿐인 것 겉소. 한데에…… 홍이 말로는 뒤채가 너무 외져서 안 될 기라 하누마요."

"내 있일 곳을 말하나?"

"야. 구신 나게 돼 있는 거는 내일이라도 사람을 불러서 손질을 하믄 될 깁니다마는 아재씨 몸이 안 성한께 근가직(근처)에 사람이 있이야 안 하겠소?"

"씰데없는 걱정을 다 한다. 육손이가 있는 행랑의 빈방 하나만 치우믄 될 긴데 머를 그래쌓노."

"내 생각 겉애서는 당분간 사랑에 기시믄 우떨까 싶은데,"

"아니다. 나는 행랑이 좋겄다."

"연학이형님, 내 생각에도 행랑에 계시는 편이 좋을 것 같소. 사랑도 뚝 떨어져 있으니 말입니다."

홍이는 체면보다 병신(病身)을 더 근심하는 것 같았다.

"집이 넓어서 홀러랑(훈련장) 겉은데 무신 걱정고. 내 있고 접은 곳에 있일 긴께."

넓고, 아비의 말같이 홀러랑 같은 이 집에 대하여, 아무 기억에도 남아 있지 않은, 어릴 적에 떠난 마을에 대하여 아무런 추억이 없는 홍이는 다만 얼떨떨하고 불안스럽기만 한 것 같다. 아비를 맡겨둔다는, 소위 맡긴다는 그 느낌에서 오는 죄책감도 있는 성싶었다. 그는 안정되지 못한 몸짓을 하며 부엌 쪽을 향해 걸어갔다. 언년이 파를 다지고 있다가 칼을 손에 든 채 화다닥 일어선다.

"저기, 세숫대야 있으면,"

"우물가에 있소."

얼굴이 홍당무가 된다. 그러더니 조르르 달려나간다. 홍이에게 돌아선 모습으로 물을 길어올리는 언년이,

'참말 저렇게 잘생긴 총각은 처음 봤다.'

밤에는 소문을 들은 마을 사람들이 꾸역꾸역 밀려들었다. 처음에는 피차가 어색하고 민망하고 민적거려지고, 그러나 비위가 좋은 봉기는 왕사(往事)야 어찌 되었건 간에 당장에는 살 판이 났다는 식으로 코를 벌름거리며, 또 용이와 연학이를 혼자 도맡은 것처럼 기염을 토하고 마을 사람들에게 과시하는 그 꼴이 밉기는 했지만 어색한 분위기를 풀어주는 역할은 되었다. 어떤 사람은 술 안 먹은 온정신으로 면대하기 민망하다는 말을 했고 어떤 사람은 살자니까 할 수 없다는 말을 했고 남의 소식이 오갔을 때는 주로 두만아비에 관한 것이 화제가 되었는데 모두 선망에 가득 찬 눈빛들이었다.

"이자는 왔인께 자주 만낼 기고, 이서방 몸이 안 좋은께 우리는 그만 가자고."

봉기 말에 따라 사람들은 모두 일어섰다. 썰물같이 다 돌아

가고 자리에 든 것은 자정이 지나서다. 연학이는 베개를 끌어당기면서,

"학 떼겄더마요. 무신 늙은네가 그렇기도 입심이 좋은지, 고롭을(피곤할) 긴데 아재씨도 어서 주무시이소."

"좀 고롭기는 하지마는, 그래도 잠은 안 오네."

"잠자리가 설어서 그럴 깁니다."

얼마 후 연학이는 잠이 든 것 같았고, 자는 시늉을 했으나 홍이는 잠을 이루지 못하는 것 같았다. 용이는 어둠을 쳐다보고 있었다. 검정 돔방치마를 입은 강청댁이 논둑길을 걸어오는 모습이 보인다. 색 바랜 종이꽃과 칙칙한 빛깔의 화상(畵像)과 촛불에 흔들리는 머리 그림자, 밤새도록 월선의 부드러운 머리칼을 쓸어준 일이 생각난다. 우찌 저리 뻐꾸기가 울어 쌓겄소, 목소리도 들려온다. 모깃불 옆에 우두커니 앉아 있던 임이네 모습이 떠오른다. 용이는 돌아누우며 쓴웃음을 띤다. 어쩌면 자기 인생은 세 여자로 하여 결정되었고 끝나는 것 같아서다.

다음 날 저녁 무렵 용이는 홍이를 데리고 산소로 올라갔다. 술을 부어놓고 삼배하고 술을 뿌리고 나서 부자는 서로 멀거니 바라보며 풀밭에 앉았다. 아직 시들지 않은 잔디 사이에 굵은 산 개미가 기어다닌다. 나뭇잎 흔들리는 소리가 멀리서 연이어지면서 다가오는 것 같고, 진주서 이곳까지 오는 동안 홍이는 계속하여 풀이 죽어 있었다. 자책감 때문이지만 그러

나 그 얼굴은 월선이 죽음을 기다리고 있을 때, 두매와 함께 해란강 강가로 가던 그때 얼굴과 흡사했다. 때때로 홍이 얼굴이 오시시해지며 소름 같은 것이 돋아나기도 했다. 차라리 아버지가 죽어버렸으면 좋겠다고 울부짖었던 홍이, 그 아버지의 죽음을 두려워하고 있는 것이 분명했다. 뭔지 모르게 아버지는 죽음의 장소로 가고 있다는 막연한 느낌을 홍이는 털어버리려 애쓰는 것 같았지만 다시 그 생각에 빠져들곤 하는 눈치였다.

"홍아."

"예."

"니하고 나하고는 시작도 못하고…… 내가 늙어부린 것 겉다."

홍이는 고개를 떨구었다. 무엇을 시작해보지도 못하였는가 잘 알겠기 때문이다. 부자간의 정의도 나누어보지 못하고, 그리고 죽을 날이 가까워왔다는 뜻이었던 것이다. 간밤의 세 여자로 하여 인생이 결정되고 끝나는 것 같다는 용이 느낌은 다시 절실해졌던 것이다. 흔히 말하는 바람도 외입도 아니었는데 도망치려고 그렇게 몸부림을 쳤건만 결국 칭칭 몸을 묶어놓고 말았던 인연의 줄을 생각한다. 그러나 이 마당에 후회나 뉘우침은 없고, 오로지 아들에게 조상의 무덤만을 맡기고 떠나게 되는 것이 안쓰러운 것이다. 안쓰러워하기는 홍이도 마찬가지였다.

"아부지!"

홍이는 고개를 떨군 채 흐느껴 운다. 무엇 때문에 세상에 둘도 없는 부자가 싸늘하게 살아야 했던가. 처음에는 아비를 이해하지 못한 데서, 다음에는 자신이 받는 고통 때문에, 분출할 길이 없는 젊음이 이지러지고 비뚤어졌기 때문에.

"니는 이곳에 정이 안 들 기다. 그라고 니가 이곳에 있어 머하겠노. 얽매이서 산 것은 내 하나로 끝내는 기다. 니는 니 뜻대로 한분 살아보아라. 내 핏줄인데 설마 니가 나쁜 놈이야 되겠나."

"아, 아부지이!"

"눈물이 헤프믄 못씬다. 남자는 몸부림을 치고 땅을 쳐도 눈물만은 함부로 흘리는 기이 아니다. 그라고 또 내 부탁이 하나 있는데,"

"……."

"내가 좀 더 살믄은 내 손으로 할라고 했더마는…… 그리 했이믄 좋겠다마는, 용정에 있는 니 어매를 여기다 이장해 왔이믄 싶다. 시일이 걸리더라 캐도 명념해두었다가 니가 할 수 있을 적,"

"아부지, 지가 잘못했소!"

홍이 흐느낌은 통곡으로 변했다.

"아니다. 내가 잘못했제. 내가, 내가 니한테 잘못한 기이 많다."

"아니요, 아부지. 아부지는 남잡니다. 지는 아부지가 거짓말하시는 거를 못 보았습니다."

"어둡어온다. 이자 내리가는 기이 좋겠다."

용이는 지팡이를 들었다. 홍이 눈물을 닦고 아비를 부축한다. 내리막길을 내려오는데 부엉새 울음이 따라온다. 지하에 잠든 그리운 사람들의 넋처럼 부엉이 울음소리가 따라온다.

"홍아."

"예."

용이는 나직한 소리로 웃었다.

"내가 말이다,"

"예."

"부럽아한 사람이 둘 있었다."

홍이는 덮어놓고 영문도 모르면서 무척 명랑해진 듯한 용이 기분에 웃는다.

"주갑이라는 사람은 니도 알제?"

"알구말구요. 참 좋은 사람이었지요."

"음, 있는 그대로 살았제. 그 사람이 나는 부럽았고, 또 한 사람이 있는데 니는 모를 기다. 죽었인께 만내볼 수도 없고."

"이 동네 사람입니까?"

"하모. 서금돌이라고 목청 좋고 신이 많고……."

사방은 차츰 어두워온다. 섬진강 강자락이 멀리, 멀리까지 그리고 저녁 안개 속 너머로 사라진다.

제2편

어두운 계절

1장 용정행

용정촌에 한복이가 내려섰을 때는 가을이 한창이었다. 시
끄러운 역두, 괴이스런 풍물에 놀랄 겨를도 없이 꼬깃꼬깃 접
은 종이를 하나 품에서 꺼낸 한복이는 골똘히 그것을 들여다
본다. 허술한 상민 차림의 옷이, 그것이나마 때가 묻어서 남
루한데 괴나리봇짐을 늘어뜨린 모습은 누가 보나 품팔러 온
떠돌이다. 한복은 너덜너덜 해어진 종이를 보면서 목적지에
당도한 것을 가슴 아프게 느낀다. 평사리에서 떠나올 때부터
여기까지 오는 동안 얼마나 많이 이 종이쪽지를 꺼내어 들여
다보았는지 알 수 없다. 관수는 매우 용의주도했다. 간도와
연해주를 두루 살피고 돌아온 김환이나 혜관은 뒷전에다 물

러세워 놓고 용이에게 가서 행선지까지 가는 데 필요한 지식을 얻으라 하며 일렀던 것이다. 그리고 용정으로 가는 목적에 대해선 함구하라고 다짐했다.

"성을 만내러 가겠다고?"

처음 용이는 무척 놀라는 것이었다. 그러나 천천히 몸을 돌려가면서 종이와 연필을 찾았다. 연필에 침을 묻혀가며 꼭꼭 눌러서 글을 쓰는 옆모습에는 도적이건 대적이건 동기간인데 어쩌누, 찾아가는 것은 당연하지, 천륜을 끊을 수 없는 것이니께, 그런 독백이 서려 있는 것 같았다. 또박또박 떼어서 쓴 종이에는 기차 타는 곳 내리는 곳, 배 타는 곳 내리는 곳, 나룻배 타는 곳 내리는 곳, 마차 타는 곳, 그리고 그 옆에는 상세한 도면과 설명이 덧붙여져 있었다. 묵을 여관까지 일일이 지적했고, 더 이상 설명할 필요는 없지만 용이는 용정촌에 대하여 입으로는 한마디의 말도 하지 않았다.

"금년 농사는 어떻노? 비가 씨원찮은 것 겉은데."

"그저 그만하지만, 모르지요. 추수 때가 돼봐야."

몇 마디 일상에 관하여 말을 주고받은 뒤 공노인에 대한 안부 한마디 없이, 용이는 그저 잘 다녀오라는 말만 했었다.

종이를 접어 저고리 안에 기워 붙인 호주머니 속에 집어넣은 한복이는 거리를 바라보며 가볍게 몸을 떤다. 막바지에 접어든 긴장이었다. 사방을 살피며 천천히 걸음을 옮겨놓는다. 생각하면 줄곧 긴장의 연속이었다. 어릴 적에 외갓집이 있는 함안에서 평사리를 오가고 한 일은 있었지만 그 밖의 곳에 나가본 일이 없는 한복이가 멀고 먼 만주까지 간다는 일이 불안하였고, 행여 왜헌병에게 잡히지나 않을까 하는 두려움도 물론 있었지만 상상하기조차 힘든 거금을 몸에 지녔다는 그 자체가 한복으로선 가장 무서웠던 것이다. 그러나 두만강을 넘을 때 한복은 불안과 공포와는 사뭇 다른 감정, 무엇인가 심장을 죄며 피가 솟구쳐 흐르는 것만 같은 슬픔을 느꼈다. 여러 가지 한복의 개인적인 감정도 복잡하였으나 뚜렷이 그것은 망국민의 가슴을 저미는 슬픔이었다. 이때 비로소 한복이는 자신의 결단을 잘한 것이라 생각하였다. 파렴치한 동기로 살인한 아비와 매국노가 된 형의 죄를 보상하는 것이 이 길이요, 지하에 잠든 어머니의 멍든 자긍심을 치유하는 방법도 이 길이라 생각하였다. 한복은 푸르고 거센 강물에 맹세하진 않았으나 푸르고 거센 물결에 맹세하고 싶은 기분이었다.

'어머님!'

"형씨는 초행이오?"

움찔하며 한복이는 고개를 돌렸다. 자기 또래쯤, 차림새도 엇비슷한 사내가 담배를 피우며 바로 옆에서 말을 걸었던 것이다.

"예."

"얼굴을 보면 대개 알지요."

사내는 흐미하게 웃었지만 눈빛은 날카로웠다. 막노동을 한

듯 손은 뼈마디가 굵고 거칠었는데 어딘지 모르게 부드러운 음성은 세련된 것같이 들렸다. 한복이 마음속으로 경계한다.

"노상 오가는 사람들이야 그러려니, 처음 이 강을 건너는 사람들은 대개 울상이거든요. 왜 울고 싶은지 모르지만, 하하핫……."

사내는 스스로를 비웃듯 껄껄 웃었다. 그래도 한복이는 경계심을 늦추지는 않는다.

"그러믄 댁에서는 초행이 아니시오?"

"수없이 건넜을 게요."

"뭘 하시는데요."

"뜨내기 일꾼이지 뭐겠소."

"벌이가 괜찮은가요?"

"메뚜기처럼 한철이지요. 형씨는 경상도구먼."

"그렇소."

"무슨 일로 가시오."

"형을 만나러……."

"행선지가 정해져 있다면 괜찮겠소만."

"왜요?"

"겨울이 빨리 오니 말이오. 정처도 없이 남도 사람이 이런 철에 왔다가는 얼어 죽기 십상이지요."

사나이는 담배 연기를 날리며 물살을 내려다보았다.

"겉보긴 아무 일도 없는 것 같지만 가고 오고, 날마다 사람들은 가고 오고 하지만,"

사내는 혼잣말같이 중얼거리더니 거의 끝까지 다 타버린 싸구려 궐련을 미련스럽게 한 번 쳐다보고 나서 강물에다 휙 던진다.

뭍에 내려서 헤어질 때 사내는,

"초행이라니 몸조심하고 가슈. 여간 분분하지가 않소."

한복이는 말없이 고개만 끄덕이고 사내 뒷모습을 바라보았다. 한복이는 공노인의 객줏집을 찾아 들어갔다. 얼굴이 어글어글하게 생긴 머슴아이가 어두침침한 작은 방을 잡아주었다. 한복은 크게 숨을 내쉬며 방바닥에 드러눕고 말았다. 긴장이 풀어지고 한꺼번에 피곤이 몰려오는 것 같았으나 그것도 잠시였다. 초조해지기 시작한다. 머슴아이를 불러 주인장을 보자는 말을 하고 싶은 것을 꾹 참아본다. 한복이는 심중이 깊었다. 마지막에 와서 최선을 다해야 한다고 다짐을 하며 초조한 마음을 누른다. 사실은 일각이 천추만 같았던 것이다. 한시라도 바삐 짐을 넘겨주고 숨을 크게 내쉬고 싶었던 것이다.

'내가 정말 만주땅까지 왔을까?'

괴나리봇짐을 베고 누워서 천장을 올려다보며 한복이는 마음속으로 중얼거렸으나. 꿈만 같고, 꿈을 꾸고 있는 것만 같다.

'어떻게 내가 만주땅까지 왔을꼬?'

어둡기 전에 저녁상이 들어왔다. 그러나 밥이 넘어가질 않는다. 국만 한 그릇을 먹고 가져온 숭늉도 다 마셨다. 그리고 또다시 냉수 한 그릇을 청해 마셨다.

"손님, 밥은 하낫도 안 잡숫고……."

머슴아이가 상을 내가며 의아해한다. 뜨내기 품팔이 같은 차림새의 사내에겐 밥 한 그릇도 모자랄 성싶은데, 머슴아이의 표정은 그러했다.

"음, 갈증이 나서 국하고 물을 많이 마셨더니 배가 터질 것 같다."

한복이는 거북하게 웃는다. 국과 물을 들이켜고 보니 오줌이 마려웠다. 한복이는 괴나리봇짐을 끌러서 돈이 든 전대를 꺼내어 배에 두르고 밖으로 나간다. 그는 여기까지 오는 동안 뒷간에 갈 때는 늘 그러했다. 마음을 놓을 수 없었기 때문이다. 그러나 뒷간에서 돌아오면 전대를 풀어 보따리에 넣고 잘 때는 보따리를 베개 삼아 베고 잤던 것이다. 기차간이나 배 속에서 왜헌병의 검색이 있어 몸을 만질 경우를 생각하여 돈은 몸에 지니질 않았던 것이다. 그러나 오는 동안 한복이를 눈여겨보는 왜헌병은 없었다. 한복이 뒷간에서 용변을 마치고 막 나오는데 마침내 공노인과 부딪쳤다. 공노인이라고 직감하는 순간 한복이의 입에서 말이 나왔다.

"주인장이시오?"

"그렇소만."

"공노인이시오?"

다그쳐서 물었다.

"내가 공가요."

"나는 월선아지매를 아는 사람입니다."

그러나 공노인은 동하는 기색 없이,

"아, 그렇소? 그 아이가 내 조카딸이었지요."

한복의 두 어깨가 축 늘어진다. 그리고 나직한 목소리로,

"최참판댁 심부름으로 왔소."

뒤에서 인기척이 났다. 공노인은 크게 기침 소리를 내며,

"반갑구만. 오줌 누고 갈 기니 내 방에 가서 기다리소. 허허
참!"

공노인은 뒷간으로 들어가고 한복이는 머슴아이에게 물어
서 공노인의 거처방으로 들어간다. 방에는 아무도 없었다. 이
윽고 잔기침을 하며 자그마한 공노인이 방으로 들어왔다. 그
리고 한복이와 마주 앉는데 무안스러울 지경으로 얼굴을 빤
히 쳐다본다.

"최참판댁은 모두 안녕하신가 모르겠소."

"예, 별고 없다 하더만요."

"그래 심부름이라면?"

"뭘 좀 전하려구요."

"나한테?"

"우선 공노인을 만나라 하더만요."

"그러면 가만있자아, 성씨는?"

"아 참, 나는 김한복이라는 사람입니다. 평사리에 사는 사

람이오."

"그럼 최참판댁 바깥양반을 알겠구먼."

"압니다. 길상이형님 말이지요?"

"그러면은 가져온 것이 뭔지 모르겠소만 그러면 일단 나한테 맡기고요, 뒤처리는 며칠 후에 하기로 하지요."

공노인의 어조는 쌀쌀하고 사무적이다. 한복이 마음에 다시 불안이 일기 시작한다. 그러나 관수의 얘기는 공노인을 만나라는 것뿐이었으니까. 한복이는 몸에 감은 전대를 끌러 공노인 앞으로 밀어놓는다.

"이서방 소식은 아요?"

전대를 받아서 차곡차곡 접으며 묻는다.

"예. 작년에 몸이 좀 아팠지요. 걱정들을 했는데 이자는 걸을 만한 모양이더만요."

"그라믄 중풍 기라 말인가?"

"그런갑습디다."

"그것 참 큰일 날 뻔했네. 홍이란 놈 때문에도 더 살아주어얄 긴데,"

비로소 공노인의 표정이 허물어졌다.

"아직 장가도 안 가고 했으니."

"장가야 뭐 요새는 늦게들 가니까, 그는 그렇고 내가 맡는 물건은 객줏집 주인으로 맡는 거니께 전할 사람이 나타나면 댁한테 돌려주겠소. 손님들은 일상 그러니까, 소중한 물건을 잃어도 안 되고."

다시 사무적 어세로 돌아갔으나 한복이 불안은 가셔졌다.
그리고 날 것처럼 마음이 가벼워지면서 자신의 한 말이 되살
아난다. 최참판댁은 안녕하냐고 묻는 말에 대답을 별고 없다
하더마요, 그 말이 마음에 꺼림칙하다.

최참판댁 심부름을 왔다 해놓고서 별고 없다 하더마요, 하
더마요가 마음에 걸린다.

'의심받는 거야 뭐 어때? 상대를 의심할 여지가 없으면 내
할 일은 다한 건데.'

그러나 한복의 생각은 그것으로 끝나지 않는다. 짐을 풀어
버리고 나니 최참판댁이라는 거대한 짐이 확 실리어온다. 형
인 거복의 존재도 고통스럽게 다가온다. 가도 가도 번뇌무한
이다. 그런데 공노인의 말이 뛰어든다.

"손님은 글 좀 읽었소?"

"예?"

"글을 좀 읽었느냐고."

"좀 읽었습니다."

"어디서 좀 본 것 같은 생각이 드누만."

"나를요?"

"초면일 텐데?"

"……."

"어떻게 집안은?"

몹시 거북한 듯 그러나 집요한 물음이다.

"집안이랄 것 있겠십니까."

하는데 한복의 낯빛이 조금 흔들린다.

"한마디로 말해서 상민이오 양반이오?"

푹 찌른다.

"그런 것이 지금 무슨 소용이겠소."

"그러니까 양반이구만."

공노인은 입맛을 쩝쩝 다신다. 공노인은 한복한테서 김두수의 모습을 보았다. 많이 닮은 얼굴도 아니었는데 처음 보았을 때는 확 들어온 느낌이었던 것이다.

"참, 잊었습니다만 용이아재가 안부 전하라 하면서,"

한복이는 구차스럽게 거짓말을 하면서 품속에 든 종이를 꺼내어 공노인 앞에 밀어내었다.

"자세한 것을 적어주더마요."

공노인은 그것을 주워들고 들여다본다. 사실은 용이 필적을 공노인은 몰랐지만, 한복이는 몰린 나머지 또다시 구차스런 말을 한다.

"길상이형님을 만나믄 저에 대해서 자세히 말할 깁니다."

"그 사람이 지금 어디 있는지……. 만나기는 만나야 하는데,"

공노인은 종이를 되돌려주며 애매하게 말했다. 순간 한복이는 눈가에 불덩이가 떨어지는 것을 느낀다. 분노! 어떻게 해볼 수 없는 분노, 분노의 파도.

"그러면 나는 가서 자야겠십니다."

한복은 어금니를 지그시 누르고 정중하게 고개를 숙인다.

"그러시오. 먼 길 오느라 수고가 많았소."

방으로 돌아온 한복이는 불도 켜져 있지 않은 어두운 방에 나자빠지듯 드러눕는다.

'하기는 하루 이틀 겪는 수모는 아니지. 수모랄 것도 없고. 나를 의심한 기다.'

한복은 자기 자신을 달랜다.

'이대로 돌아가고 싶다. 형을 만나서 머하누. 내 삼간 오두막 그것만이 내 천지, 내 세상인데 할 일을 했이믄 그만이지 형은 만나 머해.'

그러다가 잠이 들었는데 아침에 눈을 뜬 한복이는 눈뜨기를 기다리고나 있었던 것처럼 생각을 반추하기 시작한다.

'아니다. 형을 만나고 가야 한다. 만에 일이라도 내가 만주 간 것을 조사하게 된다믄, 그럴 때 할 말이 없일 거다. 관수형이 날 보낸 것도 형이 있기 때문인데.'

눈을 감았다가 떠본다. 또 눈을 감았다가 눈을 떠본다.

'그러믄 형을 어떻게 만나누, 관수형은 공노인한테 가보라고만 했다. 그럼 공노인한테 얘기를 털어놓으라는 뜻이었으까? 세상에 이런 경우가 또 있는지 모리겠다. 형은 왜놈의 밀정이고 아우는 독립자금을 날라 오고, 허 참, 무슨 놈의 이런 세상이 다 있이까.'

한복이는 울울한 심정으로 공노인 집에서 열흘 동안을 묵었다. 그동안 거리를 나돌아다니면서 울울한 심정을 달래려고도 했으나 이국 풍물에 마음 끌리는 일은 없었다. 다만 화살같이 집으로 돌아가고 싶은 심정뿐이었지만 인내심 깊게 기다려보는 것이었다. 열흘을 보내고 다음 날 저녁때쯤 해서 다른 때보다 저녁상이 들어오는 것이 늦다는 생각을 하고 있는데,

"손님 기시오?"

공노인의 음성이었다.

"예, 있십니다."

방문을 열고 들여다보며 공노인이 말했다.

"나하고 좀 나가겠소?"

"그러지요."

한복은 화다닥 일어섰다.

공노인이 한복이를 데리고 찾아간 곳은 전에 월선이가 살던 그 집이었다.

"들어오시오."

대문에서 공노인이 돌아보며 말하였고 방문 앞에서도 공노인은 돌아보며 말하였다. 방 안으로 들어간 한복이는,

"형님!"

길상이가 거기 앉아 있었던 것이다.

"한복아!"

동시에 손을 맞잡는다.

"용케 왔구나."

"오는 거야 머,"

"고맙다, 고마워."

"그러면 이야기하소. 나는 가볼라누마."

공노인은 나가고 두 사내만 남았다.

"저 노인이 나를 의심한 모양이오. 눈물 바가지나 흘릴 뻔 안 했십니까."

한복이는 억지웃음을 띤다.

"워낙 단단한 노인이라서, 그것은 네가 이해해주어야지. 그렇잖고는 아무 일도 할 수 없지."

"그렇게 생각은 하면서도 자격지심에서,"

"나는 네가 올 줄은 꿈에도 몰랐다. 그나저나 관수 그자가 썩 생각을 잘했구면."

길상은 밝게 웃었다.

"집안은 모두 별고 없십니다."

"음."

"형님은 안 돌아올 작정입니까."

"돌아가아? 돌아갈 수가 없지."

"지야 머 아는 것이 있겠십니까마는 희망이 있습니까?"

"희망이야 언제든지 있지. 시일이 문제 아니겠나?"

"하기는 그렇겠소."

"장가는 들었나?"

"아이가 셋이오."

"아이가 셋……. 생각 많이 했겠구나."

길상은 눈을 깜박거리며 한복을 쳐다본다.

"그래 옛날 생각이 나지?"

"와 안 나겠소. 우리 집에 모여 새끼를 까믄서 밤 가는 줄 모르고 얘기하던 생각, 형님은 참 많이 변했소."

"너는 별로 안 변한 것 같구나."

"변해봐야 별수 있겠십니까."

"나는 아주 나쁜 놈이 됐다."

길상은 허허 하며 웃는다.

"나쁜 사람이 독립운동하겠십니까."

"변함 없이 고지식하군그래. 그는 그렇고 이번에 온 김에 러시아 구경도 좀 하고 가지."

"노국 말입니까."

"머 러시아라 하지만 한 귀퉁이지."

"하루가 천추 겉은데 가야제요."

"한번 오는 게 쉽잖어."

"형님."

"음."

"이번 일 때문에 거복이형은 만나야겠지요?"

길상은 시선을 떨군다.

"만나야지. 잘할 자신 있나?"

"잘해보아야지요."

"니 형은 나를 노리고 있다."

"할 말 없십니다."

이번에는 한복이 시선을 떨구었다.

"지금 어디 있지요?"

"공노인이 주선해줄 게다. 한복아."

"예."

"너 형 만나기 전에 나를 따라가는 거다. 구경하러 가자는 것만은 아니야. 뭐 그렇다고 우리랑 같이 일하자는 것도 아니고 나 하자는 대로,"

"그렇지만,"

길상은 한복의 눈을 똑바로 본다.

'우짜믄 저렇게도 눈이 깊으까.'

한복의 가슴에 서늘한 것이 와 닿는 것만 같다. 범치 못할 위엄과 덮쳐 씌우는 것 같은 압력, 평범한 대화와는 전혀 다른 것이 한복의 주변을 몇 겹씩이나 감아올리는 것 같은 것을 느낀다. 당장에라도 자기 몸뚱이가 낚싯대에 걸려서 올라온 잉어같이 파닥거릴 것만 같다.

"그곳에 가면 너는 새로운 것을 보게 될 거다. 세상에는 이런 사람들도 있구나 하고 생각하게 될 거다. 너의 형을 네 마음속에서 지우기 위해서도 거복이를 만나기 전에,"

길상은 허름한 양복주머니 속에서 궐련을 꺼내었다.

"담배 피우나?"

"안 피웁니다."

손등에 대고 톡톡 치다가 길상은 담배를 붙여 문다. 집 안은 아무도 없는 것처럼 조용했다. 확실히 길상은 많이 변했다. 평사리 마을에서 보고 처음 만나는 한복에게는 한 번의 변화겠으나 길상의 변화는 두 번이다. 얼마간 냉소적이며 비꼬였고 자기 모순 속에 허우적거리던 용정서의 전반기에 비하면, 그런 모순과 갈등과 열등감은 말끔히 헐리어지고 없는 것 같았다. 섬세하고 때로는 나약했던 면도 없어진 것 같았다. 한마디로 그에게서 넘쳐나는 것은 힘이었다. 무엇을 움직일 수 있는 힘, 한복은 바로 그 힘에 압도당하고 있는 것이다. 화살같이 돌아가고 싶어한 마음의 위축을 느낀 것이다. 힘이라고 집어내진 못하였지만 깊은 눈이라 했는데 그 눈의 깊이는 사색에서 오는 깊이는 아니었다. 의지로써 뛰어넘고 시련을 극복한 후에 오는 깊이, 의지의 깊이, 그것은 힘이었다. 그리고 포용할 수 있는 넓이였다. 평범한 대화에 격렬하지 않은 어조는 격렬한 감성, 추상적인 사고에서 빠져나온 그 두 가지의 융화, 현실과의 융화였던 것 같았다. 기름기 없이 바삭바삭해 보이는 얼굴에 가끔 지나가는 미소는 단순하고 군더더기가 없다.

"형님은 가족들 보고 싶은 생각 안 합니까?"

한복은 길상을 쳐다보다가 뇌듯 물었다.

"보고 싶지. 안 보고 싶다면 그건 거짓말이고, 그러나 참을 만하다. 고생은 안 하고 있을 테니까."

담담하게 대답한다.

"나 같으믄,"

"너 같으면 돌아가겠나?"

"……."

"하기는 내일 일을 누가 아냐. 안 돌아간다고 장담하는 것도 우습지. 허허헛……."

"……."

"한데, 너 저녁을 하겠나 술을 하겠나, 술은 하겠지?"

"술 좀 마시고 싶소."

미리 마련이 돼 있었던지 방문을 열고 밖을 내다보며 길상이 뭐라 하니까 이내 술상을 들여온다. 술상을 들여온 사람은 청년이었다. 길상이 먼저 술병을 들었다.

"아, 아닙니다. 내가 먼저 따르겠소."

"술잔을 들게. 이번에는 정말 수고가 많았네."

"이거 참, 순서가 바뀌었는데."

따른 술잔을 기울이며 마신다.

"주량이 얼마나 되는지 모르지만 밤새워 마실 만한 술은 있으니, 느긋하게 마시자고."

잔을 길상에게 건네주면서,

"독합니다. 청국 술입니까?"

"황주라는 거다. 값이 싼 술이지만 괜찮지."

잔을 내어주고 안주를 들면서,

"어디 그곳 얘기나 좀 듣자."

막걸리하고는 달라서 몇 잔 술에 한복이는 취기가 도는 모양이다. 취기가 돌면서 굼뜬 그의 입이 다소 활발해진다. 활발해졌어도 그의 죽은 모친의 길쌈 솜씨처럼 차근차근 얘기가 진행된다. 그곳 얘기나 듣자 해놓고서, 그러나 얘기를 듣는 길상은 별다른 감정을 나타내지 않았고, 용이가 중풍에 걸렸다는 말을 했을 때 잠시 얼굴이 어두워졌을 뿐이다.

이튿날 아침 길상과 한복이는 훈춘(琿春)행 마차를 타기 위해 역두에 나와 있었다. 어정쩡한 한복의 표정이었다. 마음은 화살같이 집으로 달리고 있는데 몸은 길상을 따라가고 있다는 느낌이다. 담배를 피우며 서 있던 길상이,

"실은 말이야, 너 형이 지금 용정에는 없다."

말을 걸었다.

"그라믄?"

"여기 거복이가 있다면 이렇게 버젓이 역두에 나올 수도 없었을 게다. 나를 잡으려고 혈안이 돼 있는데 이쪽인들 무방비 상태로 있을 수는 없지. 지금 두수는 아니 거복이는 하얼빈에 가 있어. 우리는 우리대로 그를 감시하고 있으니까."

예사롭게 말을 하기 때문에 한복이도 차츰 충격 없이 형 애

기를 들을 수 있는 상태로 안정이 되어갔다.

"그렇다믄 무작정 기다릴 수도 없는 일이고 형을 만날려믄 시일을 끌겠네요."

"그렇지는 않지. 연락이 닿는 곳이 있으니까. 그 일에 대해선 걱정 마라. 두수도 너에게만은 가슴 아프게 생각하고 있을 게다. 두수한테 취할 점은 그것밖에 없지. 너가 찾아왔다는 연락만 가면 눈이 허옇게 돼서 달려올 테니까."

"그럴 사람이라믄, 나를 한 번 찾지도 않았는데."

"그건 두수의 고집이지. 제 나름대로 고통스러운 일이겠지. 하여간 밀정이다 하는 정도가 아니라 희대의 악한인 것만은 틀림이 없지만,"

"어릴 적부터, 예, 어, 어릴 적부터 그랬지요."

"두수가 그렇다는 것을 물건 생각하듯 해야지. 사실을 사실대로 보면 의외로 고통을 덜 느끼게 된다. 형제니까 어렵겠지만 나하고 너하고는 다르다, 그렇게 갈라놓고 보아. 이번 여행은 너에게는 좋은 결과를 가져올 것 같다. 집으로 돌아갈 때는 한결 마음이 편할 거야."

길상은 밝게 웃었다. 웃음은 화려했다. 햇빛 아래 보는 그의 얼굴이 만주 벌판의 바람과 눈과 끝없이 오가는 행로에 거칠 대로 거칠어진 탓이었는지도 모른다. 허름한 의복 탓이었는지도 모른다. 키가 껑충하니 커 보였다. 머잖아 등이 좀 굽어질지도 모른다. 한복은 새삼스럽게 그러한 길상의 모습에

다정한 것을 느낀다.

'맞어, 형은 형이고 나는 나야.'

2장 아버지의 망령(亡靈)

"고맙소. 힘든 일을 해주어서."

손을 내밀어 악수를 청하며 사나이는 말했다. 왼편 귀 근처에서 입술 가까운 곳까지 푸르스름한 반점이 퍼져 있는 장인걸은 한복의 손을 꼭 쥐었다. 한복이를 위해 주연이 벌어졌다.

"우리 김형 말이 자신이 살아오는 동안, 만난 사람 중에서 착한 사람 다섯 명을 고른다면 그 다섯 명 안에 작은 김형이 든다더군요. 하하핫…… 아마 우리는 그 명단 속에는 들지도 못할 게요. 이거 부러워서 어쩌지요? 하핫핫."

쾌활하게 웃었고 동석한 송장환도 따라 웃었다. 한복이는 얼굴을 붉혔다.

"선생님, 저는 어떻습니까? 소위 착한 오 인의 후보자 아닐까요?"

"옛날 얘기겠지. 훈장질하던 용정시대의 송장환이라면."

"이것 야단났습니다. 일하는 사람들을 모조리 악한시하면은 어찌됩니까. 이것 참, 일 안 되겠는데요?"

"지난 사월에 최도헌(崔都憲:崔在亨)께서 돌아가셨는데 삼년 상은커녕 일년상도 못 벗지 않았소? 한데 우리는 술을 마시고 담소를 하고, 그래도 악한들이 아니다 자신하겠소?"

순간 화기는 갑자기 경련을 일으키는 듯했고 굳어지고 만다.

"서러워들 마시오. 술 듭시다. 죽음은 다 마찬가지요. 우리 이곳에선 다반사이고 보면…… 내리내리 계속하여 십 년 이십 년 울고만 있을 순 없는 노릇, 자아, 내일을 위해서 오늘은 쉬는 거요. 작은 김형 덕분에."

최재형의 죽음, 죽음은 다 마찬가지라 했지만, 그런 말을 한 장인걸의 충격이 얼마나 컸던지 좌중사람들은 너무나 잘 알고 있다. 최재형의 죽음, 예순두 살의 죽음은 흔히 있는 일, 그러나 그건 러시아땅에서 왜병에 의해 피살된 죽음이었다. 그의 죽음은 위대하고 지순하였던 독립 지도자였다는 비중을 훨씬 넘어선 것이었다. 가장 기반이 탄탄한 연해주 방면의 독립기지가 송두리째 흔들린다는 충격을 아울러 지니고 있었으니 말이다. 흔들린다는 것은 사람의 생사보다 사건의 성질에 있었다. 러시아의 시월혁명이 있은 후 만만치 않은 잔여세력 백군(白軍)을 지원하기 위하여 세계 연합군이 출병을 했다. 물론 일본도 약방의 감초처럼 당연히 끼어들었고. 시베리아에 출병한 일본군은 지난날 세계대전이 발발하였을 때 재빨리 대독 선전포고에 이어 독일군이 주둔했던 중국의 교주만

(膠州灣)에 공격을 개시하여 누워 떡 먹는 식으로 점령을 한 뒤 얼토당토 않게 이십일 조에 이르는 요구조항을 중국 쪽에 들이대어 부당한 권리를 얻어내었던 그때처럼 명분 뒤에 항일세력을 분쇄하려는 목적에서 벌인 것이 지난 사월 해삼위의 사건이다. 4월 4일 해삼위에 상륙한 일병이 다음 날 러시아군의 무장해제를 한 것까지는 연합군의 출병목표로 간주한다 치더라도 이에 편승한 일헌병들은 일군의 원조 아래, 학교교육기관으로선 가장 훌륭했던 한민학교, 한민회관 그 밖의 민가에다 방화하고 닥치는 대로 조선인들을 살육, 체포하였다. 그때 니콜라옙스크에 체류하고 있던 최재형은 이곳에까지 쫓아온 일군에 체포되었고 그리고 피살당하였던 것이다. 그리고 해삼위의 학살에서 정호의 삼촌 박재연도 희생이 되었다.

"전화위복이라는 말이 있지. 행위에는 대가가 있고 대가에는 희생이 따른다. 나는 전화위복이라는 말을 그렇게 해석하고 싶어. 여러분들, 기죽지 말고 술을 듭시다. 일본은 행위의 대가를 치를 것이며 우리는 대가를 받아낼 것이며 대가로 말미암아 우리는 희생해야 하니까. 송군, 작은 김형한테 술을 권하시오."

"네. 김형, 술 한잔 받으시오. 나하고 김선생하고는 형제지간이나 다름없으니, 그렇다면 김형도 내 동생뻘 되는구먼요."

한복이는 그냥 얼떨떨할 뿐이다. 장인걸은 사실 좀 일그러져 있었고 감정도 흩어지는 것 같았다. 그러나 장인걸은 빈말을 하고 있는 것은 아니었다. 그가 하는 말은 사실이었고 마음에 없는 말이 아니다. 대가를 치르게 된다는 것은, 일본이 러시아의 혁명정부에 못을 박은 행위의 부산물인 조선인 학살사건은, 그것으로 인하여 러시아 혁명정부와의 유대와 원조물의 대가를 조선독립군이 받아낸다는 뜻인데 동시에 그것은 일본이 치른 결과가 되는 대가인 것이며, 받아낸 대가에 희생이 따른다는 것은 새로운 투쟁을 의미하는 것이다. 장인걸의 말은 현실이었다. 그런데 길상은 한복이를 왜 연추에까지 데리고 왔을까. 뭐가 뭔지 도무지 알 수 없는 얼굴을 하고서 잔뜩 얼어만 있는 시골의 촌부 김한복을 어째서 귀빈대접일까. 자금을 가져온 노고를 치하한다손 치더라도 거물급까지 나와 그를 후대하는 것은 석연치 않고 조직의 맥락을 끊어놔야 하는 것에도 위배된다. 아무튼 일은 순수한 것이다. 한복에게 기대를 거는 것은 김두수의 존재 때문이다. 김두수, 얼마나 많은 일꾼들을 잡아먹었는가. 간도를 위시하여 연해주 일대는 김두수의 무대요 대소간의 사건에서 김두수의 발자국을 이 좌석에 나온 사람들은 느낀다. 오늘 이 좌석은 한복을 선보는 곳이었는지도 모른다. 이중 삼중의 그늘에 숨겨진 인물을 만들 가능성을 검토해보는 것인지도 모른다.

밤늦게까지 술을 마시며 얘기는 계속되었는데 얘기의 내용은 여전히 오리무중이었으나 한복은 어째서 자신이 이 좌석에 와 앉아 있는가 하는 의문은 풀려나갔다. 얼떨떨하고 얼어버린 상태에서 한복의 얼굴은 차츰 심각하게 변해가고 있었다. 괴로웠다. 길상이 원망스러웠다. 관수도 원망스러웠다. 명분이야 다시없이 거룩하지만 일개 촌부로 초가의 울타리 안을 세계로 삼고 살고 싶은 은둔에의 습성은 이제 본능처럼 되어버렸으니. 애당초에 보잘것없고 시궁창에 내어버렸던 인생을 이제 주워 올려 어쩌겠다는 겐가. 그것도 자신의 능력 때문이 아니지 않는가. 매국노인 형 김두수라는 인물로 인하여, 그 동생이라는 이유 하나만으로, 한복은 마음 바닥에서 솟아오르는 오열을 씹어삼키는 것이다. 한 번으로 끝내려 했다, 한 번으로. 얼마나 어려웠던 결심이었으며 한복으로서는 결사적인 여로였었다. 그러나 마지막까지 한복은 술의 힘을 빌려서 폭발하려는 감정에 제동을 걸었다. 인내심 깊게 잘 참아내었다.

주연은 끝나고 사람들은 각기 흩어졌다. 한복은 길상을 따라 숙소로 돌아간다. 독한 술을 한복이보다 훨씬 많이 마셨는데 입가심을 했다는 정도의 몸가짐으로, 확실하게 발을 내어딛으며 앞서가는 길상의 뒷모습을 바라보는 한복은 푼수에 없는 것으로 생각하고 담을 쌓았던 선망의 감정이 치솟는 것을 느낀다. 초가의 울타리 안, 제 혼자, 아니 불쌍한 처자식의 세계로 달아나려는 은둔의 본능과는 너무나 모순된 감정이 아닐 수 없다. 정신은 말짱했는데 한복의 발끝은 흔들린다.

"취했나?"

길상이 돌아본다.

"취하기라도 했으믄 얼매나 좋겠십니까."

"……."

"형은 잘나서 이 일을 하지만 나는 대역무도한 형을 둔 기막힌 처지 때문에 분복에 넘는 애국자가 되었구마요."

말끝이 흔들린다.

"한복아."

"말씀하십시오."

"잘난 사람은 일 못한다. 답답한 사람이 우물 파는 게야. 그걸 알리고 싶어서 너를 데려왔는데, 당장에는 못 깨달아지겠지. 끝내 못 깨달아도 할 수 없는 일이지마는,"

"말이 그렇지요."

"사실이 그렇다."

"그렇다믄 형님은 답답한 사람이다 그 말입니까? 그럴 리가 없을 긴데, 그럴 리가 없지 않십니까."

어진 한복이로서는 상당히 저돌적이다.

"최참판댁 사위라서?"

"안 그렇십니까?"

"어떻게 된 사위냐."

"……."

"가난한 것도 답답하고 사람의 대우를 못 받는 것도 답답하다. 너는 그 두 가지에서 다 답답한 사람이다."

"예. 두 가지가 다아, 답답할 정도가 아니지요."

"우선은 내 나라가 남의 치하에 있기 때문에 백성들은 더 많은 것을 착취당하고 차별대우를 받는다. 내 것 주고 빌어먹는 격이지."

"나는 나라를 빼앗기기 이전부터 개돼지보다 못했었소."

"그 말 할 줄 알았다."

"누굴 탓하는 건 아닙니다. 내 아버지의 탓을 뉘보고 원망하겠십니까. 사람대접 못 받는다고 해서 나는 아우성도 칠 수 없었습니다. 통곡도 못해보았십니다. 할 수 없었지요. 할 수 없는 것이 당연했으니께. 형님, 나는 이대로가 좋십니다. 문둥이는 문둥이니까요. 문둥인 줄 알고 남의 눈에 띄지 않게 사는 기지요. 형님도 용정인가 거기서 비슷한 말씀 하지 않았소? 거복이형을 만난다는 것, 그것도 다 부질없는 짓이지요. 그러나 만나보고 가겠소."

"……."

"형님."

"……."

"내가 두만강을 넘을 때 무신 생각을 했는지 아십니까? 이번의 심부름은 살인자인 아버지와 매국노인 형에 대한 보상이란 생각을 했지요."

한복이는 그때 강물을 보면서 망국민으로서 가슴 저리게 치미던 슬픔을 생각한다.

"그렇지만! 형님, 형님은 나보고 보상이라는 말 절대로 하지 마십시오!"

한복이는 몸을 떨었다.

"그런 말 할 생각은 추호도 없다. 너는 죄인이 아니다!"

"말로는 그렇지요."

"너는 나를 모르는군. 나는 너를 아는데⋯⋯."

밤하늘을 올려다보며 길상은 한탄하듯 말하였다.

어느덧 이들은 숙소 앞에까지 와 있었다. 밤이 깊어서 거리에는 사람의 그림자 하나 없었다. 길상은 걸음을 멈추었다. 한복이도 걸음을 멈추었다.

"한복이 이놈아!"

별안간 소리를 지른다.

"사내자식이⋯⋯. 누가 너더러 일하라 했냐! 하면 좋겠지⋯⋯ 고양이 손도 빌리고 싶은데. 그러나 아무도 네 목덜미 잡고 끌어내지는 않아. 마음이 가야 발이 가고⋯⋯. 크게는 독립이다, 크게는 말이야. 그러나 옛날로 돌아가자는 독립은 아닌 게야. 두메산골에 가서 나뭇짐을 지더라도 가난하고 사람의 대접을 못 받는 이치를 알아야 할 거 아니냐 말이다! 너의 가난과 너에 대한 핍박을 너의 아버지 너의 형 탓으로 돌리는 것은 네가 없다는 얘기가 된다. 네가 없다는 것은 죽은 거다. 아니면 풀잎으로 사는 거다. 너는 너 자신을 살아야 하는 게야. 너의 아버지는 너 한 사람을 가난하게, 핍박받게 했지만 세상에는 한 사람이 혹은 몇 사람이 수천만의 사람들을 가난하게 하고 핍박받게 하고, 한다는 것을 왜 모르느냐 말이다! 지금 당장 목전의 원수는 일본이지만, 따라서 너의 형도 목을 쳐야겠지만, 제발 일하라 않겠으니 숨지만 말아라. 너의 자손을 위해서도, 너의 아버지의 망령을 평생 짊어지고 다니다가 너의 자손에게 물려줄 작정이냐 말이야!"

두 사나이는 결투라도 벌이듯 어둠 속에서 서로를 노려본다.

차가운 밤바람이 수목에서 소용돌이치고, 해 돋는 시각은 아직도 멀기만 한 것 같다.

한복이 연해주에서 용정으로 돌아온 것은 시월 초순께, 그러니까 십여 일을 그곳에서 묵은 셈이다. 공노인은 돌아왔다는 인사를 하자마자 대뜸 일본영사관에 있는 최서기를 찾아가라는 말부터 꺼냈다.

"저녁때 집으로 찾아가는 게 좋을 게야. 그 사람 동생이라 한다면 괄시는 안 할 터인즉 기죽을 필요는 없고,"

자연스럽게 하대를 하며 한복이를 쳐다본다. 거리 표시의 말뚝을 다 뽑아버린 것만 같았고 노인 특유의 어눌한 음성에 한복은 난생 본 일이 없는 조부를 생각한다.

"직분이 높고 낮고 간에 그놈 아이들, 왜놈 밑에 빌붙어서 사는 놈들은 상대편이 약하다 싶으면 밟아 뭉개버릴라 하고 잘난 체하면은 겉으로라도 우대하는 버릇이 있으니 그 수를 알아서 앞으로 처신하면은 다소 일이 수월할 게고,"

약하다 싶으면은 밟아 뭉개버리려 한다는 말에 뜻이 있다는 것을 한복이는 알아차렸다. 약점, 살인자의 아들이라는 것을 발설해서는 안 된다는 다짐인 것을 알아차린 것이다. 공노인으로서는 이편과 김두수와의 관계에서 과거 지렛대 비슷한 역할을 해온 그 비밀을 그대로 유지하는 것이 현명하다는 배려에서 한 말이겠는데 발설하지 못하게 다짐두는 것은 그만큼 한복의 사람됨을 이해했다는 얘기가 된다. 형과는 빙탄불상용(氷炭不相容), 매국노 김두수에 대하여 그 상대가 육친인만큼 울적한 심정에서 발설하여 형의 지위를 때려 부숴버리려는 충동이 일어날 수도 있다고 본 것이다.

"그놈들이 제 백성 알기를 길바닥에 굴러 있는 개똥만큼도 치부를 안 하니께, 말단으로 내려올수록 그게 더욱 심하단 말씀이야. 자고로 구만리 장천을 나는 대붕 새의 뜻을 모르는 소인배들에 의해서 많은 사람들이 곤욕을 겪게 되는데 갈 길은 멀고 자네도 이 어려운 세월을 넘어가자면은 제 몸 제 마음을 지키는 데 악바리가 되어야 하네."

"예."

공노인은 만족하게 웃는다. 웃음에는 존장(尊長)의 권위를 과시해보고 싶은 치기가 있었다. 그것은 또 상대를 신뢰하는 기분이기도 했다. 그 심정이 한복에게 울리어온다. 안늙은이처럼 안존하고 작은 늙은이의 몸무게가 자신에게 실리어오는 것을 느낀다. 골통에 담배를 재면서 공노인은 또 말했다.

"하기야 이런 말을 안 해도 어련히 잘 알까마는, 나 같은 늙은이 언해 꼬꾸랭이나 알 정도, 보아하니 학식도 있는 성싶고, 새겨서 들은 줄로 아는데……."

"학식이 무슨 학식이겠십니까."

"아아니, 보면 알지. 히여멀쑥하게 양복 입고 다니는 위인들보다 속에 든 게 많아."

하고 공노인은 담배에 불을 붙인다. 시골 무지렁이 같은 한복의 얼굴에는 수줍은 미소가 떠오르는데 마침 공노인댁 방씨가 옷을 안고 들어온다.

"갈아입을 옷 가지고 왔구만."

방씨는 이유 없이 공노인을 흘겨본다.

"이 옷은?"

앉음새를 고치며 한복은 황송해한다. 연추로 떠날 때 여벌로 가져왔던 바지저고리로 갈아입고 벗어놓았던 겹옷, 빨아서 진솔같이 새로 지은 옷이었다.

"고맙습니다."

"이젠 겹옷 가지고는 안 될 것 같아서 솜을 좀 두었수."

"길상형님이 내복도 사주시고 했는데, 수고스럽게."

"미안해할 것 한 푼 없구마. 낙으로 생각하고 아들 옷이다 하고, 우리 늙은네한텐 자식이 없인께."

사연은 서글펐으나 조글조글 주름이 진 얼굴의 미소는 종전과 다름없이 앳되고 밝다.

"제에기, 자식 없는 게 자랑인가? 젊은 사람을 보았다 하면 그 말을 못해서 몸살이라니까."

공노인은 재떨이에 골통을 두드리며 핀잔이다.

"어이구, 어이구, 예에, 이녁은요? 내 말 사돈이 한다던가?"

"때 만났구먼. 요즘 며칠 심심했던 판이라."

심심한 것은 오히려 공노인 편인 것 같다. 늙은 마누라를 놀려주고 싶은 유혹을 느끼는 그런 얼굴이다.

"담뱃대 들고 왔다 갔다 하는 늙은네가 심심치, 할 일이 없어 내가 심심을까?"

방씨는 한복에게 얼굴을 돌리며,

"두고 보믄 알 기구마. 저 늙은이 며칠이 안 가서 거기보고 말할 기니께, 내 아들 같다는 말이 입에서 나올 기요. 그런 징조로 돌아가는 게 눈에 훤하구마."

하며 자질자질하게 웃는다.

"허허어, 검은 똥을 누어봐야(출산을 해봐야) 철이 들지. 머리털이 허옇게 되어도 저 꼴이니, 눈이 불쌍해서 데리고 살긴 살았다만,"

"어이구, 어이구, 무슨 소리 하요? 내 할 소리 사돈이 하네. 피장파장, 미련하기가 곰 겉소."

"모르는 소리이, 동네방네 다 아는 일을 임자만 모르고 있지이."

한복이는 웃음을 참는다. 노인들의 사랑싸움이 볼만했다. 그리고 마음이 편한 것을, 즐거워지는 것을 느낀다.

"제발 덕분이오. 어디서 맨들었든 간에 맨든 아아만 내 앞에 갖다 놓으소. 그라믄 어깨춤이라도 출 긴께요. 내 죽으면 머리 풀 자식 아니겠소?"

"염치도 좋지. 열 달 배 슨 사람이 따로 있는데 죽은 뒤 물 얻어먹을 생각부터 하니, 눈이 불쌍해서 데리고 살았다는 말을 영 못 알아듣는구먼."

으레껏 하는 거짓말인 줄 뻔히 알면서 그래도 방씨는 그 말에 화가 나는 모양이다.

"머라꼬요? 그렇기 실토 안 해도 이녁 마음 내가 모를 줄 알았습니까? 참말 이제 딴 데서 아이라도 하나 맨들었이믄 저 늙은이 그 말하고도 샐 기구만. 누가 모릴까 봐서?"

말을 하고 보니 더욱더 화가 나는가.

"두매를 두고 침을 꼴칵꼴칵 삼키쌓던 사람이 누군지 모르겄네? 흥, 양자를 삼지 못해서 꿍꿍 앓던 사람은 저기 저 늙은네 아니었던가?"

"몸살은 아닐 게고 감기가 들었던가 보지?"

"순, 인정머리라곤 한 푼 없고, 나 겉은 사람 안 만냈이믄 팔도강산 자기 마음대로 돌아댕기기나 했을라구? 아 글씨! 나도 딴 데 시집갔으면 아들 낳고 딸 낳았을 기요! 흥, 나 하나 없어 보제? 설움을 복 받듯 받을 기믄서,"

"그러면 임자보다 내가 먼저 죽어야지."

"저 하는 소리 좀 들어보소! 내가 이녁더러 먼저 죽으라 했단 말이오?"

믿을 수 없는 봄날같이 방씨 감정에 샛바람이 분다. 진짜로 토라져서 눈에 눈물이 글썽 고인다.

"우스갯말씀인데 어머니가,"

저도 모르게 나온 말에 한복의 얼굴이 홍당무가 된다. 어머니라는 말은 착각이었다. 그러나 어머니라는 말에 방씨 마음에 일던 샛바람은 멎었다.

"노망이야, 노망. 나이 들수록 변덕이 죽 끓듯 하니 온, 나는 도망가야지."

홍당무가 된 한복이 꼴이 민망했던지 담뱃대를 들고 일어선 공노인은 나가다 말고 돌아서며 한복에게,

"기죽을 것 없고, 그러면 저녁 먹고 나가보도록 하게."

"예."

저녁을 끝낸 뒤 한복이는 일러준 대로 최서기의 집을 찾아갔다. 동저고리 바람의 볼품 없는 용모, 농사일에 이력이 난 몸집하며 대수롭게 여길 리가 없다. 최서기의 마누라는 가무잡잡한 얼굴을 휘두르듯 한복의 아래위를 훑어보고 할 말 있으면 해보라는 시늉을 했다.

"이 댁에 가면 형님하고 연락이 닿을 것이란 얘기를 듣고 왔습니다만,"

436

"덮어놓고 형님이라 하면 알 수 있나요?"

톡 쏜다.

"아, 네. 저기 김거복이라고 하는데, 회령경찰서의……."

"김거복? 모르겠는데요."

"참, 이곳에서는 김두수로 통한다 하더구만요."

"뭐라구요? 그러면 김부장이 댁의 형님이다 그 말씀이세요?"

당황하지 않고 태도는 표변한다.

"네, 그렇습니다."

"그러고 보니, 어딘지 비슷한 데가 있기는,"

얼굴을 빤히 쳐다본다.

"온, 세상에,"

하다 말고,

"여보! 여보!"

안을 향해 소리친다. 그러더니 쫓아 들어간다. 곧이어 최서기가 나타났다.

"어이구, 어서 들어오시오."

방금 옷을 갈아입을 참이었던지 최서기는 양복바지에 속내의를 입고 있었다.

"김부장한테서 동생이 있었다는 얘기는 못 들었는데, 하기야 집안 얘기는 도통 안 하는 사람이었으니까."

방에서 마주 앉은 최서기는 천착하듯이 한복을 살펴본다.

그러나 한복이는 최서기의 말 대꾸는 하지 않고,

"저는 김한복이라 합니다."

고개를 숙이며 통성명부터 한다.

"네. 한데 그간 김부장하고는 자주 연락이 있었습니까?"

"아닙니다. 오랫동안 소식을 듣지 못하다가……."

"그런데 여기는 어떻게 알고 찾아오시었소?"

듣기에 따라서 조롱한다 싶으리만큼 최서기의 태도나 어조는 정중하다.

"네. 이곳에서 온 사람으로부터 소식을 듣기론 삼사 년 전입니다만 이런 먼 곳까지 오는 일이 쉬워야지요."

"그것은 김부장이 잘못했구먼요. 한데 형제분은 여럿입니까?"

"조실부모하고 형제라야 단둘입니다."

"허허허 참, 그래요? 출세도 하고 돈도 많이 벌었는데 김부장이 그럴 수가 있나. 너무 무심했군요. 아니할 말로 손가락 하나 까딱해도 동생 하나 살리는 것 문제도 아닐 터인데, 무심한 사람 같으니라구."

희미한 인상의, 점점 더 희미해져 가는 얼굴에, 마음에 없는 동정의 빛을 떠올린다. 한복은 고개를 숙인다. 공노인의 음성이 귓가에서 울린다.

'누가 동정을 받을 사람인지 모르겠군.'

마음속으로 중얼거렸다. 한복에게는 놀라운 자각이었다.

남을 멸시하는 최초의 자각, 자기 자신에 대한 신뢰, 어디서 흘러오는지 모를 의욕과 즐거움 같은 것이 마음 바닥에 느긋이 고여오는 것을 느낀다.

'너의 아버지의 망령을 평생 짊어지고 다니다가 너의 자손에게 물려줄 작정이냐 말이다!'

길상의 음성이 물결같이 되풀이 되풀이 들려온다.

'이렇게 되면 아버지의 망령에서 빠져나오는 걸까? 이 사나이를 나는 업수이여기고 있다. 나는 나다! 아버지도 형님도 아니다.'

한복은 희미한 인상의, 희미한 상대편에 대하여 자기 자신은 더 한층 희미해야 한다는 지혜를 터득하기 시작한다.

최서기의 마누라가 술상을 날라왔다. 술상을 내온 것은 마누라의 재량이었던 눈치다. 최서기는 마누라를 향해 혀를 찼다. 마누라는 남편과 한복이를 번갈아 보다가 미리 준비해온 수다를 떨 필요가 없는 것으로 판단하였던지 그냥 나가버린다.

"술은 하시오?"

"하지요."

굵은 대답 소리에 최서기는 눈을 깜박거린다. 마누라한테 혀를 찬 것이며 술상을 갖다 놓고서 술 하느냐고 묻는 것이며, 무시한 태도가 좀 노골적이었다고 깨달았음인지, 보복심이 강한 김두수를 생각한 탓이었던지,

"우리 김부장이 오면은 백화수란 요릿집에 가서 진탕 마시

기로 하고, 우선 자아, 변변찮지만 술 드시오."

술잔에 술을 채우고 권한다.

"들겄십니다."

"김부장을 말할 것 같으면 회령에서 순사부장까지 지냈고, 허나 그것은 아무것도 아니었지요. 형님에 대해선 잘 모르시는 모양이니까 하는 말이지마는 그 사람, 독립군 잡는 데는 귀신이오. 발 안 닿는 곳이 없고 모르는 일이 없고 되놈도 되고 조선사람, 일본사람 마음대로 행세하면서 그야말로 종횡무진이지요. 하여 당국의 신임이 여간 두텁지가 않아요. 하다못해 순사 자리 하나라도 동생을 위해서 만들어줄려면 아, 그것 쉬운 일이지요. 글을 배웠는지는 모르겠소만."

"눈뜬장님입니다."

"그럴 리가, 김부장이 딴 말은 안 했어도 사대부 집안이라 하던데요."

"요즘 세상에 양반이믄 뭣하겠십니까."

"그러니 역시, 아아, 아, 아니지요. 일본사람들은 양반을 좋아하니까, 직장을 얻을 때 한결 수월하니까요."

"형님 얼굴이나 볼라고 왔지 직장 같은 것, 아예 얻을 생각도 안 합니다. 무식꾼이 언감생심이지요."

공손했으나 비꼰 것이다.

"그것은 아무래도 좋고, 하여간에 김부장 꽁무니를 꼭 잡아요. 동생인데 어쩌겠소? 놀부가 아닌 다음에야 동생을 모른다

하겠어요? 권력도 있고 돈도 많아요. 아무튼 배짱 좋고 입심 세고 승냥이처럼 재빠르고."

최서기는 김두수를 추켜세우면서 좁혀져서 올라간 형의 이마와는 다르게 다소 불거진 것 같은, 기미 비슷한 것이 앉은 한복의 이마에 시선을 준다. 김두수 귀에 닿을 것을 계산하고서 하는 말인 것 같다. 밑천 안 드는 말로 공을 쌓는 거야 쉽고도 쉬운 일이니까.

"회령에서의 순사부장 자리도 실은 좀 쉬어보라고 준 것이었고, 그때만 해도 왜놈의 순사."

이때만은 왜놈이라 한다.

"왜놈들 순사도 김부장 앞에서는 굽실굽실했어요. 같은 조선사람 처지에서 보는 것이 과히 기분에 안 나쁘더구먼. 두고 보시오. 한 몇 년 있으면 그까짓 서장 자리 하나쯤 돌아갈 게요. 대단한 출세지요. 3·1운동인가 그것 때문에 요즘엔 조선인들을 다소 우대한다는 기운도 돌고 있는 터이라."

"형님은 지금 어디 있십니까?"

최서기는 보채지 말고 내 말이나 들으라는 식으로 술을 마셔가면서 제 말만 계속한다.

"뭐니 해도 조선사람은 경찰 방면으로 나가야 출세가 빨라요. 김부장이야 지금은 경찰이기보다 헌병대에 소속된 처지로서 오히려 경찰을 호령하는 입장이지마는 몇 년 있으면, 그렇지요, 본인이 원하기만 한다면 경찰의 서장쯤은 따놓은 당상이고, 아 글쎄, 고향땅에라도 서장이 되어 내려가면 좀 영광이겠어요? 그야말로 금의환향이지요. 옛날로 치자면 원님 격인데 일본사람 치하에서는 군수보다 오히려 서장 쪽이 실속 있어요."

"촌구석에서 농사나 짓는 지가 뭐 알겠십니까. 그보다 형이 지금 어디에 있는지……."

"아아, 네. 그것은 나도 모르지요."

"예? 모르신다구요?"

"몰라요."

저만큼 메어치듯 한 대꾸다. 일껏 입에 침이 마르도록 김두수를 추켜세우더니만 또 변덕이다. 아니 어리석은 사람을 놀려먹는 재미라고나 할까.

"술이나 마시지요."

"술이나 마시고 있일 한가한 처지가 아닙니다."

"한가한 처지가 아니라면 김부장 만나기는 어렵지요. 자아, 술 드십시오."

한복은 술잔을 들면서 상대방의 눈을 똑바로 쳐다본다. 최서기의 눈자위가 불그레했다. 술잔을 비우고 다시 술을 부으며 천천히,

"불원천리 형님을 만나러 왔더니만, 그렇다면 돌아갈밖에 없구마요."

"아아, 아니오. 어디 있는지는 몰라도 연락이 닿는 곳은 있

어요. 시일이 좀 걸려서 그렇지. 지금 한창 바쁜 때라서, 십중 팔구 김부장이 이곳으로 오기보다는 형씨더러 있는 곳에 오라 할 게요. 요즘 일본은 잔뜩 핏대가 올라 있거든요. 지난 삼월에 일어난 사건 아시지요?"

"지가 뭘 알겠십니까."

한복이는 알면서 모르는 척한다.

"러시아 니콜라옙스크라는 곳에서 일본사람들이 몽땅 학살 당한 사실을 모른단 말씀이오?"

"……."

"아이 어른 할 것 없이 몰살을 당했어요. 계획적이었지요. 얼음이 얼면 교통이 막혀서 쳐들어갈 수도 없는 시기를 잡아서, 표면으론 러시아 적위군(赤衛軍)이 백군을 소탕하기 위해서, 그러나 그게 아니었거든. 적위군의 두목이 조선놈이었으니까."

한복은 연추에서 들은 박엘리야라는 이름을 얼른 떠올렸다. 조선놈의 두목이 바로 그 박엘리야였으니까. 최서기는 소위 니항사건(尼港事件)을 얘기하고 있는 것이다.

"해서 사월에 일본군이 해삼위로 쳐들어가서 한민학교와 한민회관에 불을 지르고 조선사람을 마구잡이로 죽였지만 그 것으론 직성이 안 풀릴 거란 말입니다. 듣기론 니콜라옙스크 엔 일본인 어부만도 칠팔백이나 있었다니까요. 지금 다롄에서 일본은 러시아를 상대로 회담을 하고 있지만 러시아놈들은 되놈보다 더 질기거든요. 아무튼 이번 일을 기해서 연해주 만주 일대의 독립군은 된서리를 맞을 것이 분명하지요. 이 잡 듯 들추어낼 것이요. 공연히 서툰 짓을 해가지고 긁어 부스럼 만든 격인데에, 우리를 두고 앞잡이니 주구니 하고 욕질을 하 던 놈들, 따지고 보면은 독립운동한답시고 하는 짓거리가 그 모양이라, 저희들은 노국 놈의 앞잡이 주구, 그 유가 아니지 요. 그놈의 나라 자체가 임금도 잡아서 죽이는 개판인데 돈푼 받아먹고 싸움까지 가로맡아서 한대서야."

자못 개탄이다. 마음속으론 촌놈이, 하면서도 친일의 동지 여, 잘 들으시라! 하듯. 주기도 올랐음인지 턱없이 열을 올린 다. 그러나 그 나름대로 일본영사관에 있다 하여 눈에 보이게 안 보이게 따돌림을 당하고 끊임없는 빈정거림 속에서 쌓인 원한도 있어 열을 올리는 것이기도 하다.

"미욱하기 짝이 없는 짓이지. 실정을 알아야 하는 건데, 실 정을 말이오. 러시아 중국이 제아무리 땅덩이가 크다 한들 힘 이 없는 데야 별수 없지 않겠소? 어쨌거나 러시아땅 시베리 아에 일본군대가 들어간 것은 틀림없는 사실이고 보면 중국 이야 말할 것도 없고 그네들이 힘이 있었다면은 감히 제 나라 에 남의 군대가 들어오는 것을 보고만 있었겠느냐 그 말 아니 오? 러시아나 중국이 일본에 대한 감정으로 하여 조선의 독립 군을 두둔하고도 싶겠지만 그러나 사태가, 조선의 독립군 때 문에 남의 나라 군대가 들어오는 것을, 아니지요. 아니고말구요. 조선의 독립군 따위는 깡그리 없이 하여도 좋으니 제발 일본군은 나가달라 그 심정인 것은 뻔한 노릇이지. 이를테면 호랑이에게 쫓긴 나무꾼이 움막집으로 뛰어들었다 합시다. 호랑이는 위험하고 다 같이 피해를 받는 짐승이지만 다급한 데야, 또 호랑이를 칠 힘이 없는데야 어쩌겠소? 잡아먹히더라도 할 수 없이 나무꾼을 내쫓고 자신들의 보신을 기하는 거야 당연지사 아니겠소? 어리석은 자들이 그걸 모른단 말이오. 그러나 일본의 속셈은 또 그게 아니란 말이오. 오합지졸, 아무 힘도 없는 독립군 따위가 안중에나 있겠어요? 일본이 어디 그리 허약합니까? 국내에서 3·1만세다, 민족자결이다 하고 소란을 피웠지마는 막상 민족자결을 내세운 미국조차 눈도 거들떠보지 않았단 말이오. 그만큼 국제적으로도 일본은 힘이 큰 거지요. 아, 그런 일본이 비적 떼나 다름없는 독립군을 겁내게 생겼어요? 속셈은 무엇이냐! 핑계 삼아서 만주를 먹겠다 그 얘기요. 못 먹을 것도 없지요."

봉건제도의 잔재요 오늘날엔 침략과 군국주의의 전초병인 소위 일본의 낭인(浪人), 조선을 거쳐 만주 대륙을 횡행하며 곡예와 음모를 일삼는 무법자 낭인을 평소부터 두려워하고 존경해 마지않던 최서기는 일장의 시국론을 토하고 보니 자기 자신을 경애해 마지않는 그 사나이 중의 사나이, 낭인으로 착각했었는지 눈알을 빙그르르 돌리며 걸맞지도 않는 위협적인 몸짓까지 흉내를 내는데, 모르는 것이 부처님이더라고 한복

445

에게 그것이 통할 리가 없다. 설령 최서기가 하는 말이 사실이라 하더라도, 또 어떤 면에서는 사실이 아니라 할 수도 없으며 영사관에서 들은 풍월이 있어 제법 논리도 서 있었지만, 그러나 한복에게는 마이동풍이다. 사람을 못 믿기 때문에 말도 믿지 않는 것이며 그의 말을 실감하지도 못하는 것이다. 최서기는 술을 쭉 들이키고 나서,

"좌우간, 얼굴 한번 보러 왔다 어쨌다 하지마는 댁이 김부장 찾아온 거는 잘한 일이오. 아, 시골서 농사지으며 고생할 것 없다구요. 뭐 우리가 나라를 팔아묵는 것도 아니고 망해묵은 것도 아니고 무슨 책임이 있소? 기왕지사, 얼음을 베개 삼는 어리석은 놈들이야 뭐라건 내 살길 내가 찾아야지. 형제간의 우의가 어느 정돈지는 모르겠지만 김부장을 꼭 붙들어야 하고 또 먼 훗날의 일은 우리 알 바 없고 한 백 년은 일본이 흥할 터인즉 일본에 붙어야, 아 글쎄, 태초에 사람 만들 때부터 일본, 조선이 따로 있었던 것은 아닐 테니 말이오."

횡설수설하는 최서기를 멀거니 바라보는 한복이는,

'형도 만나게 되믄 이런 말을 하겠지.'

3장 영원한 잠

한복이 용정에서 김두수를 기다리고 있을 때 김두수는 하

얼빈에 있었다. 1917년 봄에, 화창한 봄날에 허벅지에다 권총을 쏘아대고 달아난 금녀를 김두수는 또다시 하얼빈에서 사로잡은 것이다. 햇수로 사 년 동안, 아무튼 김두수는 진드기 같은 사내다. 금녀가 김두수에게 다시 붙들렸다는 것은 김두수의 계산이 정확하게 맞아떨어졌다는 얘기가 되겠고, 장인걸 쪽에서는 계산착오가 난 결과로 볼 수 있다. 김두수는 권총을 쏘고 금녀가 달아난 그 지점을 결코 포기하지 않았다. 그 일이 있은 지 육 개월 후 그 지점에 사람을 심어놓고 장장 사 년을 기다린 것이다.

'일이 년, 삼사 년…… 반드시 나타난다. 내가 그곳을 잊었으리라 단념했으리라 생각했을 때. 사건이 난 장소에는 다시 나타나지 않는 것을 상식으로 판단하니까 오히려 그 점을 고려하여 역으로 나올 수도 있는 일이지. 대가리들이 좋은 놈들이니까.'

쉽게 나타나리라는 기대는 수포였으나 장인걸 쪽에서는 그곳을 잊었거나 단념했을 것을 생각하고, 정확히 삼 년 후 금녀를 다시 하얼빈으로 파견하였던 것이다. 길상이 훈춘행 마차를 기다리는 동안 한복에게 김두수는 지금 용정에는 없다고 했는데 그것은 김두수가 봉천으로 떴고 행선지는 아마 상해가 될 것이라는 정보를 받은 때문이다. 그러나 김두수는 봉천에서 하얼빈으로 간 것이다.

중국여자 구마(九馬)가 사는 벽돌 이층집에서 약 오백 미터쯤 떨어졌을까? 창고처럼 허름한 집 한 채가 있었다. 총격사건이 났던 장소에선 과히 멀지 않았다. 얼핏 창고같이 보이지만 포염시에서 전당포를 차려놓고 왜헌병의 끄나풀 노릇을 하던 양서방의 동생이 중국인으로 가장하고 사는 집이었다. 집 안의 어두컴컴한 방에는 지금 손발이 묶인 채 송장처럼 금녀가 나동그라져 있었고 김두수는 인조견 속바지의 바짓가랑이를 걷어 올리고 와이셔츠의 두 소매도 걷어 올린 몰골을 하고서 술을 병째 들이켜고 있었다.

"금녀 씨."

씨를 붙인 것은 물론 조롱인데,

"날고 기는 나한테서 몇 번 도망을 쳤는지, 가만히 있자아, 윤가 놈한테 두 번 달아났고오, 훈춘에서 한 번 달아났고오, 다음은 나한테 총알을 안기고서 달아났으니 도합 네 번이구면. 그러고 보니 금녀 씨도 대단한 여자야. 아, 아니지이. 심금녀 씨한테만은 이 김두수가 물렁죽이 되어 번번이 도망길을 열어주었다 하는 편이 옳을 게야. 그러나 이번만은 다를 거다. 그건 나보다 그쪽에서 더 잘 아는 일일 것이며, 하하핫 으핫핫핫…… 다를 것이다! 하하핫! 핫…… 다를 것이다? 하하핫! 핫…… 초장부터 썩 달랐지. 아암!"

술 한 모금을 꼴깍 삼킨다.

"사내놈이면 어떻게 해야 한다는 것을 알고부터, 내가 가지고 논 그 수많은 계집들과 동등하게 대접을 해줄 터인즉, 기대해볼 만한 일이긴 해. 진작부터 그랬어야 하는 건데 턱없이 대단한 여자로 만들어버렸단 말씀이야. 내 하는 식으로만 했던들 이렇게 세월을 끌었을까? 그러나 솔직히 말하자면은 나이 김두수 흥분했다고. 위대한 김두수를 흥분시킨 심금녀는 역시 대단한 여자인가 보지?"

나동그라진 채 송장처럼 움직이지 않는 금녀의 둔부 쪽으로 김두수의 시선이 간다. 푸른색의 다브잔스를 입은 몸의 곡선은 김두수를 미치게 한다. 이빨 가는 소리가 들린다.

"아침에는 썩 기분이 좋았을 게야. 하하핫핫……."

술병을 든 채 일어선 김두수는 둔부에 발길질을 한다.

"천천히, 천천히, 삶아 먹을까 구워 먹을까 지져 먹을까? 천천히, 천천히……."

이번에는 머리채를 감아서 여자의 얼굴을 쳐든다. 불길 같은 눈이 김두수를 노려보는 것이었다. 두려움 없는 눈이 김두수를 노려보는 것이었다. 그러나 눈에는 죽음의 그림자가 넘실거리고 있었다.

금녀의 납치는 아주 면밀한 계획하에 이루어졌다. 구마 여인이 시장 가는 틈을 노리다가 그 기회를 잡은 것이다. 중국 말이 유창한 양차생(梁次生)이 내객으로 가장하여 문을 열게 하였고 문이 열리는 순간 양차생과 김두수가 난입하여 재빨리 입에 재갈을 물렸고, 다음 손발을 묶은 뒤 길모퉁이에 대기시켜 놨던 인력거를 끌고 와서 금녀를 담아 실었던 것이다.

"죽는 것도 마음대론 안 될 게야. 점박이 놈 그놈을 죽이기 전엔 죽고 싶어도 못 죽어."

속바지 가랑이, 와이셔츠의 소매를 걷어 올린 모습에서도 엿볼 수 있는데, 그렇게도 집요하게 쫓던 여자를 사로잡았건만 김두수는 승리에 취할 수가 없었다. 혼란에 빠져 있는 것이다. 금녀를 소유하는 것, 금녀를 통하여 독립운동의 거물급을 낚아올리는 일, 그 어느 것도 실현될 것 같지 않았기 때문이다. 그는 계속하여 술을 마시었고 계속하여 지껄였고 때때로 금녀를 구타하곤 했으나 이미 죽음을 결의하고 있는 것을, 시간이 흐를수록 그 예감이 확실해지는 이외 다른 틈바구니를 발견할 수가 없었다. 분노와 초조, 불안한 나머지 여자를 소유하는 일, 거물급을 체포하는 일, 금녀가 그 둘 중의 어느 한 가지에만 해당이 되었더라도 김두수는 기가 넘어서 금녀를 능욕하고 죽여버렸을는지도 모른다. 금녀의 침묵은 죽음을 결의하고 있다는 예감을 더욱 굳혀주었다. 해가 질 무렵에는 와이셔츠까지 벗어 던진 김두수는 마치 우리 속에 갇힌 맹수처럼 방안을 빙빙 돌기 시작했다. 금녀의 아름다운 곡선을 이룬 둔부에 눈이 가도 욕정 같은 것 조금도 느껴지지 않는다.

'아이구, 그만!'

김두수는 양차생 내외가 거처하는 방으로 건너간다. 양차생이 힐끔 눈을 들어 쳐다보았고, 그의 아내는 애써 김두수의 흐트러진 몰골을 외면하려 든다.

"난공불락입니까?"

유들유들 살이 찐 형과는 달리 균형 잡힌 몸집에다 식자깨나 들었을 것 같은 얼굴, 양차생은 야유의 엷은 표정을 감추려 하지 않는다.

"듣기 싫다."

"온종일 물 한 모금 안 마셨는데 죽는 것 아닙니까?"

"으음…… 아이구 가슴이야."

통통하게 살찐 주먹으로 두수는 제 가슴을 친다.

"십 년 공부 나무아미타불이 되겠군요."

바닥에 퍼질러 앉은 두수는,

"담배!"

차생이 담배를 꺼내주고 불까지 붙여주는데 태도는 별로 공손치가 못하다. 그새 차생의 아내는 방에서 나가고 없었다.

"형님."

붕어 물 먹듯 담배를 피워대다가 절반쯤 남은 담배를 재떨이에 눌러 끄고 두수는 차생을 외면해버린다. 이빨을 고친 후 한결 나아진 편이지만 돼지 상 같은 인상만은 여전한 두수의 옆모습에 위협하는 듯한 눈길을 보내는 차생이 말을 잇는다.

"헌병대에 넘깁시다."

"뭐라구?"

"생각해보십시오. 그간 고생한 것을 건져내는 것은 그 길밖에 없어요. 안 그렇습니까?"

"……."

"거기서 찢어 먹든 볶아 먹든 우리 알 바 아니지요. 뭣 땜에 손해 나는 장살 합니까?"

"……."

"저 여자 저대로 죽을 거요."

"이 새끼가! 불난 집에 부채질이야!"

"형님도 참 이상해요. 막마음 먹고 한번 덤벼보시구려. 내 목적은 하나지만 형님 목적은 둘 아닙니까?"

"이 개새끼야! 어느 놈이 송장하고 잠자리 같이하는 것 보았냐?"

"제발 욕지거리만은 그만두슈. 그것만은 질색이니까요."

"차생이 이놈아!"

두수는 작은 눈을 힘껏 부릅뜨고 노려본다.

"나를 몰라서 하는 수작이냐! 네놈 꼭대기 위에 내가 서 있다. 아무나가 나같이 될 줄 알어? 가소롭구나."

"무슨 말씀을 그렇게 합니까."

"여차하면 가로 가는 게야. 이 김두수가 지금 네눈에는 갈 팡질팡하는 것같이 보이지만 말씀이야. 피도 눈물도 없다는 걸 자알 알면서, 하핫, 하하핫핫…… 하룻강아지 범 무서운 줄 모르더라고."

차생은 잠자코 만다.

"흥, 앞뒤를 열 번은 더 재고 사는 놈이다. 네까짓 피래미가? 만주 바닥에서 십수 년을 굴렀기로."

협박을 쏟아놓는데 누굴 믿고 그러는지 배짱이 있어서 그러는지, 대항하려 하지는 않았으나 차생에게 동요하는 기색은 없다. 나 밀정이오, 하며 얼굴에 그려놓고 다니는 사람은 없을 테지만 차생은 어딘지 세련돼 보이는 용모의 소유자다. 잘생겼다는 것과는 거리가 있으나, 특히 갸름하고 혈관이 솟아오른 손은 귀골로 뵌다.

"그렇지만 저대로 둘 수는 없는 일 아니겠어요? 차라리 달래보는 게 어떻습니까. 풀어주고 대접도 잘해주면은 혹 모르지요."

"흥, 그래서 될 일이면은, 자네도 어리석기가 한량없구먼."

"되든 안 되든 밑져야 본전 아닙니까. 해볼 수 있는 데까지 해봐야지요. 방치해 둘 순 없지 않습니까."

"풀어줄 수는 없다. 절대로, 송장이 되는 한이 있어도."

"쓸데없는 고집입니다. 그렇다면 아예 심한 고문을 하든지요."

"쓸데없는 걱정은 말고, 자네 안사람 어디 갔나."

"글쎄요."

"좀 자야겠다, 이 방에서."

"주무십시오. 여편네보고 저 방에서 자라지요 뭐."

두수는 침상으로 올라가 이불자락을 끌어당기더니 이내 코를 골기 시작한다.

'돼지 같은 놈! 꼴 같지도 않게시리,'

침이라도 뱉고 싶은 것을 참는 듯 차생은 손수건을 꺼내어 입가를 닦는다.

차생이 이곳에다 주거를 정하였다 하여 금녀를 잡는 일에만 전념했던 것은 물론 아니었다. 그리고 김두수 명령에 의해 전적으로 움직이는 존재도 아니었다. 영사관의 끄나풀로 돈푼이나 받아먹는 형과는 달라서 차생은 정규적인 정보원이라 할 수 있었다. 따라서 하얼빈에 머무는 목적은 애초부터 따로 있었고, 말하자면 금녀의 경우는 일을 하는 동안의 낙수(落穗)를 줍는 정도의 성격이라 할까. 배후의 거물을 낚을지 모른다는 기대는 있었다. 그렇기 때문에 차생의 명령계통인 스즈키[鈴木] 대위도 동의했으며, 형으로부터 금녀에 대한 사연을 들어서 다소 사정을 아니까 김두수로부터 얻어낼 보수도 계산에 넣고 있었으나 금녀 문제에서 명목상으로는 김두수도 마찬가지 입장이었다. 비중이야 차생에 비하면 월등하고 일의 범위도 넓고 깊었으며 다사다난한 풍운이 감도는 연해주와 만주 방면을 무대로 독립투사를 체포하는 데에만 그치지 않고 대소사건의 공작에까지 가담하고 있는 김두수고 보면 금녀에 관한 일 같은 것은 내실이야 어쨌거나 표면상으로는 하찮은 낙수다.

이튿날 아침 침상에서 일어나 앉은 두수는,

"어떻게 됐어?"

하고 물었다. 세수를 하고 옷도 말쑥하게 갈아입고 신문을 읽고 있던 차생은 신문지에 눈을 둔 채,

"어떻게 되긴요. 그대로지요."

"도망가진 않았군."

"무슨 재주로요. 집사람 얘기론 헛소리 한 번 안 하고 죽은 것 같아서 심장에 귀를 대보곤 했답니다."

신문에 눈을 둔 채 말을 했다. 여느 때 같으면 그런 일에도 민감하게 반응하는 김두수였는데 잠자코 담배를 집어들고 붙여 문다.

"소위를 생각하면 찢어 죽여도 시원찮겠는데……."

혼잣말처럼 중얼거린다.

"이해하기 곤란합니다."

"뭐가 이해하기 곤란해?"

"여자가 없는 것도 아니겠고, 형님이 한 여자를 두고 그렇게 긴 세월을 단념 못했다는 일 말입니다. 형님에겐 과분한 여자이긴 합디다만."

신문을 돌려서 기사를 찾으며 차갑게 웃는다.

"머리빡에 피도 안 마른 것 같은 말을 하네. 그런 말 하니까 두 손 마주 잡고 찬송가 부르는 젊은 놈들, 허리가 휘청거리는 젊은 놈들 생각이 난다. 나는 날 때부터 겨루기 위해 태어난 놈이야! 억만금의 돈이 있어도 싸움 없는 세상이라면 심심해서 어떻게 사누."

두수는 들창문을 열고 밖을 향해 요란스럽게 가래를 뱉어
낸다.

"그 계집이 진작부터 날 받아들였음 옛날 옛적에 버려진 신
발짝이었지, 흥!"

조반을 함께 끝내고, 양지(楊枝)로 이빨을 쑤시고 있는 차생
을 노려보다가,

"두 번 다시 헌병대를 들먹이다간 골통이 부서질 줄 알아."

비대한 몸을 비비적거리듯 벽 쪽으로 물러나 앉으며 두수
는 다짐을 둔다.

"이제 나는 손을 떼겠어요. 형님 마음대로 하십시오."

"말해 뭣하나. 두 번 하면 잔소리다. 이제부턴 대가리 처박
지 말어."

"허 참, 거 점잖은 말씨 좀 써주시오. 대가리니 골통이니,"

"밑천을 다 아는 터에, 작위라도 받을 생각하는 모양인가?"

"말말이 그렇게 나오면은,"

하다가 내버려두고,

"그 대신 말입니다."

말머리를 돌린다.

"그 대신이라니? 무엇 대신이야?"

"저 여자 일에서 손을 떼는 대신 응당 보수에 대한 매듭을
지어야 안 하겠습니까."

"보수에 대한 것?"

"돈으로 해결하는 것은 우리들의 관례니까요. 안 그렇습니까? 하니 상해서 올 물건값 절반은 주셔야겠습니다."

"스즈키가 돈 받으라 했나?"

"그쪽에선 사람이겠지요만 사람은 안 내놓겠다 그 얘기 아니었소?"

"그랬었나? 하하하, 그랬었구나. 그런데 네가 하나 모르는 일이 있어."

"……."

"상해서 올 물건값 그거 내 돈 아니야. 공작금인 걸 알고 하는 소리야?"

"물론 알고 하는 말이지요. 어두컴컴하고 애매했으면 저 여자 일이 아니라도 갈라 쓰게 돼 있는 것 아닙니까?"

"나는 여태까지 어두컴컴하고 애매한 돈을 갈라서 써본 적이 없는데?"

차생이 발끈해서 두수를 쳐다본다. 상해서 올 물건값이란 아편값이다. 아편이라는 사실만으로도 돈을 갈라 가질 이유가 된다는 뜻이다.

"하긴 그렇군. 공작금을 잘라주어서 안 된다는 근거는 없지. 공작금이 필요한 인간이라면 말씀이야. 되놈 행세하는 데 둘째가라면 서러운 자네고 보면은 스즈키 그놈 아아가 귀여워하는 것은 무리가 아냐. 주머니칼처럼 생광스럽게 쓰여질 테니, 하여 네놈이 배짱을 두둑이 내미는 모양인데,"

"제발 욕지거리는 그만두십시오."

신경질을 부린다.

"안심하고 나가게. 나가서 볼일이나 보아. 물건값은 아직 안 왔고 계집은 저 방에 있어."

"안심하고 자시고 있습니까? 내가 경우 없는 말이라도 했어요? 남의 집 머슴살이를 해도 새경이 두둑할 겁니다. 형님 과 내 사이에 의리가 있는 것도 아니겠고,"

"아, 아니, 왜 이리 잔소리가 많지? 누가 못 주겠다는 말이 라도 했었나?"

"당연한 것에 형님이 꼬리를 다니까 한 말이지요. 그럼 나가보지요."

일어서 나가면서 차생이는,

"자알해보슈!"

입가에 비웃음을 띠며 돌아본다.

'별 개떡 같은 놈을 다 보겠군. 아직 뜨거운 맛을 못 보아 저 러는 게야. 국으로 있으면 다아 돌아갈 텐데 젊은 놈이 보채기 는 더럽게 보챈다. 윤이병이 놈 그놈 꼴로 만들어버리는 것쯤 식은 죽 먹기보다 쉬운 일이야. 이럴 때 날 건드리면 재미 적 다는 걸 왜 몰라. 그렇잖아도 한바탕 굴리고 싶어서 온몸이 근 질근질해오는데, 제기랄! 그림의 떡도 유분수 아니야?'

방 임자는 쫓아내 놓고 마치 제 방처럼 침상에 벌렁 나자빠 진 두수는 다시 벌떡 일어나 앉으며,

"계수! 계수씨! 없소오?"

하며 고함을 지른다. 예에, 하고 대답을 하면서 차생의 아내가 달려왔다. 중국말이 서툴러서 중국여자 행세가 어려웠기 때문에 벙어리로 가장하며 지내온 처지였는데 별로 파탄 없이 지내온 것으로 보아 평범해 보이는 여자치고는 상당히 영리하다 할 수 있겠다. 자그마한 몸집의 중국옷이 어울리는 편이었고 몸짓 탓인지 나이보다 앳되고 어리광스런 표정, 자연스러워 보이는 것은 타고난 것인 듯싶다.

"그 계집 뭣 좀 처먹었소?"

눈을 깜박깜박하며,

"아니오."

"억지로라도 좀 먹여보아요!"

"입을 꼭 다물고 물도 한 모금 안 넘기려 하니 어쩝니까. 그렇게 독한 여자 처음 봤어요."

"으응, 그만 그걸,"

침상 위에 책상다리를 하고 앉아서 두 주먹을 쳐들고 흔들어댄다.

"방문을 잠그고 손발을 풀어주는 게 어떨까요."

"안 돼요. 그건 안 된단 말이오! 송장이 되어도 달아나는 것보담은 낫지."

한나절을 술 가져오라, 여자에게 뭘 좀 먹여보아라, 그 두 가지를 번갈아 쉴 새 없이 명령하던 두수는 저녁때가 가까워

왔을 때 새로운 명령을 내렸다.

"미음을 쑤어서 주전자에 넣어가지고 아가리를 벌려 부어보아요."

"여자끼리 어떻게, 그렇게는 못하겠어요."

"긴말할 것 없어요. 죽이는 일이오? 죽이는 일이냐 말이오? 처먹어야 살아날 게 아니겠소. 미련하기는, 내가 이런 말 안 해도 해볼 일을 가지고. 어서, 하란 말이오!"

두수는 악을 쓴다. 마치 자기 자신에게 죽음이라도 다가오는 것처럼 안절부절 침상에서 뛰어내려 걷어 올린 속바지 가랑이 그대로의 모습으로 좁은 방 안을 서성거리며 계속 주먹을 휘두르며 악을 쓴다. 여자는 시키는 대로 금녀 방으로 들어가는 모양이다. 기척이 났다. 그러나 얼마지 않아 여자의 비명이 들려왔다. 그리고 요란한 발소리와 함께,

"아주버니!"

"달아났소?"

두수는 방문을 차고 나간다.

"아니에요. 손, 손을 물었어요."

여자는 울상이 되어 엄지손가락을 싸들고 있다.

"날 따라와요!"

두수는 여자의 손목을 불끈 쥐고 잡아끈다. 몸집이 작은 여자는 마치 팔랑개비처럼 끌려간다. 금녀가 있는 방으로 간 두수는,

"계수씨, 저년 아가리를 숟가락으로 벌려요!"

손가락을 물리는 바람에 겁에 질린 여자는,

"나, 나는 못하겠어요."

뒷걸음질을 친다.

"못하겠으면 내가 하지."

옆에 놓인 주전자를 번쩍 쳐든다. 다음 순간, 모로 누운 금녀 옆얼굴에 주전자를 내리친다. 주전자 속의 하얀 미음이 비말이 되어 사방에 흩어진다. 금녀 입에서 신음 소리가 새어 나왔다.

"아이구머니나!"

여자가 달아나려 하자 두수는 한 팔을 뻗쳐 거머잡는다. 그리고 주전자를 내동댕이치는 소리, 그 소리에 이어 옷 천이 찢어져나가는 날카로운 소리가 연달아서. 두수는 완전히 미쳐버린 것 같다. 짐승처럼 눈에 파아란 불을 켜고서. 다부잔스가 찢어져나가고 속옷이 찢어져나가고 맨살이 드러난다. 금녀의 육신이 경련하듯 꿈틀거린다. 여자는 어느새 달아나버리고 거의 나체가 되어버린 금녀는, 그 지경이 되어도 무저항이다. 두수는 무저항에 공포를 느낀다. 공포에 쫓기어 그는 금녀 살덩이를 밟고 짓뭉갠다. 두수가 그 방에서 나왔을 때 여자는 넋 빠진 것같이 멍청하게 두수를 바라보았다. 푸른 불길이 그제도 타고 있는 두수의 눈이 좁혀들면서 먹이를 채려는 순간의 집중, 그리고 다음 여자의 팔목을 소리 없이 강인하게 쥔다.

아까처럼 몸집이 작은 여자는 팔랑개비처럼 가볍게 끌려간다. 침상에 냅다 던져버린 몸뚱이가 한 번 퉁겨 올랐다가 가라앉는다.

"살려주어요!"

모깃소리를 내며 여자는 떤다.

"사, 살려주어요!"

"잠자코 있어! 잡아먹지 않을 테니."

"요, 용서,"

달싹이는 입술을 짓이기듯 두수는 머리를 들이댄다.

"하마 네 서방 놈이 올 게다."

사나이 밑에 깔리어 여자는 버둥거린다.

"이런 일은 들어서 잘 알 테지만."

두수는 끼들끼들 웃으며 왜병들이 여자를 어떻게 취급하는가를, 특히 여자를 고문할 때 어떤 식으로 강간을 하며 처리하는가를 지껄이면서 서서히, 서서히 가랑잎처럼 가벼운 여자 몸에 침입을 기도한다. 죽은 듯 축 늘어진 여자로부터 떨어져 나온 두수는 옷을 챙겨 입고 담배를 붙여 문다.

"네 서방 놈 죄야. 돈 좋아하는 그놈에게 준 벌이란 말이야."

끼들끼들 웃는다.

"나한테만은 그래서 안 되지. 자알 타일러주어. 이럴 때 내 비늘을 거슬려놓으면 귀신 모르게 간다고 말이야."

여자는 축 늘어진 채 움직이지 않는다.

"이제 좀 나가주실까? 나는 괜찮지만 서방님 오실 때가 되지 않았어?"

순간 여자는 용수철같이 몸을 일으켰다. 방에서 뛰어나간다. 아슬아슬하게 양차생이 돌아왔다. 눈물을 흘린 것도 아니었는데 부풀어 오른 아내 얼굴을 본 차생은 의아해하는 표정이더니 왜 그 모양이냐고 물었다.

"몸이 좀, 아, 아파요."

하며 얼굴을 돌려버린다. 차생의 시선이 아래로 가며 아내의 손가락에서 멎는다. 피 묻은 손가락? 차생의 얼굴빛이 싹 변한다.

"손에 피가?"

"저기이,"

"왜 그리됐는가 묻지 않소? 무슨 일이, 대체 무슨 일이 있었다는 게요?"

"죽 먹이려다가, 죽 먹이려다가, 물렸어요."

"물려? 저 방 여자한테 말이오?"

"예."

"기가 막혀서, 그렇담 약이라도 발라야지 그냥 내버려두면 어떻게 해?"

걱정은 하면서도 안도하는 기색이 역력하다. 두수가 방문을 열고 나온다. 태연자약한 태도에 여자는 으시시 떨며 얼굴을 숙인다.

"양선생."

조롱을 가득 실은 어조다.

"갑자기 양선생은 또, 왜요?"

차생이 올곧잖게 말하며 돌아본다. 교정은 했으나 그래도 뻐드러진 이빨을 드러내놓고 두수는 소리 없이 웃고 있다. 소름 끼치게 기분 나쁜 얼굴이다. 여자의 얼굴이 새하얗게 변해 간다.

차생은 어금니를 깨물어보다가,

"일은 잘돼갑니까?"

"내가 웃어서?"

"기분 좋을 때 웃는 것 아닙니까?"

"내가 왜 웃는지 자네 안사람보고 물어보게나."

차생은 반사적으로 아내 쪽을 돌아본다.

"임자보고 물어보라 하는데 대체 무슨 일이 있었다는 게요?"

험악하게 노려본다.

"저기, 저,"

고양이가 쥐 놀리듯 죽을상이 되어가는 여자 얼굴을 곁눈질하며 두수는 또다시 잔인하게 여자를 몰아붙이는 말을 내뱉었다.

"겁이 나서 얘길 못하는 모양이야."

차생은 사태를 파악해야겠다고 생각했음인지 입을 다문 채

두수를 노려본다.

"백문이 불여일견이라 하던가? 저 방에 한번 들어가보라고. 그럴 듯한 구경거리가 기다리고 있을 게야."

사색이 되었던 여자 얼굴에 핏기가 돌아온다.

"돈 주고도 볼 수 없는 구경일걸? 외입하는 셈 치고 들어가보라니까."

"나는 또 무슨 일인가 했지요."

차생이 얼버무리며 픽 웃는다.

"자네 안사람을 내가 찝적였을까 봐서?"

"형님도, 말이면 다 하는 줄 아시오? 이봐요, 저녁 차리지 않고서 뭘 하는 게요!"

분위기가 이상하여 한순간 그런 생각을 했던 만큼 당황하고 난처한 것을 감추려 애를 쓴다. 여자는 살아난 기분인지 부엌 쪽으로 달려가고, 두수와 차생은 방으로 들어간다.

"온종일 술을 한 모양이군요. 방 안에 술 냄새가 가득 찼어요."

"술, 술 했지."

"많이 취했습니다."

"누구 말마따나 술과 돈과 계집이 있는 한 인생도 살아볼 만하지."

"형님한테 그런 풍류가 있는 것은 미처 몰랐습니다. 하지만 빠진 것이 하나 있군요."

농담이나 남을 약 오르게 하는 말도 기우뚱거리지 않고 네모 반듯하게 하는 것은 차생의 버릇인데 그럴 때마다 두수는 배알이 틀리지만 한편 양서방이나 윤이병을 대했을 때처럼 만만하게 할 수 없는 것이 있었다.

"빠진 게 하나 있다아?"

"권력이 하나 빠지지 않았습니까?"

"야! 고지기 자식 놈이 선비 행세하노라 애쓴다. 그 멀끔한 선비 얼굴에 누가 똥칠이나 말았으면 싶지만,"

하다가 버럭 소리를 지른다.

"바보 같은 놈! 외입질도 못하는 주제에, 세상이란 으레 그런 게야."

두수는 네 계집이 방금 내 수청을 들었다는 말이 하고 싶어 몸살이 난다.

"또오, 또오 시작이군요. 그 욕지거리 그만둘 수 없습니까?"

"양반이 하는 욕은 자고로 상놈이 들어야 하는 법이야. 양반의 말씨는 거칠어도 상놈의 말씨는 으레껏 공손해야 하는 법, 안 그런가?"

"너무 그러는 것도 신상에 과히 좋은 것은 아닙니다."

"신상에 과히 좋은 것이 아니라구? 섣불리 협박하는 거냐?"

"그럴 리가 있겠습니까? 그보다 저 방 여자는 어찌 됐지요?"

"발가벗겨놨다."

"네?"

"계십년들 발가벗기는 거야 누워 떡 먹기지."

"좀 심했군요."

"풋내기 같은 말 하시네. 고문의 초보를 몰라 하는 소린가?"

"십 년을 두고 짝사랑하던 여자니까 하는 말이지요."

"아, 아, 사양할 것 없네. 가서 마음대로 한번 해보라구."

"취미 없는데요."

"취미 없으면 지랄한다고 장가는 가아? 중이나 되지. 한 계집이나 열 계집이나 눈감고 아웅이다."

저녁상이 들어왔다.

"계수씨!"

"예."

겁에 질린 눈이 두수를 주시한다. 이번에는 무슨 말이 나올까.

"나는 술이오. 밥은 치우고."

"예."

길들여진 강아지처럼 차생이댁네는 시키는 대로 술을 가져왔고 밥그릇은 내갔다.

"오늘 들은 얘긴데요."

밥을 먹으면서 차생이 얘기를 꺼낸다.

"러시아 공산당에서 막대한 돈이 상해임시정부로 흘러들어가고 있다는 겁니다."

"그런 풍문이 돌고 있었지."

"풍문이 아니라 확실하다는 겁니다. 어마어마한 돈이라나요?"

"어마어마한 돈이 러시아정부로부터 나온 것을 사실로 치더라도, 상해임정 쪽으로 흘러들어갈 리는 없어."

두수는 일소에 부친다.

"그럼 형님은 돈이 어디로 간다고 생각하시오."

"돈이 나온 것이 사실이라면, 그건 엉뚱한 곳으로 갔을 게야. 상해임정의 대통령 이 모라는 작자가 일본 대신 미국의 보호를 받겠다 하여 임정 내부가 쑥밭이 된 모양인데 러시아가 미쳤다고 거기에다 돈을 주어? 저희들의 코도 석 자 오 치나 빠진 판국에,"

"그것은 그렇지가 않지요. 다롄[大連]서의 일로(日露) 양국 간의 회의가 아직 결말을 짓지 못하고 있는 것을 보아도 러시아의 의도를 짐작할 순 있지요. 니항사건의 주동자 중에 조선인 독립군이 있는 것은 세상이 다 아는 일인데도 불구하고 자기네 영내(領內)에는 조선의 독립군이 전혀 없다고 러시아는 시치미를 떼고 있지 않습니까? 일본에서 요구하는 조선의 독립군 해산문제가 무슨 딴 계획이 없다면은 이내 받아들여질 수 있는 일인데도 말입니다."

"계획? ……있을 수 있지. 국제군이란 말이 나돌고 있으니까. 일로전쟁 때부터 이쪽으로 도망온 조선놈들이 러시아 편에서 잘 싸워주었고. 얼마우재 놈들, 그놈들도 세계대전에 많이 나갔었고, 백군 적군 싸움에도 조선놈들이 끼어들었시. 언해주엔 조선놈들이 우글우글하니까."

"바로 그 국제군이라는 것 말입니다. 조선인 부대가 적위군 편에서 백위군과 싸우는 틈새, 그 총구가 니항의 일인들로 향했다는 것은 결코 우연은 아닐 겁니다."

"미친 소리 마라. 우연은 무슨 놈의, 자네 변설 조도 병이로군."

"……"

"설령 러시아가 조선독립군을 모조리 불러들여서 앞으로 일본하고 싸우는 데 써먹는다 하더라도 그것은 대가리들이 알아서 할 일, 조선놈들 모아봤자 별수 없어. 상해임정 꼴 나기 십상이지. 자네 말마따나 다롄서도 독립군 부대해산을 들먹이는 만큼 일본도 다 그만한 대비를 하고 있는 게야. 벌써 독립군 소탕작전에 들어갔다고 보아도 무방하지. 풋내기 같은 소리 작작하고. 아무리 군침 삼켜도 어마어마한 돈이 흘러간다는 그 줄기를 자네 손으로 찾아낼 순 없지. 대일본제국에 대한 충성심을 과시하는 것은 뭐 해로울 것도 없지만 말이야. 스즈키 앞에서나 열심히 걱정해봐."

"영에서 매 맞고 집에 와서 마누라 친다더니, 아, 형님 뜻대로 안 되는 게 내 죄란 말입니까?"

"시끄러! 우스워서 그런다. 십 년 전부터 흑룡강 물줄기를 밟고 올라간 사람보고 무슨 소릴 하는 게야? 눈 감아도 훤하다, 이 새끼야. 식자 좀 들었다고 날 가르치는 거냐?"

"하 참, 그냥 화가 나면 화를 내실 일이지 엉뚱한 데다 꼬리를 달아서 왜 이러십니까?"

"술이나 처먹어라."

하고 두수는 술을 냅다 들이마신다. 하루 종일 별의별 놈의 지랄을 다 했으나 두수는 마음을 가라앉힐 수가 없었던 것이다. 차생이 저녁을 끝내는 것을 본 두수는,

"양선생, 일어서시오."

"또 왜 이러십니까?"

"허허어, 일어서라면 일어서는 게야. 사람의 탈을 썼다고 해서 너무 가리는 게 많아도 숨이 가빠서 못사는 게야. 밤마다 제 계집 품고 자면서 도사연할 건 없다. 자아, 가자. 가는 게야. 못 보고 죽으면 한이 된다."

억지로 끌어낸다. 실상 두수는 금녀가 어찌 되었을까 궁금해 견딜 수가 없었던 것이다. 혼자 가도 못 갈 것이 없는데, 뭔가 구실이 있어야 했다. 구실이, 왜 구실이 있어야 하는지 알 수 없다. 무엇 때문에 오랜 세월을 그토록 집요하게 금녀 뒤를 쫓아다녔는지 그것도 이제 와서는 알 수가 없는 것이다. 시작부터 끝까지 달라진 것은 아무것도 없었다. 금녀를 사로 잡음으로 하여 두수의 두 가지 목적, 그 어느 하나도 이루어질 수 없다는 것을 보다 확실하게 보는 것 이외 무엇이 있단 말인가. 다만 선택만이 남아 있을 뿐이다. 놓아주느냐 죽여버

리느냐, 그것을 선택하는 일만 남아 있을 뿐이다. 그 어느 것도 원하지 않는 선택, 두수는 방문을 열어젖히고 차생을 떠밀어 넣는다.

"앗!"

차생의 입에서 비명이 울렸다.

"볼만하지?"

"이, 이게 어찌된 일입니까?"

"어찌 되긴, 눈요기 자알하게. 살갗이 비단결 같지 않아?"

"주, 죽었군요!"

순간 두수의 얼굴이 흙빛으로 변한다. 차생을 밀어젖히고 얼굴을 디민다. 금녀는 죽어 있었다. 벽에 머리를 부딪고. 두수가 차생이댁네를 정신 없이 범하고 있을 때 금녀는 벽에 머리를 부딪고, 수없이 부딪고 죽은 것이다.

4장 형제

공노인 객줏집에 머물면서 김두수에게 연락이 닿을 것을 기다리고 있는 한복은 시일이 걸릴 것을 각오하고 느긋하게 대기하는 상태였다. 우물 안에서 대천지 한바다로 나온 것 같은 그간의 변화가 한복을 변하게 한 것은 틀림이 없다. 연추로 떠날 때만 해도 화살같이 집으로 돌아가고 싶은 생각뿐이

었고, 사람을 대하는 일이 두렵고 괴로웠으며 언제나 그러했
듯이 타인과 자신 사이에 가로놓인 도랑은 깊고 넓었었다. 그
러나 어느 사이인지 한복은 사람을 만나 즐거워지는 것을, 남
과 나 사이에 가로놓인 도랑이 좁혀지는 것을 깨닫기 시작
한 것이다. 형과의 대면을 생각할 때마다 가슴이 철렁 내려앉
는 것만 같았던 혼란도 이제는 가라앉고 비교적 안정된 마음
으로 형을 기다리는 상태였다. 연해주에서 용정에 온 후 만난
여러 사람 중에서 특히 한복의 마음을 사로잡고 멍울을 풀어
준 사람은 우연히 알게 된 전라도 사내였었다. 공노인의 객줏
집 우물가에서,

"말씀 소리를 들은께로 경상도내기가 분명헌디, 틀림없지
야?"

수숫대처럼 키만 멀쑥하게 크고 형편없이 마른 사내가 얼
굴을 닦다 말고 말을 걸어왔다.

"예, 경상도요."

사내는 손바닥에 침을 뱉고 다른 손바닥으로 탁 치면서,

"그려! 간밤의 꿈이 그렇더란께. 내 꿈을 말헌달 것 겉으면
멩도 고조부랑 씨름헐 만헐 것이여."

"네에?"

"똑 떨어진다 그 말이여라."

"……."

"맞아떨어진단 말시. 허허어, 그 나그네 늙은이가 아닌디

말귀가 그리 무디어 쓰겠소?"

"아, 네에 무슨 꿈을 꾸셨는데 그러시오."

한복이는 저도 모르게 성큼 다가서듯이 물었다.

"그, 그야 물어보나 마나 돼지꿈이지, 돼지꿈이란 말시."

사내는 들쑥날쑥하고 담뱃진이 묻어 시꺼먼 이빨을 내놓고 웃는다. 어떻게 보면 사십 안팎으로 보이고 어떻게 보면 오십을 넘긴 것 같은, 나이를 종잡을 수 없는 얼굴이다.

"재수꿈 아닙니까?"

"암, 암 재수꿈이지라."

턱을 주억거린다.

"영락없단께로! 돼지만 꿈에 보면은 영락없이 경상도내기를 만난다, 경상도내기를 만나면 재수가 있다 그 말이지라우?"

"허 참, 나는 돈 한 푼 없는 빈털터리인데요."

"아아니 젊은 나그네가 이 몸을 뭘로 보신다요? 도둑놈으로 치부 마시시요잉, 비적들이 우글우글허는 만주땅이기로."

한복은 피식 웃는다.

"이리 뵈야도 가는 곳마다 보증인은 아쉽잖이여."

시작은 그러했다. 그러나 그것은 우연은 아니었다. 이 키 큰 사내는 주갑이었던 것이다. 지금은 하동으로 옮겨간 용이와 주갑의 우연한 만남으로 하여 길상에게로 이어진 인연을 생각하면 그가 객줏집에 나타나서 한복에게 접근해오는 이유는 대강 짐작할 수 있는 일이다. 할 일 없이 무료했던 한복이

는 그의 재담에 끌리기도 했으나 나이에서 오는 거북한 것을
전혀 느낄 수 없는 편안함, 그리고 공노인과도 잘 아는 사이
인 듯해서 급속도로 친해졌다. 며칠 후에는 아예 방을 합쳤고
주갑이 끌고 가는 대로 어디든 따라다니며 구경도 하고 술도
함께 마시고 사람을 만나는 데도 주갑은 늘 한복이를 데리고
다녔다.

"여보시오 나그네, 싸게 나가더라고."

이름을 가르쳐주었으며 하대할 것을 여러 번 말했는데 주
갑은 계속하여 한복이를 나그네라는 호칭으로 대하였고, 말
을 낮추지도 아니했다.

거리에 나온 한복이는,

"어딜 가십니까?"

"닭전에 간단께로."

"닭전요?"

"만났다 하먼은 닭싸움허는 곳이 있지라우."

찾아간 곳은 갖바치 박서방네 가게였다. 마침 거간하는 권
서방과 여차하면 엿판 메고 나서는 허풍쟁이 홍서방이 그곳
에 와 있었다.

"허허, 이게 누군고?"

반백 머리에 중늙은이들이 된 세 사람이 똑같이 얼굴을 쳐
들며 반가워한다.

"늙은 코가 아니라 여문 코요."

"얼굴 잊어버릴 만하면 나타나는구먼."

"상제 없으면 어쩔거나 허고 찾아오는디 하품 나게도 사시오."

좁은 점방 안에 엉덩이를 디민 주갑은,

"나허고 한방을 쓰는 나그넨디 경상도내기란께. 경상도내기허고는 전정이 있인께로 일자리 하나 구해주더라고요."

"일자리 구해주는 일이야 이팔청춘 젊은 사람 주갑의 소관이지, 하품 나게 오래 사는 사람들 소관은 아니지이."

홍서방이 토라진 시늉으로 말했다.

"워째 그리 남의 허풍은 모른다요?"

"아따, 이거 연해주 허풍하고 용정 허풍이가 만났는데 맞바람이 불면 어떻게 되지?"

권서방 말에,

"시원해지지."

꽃자줏빛 비단을 입힌 당혜에 인두질을 하며 박서방이 받아넘긴다.

"경상도내기라 하니 이서방이랑 영팔이 생각이 나누만. 모두 잘 있는가 모르겠네."

"잘 있겠지. 우리보담이야 못할라구."

홍서방 말이 떨어지자 바늘에 실을 꿰다 말고 박서방이 힐끔 쳐다본다. 햇볕을 못 보아 그랬는지 누리끼하게 시든 것 같고 얄팍한 것같이, 전보다 여윈 얼굴에 일순 생기가 도는 것 같다.

"배은망덕은 예나 지금이나 조금치도 변함이 없군. 하기야
제 버릇 개 못 준다는 말이 있긴 있지."

"나보고 하는 말이야?"

홍서방이 즉각 응했다.

"이 자리에 배은망덕할 사람이 달리 또 있다면 참말이지 두
만강의 뗏목꾼 되겠다아."

통겁고 빳빳한 실을 핑핑 소리 나게 잡아당기며, 두만강 뗏
목꾼 된다는 것은 박서방에게는 죽음을 의미한다.

"저놈의 인사, 좌우당간 내 말이야 하면 자다가도 깃대 쳐들
고 나온다니까. 아 글쎄, 내가 뭐랬기에 감아올리는 게야? 응?"

"제 한 말도 금세 잊어버리니 남의 은공 잊는 것도 무리는
아니다."

"아무래도 박가 네놈, 목이 컬컬한가 부다."

"꼬리 감추지 말아. 대가리 내밀지 말고. 주서방 보고 침 삼
켜도 허사야."

"그렇다면 배은망덕은 그쪽이다. 주서방 아니더면 지금쯤
백골이 안 되었을까?"

"오오냐. 살던 집 주고 빈손 탈탈 털고 간 사람한테 우리보
담이야 못할라구? 씻똑꺽뚝 말이 그래야 하나."

한복이는 늙은이들 싸우는 것이 민망했지만 권서방과 주갑
은 실실 웃고만 있었고 아까 닭싸움하는 곳이라던 말도 생각

이 나서 다소는 구경하는 마음이기도 했다.

"별말도 아닌 걸 가지고, 제에기랄! 눈 팔아(바느질로) 먹고사는 놈을 상대하느니 김매는 계집하고 맹물 마시는 편이 훨씬 낫겠다."

"오오냐. 새는 가는 곳마다 깃털 떨어뜨린다더라. 죽어서 그놈의 깃털 줏어모을라 카믄 허리 굽을 게야. 팔아먹을 눈도 없는 놈이 염치도 좋다."

이쯤 되면 진짜 싸움이 된다.

"그만들 두시쇼. 더 허면 내일 심심해지들 않겠소?"

주갑이 눈을 찡긋했다. 하여 용이와 영팔의 얘기는 행방불명이 된다.

싱글벙글 웃으며 권서방이,

"이제 겨우 점고(點考)는 마친 셈이군."

"점고라, 거 기생 점고도 꽤 사설이 길지라우. 에헴!"

하고 목을 다듬은 주갑이 별안간 소리를 질렀다.

> 남포월(南浦月) 깊은 밤에
>
> 도대천 저 사공아
>
> 묻노라 너 탄 배
>
> 계도금범 난주(桂棹錦帆, 蘭舟)!
>
> 행수기생 난주가 들어들 오는디
>
> 멋기도 사모찬 기생이라,

초맛자락을 거듭거듭 걷어서 세요흉당(細嬝胸堂)에다가 이렷이

안고

가만가만히 걸어들어를 오더니

점고 맞고

나오—

일대 문장 소동파(一代文章 蘇東坡)

적벽강에 배를 띄우고

거주촉객(擧酒屬客)하올 적에

소언동산 월출(少焉東山 月出)이—

월출이가 들어오는디 홍상—

　춘향가 중의 기생 점고다. 모두 기가 막히기도 하고 어이없기도 하고 그러나 소리가 자리를 잡기 시작하자 차츰 신들이 나서 얼굴이 벌게지는 것이었다. 주갑의 목청이 올라갈 적에 쳐들려서 떠는 턱을 따라 권서방의 턱이 올라간다. 박서방은 아예 일손을 놓아버리고 뚫어져라 주갑을 쳐다본다. 홍서방은 조심스럽게 코를 훌쩍거린다. 부채는 없었지만 내미는 손, 맴을 도는 손, 주갑의 손끝은 명주실같이 부드럽고 나비같이 가벼운가 하면 전율하는 현(絃)이 되기도 한다.

　"헤헤헷, 소싯적에 들은 풍월인디, 워따매 사내들 점고는 못 쓰겄소잉. 헤헤, 헤헷, 무슨 놈의 쌈질허는 점고가 다 있다요?"

　주갑의 얼굴은 맑은 물에 씻긴 듯이 해맑다고 한복이는 생

각했다. 용수철같이 홍서방이 뛰어 일어났다. 손뼉을 친다.

"우리 고을에 명창 났구나아!"

"아니요, 우리 조선에 명창 났다."

박서방이 감동된 목소리로 진지하게 말하였다.

"헤 참, 그런 소리 마시시오. 굶어서 그렇단께로. 만주땅에서 창허는 사람은 별반 없을 긴께."

"주서방."

홍서방이 은밀하게 불렀다.

"말씸하시더라고."

"우리 의논 좀 하자고."

"예, 하시시오."

"자네하고 나하고 나서자고."

"나는 엿판 안 메겄어라."

"아아 엿판이야 이 등바닥 널찍한 내가 멜 것은 정한 이치고오."

"저놈 또 생바람 나는구나."

박서방의 말은 들은 척 만 척,

"사람들은 내가 모아들일 것이니 자네는 따라다니면서 노래만 하면 되는 게야."

"의논껏 해봅시다요."

"그나저나 놀랬구먼. 주갑이한테 그런 재주가 있다는 건, 하 참, 기가 막히는데,"

살가죽이 늘어난 목덜미를 슬슬 만지며 뒤늦게 권서방은 치사를 한다. 한복은 가만히, 그저 가만히 앉아 있었을 뿐이다.

"그러면 나그네, 우리는 나가보덜 않겠소? 성님들, 편히 기시시오. 내일 바람 따라서 또 올 것인께로."

주갑이와 함께 거리를 거닐면서 한복은 반백의 중늙은이들을 생각했다. 가난이 기름때처럼 가라앉은 얼굴이며 몰골이며를 생각해보는 것이다.

'나보다도 가난한 사람들, 나보다 더 큰 한이 있을지 누가 아나? 그런데, 그렇게도 천진하고 천하태평이고…….'

"해가 거물거물 지는디 웨짜 이 길이 산중만 같다냐?"

주갑이 혼잣말같이 중얼거렸다. 일순간 어둡게 가라앉은 강줄기 같은 이상한 것이 그의 얼굴을 가로지른다.

"나그네."

"예."

"오만 간장이 녹는 것 같들 않이여?"

"……."

"병이란께. 얼씨구, 주갑이 이러믄 안 되는디."

"여기는 뭣하러 오셨습니까?"

그간 궁금했던 얘기를 꺼내었다.

"금매,"

"장삿길로 오셨어요?"

"아니여라. 이 몸은 난생 바늘 한 쌈 팔아본 일이 없지라.

매인 곳 없고 임 잃은 외기러기, 신세는 그러허니 왔다 갔다, 왔다 갔다, 왔다 갔다, 무슨 정처가 있을 것이여? 왔다 갔다 허는 것이 내 업이란께."

그네처럼 팔을 흔들흔들 해보인다.

"일 찾아서 왔다 갔다 철새란 말시. 철도 인부도 혔고오 구리 파는 광산에서 광부노릇도 혔고오 벌목꾼, 고기잡이, 침술(針術)도 허고 다녔는디, 아 금매, 집도 짓고 농사도 짓고 못해본 것은 장개드는 일허고 장사허는 일이었지라우."

"가족이 없구먼요."

"사모관대를 못 혔인께로 숫총각 아니겄소?"

"하하핫……."

"웃들 말더라고, 맘은 삼천궁녀를 거느리고오 있인께."

"이곳에는 며칠이나 계실 겁니까?"

"금매 이번 행차는 여니 때허고 좀 다른디, 워찌 될란가 모르겄소이. 삼대 구 년 만에 고향 한번 가볼라는디 금매."

"고향이 어딘데요?"

"어디긴 어디다요? 전라도제."

"전라도에서도,"

"아아, 아."

주갑은 손을 저으며,

"전라도가 몽땅 고향이란 말시. 어릴 적에는 울 아부지 괴나리봇짐 위에 앉아서 울 아부지 겨드랑에 손 넣고 잤인께로 전라도 천지가 내 고향인 게라우."

"함께 갔으면 좋겠구먼요."

"고향 가는 길을?"

"예."

"왜 아니라, 헌디 받을 돈을 받어야 떠날 것이여."

"아저씨."

"기왕이면 성님이라 하시더라고, 아부지 겉은 맏형도 있들
않더라고?"

"예, 그러지요. 아저씨가, 아아 아니, 성님께서 어떻게 생각
하실지 모르지만 아껴서 쓰면 내 여비에서 두 사람 갈 수 있
을 것 같은데,"

"아, 아니여라. 그런 말은 우리 사이에서 허는 것 아니여."

그 목소리가 너무 엄격해서 한복이 얼굴을 붉힌다. 객줏집
으로 들어갔을 때 공노인이 내다보았다.

"이놈의 팔난봉아! 젊은 사람 몸살 나겄다. 밤낮 어디를 끌
고 다니나?"

"웼다매, 팔난봉 소린 처음 듣겄소잉. 주인장께서 심심혀서
그런 모양인디 급한 일이 따로 있인께로 잠시만 참으시시요."

"저눔의 인사, 담배가 급한 게로구나. 한 대 하고 내 방으로
건너오라고, 저녁 함께하게."

"알겄소."

세 사람이 저녁상을 받았을 때 주갑은,

"주인장."

"음."

"홍서방허고 권서방 살기가 우떻다요?"

"나을 게 없제. 이서방이 살라고 주고 간 집은 우리 쪽에서 쓸 일이 있어서,"

"그 집서 나갔다 그 말이여라우?"

"음, 권가는 조그마한 거간 가게를 하나 얻어주었고 홍가는 최씨네댁 행랑방을 하나 치워주었는데, 권가야 이럭저럭 꾸려나가는 모양인데 홍씨 그 사람이……. 안사람이 여관 일을 보아주어서 밥은 먹지. 아낙이 해서 살자니까 홍가도 걸핏하면 엿판 메고 나가는데 이자는 그 짓도 못할 게야. 병이 들어서 얼마 못 갈 기라니."

여관 일이란, 서희가 살던 집을 여관으로 개조하여 공노인이 운영하고 있는 것이다. 그곳에서 나오는 수입은 여러 가지 명목으로 쓰여지기도 하고, 한편 여관이란 외관으로 하여 연락의 요지로도 사용이 되고 있다.

한복은 두 사람의 대화를 들으면서 이들이 심상한 관계가 아닌 것을 불현듯 깨닫는다. 주갑이를 단순한 뜨내기로 보아서는 안 된다는 생각도 하게 된다. 그리고 여느 때와 달리 함께 저녁을 먹게 되는 데도 그만한 이유가 있을 거라 판단한다.

"그거는 그렇고 주서방 자네 고향은 가게 되는 겐가."

공노인은 화제를 돌렸다.

"가야제요."

"한복이하고 함께 가면 되겠구먼."

"그러면 오죽 좋겄소잉. 동무 따라 강남 간다 안 헙디여?"

"나이 몇인데 그런 소릴 하누."

"노소가 있간디여."

공노인 얼굴에 서두는 기색이 나타났다.

"한복이는 만날 사람이 오면 그곳으로 거처를 옮기게 될 게야. 하동으로 떠날 때는 회령에서 떠나게 될걸?"

"지가 뒤쫓아가면 안 되겠소?"

"그야."

"돈이 오늘내일 된다니까 나도 이 나그네허고 가고 접소잉."

"내가 전에 그 집을 찾아간 일이 있었지."

하다가,

"아니 아니지, 그걸 설명할 필요는 없고, 회령에서 한복이가 떠나는 날짜 시간만 알면 되니까,"

여전히 공노인은 서둔다.

"그걸 지금 작정할 수가 있어야지요."

한복이 말이다.

"내일이면 회령으로 가게 된다."

"네?"

"그냥 그렇게만 들어두게. 그러면은 주서방 형편 얘긴데,"

484

"오늘내일 허고 있인께로 내일이면 여비가 나올 것 겉소만, 일헌 품삯인디 오래된 것이여라우. 가진 돈도 쪼깬 된께로, 정 안 된달 것 겉으면은 주인장께서 대봉해주시더라고. 우리가 워디 어제 그제 알던 사이라요?"

"그거는 어렵잖지. 그럼 주서방은 모레, 아니 글피 회령으로 가면 되겠군. 그리고 그다음 날 저녁때쯤 집 근가직에서 만나면 되겠고오."

"알겄소. 글피, 그다음 날 저녁때."

"주서방한테는 다시 가르쳐줄 것이고, 한복이만 잘 알아들어 두어야겠네. 자네가 가는 집의 길목인데 청옥이라 하는 선술집이 있네."

"청옥, 청옥."

외듯 중얼거려본다.

"한문으로는 푸를 청(靑)에다가 구슬 옥(玉)이야."

"네."

공노인은 훅 숨을 내쉬며 밥술을 들었다.

"만의 일이라도 글피, 그다음 날 저녁때 못 만날 사정이라도 생기면은 안 되니께로 그날 못 만난달 것 겉으면 그다음 날 저녁이오. 알아듣소, 나그네?"

주갑이 다짐을 둔다.

"예."

성님이라 하라 해놓고서 주갑은 여전히 호칭은 나그네요

공대하는 데도 변함이 없다. 저녁이 끝나자,

"나 급헌 일 보러 가요. 나그네는 숭늉 마시고 천천히 오더라고."

공노인 앞에서 담배를 안 피우는 예절을 주갑은 꼬박꼬박 지킨다.

"한복아."

"네."

"내일이면 틀림없이 회령으로 가게 될 터인데, 내일, 모레, 글피,"

공노인은 손을 꼽아본다.

"그러면 적어도 삼사일, 그리고 그다음 날까지 합하면은 사오 일, 그 이상은 형네 집에 안 머무는 것이 좋을 것 같구면."

"저도 오래 있을 생각은 안 합니다. 사오 일도 길지요."

"또 한 가지, 만일에 자네 형이 자넬 위하여 고향의 서장이라든가 뭐 그런 층에다가 소개장 같은 것 써주면은 써먹지 않더라도 받아두게. 사정 따라서 가는 도중에도 요긴할 테니까."

"알겠습니다."

공노인은 숭늉으로 입가심하고 밥상을 밀어내며,

"그럼 가보게."

"네."

한복이 막 방에서 나오는데 허둥지둥 최서기가 들어서는 것이 아닌가.

"아이구, 마침 계셨구만요."

저승에서 할아버지 만난 듯, 몸소 온 것도 그러했고, 얼굴 표정을 보건대 몹시 급했던 것 같다. 한복이는 내일 회령으로 가게 될 것이란 말을 상기하면서,

"웬일로 몸소 오셨습니까?"

침착하게 응대한다.

"글쎄 진작 한번 왔어야 하는 건데 일이 늘 번잡해서 소홀했던 것 같소. 용서하시오. 그보다도 형님이 오셨는데 어서 가보도록 합시다. 아예 짐도 챙겨갖고 가야."

"형님만 만나면 나는 이곳에 묵다가 가고 싶소만."

"아 그게 허용될 성싶습니까? 형님께서는 지금 노발대발입니다. 자아 자아, 어서. 그리고 가시면은 내 입장도 잘 말씀해주십시오. 아시겠지만 김부장 성내면 물불 안 가리거든요."

"짐이래야 머 괴나리봇짐 하난데요."

한복이는 보따리 하나를 들고 나오면서 말했다. 주갑이는 코빼기도 안 내 보였고 공노인만 기웃이 내다본다.

"손님, 가시려우?"

"네. 그간 신세 졌습니다. 아주머닐 못 뵈고."

한복이는 서운해한다.

"그럼 주인장, 안녕히 계십시오."

공노인은 얼굴을 주억거렸다. 밖으로 나오자 최서기는,

"그 짐, 이, 이리로 주시오."

"괜찮소. 짐이랄 것도 없지요."

"그렇지만,"

"형이 그렇게 높은 사람이오?"

다소 비꼬는 투다. 그러나 최서기는 그런 것 헤아릴 여유가 없는 것 같다.

"높다기보담 성질이 무섭지요, 모두들 겁을 내는데. 일본인 들도 한 수 놓고 대하니까요. 사실은 연락을 취했는데 연락은 받지 못하고서…… 나를 뭘로 보고 내 동생을 객줏집에다 내 버려두었느냐고 소리소리 지르는 데는 혼비백산이오."

최서기는 웃었지만 두수의 악쓰는 소리가 상기도 귓가에서 울리고 있었다.

"야 이 새끼야! 뭘 하구 월급 받아 처먹냐!"

나이도 위인데 다짜고짜로 두수는 그렇게 나왔다.

"이 새끼들! 영사관 놈들 다 때려 죽인다! 누구 덕분에 베개 베고 편한 잠 자느냐 말이다! 목숨 걸어놓고 뛰는 우리한테 뭘 했어! 이게 우리한테 하는 대접이야! 촌놈 꼴 하고 왔기로, 네놈 눈에는 발싸개로 보이더냐? 모셔 앉혀놔도 속이 부굴부 굴 끓을 판인데 아 그래 객줏집에다 처박아놔?"

본인이 굳이 원하여 그랬노라 극구 변명을 했으나 그 말은 아예 들으려 하지도 않았다. 금녀의 죽음으로 계획보다 빨리 돌아온 김두수는 이런 일이 없었더라도 누구 하나 잡아먹고 싶 은 심정이었을 것이다. 그런 참에 한복이 나타났다는 말을 들었으니 두수에게는 너무나 큰 충격이 아닐 수 없었을 것이다.

한복이, 김한복이. 김평산의 아들, 두수는 도저히 정상으로는 생각할 수 없을 만큼 광태를 부렸다. 사실 그는 주먹을 치며 통곡을 해야 했는지 모른다. 통곡 대신 미쳐서 날뛰었는지 모른다. 최서기가 혼비백산한 것은 무리가 아니요 영사관의 서기, 점잔을 빼며 다니는 그가 공노인의 객줏집에까지 뛰어 온 것도 무리가 아니다.

"참말이지 김부장 그리 볼 사람이 아니더군요. 형제간의 정이 그렇게 뜨거운 줄은 미처 몰랐습니다. 세상에 그렇게 절절했더라면 왜 진작 찾아보지 않고. 참."

최서기의 말을 귓가에 흘려들으며 걷는 한복의 마음이 차츰 착잡해진다. 안정되었던 마음이 흔들린다. 마구 흔들린다. 심장이 방망이질하듯 뛴다. 피는 피를 부르게 마련이다. 그렇다. 대역죄인 살인자일지라도 피를 부정할 수는 없는 것이다. 미운 것도 사랑 때문이며 원망도 사랑 때문이 아니겠는가. 한복은 자신에게 부과되었던 일에 대하여 배신하지 않을 자신은 있었다. 그러나 할 수 있다면 만나지 않고 떠나고 싶다 했던 형, 최서기를 통하여 형의 미쳐서 날뛰는 것 같은 모습을 한복은 상상할 수가 있었다. 옛날, 아득한 옛날 어머니를 매장하던 날, 음달진 곳, 솔방울과 자갈이 굴러 있던 곳, 소나무에 머리를 부딪고 피를 흘리며 울던 소년의 모습이 생생하게 한복의 눈앞을 스치고 지나가는 것이다.

'형!'

심장에서 피가 솟구쳐오르는 것만 같다. 입 속에 고인 것을 뱉어내면 그것은 침이 아닐 것이며 새빨간 선혈일 것만 같은 생각이 든다.

'형!'

증오감은 그리움으로, 절실하고 강한 그리움으로, 한복은 달음박질치듯 걸음을 빨리한다.

사방은 어두웠고 칠흑같이 캄캄하게 어두웠다. 두신거리는 사람들 소리 속으로 들어갔다. 빨간 전등이 오두머니 켜져 있는 현관에, 그 현관에 김두수가 서 있었다. 비대한 돼지 상호의 김두수가 우뚝 서 있었다.

"형아!"

"이놈아!"

가장 악랄한, 잔인무도한 악인이 선량하고 정직한 아우를 껴안고서 눈물을 흘린다.

5장 신여성론

찬방 놋화로 위에서 약이 끓고 있었다. 방 안에 가득 찬 약 냄새와 화로의 열기가 싫지 않는 계절, 시월이 가고 십일월도 중반기에 접어들었다. 찬방에는 집기들이 잘 정돈되어 있었다. 오랜 세월 동안 가모(家母)의 손길이 수없이 갔을 청결하고 은은히 빛나는 집기들은 임역관댁 가풍을 엿볼 수 있었다. 일이 년 사이 임씨 일가에 불어닥친 불행에도 가구 집기는 빛을 잃지 아니한 것 같다. 잠 안 오는 한밤, 고부간은 가구집기에 걸레질을 하며 고통을 잊으려 했고 참으려 했는지 모른다. 시름을 잊는 데는 일이 보배였으니까. 명빈의 댁네가 약탕관을 들여다본다. 시부의 상중이어서 소복에 목잠을 찌른 백씨 얼굴에 잔잔한 미소가 있다. 광대뼈가 솟고 얄팍하게 생긴 얼굴의 미소가 참으로 곱다. 명빈이 출옥한 지 오늘로써 보름이 되는 것이다. 화로에서 약탕관을 들어낸 백씨는 정성스럽게 사발 위에다 약수건을 펴놓고 알맞게 달여진 약을 따라 짠다. 짜다간 뜨거운 김에 빨개진 손끝을 호호 불고 다시 짠다. 조용했던 집 안에 별안간 아이 우는 소리가 들려온다. 선잠을 깬 모양이다. 백씨는 약탕관에 짜버린 약 찌꺼기를 넣고 부엌을 내려다보며,

"아산댁."

"네, 아씨."

중늙은 여자가 약탕관을 내려 받는다.

"약은 제가 갖다 올릴까요? 애기가 배고픈가 본데."

"아니."

하고 일어서려는데 명희가 찬방 옆을 지나간다.

"아가씨."

"네?"

명희가 찬방을 들여다본다.

"죄송하지만 약 좀 갖다 드리세요. 애가 울어서⋯⋯."

"그럴게요. 그러지 않아도 애가 울어서 나왔는데,"

명희는 올케로부터 약사발을 받아든다.

하얀 동정이 꼭 맞는 검정 치마저고리는 어딘지 모르게 엄숙하고 젊음의 향기를 잃어버린 듯 느껴진다. 집 안에서조차 단정한 명희의 모습은 평소의 습성이긴 해도 주변을 튀겨내는 것처럼, 옛날에는 그렇지가 않았는데 그러나 여전히 아름다웠다. 사랑 뜨락에는 노오랗게 물든 은행잎이 흩어져 있었다. 단정한 명희와 같은 모습의 은행잎이.

"오라버니."

"음."

"약 잡수셔야겠어요."

방문을 열고 명희가 들어서자 명빈이 일어나 앉는다.

"학교엔 안 갔어?"

옷고름을 여미며 묻는다.

"주일이에요."

"그렇군. 일요일이라⋯⋯. 거기 약사발 내려놓고 앉으려무나."

자리에 앉는데 어느덧 가사과 교사의 특징 같은 것이 명희 몸에 밴 그런 앉음새다. 명빈은 누이의 얼굴을 찬찬히 바라보다가 눈길을 돌린다. 그러고 나서 다시 안정감을 잃은 사람처럼 엉성한 고수머리를 쓸어넘기고 눈을 깜박거린다. 옥고에 수척해진 모습이 큰 두상으로 하여 기형아같이 허약해 뵌다.

"올케는 어디 갔냐?"

"아뇨."

"······."

"약 잡수셔야지요."

약사발을 두 손으로 내민다.

"식어야 먹지."

"식었을 텐데······."

그러나 명빈은,

"네 나이 올해 몇이더라?"

불쑥 묻는다.

"오라버니도 참, 그건 물어서 뭣하실래요?"

쓴웃음을 띤다.

"스물다섯이던가? 그렇군."

"별수 없는 올드미스죠 뭐."

"그래. 별수 없는 후처 감이로구나."

"누가 시집간댔나요?"

"설마, 선생질이나 전도부인으로 늙겠다는 건 아니겠지?"

"그런 것 아직 생각해본 일 없지만,"

"그럴 가능성도 있다 그 말이냐?"

"갑자기 왜 그러세요?"

"……."

"부잣집에 시집가서 호사나 하고 사는 생활, 뭐 별것도 아닐 것 같아요. 마찬가지로 하루 밥 세 끼 챙겨 먹고 아이를 기르면서 가난과 싸우는 것도……. 가난이 무섭다는 얘긴 아니에요. 무슨 의의가 있어야 할 거 아니에요?"

"애정 얘기군. 그건 그래. 여자의 경우엔,"

"여자, 여자 하시지 마세요, 오라버니."

"아버님보다 보수적이다, 말하고 싶은 게로구나."

"사실 아니에요?"

"그러나 아버님은 남녀평등주의는 아니셨다. 다만 막내딸이 귀여웠을 뿐이야. 딸을 귀여워하신 것만은 이조시대에 사신 분으로선 파격적이었다 할 수도 있겠으나 그것도 따지고 보면 중인신분인 탓이야. 별수도 없는 족보 물려줄 아들이 뭐 그리 대단하였겠나."

"오라버니도 참,"

피식 웃는다. 농담 삼아 한 말이겠으나 그런 면이 없었다 할 수는 없었던 것이다. 명빈은 잠시 동안 얘기의 방향을 어디로 돌릴까 망설이는 것 같은 눈치더니 어색하게 말을 잇는다.

"다 그런 거는 아니겠지만 여자들에게 가난하다는 것, 풍요하다는 것, 그런 것엔 별 의미가 없는 건지도 모르겠군. 옛날 여성들은 의미가 있고 없는 것도 모르고 살았을 테지만, 풍요한 것도 애정이 있어 빛이 나고 가난한 것도 애정이 있어 보람이 생길 테니까 사실 빈부 자체에는 뜻이 없을 게야. 그러니까 여자란 가장 값진 것부터 받아내려는 속성을 지닌 동물이라고 할까?"

"남자는 안 그렇단 말씀이세요?"

"글쎄, 안 그렇다 할 수는 없겠으나 관계 자체가 남자는 여자를 거느리게 돼 있으니까 보호하고 사랑하는 것이,"

하다 말고 우물쭈물해버린다. 오라비의 체신 같은 것은 당초에 이들 남매 사이에는 없었지만, 이같이 무른하고* 자유스러운 것은 형식에 덜 얽매이는 중인계급의 집안 내력과 여느 여자들과는 다르게 전문교육까지 받은 누이이기에 논쟁은 안 되어도 의논은 된다는 점, 그러나 무엇보다 부친만큼은 아닐지 모르지만 명빈이 누이를 사랑했으며 늘 관대했던 탓이리라.

"글쎄 뭐냐, 그게 그러니까 말이야, 마음가짐이나 표현의 차인 있지. 사랑이나 보호, 아, 아니지, 시중을 받는다, 그래도 남자에게 있어선 받는다는 것엔 늘 쑥스러움이 있는 게야."

"오라버니 경우겠지요 뭐. 그러니까 오라버닌 절대로 남녀평등을 용납 안 한다는 말씀 아니에요?"

"그런 게 남녀평등하고 무슨 상관이 있지? 사사건건 따지고 든다면,"

"어머, 제가 언제 사사건건을,"

"아니 네가 그랬다는 게 아니라, 실은 너도 그런 셈인데, 사사건건을 따지고 든다면은 입성도 같아야 하고 머리 모양 걸음걸이 신체적 구조까지 같아야 한다는 주장이 나오게 되잖아. 차이점이야 엄연히 있는 건데 말이야. 아닌 게 아니라 식자가 좀 들었다 싶으면은 이론 가지고 뭣이든 꼭 갈라놔야 직성이 풀리는 것, 그것은 남녀를 불문코 좋잖은 경향이라구."

"갈라놓은 건 오라버니예요. 여자란, 여자에겐 하시고서,"

"그랬었나? 그는 그렇다 치더라도 평등하곤 상관이 없는 거라구. 여자는 여자니까 말이야."

명빈은 일종의 궤변을 늘어놓고 있었으나 평소의 의논 좋아하는 그 버릇 때문은 아닌 것 같고 입으로 지껄이면서 속으론 딴생각을 하고 있는 것 같았다. 그리고 뭔지 모르지만 잔뜩 벼르고 있는 것 같은 기색이다.

"약 드셔야겠어요. 식었어요."

"그러지."

약을 마시고 사발을 내려놓으며,

"쓰다."

눈살을 찌푸린다. 명희는 일어선다.

"그럼 나가보겠어요."

"거기 앉아."

"모니카 선생 찾아갈려구요."

"약속을 했나?"

"약속은…… 안 했어요."

"그럼 앉아."

마지못해 앉는다.

"그새 조용히 얘기할 새도 없었고,"

"차차 하지요, 뭐."

회피하려 든다.

"언제까지 누워 있겠냐?"

"……."

"그동안 형무소에 있으면서 여러 가지 일들을 많이 생각해보았는데,"

"……."

"아버님이 돌아가셔서 그랬겠지만 명희 너의 일도 심각하게 생각해보았다."

"결혼문젠가요?"

"골자는 그렇다만 그렇지 않은 방향으로 갈 수도 있고. 어쨌거나 네 일에 대하여 한번은 기탄 없는 얘기를 주고받아야겠다는 생각을 했다."

"오라버니께 걱정을 끼쳐 죄송합니다만,"

명희 얼굴이 갑자기 쌀쌀해진다.

"남남끼리 모양으로 왜 그러지? 너는 차츰 네가 가진 좋은 것을 잃어가고 있다는 생각을 안 해보나?"

"좋은 걸 가졌다는 생각도 안 해보았구요, 이젠 자신의 문제를 자신이 해결할 나이는 됐다, 그 생각은 하구 있어요."

"바로 그 점이 문제라구. 자신의 문제를 자신이 해결한다, 그러나 해결을 못하고 있는 것이 현실이거든. 안 그러냐?"

"저만 그런가요? 대부분의 사람들, 남자의 경우도 안 그렇다 할 수 없을 거예요."

"물론 대부분의 사람들, 남자의 경우도 그렇다. 자기 나름대로. 그러나 너에겐 신여성이라는 데 문제가 있는 게야. 신여성, 신여성 말이야. 혼인문제나 그 밖의 일들은 신여성은 무엇이냐, 어떤 처지에 있느냐, 하여간 신여성에 문제가 있는 게야."

명빈은 이상하게 신경질이다. 그것은 명희에게뿐만 아니라 자기 자신에 대한 절망감 비슷한 것도 섞여 있는 듯싶었다. 출감한 지 보름, 명빈은 옥살이에서 풀려난 홀가분함보다 어디선지도 모르게 뻗쳐오는 압력과 한편 허탈과 자포자기의 심리상태에서 좀처럼 일어서기 어려우리라는 생각을 하는 것이다. 가족을 만나 반가웠던 것도 잠시, 부친의 별세를 슬퍼한 것도 잠시였었다. 그러나 당장에 손을 대야 하는 것이 집안일이었다. 모든 일을 주관해오던 부친이 별세한 뒤 방치돼 있는 가산의 정리, 명희의 결혼, 그것부터 처리하리라, 다음 자신의 문제와 대결해야 한다는 생각을 하고 있는 것이다.

"평소부터 네가 신여성이라는 말을 싫어하는 것은 안다만 불쾌하게 듣지 말고, 아 말 자체야 나쁠 것 하나 없지. 남으로부터 주목받고 구경거리가 되고 하니까 그렇겠지만 신여성 말 듣기를 좋아하는 여자도 얼마든지 있는 거라구. 얘기를 하다 보니 좋아하고 싫어하고, 그러는 데 따라서 신여성이라 일컫는 여자들 각각의 특질을 생각할 수 있겠구나. 그는 그렇고 가끔 명희에겐 정열이 모자란다, 정이 엷다, 피뚝 그런 생각을 할 때가 있어. 너의 올케처럼 집 밖 세상을 모르고 자라서 시집을 갔더라면 좋은 아내, 좋은 며느리가 될 성품일 테지만 그러나 소위 신여성에게 정열이 부족하다면 죽도 밥도 아닌 게야. 아닌 게 아니라 남녀평등 따위의 말을 할 때처럼 네가 너 아니게 보이는 일도 없어. 오라비니까 하는 말은 결코 아니다. 너를 남녀평등주의자라고 생각는 것도 아니야. 그리고 신여성을, 남녀평등주의를 좋잖다고 생각한 일이 없어. 남먼저 일본에 가서 공부한 내가, 절차가 까다로운 양반 출신도 아니겠다, 나로선 누구보다 이해한다는 자부심을 갖고 있어. 그러나 너는 성격상으로."

"아버님께서 잘못하셨다 그 말씀이군요."

"나는 그런 생각이다. 스물다섯에 이르도록 결혼 안 한 사실 하나만으로도."

"스물다섯까지 결혼 못했다 해서 반드시 불행하다 할 순 없을 것 같아요. 결혼만이 인생의 전부는 아니지 않아요?"

"물론 그건 그렇다. 결혼이 인생의 전부가 아닌 것은 나도 동감이다. 여자도 일생을 걸고 정열을 바쳐 일할 수 있는 것

이 있다면, 가령 의사가 되어 평생을 병든 사람에게 헌신한다
든지 교육사업 또는 혁명운동 등등, 여자라고 못하라는 법은
없다. 열정과 신념이 있다면."

"결혼도 마찬가지 아니에요?"

명희의 표정은 어둡게 가라앉는다.

"이상적으론 그렇다. 모든 사람이 다 의사가 되고 교육자가
되고 사회사업을 하는 것은 아니지만 모든 사람이 결혼은 하
게 돼 있어. 모든 여자 남자가 다 이상적인 결혼을 하는 것은
아니다."

그 말에 대한 반발이 있지만 명희는 참는다. 어물어물 넘겨
버리는 자신의 말에 명빈 자신이 실망하는 표정이다. 사실 답
답했다. 명희의 자존심을 상하지 않고 진심을 얘기하기가 매
우 곤란했던 것이다. 참하고 착하고 인내심도 있는 누이, 어
떤 면에선 아들보다 더 기대하고 사랑했으며 누이의 의사를
존중했던 부친, 명빈은 괴로운 것이다.

"지난해 내가 붙잡혀서 유치장, 형무소, 취조실, 뭐 그런 곳
을 끌려다니다 보니 목격도 하게 되고 또 들은 얘기도 많은
데, 그때 여자들이 겪어야 했던 곤욕이며 맞서서 호령하던 대
단한 여자들, 어쩌다가 그때 일을 생각하면 마음이 섬찟해지
는데 확실히 종전과는 다른 여자들, 남의 얼굴조차 바로 쳐다
볼 수도 없었던 울타리 안의 여자들을 생각한다면 엄청난 변
화지. 여자들의 힘도 크다. 여자를 남자의 예속물로만 생각

하던 사고방식은 버려야 한다, 그런 생각이 들긴 들더군. 그러는 한편 애국애족의 충정이 무질서한 감정이어서는 안 되겠다는 것, 그리고 더러는 소극적인 행동을 취하는 여자를 볼때는 안방에 앉아 있느니만도 못한 거추장스러움을 느끼기도했고, 아무튼 3·1운동에 참가한 여자들은 남자들과 마찬가지로 각계각층, 촌부에서 화류계의 여자들까지, 그러나 주도한것은 여학생으로 보아야겠고, 따라서 옥고를 겪은 여자들도대부분 여학생으로 보아야겠는데 이러한 여성들, 소위 신여성들, 뭐 비단 독립운동을 두고 내가 말하는 건 아니라구. 사회 전반에 걸쳐서 신여성이란 과연 무엇을 할 수 있으며 어떤성격을 띠고 있는가, 말똥머리나 하고 뻬쭉구두만 신으면 신여성이냐, 만세운동의 앞장만 서면 신여성이냐, 학교 선생질이나 하면 신여성이냐, 남녀평등을 부르짖으면 신여성이냐,뭔가 앞으로 문제가 상당히 많을 것 같단 말이야. 대강 대별해서 생각해본다면 하나는 생래가 착하고 온순하고 조신스러운 여자가 신교육을 받기는 받았으되 묵은 인습이 타파되지못하고 있는 사회에서 용기 있게 자신의 생각하는 바를 행동으로 밀고 나가지 못하는 경우, 그럼에도 불구하고 좋든 궂든사회에서는 두드러지는 존재요, 두드러지기 때문에 일거 일동에 시선이 모이고 자연 고립하게도 되는데, 그러다 보면 어느덧 매사에 소극적이요 형식과 사무적인 태도로 일을 치르게 되니 생래의 착하고 온순하고 조신스러운 것이 저도 모르게 삐뚤어져서 이기적이요 남을 받아들이지 않으려는 완명, 그리하여 애정은 메마르고 여자는 시들어버리는 결과를 가져온다……. 개인적으로도 불행한 일이지만 그네들이 종사하는 교육이나 혹은 종교사업, 기타 사회발전을 위해서도 바람직한 일꾼이 아닌 것은 뻔하지. 너를 지칭한 것 같아서 좀 가혹했나?"

명빈은 명희를 바라보며 쓰게 웃는다. 명희는 고통스러운 침묵을 지키고 있었다. 오라비가 무슨 말을 하기 위해 맴을 돌고 있는지 짐작할 수 있었기 때문이다.

"참고 삼아서 들어두는 게다. 누구든 한 번은 생각해볼 만한 일이니까. 다른 하나, 용감하게 행동하는 여자, 용감하다해서 뭐 폭탄 안고 총독부에 들어간다는 얘긴 아니고오, 매사에 자신이 신여성인 것을 과시하는 여자라고나 할까? 무슨 일에든 앞장서길 좋아하고 혁명투사연하고 인생을 논하고 예술을 논하고 모두 시시해서 시집갈 곳이 없고 모르는 것 하나없고 여자라서 잘나지 못하라는 법 있느냐, 기염을 토하고, 신념이 있다면 그렇게 하진 않지. 또 독립운동하는 일만 하더라도 그것은 우리가 처해 있는 현실의 선택이며 시대적인 요구일 뿐, 개개인이 잘나고 못난 경주행위는 아니지 않겠느냐? 한데 식자 든 여자 중에는 잘난 체하기 위해서, 그 허영을 채우기 위해서 용감해지는 사람도 있다, 그거라구. 위험천만이지. 애국하는 행위가 경박하다 그 얘기라구. 물론 여자에게만

한한 일은 아니지. 그러나 사회적으로 여자들은 이제부터 출발이라 해도 과언이 아닐 터인데 시작부터 그런 식으로 풀리어나간 분마(奔馬) 꼴이 되고, 차라리 그렇다면 좋게? 등불에 날아든 부나비 꼴 되기가 십중팔구라. 세상이 어디 그리 관대하더냐? 하는 일 없이 소란하고 한 일 없이 신셀 망치고,"

누구를 지칭해 하는 말인지, 명희는 강선혜(姜善惠) 생각을 한다. 강선혜, 부용같이 화려하고 여왕봉같이 도도한 여자, 별의별 소문을 뿌리고 다니는 여자, 대담한 차림새, 높은 웃음소리, 기탄없이 던지는 말버릇, 한때 명희는 강선혜를 선망했었다.

명빈은 잠시 말을 끊는다.

"명희 네가 동경에 있을 적에,"

하고 화제를 돌린다. 본론으로 들어가는 모양이다.

"몇몇 청년들이 너의 주변을 맴돌면서 기회를 잡아보려 했던 일은 이 오래비도 아는데, 그중에는 부모를 내세워 청혼해온 사람도 있었지. 옛날 같았으면 그중 어느 청년이든, 우리 쪽에서 허혼하고 네가 시집을 갔었더라면 그런대로 괜찮은 남편감들이었어. 아버님이 너의 의사를 지나치게 존중하신 탓으로 혼사는 성사되지 못했으나, 따지고 보면 그때 너의 의사라는 것도 막연했던 것 아니었을까? 절대로 그 사람에겐 시집 안 간다, 그런 것은 아니었을 것 같은 생각이 들어."

정곡을 찌른 것이다. 명희의 표정이 흔들리고 시선이 떨어진다.

"그때 아버님께서 조금만이라도 우겼었더라면 아마, 시집 갔었지 않았나 싶어. 너의 의사를 존중했다는 것은 어쩌면 끝내 해결이 안 난다는 얘기도 될 게야. 왜 그러냐, 너는 자유연애라도 해서 자신의 거취를 결정할 성품이 아니란 말이야. 누구처럼 처자 있는 문사와 손에 손을 맞잡고 남의 이목 같은 것 아랑곳없이 사랑의 도피행각은 더더군다나 못할 게고."

명희의 낯색이 변한다.

"빈정거린다고 생각지 말어. 난 그들을 이해한다구. 그 젊은 친구는 낙양의 지가를 올린 천재작가요, 나는 번역 부스러기나 하는 뭐 그런 처지지만 적어도 문필에 뜻을 두고 있는데 그만한 이해를 못하겠나. 어느 세상이든 진짜 가짜는 있는 법이니까. 요즘의 풍조가 그런 모양이더라만 신학문을 한 남성들이 무식한 조강지처를 내치고 자신의 반려로서 신여성과 결혼한다는 것을 정당시하는 경향이 있는데, 애정도 없이 조혼하여, 하긴 조선의 남자치고 조혼 아닌 사람은 거의 없으나, 하여간 이 모(李某)처럼 사랑을 위해 번민하는 것에는 이해도 동정도 할 수 있고 한 천재가 좌절해도 안 될 것이요, 장차 큰 열매를 맺게 된다면 희생자에겐 안됐지만 보상도 되는데 그러나 무책임하게 시류를 좇아서 마치 껍데기만 핥고서 남녀평등을 부르짖는 신여성과 마찬가지로 이혼의 자유, 결혼의 자유를 내세운다면 그와 같이 경박한 일이 어디 있겠어?

504

개중에는 기방 외입과 마찬가지 기분으로 신여성이란 색다르니까, 한단 말이야. 네 앞에서 할 말은 아니다만 기생첩에다 신여성첩도 두자는 놈이 실제로 있다구. 결국 호기심의 대상이다 그거야. 말이 엇길로 갔지만 뭐냐, 그러니까, 아직도 조혼풍습이 있는 이 땅에서 대개의 신여성은 이십 세를 넘겨야 혼인을 하게 되니 더러는 처자 있는 남자."

하다 말고 명빈은 입맛을 다신다.

"솔직히 말하지. 이 모와 같은 처지에 있는 사람이 이상현이다. 공교롭게도 퍽 처지가 같단 말이야."

"무슨 말씀을 하시는 거예요? 오라버니!"

"가만히 내 말 들어. 이 얘기를 터뜨리지 않고는 언제까지 문제는 남는다. 이런 기회에 깊은 얘기를 기탄없이 해보는 것은 결코 나쁘지 않은 거라구. 어줍잖은 자존심 같은 것보다 진실이 훨씬 값어치가 있는 거구, 자신에게도 충실해지는 거구, 까놓고 얘기하자 그 말이야. 너는 이상현을 마음에 두고 있다. 오래비한테까지 속일 필요는 없어. 어떤 면에서는 네 마음하고 내 마음이 같다고도 할 수 있지. 만일에 이상현이 독신자였다면 이 임명빈 무릎이 닳는 한이 있어도 너를 떠넘겨주었을 게야. 탐이 나거든. 백 보 오십 보 양보해서 상현의 현재 처지를 용납하고 한 사람을 희생시키는 생각은 안 한 줄 아냐? 안 된다는 것을 알기 때문에 가져본 미련인지 모르지만, 그러나 상현의 경우는 처자가 있기에 안 된다는 이유에 앞서서 의중의 사람이 이미 있어서 상처를 받은 사람이란 것을,"

명빈은 손을 폈다 오므렸다 하며 명희의 눈길을 피한다.

"저도 그건 알아요. 진주의 최씨부인이라는 것을,"

의외로 명희는 자신의 심정을 시인하는 태도로 나온다.

한때 상현과 함께 명빈이 「나막신」이라는 동인지를 만들었
는데 그 무렵 상현은 자주 임역관댁을 드나들었다. 동경 유학
당시부터 이미 구면인 상현을 위해 명희는 곧잘 가사과 출신
의 요리솜씨를 발휘하곤 했으며 비교적 자유스런 분위기 속
에서 대화를 나눌 기회도 잦았던 것이다. 임역관도 그러했었
으나 집안식구 모두가 만일 미혼이었더라면 상현은 명희와
썩 잘 어울리는 짝이 됐을 거라 하며 애석해했던 것이다. 그
러나 집안식구들은 오며 가며 보는 정도로 아들의, 남편의 동
료거니 하고 무관했다. 다만 명빈의 처지는 그렇지가 않았다.
세 사람이 합석하는 경우가 많았기에 명희의 마음을 눈치챈
것이다.

'청춘이니까,'

희망도 기대도 가질 수 없는 상대인 만큼 서운하고 안타깝
고, 누이에 대해선 애처롭고, 그러나 명빈은 두 사람의 관계
를 깊이 염려하지는 않았다. 상현에게는 처자가 있을뿐더러
사랑의 상처가 있었고, 절제심이 강하여 결코 모험은 하지 않
을 명희의 성품을 아는 터이라 그저 모르는 척하고 있으면 된
다는 생각이었다. 그러한 명빈의 심정은 누이의 청춘을 장식

506

해준다고나 할까, 아름다운 추억, 사랑의 슬픔과 기쁨을 가져 보아라 하는 관용이었다 할 수도 있을 것이며, 심취한 외국소설에서 받은 영향 때문에 플라토닉 러브를 동경한 명빈의 감상도 있었을 것이다.

비교적 괜찮은 혼처를 명희가 탐탁하게 여기지 않았던 것은 상현에 대한 동경과 상현만 한 사람이 없다는 무의식중의 심리작용인 것은 사실인데 그렇다고 해서 상현과의 결합을 열망하는 것은 아니며 체념하다시피, 그러면서 뭔지 모르게 해결을 하지 못하고 있는 상태, 명빈이 지적했듯이 명희는 소극적이며, 자제력이 강했다기보다 정열이 부족했는지 모른다. 상현에 대한 연정이 막연한 것은 상황의 탓이기보다 명희 자신의 성격에서 온 탓이 더 많을 성싶다. 따라서 다른 남자에 대해서도 내키지 않고 용납이 안 된다는 것 역시 선명치가 못한 것이다. 애매모호하게 세월만 가고, 그래서 자의 반 타의 반 독신주의라는 또 하나의 막연한 곳에 기착한 것인지도 모른다. 그것을 이제 와서 명빈이 깨달은 것이다.

"명희."

"……"

"이번만은 내 권유를 들을 시기가 됐다는 생각이 들지 않아?"

"……"

"결혼하는 게야. 직장이 있어서 혼자서도 살아갈 수 있는 처지니까 결혼문제를 소홀히 한다거나 독신주의가 된다거나 그건 습관에서 온 결과야. 습관의 노예가 되어 인생을 허송하는 것은 바보짓이다. 뚜렷한 목적이 있어서 그런다면은 생각해볼 여지는 있지만, 아암 생각해볼 여지가 있지이."

"습관화되기론 결혼도 마찬가지 아니겠어요?"

불쾌한 표정으로 말대꾸한다.

"결국 얘기는 개미 쳇바퀴 돌듯, 이론으로 따지자면 그렇지. 무의미하다고 생각한다면 이 세상에 무의미하지 않은 것은 하나도 없다. 모든 것이 무의미하다. 그렇게 치자. 그렇다면 관례대로 하는 게야. 직장을 갖고 독신으로 사는 것은 흔치 않지만 결혼은 누구나가 다 하는 거니까 관례대로, 말라비틀어진 떡 조각 모양으로 지지리 궁상, 여자는 혼자 사는 게 아니야."

"생각은 해보겠어요. 결혼을 하든지 수녀가 되든지."

"그렇게 반항으로 나오기냐?"

"반항이 아니에요, 오라버니."

"내가 지나치게 솔직했다. 네 마음이 아팠을 게야. 하지만 남 같으면 그러겠냐?"

"알아요."

"어머님 생각도 해얄 게다. 그간엔 나로 하여 심로하셨는데 이제부턴 너 때문에 심로하실 테니 말이야. 아버님 계실 적하곤 달라."

"······."

"그는 그렇고 어머님 약을 안 드신다며?"

"네."

"너 올케 말로는 돌아가신 분 상도 안 벗었는데 얼마나 살겠다고 약 먹겠느냐 하셨다며?"

"그러셨나 봐요."

"형무소 갔다 온 게 무슨 자랑이라고, 나는 약을 먹는데······. 허허헛······ 흔히들 악처가 효자보다 낫다는 말을 하는데 틀린 말은 아닌 모양이야."

어색하게 또 헛웃음을 웃는다. 명희도 쓰디쓴 웃음을 흘린다. 이들의 모친 유씨는 아들이 출옥하자마자 자리에 누워버렸던 것이다. 감옥으로 간 아들 때문에 남편의 죽음을 슬퍼하는 데도 그 슬픔이 온전치 못하였는가, 이제 새삼스럽게 유씨는 남편의 죽음을 실감하며 홀로 병 아닌 병을 앓고 있는 것이다.

명희가 사랑에서 물러나는데,

"어머님이 약 안 드시면 나도 이제부터 약 안 먹겠다."

명빈의 말이 뒤쫓아왔다.

명빈이 한 말에 대한 반발은 명희가 제 방으로 돌아온 후, 책상 앞에 앉자마자 솟구쳐올랐다. 명빈의 말을 새삼스럽게 분석할 것도 없이 요점은 평범한 여자니까 남 하는 대로 시집을 갈 것이며 그 밖에는 별 볼 일이 없다는 것이다. 남보다 뛰어났다는 생각을 한 일도 없었지만 그래도 명희는 속이 상하는 것이다. 더욱이 최서희를 지적하여 상현이 사랑의 상처를 받았다고 한 것은 명희의 마음을 갈피 잡을 수 없게 흔들었다. 어째서 그런 말까지 했는가 명빈의 의도를 모르는 것도 아니면서 비정한 것 같고 야속한 것이다. 듣기 싫고 아픈 이야기를 왜 한담, 싶은 것이다. 그리고 해석하기 따라서 너는 정열이 모자라 상현을 차지할 수 없다는 뜻도 있는 것이다. 명희가 상현을 처음 본 것은 열일곱 살 여학교에 다닐 때의 일이다. 술 취한 명빈을 두고 큰 변괴가 생긴 것처럼 장난삼아 고하려고 서의돈과 함께 왔었던 미청년, 그때 상현은 명희에게 퍽 인상적이었다. 언제였던지, 집에서 생일잔치를 베푸는 석상에서 떠드는 말을 명희는 들었다. 서의돈이 상현을 놀려주기 위해 꺼낸 말이었고 아마 서의돈은 기화로부터 들은 성싶었다. 그때 상현은 무섭게 화를 냈던 것이다. 사람의 마음이란 미묘한 것이어서 경원해야 할 기혼자가 오히려 그 일로 하여 유심히 보아지게 되고 그가 지닌 사랑의 상처에 따르는 사연은 다감한 처녀 마음에 정서를 불어넣는 결과가 된 것이다. 그러나 상현은 팔 년 가까운 세월 동안 동경서 만났고 서울서도 수시로 만나게 됐지만 명희를 명빈의 누이 이상으로 대하는 일이 없었다. 처녀의 정서를 불러일으켰던 사랑의 상처가 지닌 사연은 차츰 명희에게 고통스러운 사실로 변해갔다. 결합을 간절히 바랐던 것은 아니었지만 뭔지 상대편의 마음을 확인해보고 싶은 충동, 그런 것을 가끔 느끼곤 했었다.

'모니카 선생은 관두고 선혜언니나 찾아가볼까? 주일이라서 집에 있을지…….'

〈10권으로 이어집니다〉

어휘 풀이

무른하다: 무르다. 마음이 여리거나 힘이 약하다.

새양내: 놋쇠 솥에서 나는 좋지 않은 냄새.

선니(禪尼): 불가(佛家)에 들어간 여자. 참선하는 비구니.

어명잠: 선잠. 깊이 들지 못하거나 흡족하게 이루지 못한 잠.

오지솥: 붉은 진흙으로 만들어 볕에 말리거나 약간 구운 다음 오짓물을 입혀 다시 구운 질그릇의 솥.

외고 폐고: 당당하게. 늑외고 펴고

용나시: 옴나위. 꼼짝할 만큼의 작은 움직임.

제면하다: 조면(阻面)하다. 오랫동안 서로 만나 보지 못하다. 서로의 교제를 끊다.

죽담알: 아무렇게나 생긴 쓸모없는 돌. 늑쭉담알

지붕땅 몰량이: 용마루. 지붕 가운데 부분에 있는 가장 높은 수평 마루. 늑지

붕땅 모랭이

후지기누[富土絹]: 명주실로 짠 평직. 셔츠, 안감, 이불감 등으로 쓰인다.

■ 부부 관계
••••• 형제 관계
══ 혼외 관계

진주 서희 일가·동학 잔당

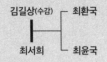

김길상(수감) ┬ 최환국
│
최서희   └ 최윤국

장연학(마름)

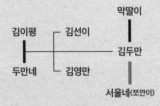

                막딸이
                │
김이평 ┬ 김선이   │
│   김두만
두만네 └ 김영만
                ‖
              서울네(쪼깐이)

김영팔 ┬ 김판술
│   ├ 김제술
판술네 └ 김또술

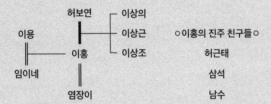

          허보연 ┬ 이상의
          │   ├ 이상근   ○이홍의 진주 친구들○
이용 ┬ 이홍 └ 이상조
│   ‖   허근태
임이네 염장이
                             삼석

                             남수

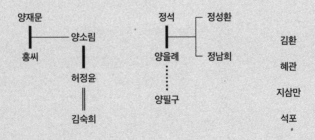

양재문   정석 ┬ 정성환
│   │
양소림   양을례 └ 정남희   김환
│   ┊
홍씨   양필구   혜관
허정윤
‖   지삼만
김숙희
                                     석포

514

서울의 부르주아·지식인

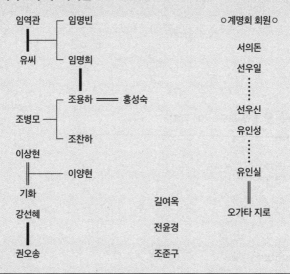

임역관 ┬ 임명빈
│
유씨 └ 임명희

조병모 ┬ 조용하 ═══ 홍성숙
│
└ 조찬하

이상현
‖ ── 이양현
기화

강선혜

권오송

길여옥

전윤경

조준구

○계명회 회원○

서의돈
선우일
⋮
선우신
유인성
⋮
유인실
‖
오가타 지로

평사리 주민

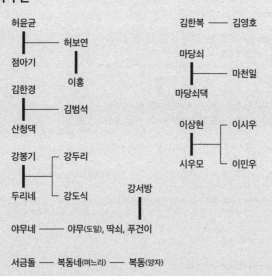

허윤균
├ ── 허보연
점아기
│
김한경 │ 이홍
├ ── 김범석
산청댁

강봉기 ┬ 강두리
├
두리네 └ 강도식

야무네 ── 야무(도일), 딱쇠, 푸건이

서금돌 ── 복동네(며느리) ── 복동(양자)

김한복 ── 김영호

마당쇠
├ ── 마천일
마당쇠댁

이상현 ┬ 이시우
├
시우모 └ 이민우

강서방

515

토지 9 완간 30주년 기념 특별판
3부 1권

특별판 1쇄 인쇄 2024년 6월 14일
특별판 1쇄 발행 2024년 6월 26일

지은이 박경리
펴낸이 김선식

부사장 김은영
콘텐츠사업2본부장 박현미
디자인 정명희
콘텐츠사업6팀장 임경섭 **콘텐츠사업6팀** 정지혜, 곽수빈, 정명희
마케팅본부장 권장규 **마케팅1팀** 최혜령, 오서영, 문서희 **채널1팀** 박태준
미디어홍보본부장 정명찬 **브랜드관리팀** 안지혜, 오수미, 김은지, 이소영
뉴미디어팀 김민정, 이지은, 홍수경, 서가을, 문윤정, 이예주
크리에이티브팀 임유나, 변승주, 김화정, 장세진, 박장미, 박주현
지식교양팀 이수인, 염아라, 석찬미, 김혜원, 백지은
편집관리팀 조세현, 김호주, 백설희 **저작권팀** 한승빈, 이슬, 윤제희
재무관리팀 하미선, 윤이경, 김재경, 임혜정, 이슬기
인사총무팀 강미숙, 지석배, 김혜진, 황종원
제작관리팀 이소현, 김소영, 김진경, 최완규, 이지우, 박예찬
물류관리팀 김형기, 김선민, 주정훈, 김선진, 한유현, 전태연, 양문현, 이민운

펴낸곳 다산북스 **출판등록** 2005년 12월 23일 제313-2005-00277호
주소 경기도 파주시 회동길 490
전화 02-704-1724 **팩스** 02-703-2219
이메일 dasanbooks@dasanbooks.com
홈페이지 www.dasan.group **블로그** blog.naver.com/dasan_books
용지 스마일몬스터피앤엠 **인쇄** 상지사피앤비 **코팅 및 후가공** 제이오엘앤피 **제본** 국일문화사

ISBN 979-11-306-9945-5 (세트)